Kathinka Engel
**Fühle mich.** *Unendlich*

KATHINKA ENGEL

# FÜHLE MICH.

## *Unendlich*

ROMAN

everlove
by PIPER

*Mehr über unsere Autorinnen, Autoren und Bücher:*
www.everlove-verlag.de

Wenn dir dieser Roman gefallen hat, schreib uns unter Nennung
des Titels »Fühle mich. Unendlich« an *empfehlungen@piper.de*,
und wir empfehlen dir gerne vergleichbare Bücher.

Von Kathinka Engel liegen im Piper Verlag vor:

*Finde-mich-Reihe:*
Band 1: Finde mich. Jetzt
Band 2: Halte mich. Hier
Band 3: Liebe mich. Für immer
Band 4: Fühle mich. Unendlich

*Love-is-Reihe:*
Band 1: Love is Loud – Ich höre nur dich
Band 2: Love is Loud – Ich höre nur dich
Band 3: Love is Wild – Uns gehört die Welt

*Shetland-Love-Reihe:*
Band 1: Where the Roots Grow Stronger
Band 2: Where the Waves Rise Higher
Band 3: Where the Clouds Move Faster

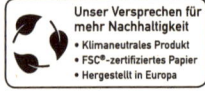

ISBN 978-3-492-06348-7
© everlove, ein Imprint der Piper Verlag GmbH, München 2022
Dieses Werk wurde vermittelt durch die Michael Meller
Literary Agency GmbH, München.
Redaktion: Michelle Gyo
Satz: Tobias Wantzen, Bremen
Gesetzt aus der Legacy Serif ITC
Druck und Bindung: CPI books GmbH, Leck
Printed in the EU

*Für Kyra, die den Sad Clown vertrieben hat.*
*Novembersonne,*
*Skype-Cheerleader,*
*Word-Countess in Crime.*

# Startgespräch

*vor sechs Monaten*

»Herzlich willkommen in meinem kleinen Reich«, sagt sie. Ob ich was trinken will. Wasser? Sie geht zum Kühlschrank, obwohl ich nichts gesagt habe. Ich stehe einfach hier. Weiß nicht, wohin mit mir. Alles an dieser Situation ist fucking beschissen, weil wir beide wissen, dass ich nicht hier sein will. Aber wir wissen auch beide, dass die Tatsache, *dass* ich hier bin, bedeutet, dass sie gewonnen hat. Sie, Amy Davies, meine Sozialarbeiterin, in deren Programm ich seit einer Woche bin. Seit ich draußen bin. Aus dem Knast.

Mir fällt auf, dass Amy mich erwartungsvoll ansieht. Geht's noch um das Wasser? »'kay«, nuschle ich und nehme eine Flasche entgegen.

»Setz dich.« Amy deutet auf ein zerschlissenes Sofa. »Wie geht's dir?«

Klar, das muss sie fragen. Als meine Sozialarbeiterin will sie eh alles wissen. Wie es mir geht. Wie ich mich schlage. Ob ich vorhabe, Drogen zu nehmen. Hab ich natürlich nicht. Ich bin ja nicht blöd. Oder nicht mehr.

Ich zucke mit den Schultern.

»Keine Sorge, das wird leichter. Es ist am Anfang immer noch ein bisschen viel. Das verstehe ich. Hast du dich denn einigermaßen eingelebt? Kommst du zurecht?«

Mehr Fragen. Ich starre auf meine schwarzen Schnürstiefel. Die hat Amy mir gekauft. Also sage ich: »Schätze schon«, und hoffe, dass ich damit durchkomme.

»Das ist doch was. Darauf können wir aufbauen.« Sie lächelt. Lächelt nett. Und gibt damit den Blick auf eine kleine Lücke zwischen ihren Schneidezähnen frei. Sieht witzig aus. Und ein bisschen hübsch, schätze ich. So wie der Rest von ihr mit dem blonden Pferdeschwanz und dem gerade geschnittenen Pony. »Willst du mir erzählen, was dir im Moment noch besonders schwerfällt? Oder auch, was dir keine Probleme bereitet?«

Haha. Soll das ein beschissener Witz sein? Will ich? »Nicht dringend, nein.« Ich schaue aus dem Fenster, um Amys Blick auszuweichen. Als könnte sie sonst sehen, wie's in mir drin aussieht. Mit ihren blauen Augen einfach in mich reinschauen. Fuck.

»Okay, versuchst du es trotzdem mal?«

Ich seufze. Es ist ihr Job. Und meiner ist es im Augenblick, auf ihre Fragen zu antworten, schätze ich. Aber was, wenn ich nicht weiß, wie mein Job geht? »Ich find's schwierig, dass alle so verflucht interessiert tun.«

»Interessiert tun?«

»Ja. Du zum Beispiel.«

Sie lacht. »Aber das ist meine Aufgabe, oder?«

»Ja, kann sein.«

»Und ich tue nicht nur interessiert, ich *bin* interessiert.«

Wenn sie meint ... »Wenn du meinst ...«

»Was noch?«

Vielleicht sollte ich einfach mal ehrlich sagen, was ich denke. Vielleicht wäre das gut? »Dieses ewige Rumreiten auf Gefühlen. Wie geht's dir? Wie fühlst du dich? Was meinst du zu diesem und zu jenem? Verfickte Hölle, das ist krass anstrengend.«

»Warum?«

Als ich weiterspreche, klinge ich aufgebrachter, als ich erwartet habe. Das verwirrt mich. »Weil ich selbst nicht weiß, wie's mir geht oder wie ich mich fühle, okay? Keine Ahnung.«

»Du kannst nicht sagen, wie du dich jetzt gerade fühlst?«

Ich kaue auf meiner Unterlippe herum. Zucke wieder mit den Schultern. Genau das ist das Problem.

»Na komm.« Amys Tonfall ist auf einmal ganz verständnisvoll. Und das macht was mit mir. Das macht, dass ich mich komisch fühle. Ich rutsche auf dem Sofa hin und her. Fixiere wieder das Fenster. Nicht, dass es wirklich etwas Interessantes zu sehen gäbe.

»Fühlst du dich unwohl?«

»Na ja, wohl fühl ich mich nicht.«

»Fühlst du dich sicher?«

Sicher? Das hat mich noch nie jemand gefragt. Fast muss ich losprusten. »Wenn du nicht vorhast, mich auszurauben, schon, schätze ich.« Ich lache über meinen eigenen Witz. »Aber viel zu holen gäb's eh nicht.«

»Also fühlst du dich unwohl und sicher. Was noch?«

»Müde.«

»Schläfst du nicht gut?«

»Machst du Witze? Hast du mal eine Nacht im Gefängnis geschlafen? Ich penne wie ein Stein!«

Jetzt ist Amy diejenige, die lacht.

Ohne dass ich es merke, spreche ich weiter. »Es ist nur alles anstrengend.«

»Was denn?«

»Du gibst wohl nie auf.«

»Nope, das ist auch Teil meiner Aufgaben.«

Und weil ich das Gefühl habe, dass das immerhin mal ehrlich war, sage ich: »Eigentlich alles. Also die Arbeit im Café, die Abendschule, das Zusammenwohnen mit Malik, seine Freundin Zelda, die dauernd mit mir reden will, das Leben. Dass man irgendwie an alles denken muss. Da ist niemand, der einem sagt, was man tun soll. Und dann weiß man halt auch nicht, ob es überhaupt richtig ist, dass man da ist, wo man ist.«

»Wie meinst du das?«

Offensichtlich ist sie auch nicht zufrieden, wenn ich Antworten gebe. Aber gleichzeitig merke ich, dass es guttut, mich mal auszukotzen. Es ist irgendwie besser, als dauernd nur dankbar sein zu müssen. »Na ja, wenn man halt so viel Mist durch hat, fragt man sich, ob man noch 'ne Chance verdient hat. Ist doch normal, oder?«

»Weißt du, wir sind alle die Summe unserer Entscheidungen, aber man kann jeden Tag anfangen, etwas zu verändern. Und dann wirst du die Chance zu Recht bekommen haben.«

Wird sie jetzt fucking philosophisch oder was? »Wo hast du denn diesen deepen shit her?«

»Von mir. Also, wenn du mehr Unterstützung brauchst ...«

»Lass mal. Ich krieg das schon hin.« Hab's immer hingekriegt. Allein.

»Aber ich bin da, okay?«

»'kay.« Denn das klingt immerhin nicht ganz scheiße.

# Kurzes Gespräch im Café

*vor fünfeinhalb Monaten*

Amy betritt das *Imogen's*. Das macht sie regelmäßig, um zu sehen, wie ihr Café so läuft. Ihr integratives Café, auf das sie mächtig stolz ist. Das Teil ihres Rehabilitierungsprogramms für jugendliche Straftäter in Zentralkalifornien ist. Aber ich bin nicht dumm. Ich weiß, dass sie vor allem checken will, wie ich, die ehemalige Straftäterin, mich schlage. Und das fühlt sich hässlich an.

»Du schon wieder«, sage ich deswegen. Und ich gebe mir auch keine sonderliche Mühe, freundlich zu klingen. Ich arbeite schließlich. Da kann sie vielleicht auch einfach mal ... keine Ahnung ... nicht nerven.

»Ich schon wieder, wie immer.« Sie flötet fast. Wieso ist sie immer so fucking gut gelaunt?

»Kaffee?«, frage ich, weil ich herausgefunden habe, dass sie weniger redet, wenn sie in eine Tasse pustet.

»Gern.«

Ich wende Amy den Rücken zu und mache mich an der Kaffeemaschine zu schaffen. Inzwischen habe ich raus, wie sie funktioniert. Am Anfang haben Celia, die fast gleichzeitig mit mir angefangen hat, und ich mehr Sauerei als Kaffee gemacht. Das war witzig. Celia ist witzig.

Ein paar Minuten schweigen wir, dann stelle ich einen Becher auf den Tresen.

»Danke.« Amy pustet auf ihren Kaffee.

»Klar.«

»Und?«

Ich verdrehe die Augen.

»Hast du einen guten Tag?«

»Geht das wieder los?« Ich bemühe mich, nicht scheiße zu klingen. Wenn ich nett bin, geht sie schneller wieder.

»Daran musst du dich wohl gewöhnen.« Amy lacht. Beinahe entschuldigend. Was ganz cute ist, schätze ich.

»Mein Tag ist normal.« Wie um das zu beweisen, schnappe ich mir den Lappen aus der Spüle und wische über das glänzende Metall der Kaffeemaschine.

»Was bedeutet ›normal‹?«

Celia kommt in ihrem geblümten Kleid, das ein bisschen aussieht wie eine Tischdecke, durch die Hintertür ins Café. Ihre blonden Haare sind in zwei ordentlichen Zöpfen an ihrem Kopf entlanggeflochten. Und weil Celia Celia ist und zu allem ihren Senf dazugibt, antwortet sie an meiner Stelle. Dafür könnte ich sie knutschen. Wenn ich so was machen würde. »›Normal‹ bedeutet ›nicht besonders‹. Ich zum Beispiel bin nicht normal, ich bin besonders.«

»Du bist voll normal«, sage ich. Irgendwie will ich mich bei ihr bedanken.

Celia kichert. »*Du* bist voll normal.«

»Deine Mutter ist voll normal«, sage ich.

»Ja, das stimmt. Und wir sind besonders.« Sie sieht zufrieden aus.

Amy blickt von mir zu Celia und wieder zurück. Dann lächelt sie.

»Ihr versteht euch, oder?«

»Jep«, sage ich.

»Und mit den anderen? Wie ist es mit Rhys? Mit Malik? Mit Ollie?«

»Sind alle cool.« Und das sind sie wirklich. Auch wenn

ich mich mit Celia am wohlsten fühle. Celia hat diesen Effekt auf Menschen.

»Das freut mich. Und das Zusammenleben?«

»Auch cool.« Vor allem ist es cool, ein Zuhause zu haben, denke ich.

»Also nicht mehr überfordernd?«

»Man gewöhnt sich an alles, oder?«, sage ich, weil dieser Gefühlskram einfach echt nicht meine Welt ist.

»Heißt das, du fühlst dich wohl?«, fragt sie.

»Das heißt, dass alles normal ist.«

# Kurzes Gespräch im Außenbereich des Cafés

*vor vier Monaten*

Draußen ist viel los. Die Tische sind fast alle besetzt. Und ausgerechnet in diesem Moment betritt Amy den Hof. Klar, ist ihr Café. Ihr Hof. Aber es gibt Momente, da ist es wirklich ungünstig.

»Du hast gerade viel zu tun, oder?«, fragt sie und lächelt.

»Ja, gerade ist es stressig.«

»Ich wollte nur wissen, wie es dir geht. Aber dann störe ich nicht länger.« Das Lächeln wird breiter, sodass man die kleine Zahnlücke zwischen ihren Vorderzähnen sieht.

»Okay, bye«, sage ich und stelle Tassen auf mein Tablett.

Doch natürlich stört sie noch ein bisschen weiter. »Nur kurz: Ist alles in Ordnung?«

»Amy!«, sage ich mit gespielter Strenge.

»Bin schon weg.« Sie wendet sich ab.

»Es ist alles in Ordnung, ja.«

# Erstes Quartalsgespräch

*vor drei Monaten*

Jetzt bin ich seit drei Monaten draußen. Das ist wohl eigentlich ganz nice. Aber das bedeutet auch, dass ich zum ersten Quartalsgespräch bei Amy antanzen muss. Und dass sie mir gegenübersitzt und ein Klemmbrett auf dem Schoß hat. Und dass sie genau zuhören wird. Und mitschreiben. Und es fühlt sich nicht nach der Art von Freiheit an, die ich draußen erwartet habe.

»Wie geht's dir?«, fragt Amy.

Obwohl ich mich langsam daran gewöhne, dass sie immer und immer wieder diese Frage stellt, kann ich nicht anders, als genervt zu sein. »Alter, wenn du nur einmal nicht danach fragen würdest.«

»Das wird aber nicht passieren.« Es ist krass, was Amy für eine Geduld hat.

»Ich wette, die anderen nervt das auch.«

»O ja. Aber bislang hat mich noch niemand dazu gebracht, die Fragerei sein zu lassen. Also wird dir das auch nicht gelingen.«

Ich seufze. Das stimmt wohl. »Wenn's unbedingt sein muss … mir geht's okay, schätze ich.«

»Du weißt, was jetzt kommt, oder?«

Ich ahme Amys Tonfall nach. *»Und was bedeutet ›okay‹?«*

Sie lacht. »Ganz genau.«

»›Okay‹ bedeutet, dass ich alles hinkriege. Dass du dir keine Sorgen machen musst. Aber dass ich auch nicht den ganzen Tag durch die Gegend tanze, weil mein Leben so verfickt geil ist.« Das trifft es wohl ganz gut.

»Was hält dich davon ab, durch die Gegend zu tanzen?«

»Meine Würde?« Was denkt sie denn? »Nee, ernsthaft. Es ist irgendwie schwierig, zu wissen, wie ich mich schlage. Ich mache keine Probleme, schätze ich. Und das ist wohl gut.«

»Hattest du erwartet, Probleme zu machen?«, fragt Amy mit gerunzelter Stirn.

»Na ja, bislang war's immer so. Irgendwann hab ich Scheiße gebaut, und dann war's vorbei.« Ist eben einfach so.

»Wusstest du denn vorher, dass das, was du tun würdest, ›Scheiße‹ war?«

»Ich bin ja nicht blöd. Ich dachte nur irgendwie nie an die Konsequenzen.«

Amy schreibt etwas. Das nervt mich. »Und jetzt schon?«

»Wir haben schließlich einen Deal. Abendschule, Abschluss nachholen und der ganze Scheiß?« Das war Amys Bedingung. Wenn ich meinen Abschluss nachhole, darf ich währenddessen in einer WG wohnen, die Teil ihres Programms ist. Und ihr Programm ist ganz cool, glaube ich. Jedenfalls hat man ein Jahr Zeit, um wieder auf die Beine zu kommen. Das ist mehr als sonst. Deswegen, sagt sie, sind die Erfolgschancen auch höher. Aber deswegen muss Amy auch die ganze Zeit zusehen, dass sie neue Förderer auftreibt. Hat Rhys erzählt. Mein Chef im Café, der das Programm abgeschlossen hat.

»Du nimmst das ernst.«

»Ist meine letzte Chance, oder?«

»Du bist ein bisschen jung, um über letzte Chancen zu sprechen, finde ich.«

»Wenn ich das jetzt verkacke, war's das. Dann hab ich bewiesen, dass ich es nicht kann. Dann hatten alle recht.«

»Wer?«

»Na alle.«

»Was haben denn ›alle‹ gesagt?«

»Dass ich nutzlos bin. Dass ich nur Ärger mache. Dass ich nichts kann. Dass ich …« Ich spreche den Satz nicht zu Ende.

»Das haben sie gesagt?«

Ich nicke.

»Das tut mir leid.«

Ich zucke mit den Schultern. Ist egal.

»Niemand hat das Recht, so etwas zu dir zu sagen.«

»Na ja, ich hab ihnen ja auch nicht gerade das Gegenteil bewiesen.« Leiser sage ich: »Oder mir.«

»Aber es hat trotzdem wehgetan, oder?«

»Fängst du jetzt wieder mit dieser Gefühlsscheiße an? Verfickte Hölle.«

»Es ist völlig in Ordnung, sich mies zu fühlen, wenn Leute solche Dinge zu einem sagen.«

»Ich fühl mich nicht mies.«

»Wie fühlst du dich denn?«

»Hardcore gelangweilt, ehrlich gesagt.«

»Das glaube ich dir nicht.«

»Dann lass es eben.«

»Ich glaube, diese Dinge, die über dich gesagt wurden, haben dich verletzt. Und du tust so, als wäre es dir egal, weil du nicht willst, dass ich weiß, dass du verletzlich bist.«

»Und wenn?« Ich will wirklich, dass sie aufhört zu reden.

»Nichts. Es ist nur einfach eine sehr verständliche Reaktion.«

Ich sage nichts mehr. Kaue auf meiner Unterlippe herum. Mein Blick findet wie automatisch das Fenster.

»Vielleicht wäre es gut, du würdest versuchen, deine Emotionen nicht einfach nur wegzuschieben.«

»Was ist das denn jetzt für ein Psychokram?«

»Das ist mein Rat an dich. Und ich weiß, wovon ich spreche.«

Jetzt sehe ich sie doch wieder an. Was meint sie?

»Ich habe ziemlich lange gedacht, wenn ich die Dinge mit mir selbst ausmache, ist es leichter. Aber es stellte sich heraus, dadurch wurde alles immer nur schwerer.«

Oha. Damit habe ich nicht gerechnet. »Wie meinst du das?«

»Du kannst am Leben sein, ohne richtig zu leben. Aber Sinn macht es eigentlich erst, wenn du die Dinge zulässt. Die guten, die schlechten.«

»Also damit, schlechte Dinge zuzulassen, hatte ich noch nie Probleme.« Ich lache. Bitter.

»Dann fangen wir doch jetzt mal mit den guten an, was meinst du?«

»Und wie soll das bitte aussehen?«

»Vielleicht schreibst du die guten Gefühle einfach mal auf. Am Ende jedes Tages.«

»Klingt kacke.«

»Das wäre zum Beispiel nichts, was du aufschreibst. Stattdessen würdest du aufschreiben: ›Ich bin stolz auf mich, weil ich die Herausforderung angenommen habe.‹« Amy grinst und zeigt wieder ihre Zahnlücke.

»Oder: ›Ich bin froh, dass ich Amys bescheuerte Aufgabe nicht gemacht habe‹«, schlage ich vor. Doch das hat nicht den gewünschten Effekt, denn Amy redet einfach weiter.

»Solange du es aufschreibst …«

# Kurzes Gespräch im Café
*vor anderthalb Monaten*

Ich lache laut. Richtig laut. »Celia, hör auf damit! Ernsthaft!«

Doch Celia tanzt einfach weiter durchs Café.

»Du verschreckst die Kunden!«

»Es ist Feierabend. Und es ist niemand hier.«

»Abgesehen von mir«, sagt unsere Kollegin Ollie, die gerade noch draußen eine Zigarette geraucht hat.

»Dann tanz du mit mir!« Celia tanzt auf Ollie zu, ich verdrehe die Augen. Aber auch ich muss grinsen.

»So ein bisschen tanzen hat noch niemandem geschadet«, sagt Ollie, nimmt Celias Hand und dreht sie einmal im Kreis. Es sieht völlig absurd aus. Ollie mit ihren Piercings und dem schwarzen Undercut, dem Shirt mit feministischem Aufdruck und daneben Celia in ihrem weiten Blumenkleid.

Celia jubelt und jauchzt. »Komm schon, Sophia.«

»Ja, komm schon, Sophia.« War klar, dass Ollie sich auf Celias Seite schlägt.

In diesem Moment geht die Tür auf, und Amy betritt das Café. Aber heute stört es mich gar nicht so sehr wie sonst.

Ich hebe die Hand. »Endlich jemand, der bei Verstand ist«, sage ich.

»Ihr habt's ja lustig.«

Celia nickt. »Nur Sophia nicht.«

»Ich kann auch aus der Ferne Spaß haben.« Und das habe ich. Mit Celia eigentlich immer. »Mir geht's übrigens gut, falls du das fragen wolltest. Bin von keiner Tarantel gestochen worden oder so.« Ich nicke zu Ollie und Celia, denn für die beiden gilt das offensichtlich nicht.

»Das freut mich, zu hören«, sagt Amy.

Weil es hier einfach zu laut ist, bedeute ich Amy, mir in den Hof zu folgen. Dort haben wir Ruhe vor den beiden Wahnsinnigen.

Wir setzen uns an einen der Tische. In der Garage hört man Che rumoren. Che heißt eigentlich Ernesto, ist ein lustiger Mexikaner mit Bart und Bauch. Er war früher der Koch im *Imogen's,* bevor er eine kleine Brauerei namens *Wish You Were Beer* in der Garage im Hinterhof eröffnete und mein Mitbewohner Malik seine Stelle bekam.

Noch ehe Amy fragen kann, sage ich: »In der Arbeit läuft's gut, wenn Celia und Ollie nicht gerade völlig durchdrehen. In der Abendschule ist es okay.«

Amy lächelt. Ich glaube, sie ist überrascht, aber nachdem ich ihr eh nicht entkomme, kann ich ihr genauso gut erzählen, was sie hören will. »Klingt, als hättest du dich richtig eingefunden.«

»Schätze schon, ja.« Und noch ehe ich es ausspreche, denke ich, dass das wirklich stimmen könnte.

»Und wie läuft es mit den Gefühlen?«

Ach ja, richtig. Die Gefühle. »Ich hab sie nicht aufgeschrieben, falls du das meinst.«

»Schade.«

»Aber ich hab mir ein paar gemerkt.« Seltsamerweise. Ohne dass ich es wirklich drauf angelegt hätte. Vielleicht funktioniert Amys Psychokram tatsächlich.

»Okay, das gilt auch.«

Es macht mich zufrieden, dass Amy das so sieht. »Ich muss jetzt aber keinen Seelen-Striptease vor dir hinlegen, oder?«

»Du musst nicht, aber du darfst.«

»Dann lass ich es lieber.« Denn übertreiben müssen wir es ja nun nicht.

# Heute

# Sophia ∞

**1** Für einen kurzen Augenblick liegt Amys Hand auf meiner Schulter. Es ist nur ein vorsichtiges Dirigieren. Nur eine winzige Berührung. Aber es ist eine Berührung, und ich fühle sie. Durch mein T-Shirt hindurch. Leichter Druck, Wärme auf der Haut. Meine miese Laune, die Angst vor unserem Gespräch, alles wird überlagert von diesem kurzen Gefühl von Nähe und Verbundenheit. Auch wenn's vielleicht eine Lüge ist. Auch wenn's vielleicht Manipulation ist. Aber ich bin wohl ein leichtes Opfer. Verfickte Hölle.

»Wir beide haben heute etwas zu feiern«, sagt Amy und zeigt auf zwei Schokomuffins, die in ihrem Empfangszimmer auf dem kleinen Tisch zwischen Sofa und Sessel stehen. Es sind die aus dem *Imogen's*.

»Was denn?« Ich gebe mir Mühe, nicht verschlossen zu wirken. In den letzten Monaten habe ich angefangen, mich weniger gegen Amys Fragen zu wehren, weil ich weiß, dass sie es nur gut meint. Und weil ich das Gefühl habe, dass es besser für mich ist, wenn ich mit ihr zusammenarbeite. Chancen nutzen und so. Auch wenn Amys Büro nicht unbedingt der Ort ist, an dem ich am liebsten auf der Welt bin. Man fühlt sich beobachtet. *Evaluiert*, wie Amy es nennt.

»Sechs Monate, Sophia. Ein halbes Jahr! Ich hoffe, du bist stolz auf dich.«

Ach so, das. Ja. Sechs Monate. Das bedeutet, dass mich sechs Monate davon trennen, *resozialisiert* zu sein. Wie Rhys.

Rhys ist mein Chef im *Imogen's*. Aber dafür muss ich Amys Programm absolvieren. Und dafür muss ich dieses Gespräch bestehen. Und dafür darf ich nicht zu unnahbar wirken. »Hm, ich weiß nicht, ob ich es Stolz nennen würde.«

»Wie denn dann?«, fragt Amy, und damit ist die Evaluierung eröffnet.

Amy sitzt mir gegenüber in ihrem Sessel und schreibt etwas auf ihren Fragebogen. Später wird sie ihn in meine Akte heften. *Zweites Quartalsgespräch* steht obendrüber.

Alle drei Monate haben Amys Schützlinge, wie sie uns nennt, einen Termin bei ihr. Neben den regelmäßigen Besuchen zu Hause oder auf der Arbeit sind das die Momente, vor denen man sich am meisten einscheißt. Dabei ist Amy eigentlich nett. Richtig nett. Aber Nettigkeit ist was, das mir eine Heidenangst einjagt. Bin wohl nicht wirklich dran gewöhnt, dass die Leute nett zu mir sind.

Zähne zusammenbeißen, reden. »Es ist ein bisschen, als würde ich auf Zehenspitzen gehen«, sage ich. In mir sträubt sich alles dagegen, solche Dinge von mir preiszugeben, aber ich weiß, dass es absolut keinen Sinn hat, Amy nicht alles zu erzählen. Nicht nur, weil sie es ohnehin aus einem rauskriegt, ob man will oder nicht. Sondern auch, weil das meine Chance ist. Amy, das Resozialisierungsprogramm, der Job, die Wohnung …

»Was meinst du damit?« Sie blickt von ihrem Fragebogen auf und sieht mich interessiert an. Viel zu interessiert. Ich hasse das. Blicke auf mir. Ich weiß dann nie, wie ich mich verhalten soll.

Also verschränke ich die Arme. Zum Schutz. Es kommt mir selbst völlig lächerlich vor. Wovor will ich mich denn schützen? »Na ja …« Aber ich schätze, es ist einfach merkwürdig, sich auf diese Weise umzukrempeln. Das Innere nach außen, damit es jemand evaluieren kann. »Also ...« Es fühlt sich an, als würde man sich komplett nackt machen. Nur ist es eben das beschissene Gehirn, das nackt ist. »Ich glaube, ich will so sehr alles richtig machen, dass ich mich selbst blockiere, weißt du?« Da. Das ist es.

»Hast du ein Beispiel?«

»Gestern in der Schule erst. Es wurde eine Frage gestellt. Ich wusste die Antwort. Oder ich dachte, ich wüsste sie. Aber ich hab mich nicht gemeldet, weil ich mir auf einmal selbst nicht mehr getraut habe.«

»Was wäre denn passiert, wenn die Antwort falsch gewesen wäre?«, fragt Amy, während sie etwas aufschreibt.

»Also, in den Knast wäre ich wohl nicht gekommen.« Es klingt zwar wie ein beschissener Witz, aber genau davor habe ich Angst. Dass ich etwas falsch mache, aus dem Programm fliege, wieder Mist baue und zurück ins Gefängnis komme. Für länger diesmal. Wenn man einmal in diesem verfickten System drin ist, geht das viel schneller. Sagt Malik. Und der muss es wissen, den haben sie gleich wieder eingebuchtet damals.

»Nein, das wärst du nicht. Wofür würdest du in den Knast kommen?«

Was für eine bescheuerte Frage. »Wenn ich was Kriminelles mache halt.«

»Und hast du vor, was Kriminelles zu machen?«

Eine noch bescheuertere Frage. »Natürlich nicht.«

»Du *kannst* dir selbst vertrauen. Seit sechs Monaten hast du dir nichts zuschulden kommen lassen. Du gehst in die Abendschule, arbeitest im *Imogen's*. Rhys ist sehr zufrieden mit dir. Du darfst dir durchaus ein bisschen Freiraum erlauben.«

Rhys. Der irgendwann auch mal hier saß. Auf meiner

Seite des Sofas. Der es geschafft hat, ein richtiges Leben zu führen.

»Ja, das denk ich auch manchmal. Und dann bin ich mir aber nicht sicher, wie der Freiraum aussehen soll.«

»Was macht dir denn Spaß?«

»Jeden Morgen aufzuwachen und zu wissen, dass das jetzt mein Leben ist.« Die Antwort kommt schnell. So schnell, dass es mich überrascht. So schnell, dass Amy lächelt. Natürlich.

»Was noch?«

»Ins Bett zu gehen und zu wissen, wenn ich am nächsten Morgen aufwache, ist das immer noch mein Leben.«

»Was noch?«

»Ich schätze, ich mag die Arbeit. Ich mag es, dass ich dazugehöre irgendwie.« Wie bescheuert klingt das denn?

»Wieso sagst du ›irgendwie‹?«

»Weil's irgendwie so ist?« Weil es sich verflucht unwirklich anfühlt, Teil von was zu sein.

»Da war wieder das ›irgendwie‹.«

Aber vielleicht gehört es eben auch einfach da hin? »Ja, okay, also dann bin ich halt Teil vom Team.«

Teil von Rhys' High Fives, nach denen man sich ein bisschen stolz fühlt. Teil des etwas zu festen Auf-die-Schulter-Klopfens von Ollie. Aber sie meint es nett. Das ist unser Ding. Das und die Tatsache, dass ich Frühschichten für sie übernehme, weil sie gern lange schläft. Teil von Celia und Sophia.

»Ich mag sogar die Abendschule irgendwie.«

»Das klingt, als hättest du das nicht erwartet.«

»Schule war nie meins. Aber das weißt du ja.«

»Was hat sich verändert?«

»Ich hab begriffen, dass das die Regeln sind. Deine Regeln.«

»Meine Regeln?«

»Na ja, ich hab gesagt, ich mach das Programm nicht, wenn ich wieder in eine Familie muss. Du hast gesagt, dafür musst du deinen Abschluss machen. Das war ein Moment, in dem ich dachte, wow, da nimmt mich jemand ernst. Und deswegen nehme ich es jetzt ernst.«

Amy nickt. Schreibt und nickt. Dann: »Weißt du, Sophia, ich finde, das klingt so, als hättest du eigentlich alles ziemlich gut im Griff.«

»Findest du?«

»Findest du nicht?«

»Na ja. Ich will echt alles richtig machen. Aber dann gibt's Momente, da ist es nicht so leicht.« Im Gegenteil, es ist scheiße schwierig. Aber vielleicht muss ich das meiner Sozialarbeiterin nicht unbedingt auf die Nase binden.

»Das ist es für niemanden.«

»Aber alle anderen kriegen's hin ...«

»Vieles sieht nach außen einfacher aus, als es in Wahrheit ist. Wenn man dich sieht, würde man auch nicht glauben, dass du manchmal kämpfst. Du weißt nicht, was hinter der Fassade passiert.« Amy lächelt wieder.

»Ja, nee, ist klar.«

»Und du weißt nicht, wo die anderen angefangen haben. Es ist für alle ein weiter Weg. Erinnerst du dich an den Tag vor sechs Monaten?«

»Schon, ja.« Amy holte mich vom Pearley Juvenile Prison ab. Mit ihrer Pflegetochter Jeannie. Und dann sind wir in eine Mall gefahren, um Klamotten zu kaufen. Das war noch, bevor sie anfing, mir mit Fragen auf die Nerven zu gehen. Und es war, bevor ich anfing, mich an die Fragen zu gewöhnen.

»Wie ging es dir da?«

Ich zucke mit den Schultern. »Ganz gut, schätze ich.«

Amy lacht. »Ganz gut? Denk mal nach.«

»Also … Es war schon echt viel alles. Mit den Menschen. Und Jeannie.« Amys Pflegetochter ist gleichzeitig Rhys' Halbschwester. »Sie hat in einer Tour gequasselt. Und ich wusste irgendwie gar nicht, wie ich da jetzt reinpassen soll. In die Welt. Ich hatte keine Ahnung, wie das alles laufen würde. Ehrlich gesagt, dachte ich, ich lass einfach was mitgehen und sie buchten mich gleich wieder ein.«

»Im Ernst?«

»Ich war mir sicher, dass es beim Ausgang piepsen würde.«

»Aber das hat es nicht.«

»Nein, das hat es nicht.« Meine verfluchten Mundwinkel zucken.

»Was war dann?«

Ich starre auf meine schwarzen Schnürstiefel. Die hat Amy mir dort gekauft. Aus purer Nettigkeit. »Dann sind wir in die Wohnung gefahren. Ich hab mein Zimmer gesehen.« Komische Dinge passieren in meinem Inneren, während ich über den Tag spreche. Das sind wohl diese Gefühle, über die Amy dauernd reden will. Die ich aufschreiben soll. Verfickte Hölle. Amy weiß genau, was sie hier tut.

»Mochtest du das Zimmer?«

»Ja!« Das ist leicht. »Ich mag's immer noch. Weil es mein Zimmer ist.«

»Das ist dir wichtig.«

»Es ist schön, einen Ort für sich zu haben.« Das Zimmer. Die Wohnung. Malik, der Omelette macht. Das *Imogen's.*

»Das verstehe ich gut.«

»Es ist schön, wenn man weiß, wo man hinsoll, weißt du? Wenn man weiß, wie die Dinge laufen.«

Sie nickt, als wüsste sie tatsächlich, was ich meine. Als hätte sie auch mal nicht gewusst, wohin mit sich. »Siehst du, wie weit du gekommen bist? Mach dich nicht kleiner, als du bist. Wenn überhaupt: Mach dich größer. Zumindest nach außen.«

Ich beiße mir auf die Innenseite meiner Wange. Denn wenn man immer dachte, dass man nicht gut genug ist, nicht mal gut genug, um einfach nur auf dieser beschissenen Welt zu sein, dann ist es ganz schön krass, das zu hören.

»Beim letzten Mal haben wir drüber gesprochen, dass es gut wäre, die positiven Gefühle aufzuschreiben. Erinnerst du dich?«

Ich beiße mir auf die Unterlippe. »Ja.«

»Und du hast gesagt, du merkst sie dir, richtig?« Amy lächelt wissend. »Wärst du heute bereit, ein paar davon mit mir zu teilen?«

Alter.

»Sophia?«

»Also … ähm …« Ich zögere einen Moment, weil dieses Seelenzeug verflucht peinlich ist. Aber es ist auch genau das, was Amy hören will. »Also … wenn Zelda mich umarmt. Dann hab ich das Gefühl, dass ich nicht allein bin mit dem ganzen Kram.« Zelda ist Maliks Freundin. Sie ist klein und laut und bunt. »Oder wenn Malik mir was zu essen macht. Das ist fast so was wie 'ne Familie. Zusammenhalt oder so. Wenn Ollie und Celia durchs Café tanzen. Dann macht mich das froh. Wenn ich abends im Bett liege, dann … bin … fühle ich mich zufrieden, glaub ich.«

»Das sind jede Menge positive Gefühle.« Amy sieht überrascht auf.

»Ja. Weil … also … ich glaub, ich hab mich früher wohl ein bisschen viel betäubt. Und deswegen hab ich, glaub ich, ein paar Sachen verpasst. Und wenn ich gefühlt habe, dann halt vor allem so was wie Wut. Oder Frustration. Oder nichts.«

»Aber das ist jetzt anders?«

»Es wird«, sage ich und senke den Blick, damit Amy nicht sieht, wie ich rot werde. Wie neulich, als Jeannie sich auf meinen Schoß gesetzt hat. Die Nervkröte. Sie quakt in einem fort. Auch wenn sie nicht auf Schößen sitzt. Aber dann besonders. Und ich dachte, das muss schön sein, das Auf-einem-Schoß-Sitzen. Warm und sicher irgendwie. Das Umgebensein von jemand anderem.

»Und das ist großartig, Sophia«, sagt Amy.

Da ist sie wieder. Die Nettigkeit. Amy ist einfach so verflucht nett. Egal, wie scheiße ich schon zu ihr war. Sie ist immer nett. Amy, die Nette. Zelda ist die Quirlige. Tamsin – Rhys' Freundin – die Kluge. Ich bin … keine Ahnung. Die auf Zehenspitzen. Die mit der Liste aus fremden Gefühlen.

»Du kannst sehr stolz auf dich sein.«

»Das ist ein Gefühl, das ich irgendwie noch nicht so richtig kenne«, sage ich und ärgere mich im nächsten Moment, dass mir das so rausgerutscht ist.

»Das macht nichts. Das kommt mit der Zeit.«

Ich nicke. Vielleicht. Vielleicht kommt es mit der Zeit.


Während der nächsten halben Stunde gehen wir Amys Fragenkatalog durch.

Wie läuft es in der Schule? Gut, bis auf Englisch.

Warum läuft es in Englisch nicht? Weil in den Texten, die wir lesen, nie das steht, was die Leute eigentlich sagen wollen. Und ich hasse es, wenn man drum herumredet. Wieso soll ich mir Mühe geben, wenn sich Shakespeare keine Mühe gibt?

Habe ich Pläne? Nein, aber ich sauge mir schnell aus den

Fingern, dass ich erst mal meine Konzentration darauf richten will, den Highschool-Abschluss nachzuholen. Das gefällt Amy, weil ich ambitioniert wirke.

Wer sind meine Hauptbezugspersonen? Malik, weil wir zusammenwohnen und -arbeiten. Zelda, weil sie an Malik klebt. Rhys, weil er mein Boss ist. Ollie, weil sie mich irgendwie adoptiert hat an meinem ersten Tag. Celia, weil man immer um Celia herum sein will, wenn sie in der Nähe ist, weil sie immer fröhlich ist. Aber das sage ich nicht, sonst muss ich danach erklären, warum ich nicht immer fröhlich bin oder so.

Nach einer gefühlten Ewigkeit haben wir schließlich das Ende ihrer Unterlagen erreicht.

»Danke für deine Zeit, Sophia.«

Früher hätte ich gesagt, dass ich wohl kaum eine andere Wahl hatte. Aber jetzt … keine Ahnung, ich fühle mich irgendwie ganz aufgeräumt nach unserem Gespräch. Das ist ein Gefühl für meine Liste. *Inneres Aufgeräumtsein.*

»Wenn du noch fünf Minuten Zeit hast, würde ich dir gern noch etwas vorschlagen«, sagt Amy.

»Okay?«, frage ich.

»Oder besser gesagt, dich um Hilfe bitten.«

»Du? Mich?« Das ist neu.

Amy lacht. »Warum ist das so unvorstellbar?«

»Na ja …« Ich mache eine unbeholfene Geste in ihre Richtung und dann eine in meine.

Sie schüttelt lachend den Kopf. Dann sagt sie: »Du weißt, dass mein Rehabilitierungsprogramm spendenfinanziert ist, oder?«

»Ja.« Und dass ich hier sitze, innerlich aufgeräumt, habe ich der Tatsache zu verdanken, dass Amy mich – aus welchen Gründen auch immer – dafür ausgewählt hat.

»Wir nehmen an einem neuen Projekt teil. *Believe in Second Chances* heißt es.« Sie reicht mir einen edel aussehenden Flyer. Darauf sind glückliche Jugendliche abgebildet. *Schenken Sie zweite Chancen mit Ihrer Patenschaft,* steht darauf.

Amy räuspert sich, als wäre es ihr unangenehm. »Es handelt sich um ein Charity-Projekt, bei dem wohlhabende Leute Patenschaften für junge Straftäterinnen und Straftäter übernehmen. Sie unterstützen Programme wie dieses hier durch eine Spende, dafür verbringen sie Zeit mit ihrem« – sie malt Anführungszeichen in die Luft – »»Patenkind‹.«

»Hä? Warum?«

»Ich weiß, ich weiß, es klingt ein bisschen … komisch.«

»Die zahlen Geld, um Kriminelle kennenzulernen?«

»Ich fand das Projekt anfangs auch … fragwürdig. Aber mit der Unterstützung könnte ich zwei weitere Schützlinge aufnehmen. Vielleicht sogar drei. Und am Ende geht es vor allem darum, oder? Zu helfen?«

Ich weiß nicht, was ich sagen soll. Weiß nicht, wo ich hinsehen soll. Irgendwelche reichen Leute wollen mich als ihr Charity-Projekt?

»Du kannst selbstverständlich Nein sagen. Um Hilfe bitten ist keine Schande. Abzulehnen allerdings auch nicht.«

Sie lächelt. Scheiße noch mal, warum ist sie so verflucht nett?

»Es geht um ein Mittagessen oder Abendessen pro Monat. Mehr ist es nicht.«

Mehr ist es nicht.

»Und wenn es dir unangenehm ist, kannst du jederzeit zu mir kommen, dann finden wir eine Lösung.«

Dann finden wir eine Lösung.

»Aber es bleibt deine Entscheidung.«

Meine Entscheidung.

»Du kannst auch gern einfach drüber nachdenken. Nimm dir den Flyer mit, wenn du willst. Und mach dir keinen Druck deswegen.«

»'kay«, sage ich, und mein Blick bleibt an meiner Spiegelung im Fenster hängen. Struppige schwarze Haare, schwarzes T-Shirt, schwarze Jeans mit Riss am Knie, schwarze Schnürstiefel. Die wollen mich? Soll ich lachen? Doch dann zucke ich mit den Schultern und stecke den bescheuerten Flyer ein.

Philip

**2** »… Bachelor-Abschluss nach zweieinhalb Jahren, Juris Doctor als Jahrgangsbester an der renommierten Berkeley University mit nur vierundzwanzig …«

Ich lächle gequält in die Runde. Diese Lobeshymnen sind mir unangenehm. Ja, ich habe einen tollen Abschluss gemacht. Ja, ich bin noch jung. Nach außen sieht das alles mächtig toll aus. Aber innerlich? Nichts von alldem bedeutet, dass ich dieser Rolle gewachsen bin. Oder dem Druck. Oder den Ansprüchen. Es bedeutet nur, dass der Kampf weitergeht.

Mein Dad scheint es zu merken, denn er legt mir die Hand auf die Schulter und sagt: »Sieh es deinem alten Herrn nach, Philip, ich bin einfach wahnsinnig stolz auf dich.« Kurz bricht seine Stimme. Er sieht mich mit einem liebevoll-väterlichen Blick an, und gegen meinen Willen bin ich auf einmal gerührt. »Und deswegen bleibt mir nur zu sagen: Herzlich willkommen, mein Sohn, bei *Mason & Englander.*« Mein Dad grinst breit und beginnt zu applaudieren.

»Zwei Generationen Englanders in einer Kanzlei, ob das gut geht?« Reginald – oder Reggy, wie wir ihn nennen –, der Partner meines Dads, lacht und klatscht ebenfalls. Die anderen Mitarbeiterinnen und Mitarbeiter tun es ihm nach. Ich stehe in ihrer Mitte, nicke, lächle, fühle mich unwohl. Fühle mich wie eine Mogelpackung.

»Philip, möchtest du noch ein paar Worte sagen?«, fragt mein Vater nun.

Da ich weiß, was von mir erwartet wird, und wirklich außerordentlich gut darin bin, diesen Erwartungen gerecht zu werden, ergebe ich mich in die Situation und trete einen Schritt nach vorn. »Erst einmal vielen Dank für die herzliche Begrüßung, Seymour.«

Es ist merkwürdig, meinen Vater mit Vornamen anzusprechen, aber wir haben uns im Vorfeld darauf geeinigt. Als ich es beim Abendessen ausprobierte, musste meine große Schwester Pearl so lachen, dass sie sich an ihrem Soda verschluckte und es ihr aus der Nase wieder rauskam. Meine Großmutter war wenig amüsiert, und das ohnehin schon angespannte Verhältnis zwischen ihr und Pearl bekam einen weiteren Dämpfer.

»Reginald.« Ich lächle Reggy zu, nicke freundlich, so wie es sich für den Sohn des Partners und den neuen Anwalt der Kanzlei gehört. »Ich freue mich, hier zu sein, und fühle mich angesichts des Vertrauens, das mir entgegengebracht wird, geehrt. Ich werde mir die allergrößte Mühe geben, es nicht zu enttäuschen.« Ein paar Leute lachen höflich. »Ich bin mir sicher, einige von Ihnen werden denken, dass es keine große Kunst ist, Sohn zu sein. Dass ich mich ins gemachte Nest setze. Und ja, Sie haben recht.« Wieder ernte ich ein paar Lacher, verhaltener diesmal. Auch wenn ich mich liebend gern nicht ins gemachte Nest gesetzt hätte. Doch mein Pflichtbewusstsein siegte über meinen Abenteuergeist. »Aber ich versichere Ihnen, ich werde hart arbeiten, um Sie davon zu überzeugen, dass mehr als ein guter Abschluss und mehr als der Name Englander in mir steckt, so wie ich es bereits im letzten Jahr bei verschiedenen Praktika im In- und Ausland getan habe.« Allerdings hatten nicht alle davon etwas mit Jura zu tun, aber das ist hier nicht relevant. »Ich hoffe, Sie werden mir verzeihen, wenn ich anfangs etwas öfter nachfrage, wie die Kaffeemaschine funktioniert oder warum der Drucker nicht macht, was er soll.« Das Lachen wird nun wieder lauter. »Normalerweise lerne ich schnell und sollte Ihnen nicht allzu lange mit meiner Unwissenheit auf die Nerven fallen. Und das ist dann meistens auch der Moment, in dem die Leute beginnen, mich zu mögen. Also lassen Sie uns gemeinsam hoffen, dass es nicht allzu lange dauert.« Jetzt lächelt selbst die rundliche ältere Dame in der ersten Reihe, die bislang jede emotionale Regung unterdrückt hatte. »Ich freue mich, hier zu sein, freue mich auf die Zusammenarbeit und freue mich vor allem darauf, Sie alle kennenzulernen - mit Namen zu den Gesichtern.«

Alle, inklusive mein Vater und Reggy, klatschen erneut. Dann kommt Bewegung in die Belegschaft. Jeder kehrt zu seinem Platz zurück und macht sich an die Arbeit. Für einen Moment stehe ich etwas verloren herum, doch dann tritt eine Frau Mitte vierzig mit glatten, offenen Haaren, die schon leicht grau werden, auf mich zu.

»Mein Name ist Allison. Allison Howard. Ich bin Ihre Assistentin.«

»Freut mich, Sie kennenzulernen.« Ich schüttle ihre Hand. »Philip Englander. Aber das ist Ihnen vermutlich nicht verborgen geblieben.« Sie erwidert mein Lächeln.

»Lassen Sie mich Ihnen Ihr Büro zeigen, Mr Englander«, sagt Allison.

»Nennen Sie mich doch einfach Philip.« Die Förmlichkeiten, die in so einer Kanzlei herrschen, widerstreben mir.

»Gern, Philip.« Sie wiederholt meinen Namen, als müsse sie ihn üben.

Allison führt mich den Gang entlang. Hinter Glaswänden werden Meetingräume vorbereitet, Menschen telefonieren, tippen E-Mails, wühlen sich durch Akten.

»Bitte sehr.« Sie schiebt die Tür eines Büros auf, und ich trete hinein.

Für viele ist so ein allererster Arbeitstag als Anwalt in einer großen, renommierten Kanzlei sicher ein Traum, und ich will nicht undankbar sein. Das hier ist eine tolle Chance. Nicht nur Teil von *Mason & Englander* zu sein, sondern auch an spannenden Fällen zu arbeiten. Zu lernen. Erfahrungen zu sammeln. Mit diesem Gedanken lasse ich mein Büro auf mich wirken.

Es ist nicht groß. Sicher nicht so groß wie das meines Vaters oder Reggys, mit Assistentinnen in Vorzimmern, als wären sie Don Draper persönlich. Aber ich habe einen großzügigen Glasschreibtisch, ein Fenster, durch das die Morgensonne scheint, und einen ergonomischen Schreibtischstuhl.

»Hätten Sie gern einen Kaffee, Mr Engl… Philip?«, fragt Allison.

»Ich hole mir gleich selbst einen. Vielen Dank.«

»Lassen Sie es mich wissen.«

»Danke, Allison.«

»Ich habe einige Nummern auf Kurzwahl eingestellt.« Sie reicht mir einen Zettel. »Ich bin auf der Eins. Wenn ich sonst noch etwas für Sie tun kann …«

»Danke.« Eigentlich brauche ich vor allem einen kurzen Moment für mich, um mich zu orientieren. Mich zu strukturieren.

Allison nickt zögerlich, dann wendet sie sich zum Gehen.

»Ähm, Allison?« Sie dreht sich noch einmal um. »Ich bin

es nicht gewöhnt, eine Assistentin zu haben. Das ist alles noch ziemlich neu für mich.«

»Wir werden uns schon einspielen«, sagt sie, jetzt mit einem Lächeln auf den Lippen. »Vielleicht sagen Sie mir einfach, wie Sie Ihren Kaffee trinken, dann weiß ich für die Zukunft schon einmal Bescheid.«

»Schwarz«, sage ich. »Und Sie?«

»Ich?«

»Ja.«

»Mit einem Schuss Sojamilch.«

»Ist notiert.«

Allison lacht und verlässt mein Büro, und ich seufze und fahre meinen Computer hoch.

*Sorry, ich komme jetzt erst los,* schreibe ich gute zehn Stunden später an Zelda, mit der ich eigentlich in genau diesem Moment verabredet bin. Vor lauter Einlesen und Orientieren habe ich bereits an meinem ersten Arbeitstag die Zeit vergessen. Na, das kann ja was werden!

*Kein Problem, ich hab was zu lesen dabei. Und damit meine ich, Tamsin hat was zu lesen dabei. Und damit meine ich, ich brauche nichts zu lesen, weil ich Tamsin dabeihabe. Ist das okay? Sorryyyyyyy!*

Natürlich ist das okay. Ich mag Zeldas Freundin Tamsin. Sie ist nett und schlau und witzig und geht absolut vorurteilsfrei durch die Welt, was man schon daran erkennen kann, dass ihr Freund Rhys ein ehemaliger Straftäter ist. Irgendwas mit Drogen und Waffen, als er ein Teenager war oder so. Ich habe nie nachgefragt, weil es mich nichts angeht. Er hat seine Strafe abgesessen.

Ich stecke ein paar Unterlagen, die ich mir entweder heute Abend oder morgen zum Frühstück noch mal ansehen will, in meine lederne Aktentasche – ein Geschenk von Gran zu meinem Abschluss –, ziehe mir das Sakko über und verlasse mein Büro. Auf dem Gang grüße ich einen älteren Herrn vom Reinigungsteam. Die meisten anderen haben bereits Feierabend gemacht.

Um Zelda und Tamsin nicht unnötig warten zu lassen, rufe ich mir ein Uber und bin zehn Minuten später im bunten Univiertel von Pearley. Wir sind im *Vertigo* verabredet, einer typischen Studentenkneipe, die sich in der verkehrsberuhigten Ausgehmeile befindet. Der Fahrer lässt mich an der nächsten Straße raus, und ich versuche, so schnell wie möglich an den flanierenden Studentinnen und Studenten vorbeizukommen. Antiquariate reihen sich hier an kleine Boutiquen und Bars, Restaurants werben mit neuen Fusion-Konzepten, vor einer veganen Eisdiele, die Pearl über alles liebt, hat sich eine lange Schlange gebildet.

Zu meiner Rechten kommt endlich das *Vertigo* in Sicht. Ich selbst habe nicht in Pearley studiert, weswegen ich das nächtliche Leben erst nach und nach für mich erschließe. Doch im *Vertigo* habe ich mich schon etliche Male mit Zelda getroffen, weil es in der Nähe meiner Wohnung und vom Campus liegt, sodass es für uns beide der perfekte Ort für einen Feierabenddrink ist.

Wenn man eintritt, schlägt einem der unverkennbare Geruch von Bier und fettigem Essen entgegen. Das war in den Kneipen rund um Berkeley nicht anders. Man kann noch so reich oder schlau sein, wenn man einen über den Durst getrunken hat, braucht man Frittiertes oder ölige Pizza, die aus mehr Käse als sonst was besteht.

Aus den billigen Lautsprechern dröhnt ein rockiger Sound, der sich mit Gesprächen und Gelächter vermischt. Es ist ein lebendiger Ort, der nicht gegensätzlicher zur

Kanzlei, aus der ich gerade komme, sein könnte. Statt Auszeichnungen und Urkunden hängen alte Autokennzeichen und Metallschilder mit halbwitzigen Motivationssprüchen und Zitaten an der Wand. Und ganz hinten in der Ecke erspähe ich Zeldas blauen Haarschopf.

»Entschuldigt die Verspätung«, sage ich etwas außer Atem, nachdem ich mich durch die Menge aus Trinkenden gedrängelt habe.

»Das macht nichts. Aber ... äh ... bist du in einen Armani-Katalog gefallen oder so?« Zelda mustert mich breit grinsend von oben bis unten. Dann beginnt sie zu kichern. »Bisschen overdressed fürs *Vertigo*, meinst du nicht?«

»Hast du nicht gesagt, wir treffen uns mit Philip? Ist der nicht barfuß durch Europa getrampt und will Craft Beer brauen?«, fragt Tamsin, die sehr wohl weiß, wer ich bin. Sie zieht mich nur auf. Aber auf einmal bin ich mir überdeutlich der Tatsache bewusst, dass Tamsin mit ihren langen, braunen Haaren und ihren Hippie-Klamotten deutlich besser hierher passt als ich.

»So sieht man nun mal aus, wenn man als Anwalt arbeitet«, sage ich halb entschuldigend, auch wenn ich weiß, dass sie es nicht böse meinen.

»Heute war dein erster Tag, oder?«, fragt Tamsin. »Wo arbeitest du noch mal?« Sie schiebt ein dickes Buch zur Seite. Auf den zweiten Blick erkenne ich, dass es sich um *Ulysses* von James Joyce handelt.

»Wartet. Jetzt wird es richtig hardcore«, sage ich, zücke meinen Geldbeutel und ziehe eine der Visitenkarten heraus, die Allison mir heute Nachmittag in einer hübschen Schatulle auf den Schreibtisch gestellt hat.

»Junior Partner?« Zelda verzieht anerkennend den Mund. »Du verlierst keine Zeit, hm?«

Abgesehen von meinen paar Monaten in Europa, will ich sagen, aber ich habe keine Lust, mich selbst zu verarschen. Es stimmt. Mein Werdegang ist so linear wie ... eine Gerade. Und dass mir kein besserer Vergleich einfällt, zeigt schon, was für eine einfallslose Nummer ich bin.

»Aber das bedeutet nicht, dass man völlig immun ist gegen gutes Bier, also lass mich mal probieren.« Ich schnappe mir Zeldas Bier und nehme einen Schluck. »Mhhh, was ist das?«

»Das IPA vom Fass.«

»Ich hole die nächste Runde«, sage ich.

»Das will ich meinen«, erwidert Zelda lachend, und als sie meinen fragenden Blick bemerkt, fügt sie hinzu: »Na, weil du doch jetzt einer von denen bist, die arsch viel Kohle verdienen, aber keine Zeit haben, sie auszugeben.«

Ich lache, obwohl sich bei ihren Worten etwas in mir verknotet.

Auf dem Weg zur Bar bin ich mir der Tatsache sehr bewusst, dass die Leute mich anstarren. Sie tragen Jeans und Hoodies mit dem Logo der Pearley University, einfache T-Shirts, selbst die Naturwissenschaftler maximal ein kariertes Hemd. Ich falle auf. Dabei bin ich vor einigen Monaten tatsächlich durch Europa getrampt. Dabei wollte ich tatsächlich in einem sehr gejetlagten Moment alles hinschmeißen, in die kleine Brauerei eines lustigen Mexikaners einsteigen und Craft Beer brauen. Stattdessen reiche ich dem Barkeeper meine peinlicherweise goldene Kreditkarte. Vielleicht sollte ich mir *Es ist nicht das, wonach es aussieht* auf die Stirn tätowieren lassen. Aber dann fällt mir auf, dass es eben doch genau das ist. Ein junger, erfolgreicher Anwalt, der an einer der besten Universitäten des Landes studiert hat und jetzt in der Kanzlei seines Vaters arbeitet. Ich seufze.

»Also, dann erzähl mal«, sagt Zelda, als wir alle ein Bier vor uns haben. »Wie ist es, erwachsen zu sein?«

Ich lache. »Ich weiß nicht, ob ich mich als erwachsen bezeichnen würde …« Doch das stimmt natürlich nicht. Ich bin seit Jahren erwachsen. War es immer. Mit Ausnahme der paar Monate in Europa. »Aber es ist jedenfalls interessant. Fordernd. Anstrengend. Keine Sekunde langweilig. Aber genug von mir. Was passiert bei euch?« Ich habe wirklich keine Lust, auszuführen, warum mein Job toll ist. Warum ich der glücklichste Glückspilz bin. Warum es sich trotzdem anfühlt, als würde ich einfach nur funktionieren. Und als wäre es nur eine Frage der Zeit, bis irgendjemand merkt, dass ich völlig falsch bin, wo ich bin.

»Ich liebe alles«, sagt Zelda und grinst so breit, dass es ansteckend ist. »Ich liebe meinen Studentenjob, ich liebe meine WG, auch wenn Leons Nachfolger ein bisschen weniger cool ist. Aber Arush und ich kriegen ihn schon noch dazu, Pinguin-Dokus mit uns anzuschauen. Immer noch schade, dass du nicht zu uns gezogen bist, Philip.«

Als ich aus Europa zurück war, habe ich ein paar Wochen in Leons altem Zimmer gewohnt, weil ich noch nicht bereit war, in mein normales Leben zurückzukehren. Aber dann fand Pearl die Wohnung im Zentrum und fragte mich, ob ich das größere (teurere) Zimmer haben wolle. Und ich sagte – wie sollte es anders sein – Ja.

»Wie geht's deinem Bruder?«, frage ich.

»Welchem?«

»Dem netten?«

Zelda lacht. »Elijah ist Elijah. Man sieht nicht in ihn hinein. Aber soweit ich weiß, geht's ihm zumindest nicht schlecht. Und das ist ja schon mal was. Marcus« – Elijahs Freund – »hat sich neulich auch drüber beschwert, dass er so verschlossen ist. Liegt also nicht an mir. Aber ich schätze, wenn man bedenkt, wo er herkommt, ist das auch nicht weiter verwunderlich. Entweder wirst du so wie ich und erzählst jedem gleich deine Lebensgeschichte, oder du wirst so wie Elijah und erzählst niemandem irgendwas.«

Zeldas Eltern haben ein massives Problem damit, dass ihr Freund Schwarz ist. Und sie hätten auch ein massives Problem damit, wenn sie wüssten, dass ihr geliebter Sohn Elijah schwul ist. Weswegen wir ein massives Problem mit Zeldas Eltern haben. In Zeldas Fall so massiv, dass sie den Kontakt komplett abgebrochen hat.

»Und bei dir, Tamsin?«

»Gerade ist es ein bisschen stressig. Meine Eltern kommen nächste Woche.« Sie verdreht die Augen. »Es ist das erste Mal, dass sie mich hier besuchen. Also ist es ein großer Schritt für uns alle. Aber ich bin echt brutal nervös.«

»Glaubst du, sie werden alles hassen?«, fragt Zelda.

»Keine Ahnung. Ich glaube, Mom wird sich zusammenreißen. Und Dad wird schweigen und schmollen. Ich hoffe nur, sie sind nett zu Rhys. Hab schon überlegt, ob wir das Kennenlernen vielleicht auf ein andermal verlegen. Aber wir wohnen nun mal zusammen, da ist das ein bisschen schwierig.« Sie spielt mit meiner Visitenkarte. Dieser Elternbesuch scheint sie wirklich nervös zu machen.

»Warum sollten sie nicht nett zu ihm sein?«, frage ich.

»Lange Geschichte ...« Tamsin erzählt, wie sie vor über einem Jahr ohne das Einverständnis ihrer Eltern nach Pearley ging, um Literatur zu studieren. Wie ihre Eltern die Entscheidung nicht akzeptieren wollten. Und dass das nun die erste richtige Annäherung ist.

Je mehr Zelda und Tamsin über ihre Familien sprechen, desto dankbarer bin ich für meine Eltern. Und Pearl.

Und auch Gran, so anstrengend, fordernd und biestig sie manchmal ist. Pearl würde das vermutlich anders sehen, aber Pearl ... nun, sie tut auch nicht gerade viel, um das Verhältnis zu ihr zu verbessern.

Wenig später verabschiedet sich Tamsin. In einer unbewussten Bewegung steckt sie meine Visitenkarte als Lesezeichen in ihr Buch und lässt Zelda und mich mit einer zweiten Runde IPA zurück.

»Jetzt sag mal, wie es dir wirklich geht.« Zelda sieht mich mit ihren hellen Augen durchdringend an. »Ich bin nicht bescheuert. Ich weiß, dass das hier nicht du bist.« Sie wedelt mit der Hand meine Krawatte auf und ab.

Irgendwie hat es zwischen Zelda und mir vom ersten Moment an – schon bei dem albernen Verkupplungsversuch ihrer Familie – gefunkt. Nicht sexuell, auch wenn es Zeldas Eltern (und Gran) sicher sehr gefreut hätte, so erpicht, wie sie darauf waren, uns zusammenzubringen. Aber dafür umso mehr auf freundschaftlicher Ebene. Weil wir beide von Anfang an genau verstanden haben, was am anderen Fassade ist und was nicht.

Ich atme tief ein. Und wieder aus. Aber ich kann ihr ohnehin nichts vormachen. »Okay, pass auf. Wenn ich eine Pro-und-Contra-Liste für meinen Job machen würde ...«

»Du machst Pro-und-Contra-Listen?«, fragt Zelda glucksend.

»Wenn ich *würde*. Also, dann wäre auf der Pro-Seite eine ellenlange Aufzählung von all den tollen Dingen. Und ich meine nicht nur, dass das eine großartige Chance ist, für die ich hart gearbeitet habe. Oder dass ich mir in meinem Leben sicher nie Sorgen um Geld machen muss. Oder dass ich Gutes bewirken kann. Dass ich einen richtigen Unterschied im Leben von Menschen machen kann. Ich könnte das ewig so weiterführen.« An meiner Hand zähle ich ab: »Ich habe ein eigenes Büro. Ich habe eine persönliche Assistentin, zum Teufel noch mal.« Ich muss selbst lachen, weil sich das alles so unfassbar fantastisch anhört.

»Aber auf der Contra-Seite?« Zelda sieht mich wissend an.

Wieder muss ich erst tief Luft holen, ehe ich antworte. Als würde es mich Überwindung kosten. Als würde es mich bescheuerte Überwindung kosten, auszusprechen, was ich wirklich denke. »Es fühlt sich nicht nach mir an. Es fühlt sich an wie Etikettenschwindel.« Und das ist es.

»Das ist scheiße«, sagt Zelda.

Ich nicke, doch im nächsten Moment wiegle ich ab. »Aber es ist wirklich nur dieser eine Punkt.«

»Klingt aber nach einem ziemlich gewichtigen Punkt, wenn du mich fragst.« Zelda nimmt einen Schluck von ihrem Bier, und ich tue es ihr nach.

»Einerseits, ja. Einerseits ist es ein großer Punkt. Aber andererseits habe ich diese Entscheidung getroffen. Und jetzt mache ich das Beste daraus.«

»Bist du sicher?«

Ich nicke. Doch stimmt es? Habe ich die Entscheidung getroffen? Oder habe ich … mich einfach ergeben?

## Sophia ∞

**3** »Könnte jemand mit mir nächsten Freitag die Spätschicht tauschen?«, frage ich in die Runde. Wir sitzen alle zusammen um den größten Tisch herum. Rhys, Malik, Ollie, Celia und ich. Einmal pro Woche treffen wir uns alle im *Imogen's,* um die Schichten noch mal abzusprechen oder Probleme zu bereden oder einfach zusammen einen Kaffee zu trinken, wenn nichts ansteht.

»Was hast du Schönes vor?«, fragt Ollie, die schon am längsten im Café arbeitet. Sie macht an der Pearley University einen Master in Gender Studies und verdient sich hier etwas dazu.

»Ich weiß noch nicht genau«, sage ich. »Amy hat mich gefragt, ob ich an so einem Programm teilnehmen will. Noch habe ich nicht zugesagt, weil es sich ziemlich bescheuert anhört, aber ...«

»Dieses Patenprogramm?«, fragt Malik.

Ich nicke. »Irgendwelche reichen Leute spenden Geld, dafür soll ich mit ihnen essen.«

»Mich hat sie auch gefragt«, sagt er. »Aber wir wissen alle, wie mein letzter Ausflug in die Welt der Reichen und Schönen geendet hat ...«

Ich kenne die Geschichte nur aus Erzählungen. Aber sie hat dazu geführt, dass seine Freundin Zelda den Kontakt zu ihrer Familie abgebrochen hat, also kann es nicht sonderlich prickelnd gewesen sein.

»Hä?«, fragt Celia. »Also, die zahlen Geld dafür, dass du mit ihnen isst?«

»Wie pervers ist das denn!«, sagt Ollie.

»Wenigstens kommt das Geld aber dann bei den Richtigen an.« Rhys' eisblaue Augen, sein kantiges Gesicht bleiben völlig emotionslos. Ich kenne niemanden, aus dem man so wenig schlau wird. Aber so ist er eben einfach.

»Das hab ich mir auch gedacht. Also, ich hab keine Ahnung, warum zur Hölle die mich wollen sollten …«

»Nicht fluchen«, tadelt Celia.

»… weil du sau cute bist, vielleicht?«, sagt Ollie.

»Eher weil ich sau kriminell war.« Ich lache unsicher.

»Wenn du damit jemandem helfen kannst, würd ich es machen.« Celia strahlt, wie eigentlich immer. Manchmal ertappe ich mich bei dem Gedanken daran, dass ich auch gern so gut gelaunt wäre. Wegen allem. Ihre Liste positiver Gefühle wäre meilenlang.

»Amy sagt, sie kann dann neue Jugendliche aufnehmen.«

»Wär 'ne tolle Chance, oder?« Rhys tut nach wie vor so, als wäre er völlig unbeteiligt, aber ich weiß, dass Amys Programm ihn gerettet hat. Ebenso wie Malik. Und vielleicht mich. Und viele andere, wie man an der Wand im Flur von Amys Büro sehen kann. Eine merkwürdige Wärme breitet sich in mir aus. Ich werde ganz unruhig. Und auf einmal bin ich mir sicher, dass ich es machen muss. Weil ich es zwar bescheuert finde, aber weil ich nicht schuld sein will, wenn jemand anders nicht diese Chance bekommt. Weil Nein sagen keine Option ist, verdammt noch mal.

»Ich ruf Amy kurz an.«

Ollie klopft mir auf die Schulter, und Rhys nickt mir knapp zu als Zeichen dafür, dass er gut findet, was ich mache. »Zur Not übernehme ich deine Schicht«, sagt er.

»Oh, der Chef höchstpersönlich.« Ollie grinst und fängt sich einen warnenden Blick vom Chef höchstpersönlich ein.

Ich stehe auf und wähle die Nummer. »Amy?«, frage ich, als sie sich meldet. »Ich wollte nur sagen, ich mach's. Ich geh zu diesen reichen Leuten.«

»Echt?« Ich kann ihr die Überraschung anhören.

»Ja klar, warum nicht? Ist ja deren Pech, oder?«, sage ich mit einem verirrten Grinsen.

»Und du bist dir ganz sicher?«

»Jep.«

»Danke, Sophia.«

»Schon okay.«

Als ich zurück an den Tisch komme, sagt Ollie: »Ich find's immer noch ganz schön voyeuristisch. Da krieg ich gleich My-Fair-Lady-Vibes.« Sie schüttelt sich.

»Sag mal ›Es grünt so grün‹«, sagt Celia und lacht.

»Sophia tut was Gutes, also lasst den Scheiß«, schaltet Rhys sich ein. »Hat jemand von euch nächsten Freitag Zeit? Ollie? Celia?«

»Kann schon einspringen, kein Ding. Dafür geb ich dir den Montagmorgen.« Ollie wackelt mit ihren Augenbrauen.

»Deal«, sage ich. Dann frage ich an Celia gewandt: »Was ist *My Fair Lady*?«

»Du kennst das nicht?« Sie sieht ehrlich schockiert aus. »Da geht's um Eliza, ein einfaches Blumenmädchen, das von Professor Higgins zu einer feinen Dame gemacht werden soll.«

»Die können mich mal«, sage ich.

Celia kichert, Ollie lacht laut, und auf einmal bin ich mir doch nicht mehr ganz sicher, ob es so eine gute Idee war.

»Malik?«, frage ich leise. »Glaubst du, ich kann Zelda ein bisschen was zu diesen reichen Leuten fragen?«

»Na klar«, sagt Malik und nickt mir aufmunternd zu.

Das *Imogen's* ist inzwischen so was wie der Ort, an dem ich mich am allerwohlsten auf der Welt fühle. Mit seinen bunt zusammengewürfelten Tischen und Stühlen, den Bücherregalen, den Bildern an der Wand, die allesamt von Künstlerinnen und Künstlern aus Pearley stammen und zum Verkauf angeboten sind, dem massiven Holztresen mit antiker Kasse, Cookie-Gläsern und Cupcakes auf Etageren und der mächtigen silbernen Kaffeemaschine habe ich das Gefühl, so richtig dazuzugehören. Teil von etwas zu sein. Von einem Team. Von Ollie, Celia, Malik, Rhys und mir. Vor ein paar Monaten, als ich das erste Mal hier ankam, dachte ich noch, ich müsste so tun, als würde mir Kaffee schmecken. Ich wollte unter keinen Umständen auffallen, wollte einfach unsichtbar sein. Denn wenn man unsichtbar ist, sind auch die Fehler, die man macht, unsichtbar. Aber das Erstaunliche war, Ollie war das egal. Ollie hat mich einfach adoptiert, als wäre ich ein Straßenhund und sie … na ja, jemand, der einen Straßenhund adoptiert eben. Und als dann Celia kam, alles und jeden so fest und schön umarmt hat und genauso überfordert war von der Kaffeemaschine wie ich, wurde es auf einmal besser. Bis es dann irgendwann gut war. Und inzwischen richtig gut. Auch wenn ich es manchmal nicht zeigen kann. Das *Imogen's* als Ort ist fast zu einem Gefühl geworden. Zu *Geborgenheit.* Und ich schätze, das kann auch auf die Liste.

»Seid ihr hier fertig?«, frage ich die drei jungen Frauen am Fenstertisch, den sie sich ausgesucht haben, weil dort das Licht am besten ist.

»Nee, das nicht, da zeig ich zu viel Zähne«, sagt die eine, gerade über ein Handyfoto gebeugt.

»Aber auf dem kneife ich meine Augen zusammen. Das sieht voll bescheuert aus«, sagt die andere.

Ich räuspere mich.

»Oh, was? Ja, danke.« Die mit den zusammengekniffenen Augen blickt auf den angegessenen Kuchen, den sie zur Seite geschoben haben.

»Vielleicht hätte ein Stück Kuchen gereicht«, murmle ich und schiebe die Kuchenreste auf einem Teller zusammen.

»Was sagst du?«, fragt die mit den Zähnen spitz.

»Ach, nichts.« Denn ich will keinen Streit anfangen, auch wenn mich der Umgang mit Essen hier oft auf die Palme bringt.

»Warum siehst du so mürrisch aus?«, fragt Celia, als ich, die drei Teller balancierend, zurück hinter den Tresen komme und die Kuchenreste in den Müll kippe.

»Ich hasse es, wenn die Leute nicht aufessen.« Ich hasse es wirklich. Wissen sie nicht, wie viel Arbeit in Maliks Kuchen steckt? Haben sie kein Gefühl dafür, dass andere Leute sich keinen Kuchen leisten können? Mich macht so was verdammt wütend.

»Vielleicht waren sie satt«, schlägt Celia vor.

»Vielleicht hab ich sie satt. Verfickte Hölle.«

Celia verzieht den Mund und blickt demonstrativ woanders hin. Sie mag es nicht, wenn man flucht. Aber ich mag es nicht, wenn sie die ganze Zeit vor sich hin singt. Deswegen sind wir wohl quitt.

»*Es grünt so grün, wenn Spaniens Blüten blüh'n*«, singt sie jetzt, und wenn ich ehrlich bin, stimmt es gar nicht. Ich mag es wohl, wenn sie singt. Nur manchmal kann ich es eben nicht so zeigen.

»Das ist aus *My Fair Lady*«, sagt sie und grinst mich frech an. Celia hat so ungefähr das schönste Grinsen der Welt, weil es ihr völlig egal ist, ob sie zu viel Zähne zeigt oder ihre Augen zusammenkneift. Sie macht einfach. »Weil du doch jetzt eine feine Dame wirst.«

»Die können mich mal am Arsch lecken.« Ich schnaube.

»*Es grünt so grün.*«

»Du nervst.« Aber sie nervt gar nicht.

»Du fluchst.« Sie zuckt mit den Schultern.

»Okay, dann eben nur: Nein.«

»*Ich glaub, jetzt hat sie's, ich glaub, jetzt hat sie's*«, singt Celia weiter und tanzt dabei im Kreis.

»Was muss ich machen, damit du mit dem Wahnsinn aufhörst?«, frage ich lachend und versuche sie zu bremsen. »Das ist unerträglich.«

Celia schlägt sich die Hände vor den Mund und zuckt mit den Schultern. Dann flüstert sie: »Sag doch mal ›Nein, danke‹.«

»Nein, danke«, wiederhole ich und verdrehe die Augen.

»*Bei Gott, jetzt hat sie's!*« Nun jubelt Celia so laut, dass sich die drei am Fenster zu uns umwenden.

»Was ist denn hier los?« Malik steckt seinen Kopf aus der Küche ins Café.

»Celia übt für *America's Got Talent* oder so. Sie will die Jury mit einer lahmen Musical-Nummer überzeugen.«

»Lahm?« Celia sieht erschrocken aus.

»Mit einer schönen Musical-Nummer«, korrigiere ich mich schnell, denn das Letzte, was ich will, ist, Celia traurig zu machen. Zumindest nicht absichtlich. Dass ich aus Versehen mal Bullshit rede, kann schon passieren.

»Haargenau«, sagt Celia und hopst nach hinten, um zu sehen, ob die Gäste draußen noch einen Wunsch haben.

»Wie fühlst du dich mit dieser Patenschaftssache?«, fragt Malik, der keine Anstalten macht, wieder zurück in die Küche zu gehen.

Ich zucke mit den Schultern. »Keine Ahnung.«

»Du weißt, dass du immer noch Nein sagen kannst, oder? Wenn es dir unangenehm ist?«

»Ich weiß.« Das hat Amy oft genug betont.

»Solche Leute können echt richtig übel sein.«

»Ich bin tough.«

»Ja, das weiß ich.« Er grinst wissend. »Aber ich will nicht, dass die dir Sachen einreden.«

»Was denn für Sachen?«

»Dass sie was Besseres sind. Dass sie uns überlegen sind. So was eben.«

»Du machst dir Sorgen um mich«, sage ich.

»Ich hab einfach ein paar echt blöde Erfahrungen gemacht.«

»Ich tu das nur für Amy«, erwidere ich. »Im Gegensatz zu manchen anderen hab ich nicht vor, mich in die Tochter des Hauses zu verlieben oder so.«

»Pass einfach auf dich auf.«

 *Philip*

**4**   Auf meinem Schreibtisch steht, wie jeden Morgen seit drei Wochen, ein schwarzer Kaffee. Und wie jeden Morgen habe ich einen Kaffee mit einem Schuss Sojamilch auf Allisons Schreibtisch gestellt. Sie sagt, es gehört nicht zu meinen Aufgaben, aber ich finde, Nettigkeit sollte immer Teil meiner Aufgaben sein. Und nicht nur meiner. Die Menschen sind viel zu wenig nett zueinander.

Doch noch ehe ich einen Schluck nehmen kann, klingelt mein Telefon.

»Ein Rhys Bolton für Sie«, sagt Allison. »Kann ich ihn durchstellen?«

Rhys Bolton? Tamsins Freund? Was will denn Tamsins Freund von mir? »Sicher, Allison, danke.«

»Auf der Zwei«, sagt sie.

Ich räuspere mich, drücke auf die Zwei. »Philip Englander?«, melde ich mich.

Zwei, drei Sekunden passiert nichts. Dann höre ich ein Ausatmen. »Philip? Hier ist Rhys. Rhys Bolton. Tamsins Freund. Ich weiß nicht, ob du dich noch an mich erinnerst …« Er klingt, als würde ihn dieser Anruf einiges an Überwindung kosten.

»Ja, ja natürlich erinnere ich mich. Wie geht's dir? Was macht das Leben?«

»Ich … ähm … du hast letzte Woche Tamsin getroffen.«

Dieses Gespräch nimmt eine merkwürdige Wendung.

»Ja, das ist richtig. Ich war mit Zelda verabredet, und Tamsin war auch dabei.«

»Sie … also …«

»Was ist los, Rhys? Gibt es ein Problem?«, frage ich ganz behutsam. Ist das jetzt so eine Eifersuchtsnummer? Aber das wäre doch völlig albern.

»Nein, nein, kein Problem. Es ist nur … sie hat mir deine Karte gegeben. Und … ich wollte fragen, ob …«

Oh, okay. Das ergibt natürlich Sinn. Und dass Tamsin meine Karte als Lesezeichen verwendet hat, jetzt also auch. »Brauchst du juristische Hilfe?«

»Ich wollte mich zumindest nach Möglichkeiten erkundigen. Aber wenn du keine Zeit hast, verstehe ich das. Und ich verstehe auch, wenn du das nicht umsonst machen kannst. Kein Problem.« Auf einmal redet er schnell.

»Rhys«, sage ich ganz ruhig, »willst du mir erzählen, womit ich dir vielleicht helfen kann?«

Ich höre ihn schlucken. »Keine Ahnung, wie viel Tamsin über mich gesprochen hat.«

Ich weiß kaum etwas über Rhys. Ich weiß, dass Tamsin und er seit über einem Jahr zusammen sind. Dass sie sich im Café kennengelernt haben. Und dass sie es irgendwie geschafft hat, mit ihrer offenen Art an ihn heranzukommen. Aber sonst? »Nicht viel. Aber ich weiß, dass du im Gefängnis warst.«

»Ja.« Er atmet tief ein. »Sechs Jahre lang. Aber … die Dinge, die mir vorgeworfen wurden … also … ich war unschuldig.«

Er war … was? »Was?«, frage ich, denn ich muss mich wohl verhört haben.

»Ja. Ich habe diese Verbrechen nicht begangen.« Seine Stimme ist nun ganz leise.

»Wer war es dann?«

»Mein Stiefvater. Donald Bolton.«

»Okay.« Nun bin ich derjenige, der lautstark ausatmet. Ich habe keine Ahnung, ob Rhys die Wahrheit sagt. Aber wenn das stimmt, ist es ein ausgewachsener Justizskandal.

»Es ist völlig verständlich, wenn du mir nicht glaubst. Aber ich habe mit Amy – das ist meine Sozialarbeiterin – und Tamsin gesprochen. Die Polizei war an Donald dran, aber …« Er hält inne. »Fuck, Mann.«

Ich sage nichts, warte, bis er weiterspricht.

»Ich hatte mich damit arrangiert, weißt du? Dass diese sechs Jahre Teil meines Lebens sind. Dass mir unrecht getan wurde. Und dann wurde Donald tatsächlich verhaftet, und ich dachte, jetzt ist es endlich vorbei. Aber vor einem Monat wurde er aus Mangel an Beweisen freigesprochen. Ohne dass ich gegen ihn hätte aussagen können. Seither habe ich keine Nacht mehr geschlafen. Weil ich … weil ich …« Seine Stimme bricht und er räuspert sich. »Weil ich den Gedanken nicht mehr ertrage. Und weil ich weiß, wie viel einfacher alles wäre, wenn … Tamsins Eltern waren hier. Und ich habe mich kaum getraut, mit ihnen zu sprechen. Ich bin der Straftäter, weißt du? Obwohl ich es eben nicht bin.«

»Ich verstehe«, sage ich. Auch wenn ich im Moment noch viel zu wenig verstehe. Wenn er recht hat, wie konnte das passieren?

»Amy meint, ich könnte gegen den Staat klagen. Keine Ahnung, ob das stimmt. Aber ich dachte, ich frage dich einfach mal. Wie gesagt, kein Ding, wenn du …«

Doch ich lasse ihn nicht ausreden. »Rhys, wenn das stimmt – und ich sage nicht, *dass* es nicht stimmt. Denn ich muss mich mit dem Fall erst auseinandersetzen. Aber *wenn* das stimmt, dann …« Ich atme wieder tief ein. Bin ich zu voreilig? Aber mein Pflichtgefühl ist stark. Ich kann nicht anders. »... helfe ich dir.«

Am anderen Ende der Leitung herrscht Schweigen.

»Rhys? Bist du noch da?«

»Ja«, sagt er, und seine Stimme klingt seltsam hoch.

»Ich helfe dir.«

Wieder Stille. Dann erstickt: »Danke.«

»Können wir uns treffen?«

»Klar. Ich kann vorbeikommen. Oder wir treffen uns woanders. Wie es dir am liebsten ist.«

Ich weiß nicht, ob es sinnvoll ist, Rhys in die Kanzlei einzuladen, ehe ich nicht alle Fakten kenne. »Du arbeitest in diesem Café, oder?«

»Im *Imogen's,* ja. Ich ... bin der Manager.« Da ist so etwas wie Stolz in seiner Stimme, und das berührt mich.

»Dann treffen wir uns dort.« Ich schaue in meinen viel zu vollen Kalender, und wir verabreden uns für nächste Woche. Dann legen wir auf, und ein paar Minuten lang starre ich einfach nur meine Tischplatte an.


Nach einem Tag voller Meetings, Aktenwälzen, Einarbeitung in zwei Fälle von Nachbarschaftsstreitigkeiten über, man kann es nicht anders sagen, Lappalien, klopft es am Abend an meiner angelehnten Tür.

»Ja?«

»Dachte ich mir doch, dass du noch da bist.« Es ist mein Dad. Er kommt herein und setzt sich in einer Position, von der er mit Sicherheit denkt, dass sie lässig aussieht, halb auf meinen Schreibtisch.

»Ich habe heute Vormittag nicht genug geschafft. Eine halbe Stunde oder so mache ich noch, dann bin ich auch hier weg.«

Er nickt und lächelt. Die Lachfältchen um seine Augen verleihen seinem Gesicht etwas Grundfreundliches. Mein Dad hat schon immer viel gelächelt und gelacht, obwohl er so viel arbeitet. Meine Mom sagt oft, dass sie ihn deswegen geheiratet hat. Weil er die notwendige Ernsthaftigkeit an den Tag gelegt hat, wenn es um Geschlechterungerechtigkeiten ging, aber beispielsweise nach sechsunddreißig Stunden Wehen nicht diskutierte, als sie halb aus Wut, halb aus Erschöpfung entschied, dass ihre in Pearley geborene Tochter Pearl heißen sollte. Oder weil er nächtliche Kotzorgien ebenjener kleinen Tochter mit so viel Humor nahm, dass Mom sogar nach Wochen der Schlaflosigkeit darüber lachen musste.

»Das ist kein Vorwurf«, sagt Dad und versucht in seiner halb sitzenden Position die Beine übereinanderzuschlagen, was gründlich misslingt. »Du sollst wissen, dass ich, dass wir, deine Mom und ich – und Gran – irrsinnig stolz auf dich sind.«

»Danke, Dad, das weiß ich doch.« Und es stimmt. Meine Eltern haben mir und Pearl (die sich ihrerseits übrigens sicher ist, sie habe sich mit den Kotzorgien für den Namen rächen wollen) nie das Gefühl gegeben, dass sie etwas anderes als stolz auf uns sind. Was Gran anbelangt, sieht die Sache anders aus. Ich bin ihr Goldjunge, weil ich die Erwartungen erfülle. Aber sie und Pearl … nun ja. Das ist eine andere Geschichte.

»Ich will nur, dass du auf dich aufpasst. Nimm dir den Freitagabend. Ich entschuldige dich bei Gran, wenn du mal ein bisschen um die Häuser ziehen willst, statt mit der Familie zu essen.«

»Um die Häuser ziehen?« Ich lache. »Danke, aber so ein Familienessen kriege ich wohl gerade noch hin. Mit letzter Kraft.« Ich tue so, als würde ich hecheln.

»Ich finde das einfach bewundernswert.« Dads Lächeln wird breiter, die Lachfältchen tiefer. »Mit wie viel Energie du an alles rangehst. Auf Ziele hinarbeitest. Aber dass man sie erreicht, ist deswegen noch lange nicht selbstverständlich. Also noch mal: Herzlichen Glückwunsch, mein Sohn.«

Ich muss grinsen. »Danke«, sage ich erneut. Auch wenn es sich nicht unbedingt so anfühlt, als wäre es mein Ziel gewesen. Aber mit der Zeit wurde es das wohl. Ja. Und es ist auch nicht so, als würde ich nicht hier sein wollen. Das Jammern auf hohem Niveau – auf höchstem Niveau – steht mir nicht. Die Arbeit, die ich leiste, ist sinnvoll. Ich helfe Menschen, auch wenn nicht jedes Problem weltbewegend ist. Mir kommt Rhys wieder in den Sinn.

»Dad, rein hypothetisch gesprochen. Haben wir gerade Kapazitäten für einen Pro-Bono-Fall?« Denn dass Rhys sich die Prozessgebühren nicht leisten kann, ist mehr als offensichtlich.

»Das kommt immer auf den Fall an«, sagt er.

Ich nicke. »Ich bin da an einer Sache dran. Es ist noch zu früh, um darüber zu reden. Ich muss erst einmal überprüfen, ob mein Bauchgefühl richtig ist.«

»Ich habe grenzenloses Vertrauen in deinen Bauch. Apropos Bauch, ich bin mit deiner Mutter zum Essen verabredet. Date Night.« Er wackelt mit den Augenbrauen, was vermutlich anzüglich wirken soll.

»Ist das dein Move?«, frage ich. »Dein Flirt-Move?«

»Vielleicht?« Er lacht.

»Vielleicht besser nicht«, empfehle ich ihm, während er immer noch seine Augenbrauen auf- und abhüpfen lässt.

»Du vergisst, dass ich deine Mom schon klargemacht habe.«

»Dad!«

»War schwer genug, aber jetzt wird sie mich nicht mehr los. Mit und ohne *Moves*.«

Mom ließ Dad ziemlich lange zappeln. Als feministische Aktivistin hielt sie an der Uni nicht viel von der Ehe. Das war wohl auch der Grund, warum Gran und ihr Mann, den ich nie kennengelernt habe, nicht offensiver versuchten, die beiden auseinanderzubringen, auch wenn Mom ihnen ein Dorn im Auge war. Und als sie dann schwanger war, kapitulierten sie. Doch Mom selbst kapitulierte erst, als Pearl schon auf der Welt war und sich herausstellte, dass Dad der beste Dad überhaupt war. Als er von oben bis unten vollgekotzt zum vierten Mal fragte, ob sie ihn vielleicht doch heiraten würde, sagte sie endlich Ja.

»Also dann ab mit dir.« Sanft schiebe ich ihn von meinem Schreibtisch. Und wenig später mache auch ich mich auf den Heimweg – Dads Worte noch immer in meinem Ohr. *Ich habe grenzenloses Vertrauen in deinen Bauch.*

# Sophia ∞

**5**  Am Freitagnachmittag stehe ich neben Zelda in meinem Zimmer. Wir blicken beide in meine Kommodenschublade. Ich kaue auf meiner Unterlippe, Zelda schüttelt amüsiert den Kopf.

»Hast du … ein Kleid?«, fragt sie, doch ich höre ihr an, dass sie die Antwort schon kennt.

»Nope.«

»Irgendwas, das nicht schwarz ist?«

Ich schüttle den Kopf.

»Irgendwas ohne Risse?« Sie hält eine schwarze Skinny-Jeans hoch.

»Glaub nicht.«

»Dann wirst du eine hübsche Überraschung für die Englanders.« Sie grinst.

»Na ja, sie wollten eine Kriminelle, sie kriegen eine Kriminelle«, sage ich mit einem Schulterzucken. Ich mache das ja ohnehin nur für Amy und nicht, um irgendjemanden zu beeindrucken. Am wenigsten eine alte Frau mit dem albernen Namen Eudora. »Vielleicht ist sie ja blind.« Es soll ein Witz sein, aber da ist so etwas wie Hoffnung in meiner Stimme.

»Eudora Englander ist ungefähr das Gegenteil von blind«, erwidert Zelda. »Der entgeht absolut nichts.«

»Du bist keine Hilfe, Zelda. Ich wollte einen Crashkurs, keine Warnung.« Denn dafür ist es jetzt ein bisschen zu spät.

»Du kannst sehr gut auf dich selbst aufpassen. Als bräuchtest ausgerechnet du Hilfe.« Zelda lacht.

Aber vielleicht brauche ich das. Ich war noch nie in so einem scheißfeinen Haus bei scheißfeinen Leuten, die in Geld schwimmen. Und wenn ich drüber nachdenke, dass es solche Leute gibt, während es gleichzeitig auch Leute wie mich gibt, die halt einfach mal gar nichts haben, werde ich so was von verflucht sauer, dass ich eigentlich gar keinen Bock mehr auf diesen peinlichen Abend habe.

»Verfickte Hölle«, sage ich deswegen laut.

»Hm, also, das würde ich vielleicht nicht unbedingt als Opening Line verwenden. Solche Leute finden es meistens besser, wenn man ihre Häuser bewundert. Oder sich für die nette Einladung bedankt.« Zelda grinst. »Das ist Lektion Nummer eins beim Reichen-Crashkurs.«

»Also so was wie ›verfickte Hölle, krasses Haus‹? Ist notiert.« Ich lache, um meine Unsicherheit zu überspielen. Denn Unsicherheit steht mir nicht. Unsicherheit wird nur groß, wenn du sie lässt. Wenn du dich verschanzt, geht es.

»Lektion Nummer zwei: Wenn du Eudora begrüßt, könntest du einen kleinen Knicks machen, um sie zu beeindrucken.«

»Verarschen kann ich mich selber«, sage ich, doch als ich Zeldas ernsten Gesichtsausdruck bemerke, schiebe ich ein »die kann mich mal« hinterher.

»Aber das muss natürlich nicht sein. Das mit dem Kompliment fürs Haus war allerdings ernst gemeint. Menschen lieben es, wenn man ihren Besitz lobt.«

»Klingt geil«, sage ich sarkastisch.

»Weißt du, wer beim Essen noch dabei ist? Vielleicht lernst du ja ihre Enkel kennen. Philip – das ist ein Freund von mir – und seine Schwester. Die ist witzig. Ich hab sie nur ein paarmal gesehen, weil sie sich nicht viel aus großen Events macht, aber einmal hat sie ein paar Hummer vor dem sicheren Tod durch den Kochtopf gerettet. Das gab vielleicht ein Donnerwetter.« Zelda lacht, dann sieht sie mich an und nickt aufmunternd. »Du schaffst das schon.« Auf einmal finde ich mich in einer festen Umarmung wieder.

Am Anfang wusste ich bei diesen plötzlichen Umarmungen nie, wohin mit meinen eigenen Armen. Aber dann habe ich einfach gemacht, was Zelda macht, und seither mag ich es fast gern. Weil es warm ist. Und weil Zelda gut riecht. So sauber. Ollies Umarmungen beispielsweise sind irgendwie fester, aber kürzer. Das ist auch gut. Ein bisschen so, als würde man kurz keine Luft kriegen und als würden die Augen ein bisschen rausquellen. Und dann ist es vorbei und man ist ruhiger. Celia umarmt einen andauernd auf eine ganz weiche Art. Ich weiß noch, wie sie beim ersten Mal sagte: »Ich hab das Downsyndrom, deswegen umarme ich gern Menschen, aber du darfst sagen, wenn du das nicht magst.« Ich mochte es allerdings sehr. Und seither sind *Umarmungen* ganz weit oben auf meiner mentalen Liste von positiven Gefühlen. Weil man sich einfach sicher fühlt in ihnen.

Wie wenn Amy mir die Hand auf die Schulter legt. Oder wenn Malik mich sein Essen probieren lässt. Er steckt mir einfach einen Löffel in den Mund. Das alles gibt mir ein Gefühl von *Sicherheit*. Das kann wohl auch auf die Liste.

»Das wird bestimmt nett«, sagt Zelda, als sie sich wieder von mir löst.

»Gut, dass meine Erwartungen an ›nett‹ echt niedrig sind«, erwidere ich und ziehe mir ein frisches T-Shirt an. Aber wenn es nett würde, wäre das tatsächlich nicht so schlecht.

Im Bad kämme ich meine strubbeligen schwarzen Haare. Seit ich draußen bin, trage ich sie einigermaßen kurz. Im Gefängnis habe ich mich nicht großartig um mich selbst geschert und sie verfilzen lassen. Nachdem ich rauskam, wollte ich eine neue Frisur, die gewissermaßen meinen Neustart einleitete. Und das Kurze gefällt mir irgendwie. Deswegen stehen meine Haare nun meistens ein bisschen strubbelig ab, aber mit Bürste und Wasser kann man sie ganz gut bändigen. In Zeldas Fach finde ich einen Lippenstift, der ziemlich rot ist. Aber ich benutze ihn trotzdem. Und dann bin ich eigentlich fertig.

Die verfickte Klingel ist golden. Golden! Rund und klein und golden. Das Haus an sich ist groß, und ich schätze, es ist alt. Oder jemand hat ein Vermögen dafür ausgegeben, es alt aussehen zu lassen. Menschen mit zu viel Geld machen solchen Quatsch, glaube ich. Efeu rankt sich an der Fassade hoch, und aus den hohen Fenstern fällt warmer Lichtschein.

Ich könnte mich wohl kaum kleiner fühlen. Und falscher. Ich passe so was von überhaupt nicht hierher mit meiner schwarzen Jeans und dem Anarchy-T-Shirt. Aber anscheinend ist es genau das, was Eudora Englander zu ihrem Glück fehlt. Ein Straßenköter, dem sie Manieren beibringen kann oder so.

Ich seufze, dann betätige ich die Klingel. Die Wände des Hauses sind so dick, dass ich nicht einmal höre, ob sie funktioniert hat.

Doch offensichtlich hat sie das, denn im nächsten Moment wird die Tür aufgerissen.

»Guten Abend«, sagt eine junge Frau. »Sie müssen Ms Marin sein. Darf ich Ihnen Ihre Jacke …« Sie bricht ab, als sie mich in meiner ganzen Pracht sieht. Dann streckt sie die Hände aus, damit ich ihr meine alte Jeansjacke geben kann.

Von innen ist das Haus das, was man wohl als geschmackvoll bezeichnen würde. An der Wand hängen gerahmte Bilder, und ein schwarz-weiß gemusterter Läufer ziert den spiegelnden Marmorboden. Goldene Klingel, Marmorboden. Alter. Wie viel Kohle kann man haben?

»Die Herrschaften sind im Salon«, sagt die junge Frau, als sie ohne meine Jacke wiederkehrt.

*Herrschaften. Salon.* Ich muss fast laut losprusten. Wer redet so?

»Kommen Sie.«

Ich folge ihr durch den Eingangsbereich. Meine Gummisohlen quietschen leicht auf dem glatten Boden. Bei uns zu Hause gibt es höchstens knarzende Dielen.

Ich würde mich gern ein bisschen umsehen, aber ich schätze, das macht man wohl nicht. Ist ja schließlich kein Museum, auch wenn es so aussieht. Zumindest wirkt es nicht, als würden hier Leute so richtig leben.

An einer Flügeltür bleiben wir stehen. Die junge Frau strafft ihre Schultern, dann tritt sie ein.

»Mrs Englander, Sophia Marin ist eingetroffen.«

»Wunderbar. Vielen Dank«, höre ich eine feste, strenge Stimme, noch ehe ich einen Blick in den Salon geworfen habe.

Die Frau tritt zur Seite, und ich schiebe mich an ihr vorbei, die Hände in den Hosentaschen.

Im Salon, der eigentlich einfach ein überdimensionales Wohnzimmer ist, sitzen vier Leute verteilt auf eine moderne helle Sitzgarnitur. Ein Paar, eine junge Frau und eine alte Dame. Das muss Eudora Englander sein. Ihre weißen Haare hat sie zu einem strengen Knoten nach oben gesteckt. Sie trägt eine weiße Bluse und einen dunkelgrauen, etwas unförmigen Rock.

Als sie mich erblickt, schiebt sie sich mithilfe eines Gehstocks von ihrem Sessel auf die Beine.

»Sophia Marin«, sagt sie. »Herzlich willkommen.« Sie blickt an mir hoch und runter. Und dann wieder hoch. Und wieder runter. Dann zwingt sie sich zu einem etwas verkniffenen Lächeln.

»Hi«, sage ich, ziehe meine rechte Hand aus der Hosentasche und winke ein bisschen unbeholfen in die Runde. Alles hier ist so steif, dass ich mich sofort auch steif fühle.

Eudora Englander schürzt die Lippen und schüttelt mit einem schnaubenden Lachen den Kopf. »Das kriegen wir schon hin, wir beide.«

Ich weiß nicht, was sie meint, aber da fällt mir wieder ein, was Zelda gesagt hat, und ich beeile mich, etwas zu machen, von dem ich denke, dass es ein angedeuteter Knicks sein könnte. »Vielen Dank für die Einladung, Mrs Englander.«

Die junge Frau beginnt zu kichern.

»Verrätst du uns, was so lustig ist, Pearl?«, fragt Eudora Englander in schneidendem Tonfall. Das ist wohl ihre Enkelin, die die Hummer gerettet hat. Sie hat rote Locken und trägt ein geblümtes Kleid. Komischerweise sieht sie ziemlich normal aus, verstummt jedoch bei Eudoras Worten. »Sophia, darf ich dir meinen Sohn Seymour und seine Frau Emma vorstellen.« Es ist keine Frage. »Und meine Enkeltochter Pearl.« Sie nickt Pearl zu.

»Ja, das ist wirklich mein Name«, sagt Pearl, zuckt mit den Schultern und winkt grinsend. »Danke noch mal, Mom.«

Doch Eudora ignoriert sie. »Sophia ist das Projekt, von dem ich euch erzählt habe.«

Es gefällt mir kein bisschen, als ihr beschissenes Projekt betitelt zu werden, aber ich halte die Klappe.

»Sophia ist als ehemalige Straftäterin Teil eines Patenprogramms, bei dem ich mich engagiere. Ihr wisst ja, wie gern ich gebe. Und in diesem Fall ... war es wohl höchste Zeit.« Sie rümpft die Nase, und ich habe Lust, ihr meinen Mittelfinger zu zeigen.

Seymour und Emma stehen auf, schütteln mir die Hand, heißen mich herzlich willkommen. Sie wirken freundlich, wenn auch ein bisschen gehemmt. Allgemein ist die Stimmung seltsam. So, als könnte es nett sein, ist es aber nicht.

»Kann man dir vielleicht etwas zu trinken anbieten?«, fragt Seymour.

»Kann den Wodka Tonic sehr empfehlen.« Pearl zwinkert mir zu.

»Pearl!«, sagt Eudora Englander im gleichen strengen Tonfall wie gerade eben. »Wir sind hier, um dem Mädchen zu helfen.« Sie schenkt mir ein Lächeln, das eine Mischung aus mitleidig und gönnerhaft ist. Und ich beschließe in diesem Moment, dass ich Eudora Englander wirklich nicht leiden kann. »Denn Menschen wie Sophia können von Menschen wie uns noch einiges lernen, nicht wahr?« Menschen wie ich? Menschen wie die? Wow. So sieht es also aus.

»Ein Soda vielleicht?«, fragt Seymour.

»Okay«, sage ich, und Eudora räuspert sich. Deswegen probiere ich es noch mal mit einem »Ja, gern, danke«.

Etwas unentschlossen stehe ich herum. Ich weiß nicht, ob ich mich setzen soll. Oder wohin. Bis Pearl neben sich auf das Polster klopft. Ich werfe einen fragenden Blick zu Eudora, denn offenbar ist sie diejenige, die hier bestimmt. Aber sie ist gerade damit beschäftigt, sich langsam zurück auf den Sessel sinken zu lassen, sodass ich einfach neben

Pearl Platz nehme. Und als Eudora den Blick wendet, scheint sie nichts dagegen zu haben, denn sie lächelt auf eine ziemlich creepy Weise.

»Dann sind wir ja fast vollzählig«, sagt Seymour, der mir ein Kristallglas mit meinem Soda reicht.

»Mein Bruder kommt auch noch«, erklärt Pearl. »Philip. Aber keine Sorge, dann kennst du alle.«

»Wo bleibt er überhaupt? Er sollte längst hier sein«, sagt Eudora spitz.

»Soll ich ihn anrufen?«, fragt Pearl.

»Ich glaube kaum, dass ihm davon Flügel wachsen.«

Pearl zuckt mit den Schultern: »Dann halt nicht.«

»Er arbeitet zu hart«, sagt Eudora, als müsste sie mir erklären, warum wir auf ihren Enkel warten. »Gewissenhaft, wie er ist.« Eudoras Tonfall wird auf einmal sanfter. Offenbar ist Philip ihr Liebling, dabei klingt er wie ein richtig langweiliger Streber.

Einen Moment sitzen wir schweigend da. Abgesehen von dem großen Schluck Wodka Tonic, den Pearl sich neben mir genehmigt, und dem Ticken einer antiken Standuhr, ist nichts zu hören, und ich nutze den Moment, um den Blick schweifen zu lassen.

Große Flügeltüren werden von schweren Vorhängen flankiert und geben den Blick auf eine gepflegte Terrasse frei. Die Einrichtung ist eine Mischung aus modern und alt, und kein einziger Gegenstand wirkt, als wäre er zufällig da. Auf einer Kommode stehen gerahmte Fotos der Familie, aber sie sind zu weit weg, um etwas darauf zu erkennen.

»Nun, Sophia.« Eudora durchbricht die Stille und wendet sich mir zu. »Du warst im Gefängnis.« Sie faltet die Hände in ihrem Schoß und blickt mich aus ihren etwas wässrigen Augen an.

»Äh.« Was will sie jetzt von mir hören?

Alle Blicke sind auf mich gerichtet. Der von Eudora forschend. Der von Seymour wissend, aber immerhin nicht verurteilend. Der von Emma immer noch mitleidig. Soll ich jetzt was dazu sagen? Erzählen, warum ich gesessen habe? Wie die Zeit hinter Gittern mich zu einem besseren Menschen gemacht hat? So einen Scheiß?

»Ich hab meine Zeit abgesessen für den Mist, den ich gebaut hab. Und jetzt ...« Ja, was eigentlich? ... will ich meine Chance nutzen? ... bin ich dankbar für Amys Hilfe?

»... kümmere ich mich ein bisschen um dich, nicht wahr?«, sagt Eudora, und ich bin verflucht froh, als die Klingel ertönt.

Pearl will sich erheben, doch Eudora schüttelt den Kopf. »Lass das Mädchen gehen.«

Mein Kopf ruckt zu Eudora herum. Soll ich die Tür aufmachen? Was?

»Nicht doch, Sophia.« Sie lacht. »Das Dienstmädchen.«

»Oh, okay«, sage ich und merke, wie ich rot werde. Und das hasse ich fast am meisten. Wenn man mir ansehen kann, dass ich verunsichert bin. Ich verschränke die Arme vor der Brust, als müsste ich mich schützen.

»Verzeiht die Verspätung«, hört man eine Stimme aus dem Flur. Sie klingt selbstbewusst, ein bisschen gehetzt.

Im nächsten Moment tritt ein junger Mann ins Wohnzimmer. Er trägt ein Hemd und eine Krawatte, an der er zerrt, um sie ein bisschen zu lockern. Seine rotblonden lockigen Haare sind modisch geschnitten. Sein Bart ist ordentlich getrimmt, und auf der Nase sitzt eine runde Brille. Müsste ich einen Oberstreber beschreiben, es wäre genau dieses Bild.

»Mom, Dad«, sagt er und lächelt.

Sein Lächeln ist wie das von Pearl und passt damit irgendwie nicht so richtig hierher.

Dann beugt er sich zu seiner Großmutter und küsst sie auf die Wange. »Hi, Gran.«

»Philip, mein Junge«, sagt Eudora, und auf einmal wirkt sogar ihre Freude echt.

»Schwesterherz, lange nicht gesehen.«

»Von wegen.« Pearl boxt ihn spielerisch in den Arm. »Kannst froh sein, dass ich dich noch nicht über habe.«

Philips Lächeln wird breiter, als er sie umarmt. Dann wendet er sich mir zu, und der Hauch eines teuer riechenden Männerparfüms dringt an meine Nase. Eines gut riechenden Männerparfüms. »Ich wusste gar nicht, dass wir heute Besuch haben. Hi, ich bin Philip.«

Sein Blick ist auf mein Gesicht geheftet. Und bleibt dort. Er mustert mich nicht. Seine Augen sind … hübsch oder so?

»Sophia«, nuschle ich und schüttle seine Hand.

Sie ist warm. Trocken. Der Händedruck fest. Wenn es eine Anleitung dafür gibt, wie man Hände schütteln sollte, hat er sie bestimmt auswendig gelernt, der Streber. Eine Streberberührung. Aber als er die Hand wegzieht, ist die Wärme noch da, und das ist irgendwie ganz gut.

»Freut mich, dich kennenzulernen, Sophia.«

Eudora nickt mir auffordernd zu.

»Ich … äh … freu mich auch, dich kennenzulernen?«, sage ich und bin schon wieder genervt davon, dass ich unsicher klinge. Dass diese dämliche Situation macht, dass ich unsicher *bin*.

»Sophia ist …«, will Eudora gerade ansetzen, doch da verkündet das Dienstmädchen, dass das Essen fertig ist. Eine goldene Klingel, Marmorfußboden und eine Köchin. Außerdem ein Streber-Enkel und ein *Projekt*. Verfickte Hölle.

Im Esszimmer setzt sich Eudora an das eine Kopfende, Seymour ans andere. Emma nimmt zu Seymours Linken Platz, Pearl ihr gegenüber. Ich stehe ein bisschen verloren herum, weiß nicht, wo ich hinsoll. Philip lächelt mich an und setzt gerade dazu an, etwas zu sagen, da kommt Eudora ihm zuvor.

»Sophia, komm an meine rechte Seite.« Sie weist auf den Stuhl zwischen sich und Emma.

Das Dienstmädchen schenkt reihum Wein in Gläser. Meins lässt sie natürlich leer, weil ich mit achtzehn zu jung bin, um Alkohol zu trinken. Wenn sie wüsste. Haha. Aber um ehrlich zu sein, habe ich seit meiner Entlassung nichts mehr angerührt, was irgendwie dazu führen könnte, dass ich die Kontrolle verliere. Damit bin ich fertig.

Ich setze mich und blicke auf das teuer aussehende Geschirr und eine ganze Armee aus Besteck. Wer hat so viele Gabeln? Mit dem Finger tippe ich jede einzelne an, bis Eudora ihre alte, runzlige Hand auf meine legt, damit ich damit aufhöre. Stattdessen deutet sie auf die Stoffserviette neben meinem Teller, die offensichtlich auf meinen Schoß soll.

»Ich hoffe, du magst Leberpastete«, sagt sie dann, und in diesem Moment wird ein kleiner Teller mit der Vorspeise vor mich gestellt.

Und ich mache in Ermangelung von etwas anderem, das ich sagen kann: »Äh.«

 *Philip*

**6** Sophias Stimme ist überraschend rau für eine junge Frau. Ich mustere sie unauffällig, während ich mir die weiße Stoffserviette auf den Schoß lege. Sie betrachtet die Leberpastete auf dem Salatbett. Der Blick ist skeptisch. Sie wirkt, als wäre sie auf der Hut. Wachsam irgendwie. Als würde sie jede Sekunde auf sich aufpassen, schießt es mir durch den Kopf. Und das finde ich faszinierend.

»Du musst das nicht essen«, sagt Pearl. »Wenn es dir nicht schmeckt.« Der vorwurfsvolle Blick, den sie Gran zuwirft, entgeht mir nicht. Denn Pearl ist Vegetarierin. Und ihre Freundin vermutlich auch. »Ich verstehe wirklich nicht, was so schlimm daran wäre, mir wenigstens ein einziges Mal keinen gepressten Tierbrei auf meinen Teller zu tun.«

»Dies ist keine Verschwörung gegen dich, Pearl, ob du es glaubst oder nicht«, sagt Gran.

Trotz Sophias Anwesenheit ist die Stimmung zwischen Gran und Pearl angespannt. Seit ich denken kann, kabbeln sich die beiden, doch je älter Pearl wurde, desto weniger ließ sie sich von unserer Großmutter sagen. Ihre Entscheidung, das Studium zu schmeißen und für eine sehr inoffizielle Tierschutzorganisation zu arbeiten, führte zu einem regelrechten Bruch zwischen den beiden. Und inzwischen scheint es, als wären die Differenzen einfach unüberbrückbar. So schön es ist, dass Pearl heute eine Freundin zum Abendessen mitgebracht hat, ich habe das Gefühl, sie hätte besser daran getan, eine Freundin auszuwählen, die etwas weniger aneckt. Ihre Klamotten, ihre fransigen Haare, all das passt so wenig an den Esstisch unserer Familie, dass ich nicht anders kann, als Respekt für die junge Frau zu empfinden. Vielleicht hat Pearl ihr aber auch einfach nur nicht erzählt, wie formell es bei uns zugeht. Jedenfalls hilft es Pearls und Grans ohnehin angespanntem Verhältnis nicht.

»Es schmeckt ganz wunderbar«, sage ich und nicke Gran zu, um sie zu besänftigen. Das ist meine Rolle. Die Wogen glätten, Pearl abschirmen. Das war schon immer die Dynamik. Und heute schirme ich außerdem auch Sophia ab, denn sie kann am wenigsten für diese Situation.

Mein Blick flackert zu ihr und verweilt vielleicht einen Augenblick zu lange auf ihrem Gesicht. Es ist ein feines Gesicht. Eins, das gar nicht so recht zu ihrer abweisenden Haltung passt. Oder wünsche ich mir das? Sie hat etwas Wildes, Ungezähmtes. Es erinnert mich an die Leute, die ich auf meiner Reise kennengelernt habe. Menschen, die sich nicht darum kümmern, was von ihnen erwartet wird. Die in den Tag hinein leben. Die *leben*. Die *erleben*. Und Sophia sieht aus, als hätte sie Dinge erlebt.

Sie sieht auf, und ihr Kopf zuckt kurz in meine Richtung, als würden ihre großen dunklen Augen fragen: »Was glotzt du so?« Ertappt wende ich mich ab, obwohl ich sie gern weiter ansehen würde. Aber das gehört sich nicht. Man starrt keine Menschen an. Auch nicht, wenn sie einem gefallen.

Gran wendet sich nun unserem Gast zu. »Kindchen, man beginnt mit dem Besteck ganz außen.« Sie deutet auf die Salatgabel und das dazugehörige Messer. Ist das ihr Ernst? Führt sie Sophia vor? Ich blicke zu Pearl, doch die grinst in sich hinein.

Sophia sieht auf und runzelt die Stirn. In der Hand hält sie die etwas größere Gabel, die zum Hauptgang gehört. »Vielleicht esse ich lieber mit einer größeren Gabel.« Sie sieht Gran amüsiert an, und ihr Blick funkelt. Er funkelt richtig. Auf diese lebendige Art.

»Die Reihenfolge ist von außen nach innen.« Grans Stimme ist ganz spitz.

Ich merke, dass Pearl neben mir kurz davor ist, loszuprusten. Dabei wäre es vielleicht besser, sie würde Sophia zu Hilfe kommen. Mom kneift die Lippen zusammen, Dad macht eine beschwichtigende Geste in Grans Richtung.

»Ist doch egal, oder?« Sophia zuckt mit den Schultern. Schmale Schultern, die dennoch stark aussehen.

»Und, Philip …« Mom wechselt elegant das Thema. »… wie war deine Woche?« An Sophia gewandt erklärt sie: »Philip ist frischgebackener Anwalt in Seymours Kanzlei.« Sie nimmt Dads Hand und drückt sie einmal. Nach all den gemeinsamen Jahren sind meine Eltern immer noch stolz aufeinander. Das muss der absolute Hauptgewinn unter den Beziehungen sein.

»Oh, wow«, macht Sophia, aber es ist unmöglich zu sagen, ob sie es ernst meint. Ich glaube sogar, ein bisschen Sarkasmus aus ihrer Stimme herauszuhören. Seltsamerweise gefällt es mir. Die Tatsache, dass sie nicht beeindruckt ist. Vermutlich hat Pearl ihr schon alles erzählt. Von meinem Uni-Abschluss und meiner glorreichen Karriere. Ich weiß, dass Pearl ihre Vorbehalte hat. Aber sie hat leicht reden.

»Anstrengend«, sage ich, um auf Moms Frage zurückzukommen. »Es ist alles noch ziemlich herausfordernd. Aber das ist gut.«

»Er hat jedenfalls vom ersten Tag an einen Eindruck hinterlassen.« Dad nickt mir zu und lächelt.

»Philip ist der ganze Stolz der Familie«, erklärt Gran Sophia. Ich bin zwar gewöhnt, dass Gran mich überall als ihren Goldjungen vorstellt, aber vor Sophia ist es mir … unangenehm.

»Unser Phip«, sagt Pearl in ironischem Tonfall und kneift mich in die Wange. Ich kann es ihr nicht verübeln, denn sie arbeitet auch hart, nur ist ihr Job nicht so prestigeträchtig wie meiner. Sophia nickt. Jedoch nicht anerkennend. Sondern verächtlich? Und ich erinnere mich daran, dass ich in den Hostels, in denen ich auf meinem Europatrip geschlafen habe, auch nicht damit hausieren gegangen bin, wo ich herkomme und wohin ich zurückkehre.

Der Hauptgang wird serviert. Ente mit verschiedenem Gemüse. Pearl seufzt, Gran schürzt die Lippen. Es ist immer dasselbe. In dieser Beziehung sind wir wohl eine ziemlich normale Familie mit ziemlich normalen Problemen. Es ist nur merkwürdig, sich vorzustellen, wie wir auf Sophia wirken müssen. Die Tatsache, dass sie nicht viel auf Etikette gibt und ein T-Shirt mit Anarchie-Symbol zum Abendessen trägt, lässt darauf schließen, dass sie Verhältnisse wie diese ablehnt. Vermutlich hält sie uns für verwöhnte Snobs. Und ich kann es ihr nicht verübeln.

Die Unterhaltung plätschert dahin. Ich beantworte Grans Fragen zu meinem Job – so gut es geht, denn das meiste ist streng vertraulich. Pearl erzählt von Tierversuchen, die an Kaninchen durchgeführt werden. »Für Kosmetika!«, sagt sie. »Damit du dir irgendwelche überteuerten Cremes ins Gesicht schmieren kannst, um so zu tun, als würdest du immer jünger werden. Sag Danke zu den flauschigen Benjamin Buttons, Mom.«

»Ich achte eigentlich schon darauf, woher meine Kosmetika kommen«, sagt Mom. Sie wird ein bisschen rot.

»Oft muss man recherchieren, um herauszufinden, was die Unternehmen für Dreck am Stecken haben. Da gibt's Apps für.«

»Vielleicht zeigst du mir diese Apps?«, schlägt Mom vor.

Dann geht es eine Weile um den neuesten Klatsch und Tratsch aus der Nachbarschaft. Bis Gran auf einmal sagt: »Sophia, erzähl uns etwas über dich.«

»Äh.« Sophia wirkt, als hätte sie keine Ahnung, was Gran hören will. Vermutlich ist es einfach nur ein etwas ungelenker Versuch, unseren Gast in die Unterhaltung miteinzubeziehen, aber nach der Gabeldiskussion von vorhin verstehe ich ihr Zögern.

»Wo kommst du denn her?«, fragt Mom, um ihr einen Anhaltspunkt zu geben.

»Meinen Sie, wo ich geboren bin? Oder wo ich aufgewachsen bin? Oder wo ich gerade wohne?«

Pearl rutscht unruhig auf ihrem Stuhl hin und her. Sie ist offensichtlich unsicher. Deswegen springe ich ein. »Also mich interessiert alles«, sage ich und lächle Sophia an. Es ist nicht mal gelogen, fällt mir auf.

»Geboren bin ich in Arden«, beginnt sie, dann zögert sie, ehe sie weiterspricht. »Aufgewachsen ... also ... erst im Heim ...«

»Oh«, macht Mom und sieht sie mitfühlend an.

»... und dann in Pflegefamilien. Und jetzt wohne ich in Pearley. Aber in einer anderen Gegend als hier.«

Gran nickt, als hätte sie genau das erwartet. Und ihr Gesichtsausdruck sieht ziemlich selbstzufrieden aus. »Das kann ich mir vorstellen.« Ihr Tonfall geht mir ordentlich gegen den Strich, auch wenn ich mir sicher bin, dass sie es nicht böse meint. Aber Sophia ist unser Gast. Wir sollten dafür sorgen, dass sie sich wohlfühlt.

»Und wie war es im Heim?«, fragt Gran, und sofort kippt die Stimmung. Wir halten kollektiv die Luft an. So etwas fragt man nicht. Wie kommt sie darauf?

»Gran!«, sagt Pearl. »Das ist Sophias private Angelegenheit.« Endlich greift sie ein.

»Nun, da wir heute Abend alle zusammen essen, denke ich, ich habe das Recht, zu wissen, wer mit mir am Tisch sitzt, nicht wahr?«

Ich blicke von Gran zu Sophia. Von Sophia zu Pearl, deren Mund offen steht. Dad sieht aus, als wolle er einschreiten, doch auch er ist wie erstarrt.

Gran ist es egal. Sie sieht Sophia erwartungsvoll an, verschränkt die Hände. Sophia nuschelt etwas, das ich nicht verstehe, und das will so gar nicht zu ihrem eigentlich so coolen, beinahe gleichgültigen Auftreten passen. Und in diesem Moment tue ich etwas.

Ich handle, ohne nachzudenken. Meine Hand macht einfach. Sie schnellt nach vorne und gegen das volle Rotweinglas, das sich mit einem Schwall über die Tischdecke ergießt. Mom springt auf, Magda, das Dienstmädchen, eilt herbei. Gran sieht mich überrascht an, und ich stammle eine hektische Entschuldigung. Erst dann fällt mein Blick auf Sophia, die mir gegenübersitzt und ihre vom Rotwein nassen Hände ausschüttelt. Sie hat eine ordentliche Ladung abbekommen. Es tropft von ihrem Gesicht, und ihr Shirt sieht ziemlich nass aus. Erst will ich mich selbst dafür verfluchen, dass ich sie vom Regen in die Traufe – oder von der Traufe in den Rotweinregen – gebracht habe, doch dann sehe ich, dass sie breit grinst. Sie nimmt die Serviette von ihrem Schoß und tupft sich übertrieben damenhaft die Wange.

»Bitte entschuldige, Sophia, das war … ich bin so ungeschickt. Ich zeig dir das Badezimmer.«

»Das kann das Mädchen …«

»Ich übernehme das«, sage ich bestimmt. »Ist schließlich meine Schuld.«

Sophia folgt mir in die Eingangshalle und den Gang entlang zum unteren Badezimmer. Ich bin mir ihrer Anwesenheit in meinem Rücken deutlich bewusst und versuche, cool zu gehen. Ich weiß nicht einmal, wie man cool geht. Aber mir ist es wichtig, dass sie mich nicht nur als den Stolz ebenjener Familie sieht, die nicht gerade dazu beiträgt, dass sie sich hier wohlfühlt.

»Da drin kannst du dich ein bisschen frisch machen.« Ich deute in den kleinen Raum. »Und warte, ich hab ein frisches T-Shirt, wenn du magst. Wollte nachher noch zum Sport, aber das kann ich auch ein andermal …«

»Passt schon«, sagt sie mit ihrer rauen Stimme.

»Nein, ernsthaft, sonst riechst du den ganzen Abend nach Rotwein.« Ich gehe zur Garderobe, öffne meine Sporttasche und ziehe das frische weiße T-Shirt heraus. »Bitte schön«, sage ich, als ich es Sophia reiche.

»Danke. Und … danke.«

»Was?« Ich weiß nicht, was sie meint.

»Danke, dass du das gemacht hast.« Sie grinst wieder, und das Grinsen macht, dass ich noch dringender will, dass sie mich cool findet.

Ertappt fahre ich mir über den Nacken. »Das war ein Unfall.«

»Sicher«, sagt sie und lässt keinen Zweifel daran, dass sie mich durchschaut.

»Ich … bin einfach richtig ungeschickt.« Ich zucke mit den Schultern.

Einen Moment stehe ich unschlüssig herum, und erst jetzt fällt mir auf, dass sie zu ihrem T-Shirt schwarze Jeans mit einem Riss am Knie trägt. Ich kann mir gut vorstellen, dass sie Gran von Anfang an ein Dorn im Auge war. Wieder ist da dieser Anflug von Bewunderung für Sophias Art. Schon für den Mut, überhaupt zu diesem Abendessen gekommen zu sein. Aber vor allem dafür, als sie selbst gekommen zu sein. Es ist auch das, was ich an Pearl bewundere, und vermutlich sind die beiden deswegen befreundet. Es muss schön sein, wenn einem egal ist, was andere Leute denken. Wenn man anecken kann, ohne dabei das Gefühl zu haben, alle anderen zu enttäuschen. Auf einmal fühle ich mich albern, weil ich dachte, ich müsste sie retten.

Und weil es mir immer unangenehmer wird, tue ich das, was ich am besten kann. Ich schlichte. »Gran meint es nicht böse. Sie ist sehr eigen.«

Sophia blickt mich an und geht dann einfach darüber hinweg.

»Danke«, sagt sie noch mal, und es besteht kein Zweifel, dass sie weiß, dass ich das Glas absichtlich umgestoßen habe.

»Bitte.« Denn wenn sie es ohnehin weiß, kann ich es auch einfach zugeben.

Auf der Rückfahrt nehme ich Sophia und Pearl im Auto mit. Pearl sitzt auf dem Beifahrersitz, Sophia in meinem T-Shirt hinten in der Mitte. Schon als sie zurück ins Esszimmer kam, dachte ich, dass ihr mein T-Shirt verflucht gut steht. Ein einfaches weißes T-Shirt. Und auch jetzt sehe ich sie durch den Rückspiegel ab und zu an, während ich den Wagen erst aus der Einfahrt auf die Straße lenke, dann durch die Gegend, in der meine Eltern mit Gran wohnen – oder Gran mit meinen Eltern. Die Menschen hier sind wohlhabend, wie man unschwer an den alleinstehenden großen Einfamilienhäusern und Villen erkennen kann. Beeindruckende Architektur hinter hohen Hecken. Im Heim aufzuwachsen kann kaum weiter entfernt von all diesem Prunk sein.

Sophia blickt angestrengt nach draußen. Ein paarmal überlege ich, ob ich etwas sagen soll, aber solange Pearl und Sophia einträchtig schweigen, fällt es auch mir schwer. Auch wenn der Drang, die Stimmung aufzulockern, stark ist.

Erst als wir das Wohngebiet hinter uns lassen und auf die Stadtautobahn auffahren, sage ich: »Sorry noch mal für den Wein.«

»Kein Ding.«

»Es hat mich jedenfalls gefreut, dich kennenzulernen.«

Unsere Blicke treffen sich im Rückspiegel, sie zieht die Augenbrauen nach oben und schnaubt leise. Doch dann sagt sie: »War ein interessanter Abend.«

Ein großes grünes Schild kündigt das Stadtzentrum an, und ich wechsle auf die ganz rechte Spur und fahre vom Highway ab. Hier, in der Stadtmitte, pulsiert das studentische Leben. Restaurants reihen sich an Vergnügungsarkaden, reihen sich an Kinos, reihen sich an Cocktailbars.

»Und du hast dich echt wacker geschlagen.« Pearl dreht sich zu Sophia um, als wir an einer Ampel zum Stehen kommen. Eine Gruppe betrunkener junger Männer überquert grölend und lärmend die Straße. Ein paar Querstraßen weiter beginnt das Studentenviertel. Dort, abseits der großen Ketten und Schnellrestaurants, ist die Stimmung gemütlicher.

»Ihr könnt mich hier rauslassen«, sagt Sophia.

»Oh, okay.« Ich setze den Blinker, um ihr mehr Zeit zu geben. Und vor allem, damit Pearl sich von ihr verabschieden kann. Aber im nächsten Moment ist sie aus dem Auto gesprungen. Sie winkt noch einmal, dann läuft sie über die Straße.

»Okay?« Ich blicke Pearl ein bisschen verwirrt an. »Anscheinend ist sie niemand für große Abschiede.«

»Anscheinend, ja.« Pearl lacht. »Aber sie ist 'ne coole Nummer, oder?«

Ich muss über Pearls Ausdrucksweise lachen. »Ja, das ist sie.« Ich denke an ihre raue Stimme, die Kleidung, die Haltung, die sagt »Ich schere mich nicht um eure Konventionen«.

»Und wie sie Gran die Stirn geboten hat! Das war ziemlich witzig.«

»Witzig?« Die Ampel springt auf Grün, und ich fahre an.

»Witzig, wenn man die eigenen Gepflogenheiten mal durch einen Blick von außen betrachtet, oder?« Ach, so meint sie das.

Ich nicke.

»*Besteck benutzt man von außen nach innen*«, ahmt Pearl Grans Tonfall nach. »Was zur Hölle …?«

»Na ja, es ist ihre Welt, oder?« Wieder versuche ich, zu beschwichtigen.

»Genau. *Ihre* Welt«, sagt Pearl.

# Sophia ∞

**7** Wenn ich am Abend keine Schule habe, nutze ich den Feierabend, um zu lernen. Dann setze ich mich raus, esse, was von Maliks Essen noch übrig geblieben ist, und quäle mich durch Kurvendiskussion oder den Unabhängigkeitskrieg. Deal ist Deal. Und ich will mein Bestes geben, um diesen fucking Abschluss zu schaffen. Dann könnte ich echt stolz auf mich sein. Und *Stolz* wäre ein gutes Gefühl für meine Liste.

Doch heute ist es im *Imogen's* schon den ganzen Tag ruhig, sodass ich auch tagsüber was für die Abendschule machen kann. Das ist mein Glück, denn später muss ich in Englisch einen Essay schreiben, der benotet wird. Normalerweise haben wir Multiple-Choice-Tests. Und die sind schwer genug, wenn man in seinem ganzen Leben noch nicht wirklich Energie für die Schule aufgewendet hat. Aber dieser Aufsatz macht mich doppelt nervös. Und abgesehen von der Struktur mit Einleitung, Hauptteil und Schluss, finde ich im Englischbuch keine großartige Hilfestellung.

Vielleicht sollte ich jemanden um Hilfe bitten. Tamsin vielleicht. Die ist schlau und studiert Literatur. Zelda hilft mir mit den Reichen, Tamsin mit Englisch. Aber ich kenne Tamsin nicht gut genug. Und ich hasse es, um Hilfe zu bitten. Dann vielleicht lieber Ollie.

»Ollie?«

»Hm?«

»Wie schreibt man einen guten Aufsatz?«

»Oh, das ist eine gute Frage«, sagt sie und tritt neben mich. »Du musst radikal sein. Kompromisslos. Du musst schockieren und provozieren, wenn du was bewegen willst. Und am Ende alles so zusammenführen, dass die lesende Person gar nicht anders kann, als dir beizupflichten.«

»Äh.« Ich glaube, Ollie redet über eine andere Art von Essay.

»Rüttel die Menschen wach, Sophia! Weck sie auf!« Ollie ist jetzt richtig in Fahrt. »Lass sie alles hinterfragen, woran sie je geglaubt haben. Und dann baust du sie langsam wieder auf.«

»Okay«, sage ich, obwohl ich nicht weiß, wie ich das anstellen soll. Und ich bin mir ziemlich sicher, dass Mrs Miller das gar nicht von uns erwartet. Wachgerüttelt zu werden. Ich glaube, sie will vor allem, dass wir wenig Rechtschreibfehler machen, damit sie nicht so viel korrigieren muss.

*Beschreiben Sie anhand eines Beispiels, was Altruismus bedeutet.* Das ist der Arbeitsauftrag. *Altruismus.* Was weiß ich über Altruismus? Er ist das Gegenteil von Egoismus. Etwas, das man nicht für sich, sondern nur für andere tut. Aber da endet meine Erfahrung mit Altruismus auch schon.

In meinem bisherigen Leben habe ich vor allem Leute kennengelernt, die auf sich geschaut haben. Eine von ihnen war ich. Und ich meine das nicht einmal negativ. Wenn man herkommt, wo ich herkomme, muss man sehen, wo man bleibt. Sonst geht man unter. *Menschen wie ich,* schießt es mir durch den Kopf.

Ich kaue erst auf meiner Unterlippe herum, dann auf meinem Stift. Abgesehen von einem krakeligen »Sophia Marin« ist mein Blatt noch leer. Meine Handschrift ist nicht unbedingt schön. Nicht unbedingt ordentlich. Darin bin ich auch nicht gut. Genauso wenig wie in Englisch. Obwohl Mrs Miller nett ist. Und ihr Unterricht ist auch nicht uninteressant, glaube ich. Aber ich schweife dauernd ab. Ich lese langsam. Das ist wohl etwas, das Übung braucht. Aber die habe ich nicht. Und jetzt frustriert es mich.

Ich blicke zurück auf mein Blatt. Zwei Seiten, das sollte doch wohl zu machen sein. Okay. Ich denke an Amy. Alles, was sie tut, ist eigentlich altruistisch, oder? Dass sie anderen hilft? Andererseits ist es eben auch ihr Job. Keine Ahnung, ob Mrs Miller das meint.

Denk nach, Sophia. Aber mein Kopf blockiert. Die Arbeit im Café und dazu die Abendschule – das ist echt anstrengend und macht es nicht unbedingt leichter, sich zu konzentrieren. Sogar ohne Café und Abendschule würde es mir vermutlich schwerfallen. Dann noch dieses bescheuerte Abendessen bei den Englanders, was wieder einen freien Abend weniger bedeutet. In diesem Moment merke ich ganz besonders, wie einfach keine Energie mehr da ist. Und wie sie ersetzt wird durch etwas wie Nervosität. Und wie die Nervosität macht, dass meine Hand schwitzt, sodass der Stift rutscht. Und wie ich jetzt das Gefühl habe, dass ich gar nichts mehr hinkriegen kann.

Die Englanders. Die können sicher Essays über alle möglichen Themen aus dem Ärmel schütteln.

Altruismus. Vielleicht ist eine Spende was Altruistisches? Eudora Englander spendet. Kann ich darüber schreiben? Eine alte Frau, die ihr Vermögen auch einem guten Zweck zukommen lässt. Aber so ätzend, wie sie zu mir war, will ich nichts über sie schreiben. Und außerdem hat sie vor ihrer Familie damit angegeben. Also tut sie es vielleicht gar nicht so sehr aus Altruismus, sondern eher, um sich als beschissene Wohltäterin zu inszenieren. Das würde zu ihr passen. *Menschen wie sie.*

Zelda hat erzählt, dass Pearl Englander Hummer befreit hat. Aber ich habe keine Ahnung, wie die Geschichte weitergeht. Und ich kenne mich nicht mit Hummern aus.

Wieder kaue ich auf dem Stift herum. Pearl mochte ich. Von Anfang an. Sie ist ganz anders als ihr Bruder, dieser komische Streber mit seiner Krawatte, die er vermutlich passend zu seinen blauen Augen ausgewählt hat. Bei *Menschen wie ihm* ist nichts zufällig. Universität, Anwaltskanzlei, Hybrid-Lexus. Vermutlich würde er mich auslachen, wenn er wüsste, dass ich an einem Aufsatz scheitere. Aber er hat das Glas umgeworfen und …

Ha! War das nicht altruistisch? Denn er hat es schließlich absichtlich getan, da war ich mir von Anfang an sicher. Und dann hat er es ja auch so gut wie zugegeben. Er hat sich blamiert. Für mich. Wie schräg.

Ich beginne zu schreiben. Dabei versuche ich, nicht zu sehr ins Detail zu gehen. Es soll mehr allgemein darum gehen, dass er mich vor einer peinlichen Situation gerettet hat, auch wenn mir das Wort »gerettet« gegen den Strich geht. Als hätte ich ihn gebraucht. Aber trotzdem war es wohl wirklich nett. Und wirklich altruistisch, glaub ich.

Als Mrs Miller schließlich unsere Aufsätze einsammelt, bin ich dafür, dass es Englisch war, ganz zufrieden mit mir. Anderthalb Seiten sind mehr, als ich anfangs für möglich gehalten hätte. Und außerdem bleibt nach den anderthalb Seiten noch was anderes.

*Dankbarkeit.* Diese Dankbarkeit kommt auf meine Liste. Denn ich war definitiv dankbar, als Streber-Philip das Glas umgeworfen hat. Und auf einmal wundere ich mich, dass ich mir seine bescheuerte Augenfarbe gemerkt habe.

 *Philip*

**8** Es wiederholt sich wieder und wieder. Ich arbeite. Ich habe zu viel zu tun. Ich vergesse die Zeit. Ich komme zu spät los. Heute, weil das Meeting länger gedauert hat. Deswegen sitze ich nun schon wieder abgehetzt in einem Uber und lasse mich zum *Imogen's* fahren, wo ich einen Termin mit Rhys und seiner Sozialarbeiterin Amy Davies habe. Die Krawatte sitzt zu eng, schnürt mir die Kehle zu, und ich versuche sie zu lockern, während ich auf dem Rücksitz des Wagens auf meinem Tablet einige weitere Fragen notiere, die ich Rhys stellen will. Die Lederschuhe drücken, und ganz allgemein fühlt sich alles zu eng und steif an. Es fühlt sich falsch an. Es fühlt sich nicht nach mir an, sondern nach Druck und Belastung.

Wir fahren den großen Boulevard entlang und dann auf die Stadtautobahn Richtung Süden. Das Café ist am südlichen Rand des Stadtzentrums, wo die Problembezirke anfangen. An der Grenze zu Poorley, wie es genannt wird. Die Häuser werden schäbiger, die Autos zerbeulter.

Wenig später hält der Fahrer vor dem *Imogen's*, das zwischen all den Graffitis mit seiner gemütlichen Atmosphäre beinahe ein bisschen heraussticht. Die Gentrifizierung hat hier gerade erst begonnen. Die Mieten sind noch bezahlbar, aber die Frage ist, wie lange das so bleibt.

Ich gebe Muhammad zwanzig Prozent Trinkgeld in der Uber-App, dann betrete ich das *Imogen's*.

Eine Glocke kündigt mich an. An einem Tisch sitzen zwei Mütter mit ihren Babys und versuchen, zwischen Rasseln und dem Aufheben von Löffeln eine Unterhaltung zu führen. Hinter dem Tresen steht eine junge Frau mit strubbeligen schwarzen Haaren und hat mir den Rücken zugewandt. Sie dreht sich um und – ich bin überrascht, sie hier zu sehen. Denn hinter dem Tresen steht niemand anders als Pearls Freundin Sophia.

»Oh, hi«, sage ich. »Ich wusste nicht, dass du hier arbeitest.«

»Wärst du sonst nicht gekommen?«, fragt sie, zieht provokativ die Augenbrauen in die Höhe und verschränkt die Arme. Es ist die gleiche Haltung, die sie auch beim Abendessen an den Tag gelegt hat. Und es sind die gleichen wachsamen, braunen Augen, deren Blick macht, dass ich mir verlegen mit der Hand über den Nacken fahre. Wie peinlich bin ich denn?

»Äh, nein, das meinte ich nicht. Ich bin nur überrascht, das ist alles.« Ich lächle sie an, in der Hoffnung, dass sie es erwidert. Ich würde sie so gern lächeln sehen, weil das bedeuten würde, dass sie mich nicht völlig unsympathisch findet. Und mir gefällt ihr Lächeln. Auch wenn ich bislang eher so halbherzige Versionen davon gesehen habe.

»Hätte dich auch nicht unbedingt in dieser Gegend erwartet«, gibt sie zurück. Ohne Lächeln.

»Ich bin mit Rhys verabredet«, sage ich und ärgere mich ein wenig, dass ich klinge, als müsste ich mich rechtfertigen. Wieso ist es mir vor Sophia so wichtig, cool zu wirken? Aber klar, jemand wie ich passt nicht so richtig an einen Ort wie diesen. Ich bin nicht wie Pearl. Wieder beschleicht mich das Gefühl, dass Sophia mich nicht mag. Ich glaube nicht, dass Pearl mich in ihren Geschichten schlecht dastehen lässt, aber selbst die objektive Wahrheit führt bei Leuten wie Sophia, die vermutlich durch Leute wie mich Ablehnung erfahren haben, nicht gerade zu Sympathie.

»Rhys ist noch hinten«, erwidert sie. »Setz dich einfach hin, wo du willst.«

»Kann ich bei dir einen Kaffee bestellen?«, frage ich. »Schwarz?«

»Wär blöd, wenn nicht. Dann wär ich hier wohl auch falsch.«

Ich lache. Lache allein. War es kein Witz? Ich bin verwirrt. Sophia verwirrt mich, sodass ich mich abwende, um mich zu sammeln. Ich blicke mich erneut um und entscheide mich für einen mittelgroßen Tisch am Fenster, so weit wie möglich entfernt von den beiden Müttern, damit Rhys, Amy und ich Privatsphäre haben.

Aus meiner Aktentasche ziehe ich mein iPad und mein Handy und lege beides ordentlich vor mich hin. Zu ordentlich? Mit einem Blick zum Tresen verschiebe ich das Handy, sodass sich die Seiten nicht mehr parallel zum Tablet befinden. Doch das ist so albern, dass ich es wieder rückgängig mache.

Sophia bringt mir einen Becher mit schwarzem Kaffee. Sie sieht auf meine Geräte. Dann sagt sie: »Bist du ein Zwänger oder so?« Und ich könnte mich ohrfeigen.

Nach ein paar Minuten öffnet sich der Vorhang hinter dem Tresen, und Rhys betritt den Raum. Er ist groß, schlank, trainiert, wie sein körperbetontes T-Shirt verrät. Seine dunkelblonden Haare trägt er kurz. Er sieht hart aus und durch die eisblauen Augen unnahbar.

Nur ein paar Sekunden später ertönt die Türglocke, und eine blonde junge Frau, bei der es sich um Amy Davies handelt, kommt auf mich zu.

»Philip, richtig?«, fragt sie und gibt mir die Hand. »Danke, dass du gekommen bist.«

Rhys zieht einen Stuhl an den Tisch und nickt zur Begrüßung. Mir fällt auf, dass er meinem Blick ausweicht, als wisse er noch nicht, ob mir zu trauen sei. Wenn seine Geschichte stimmt, ist das absolut verständlich. Denn dann hat ein Anwalt sein Leben ruiniert. »Ja, danke.«

»Gern. Ist es in Ordnung, wenn ich unser Gespräch aufzeichne?«, frage ich. »Damit ich meine Notizen später noch vervollständigen kann, wenn nötig?«

Amy nickt. »Meinetwegen ist das in Ordnung.«

»Rhys?«

Rhys blickt zu Amy, als müsse er sich vergewissern. »Ja, ist in Ordnung.«

Ich öffne die App auf meinem Handy und beginne mit der Aufnahme. Dann: »Rhys, du hast gesagt, du warst sechs Jahre unschuldig im Gefängnis. Kannst du mir erklären, wie es dazu kam?«

Rhys atmet tief ein. Er blickt angestrengt auf seine gefalteten Hände, deren Knöchel weiß hervortreten. »Ich war fünfzehn«, beginnt er. Und dann erzählt er von seinem Elternhaus, von der Armut seiner Mom, bevor sie Donald kennenlernte, davon, dass das bisschen Geld, das Donald in den Haushalt brachte, teuer erkauft war. Wie er eines Tages abgeholt wurde. Wie die Polizei in seinem Zimmer kiloweise harte Drogen fand. Außerdem Schusswaffen, auf denen nur seine Fingerabdrücke waren, weil sein Stiefvater ihn dazu ermutigt hatte, »sie mal zu halten – wie ein richtiger Kerl«. Davon, dass Donald gegen ihn aussagte und offenbar selbst seine Mom dazu brachte. »Die Indizien sprachen gegen mich. Und wenn die eigene Mutter vor Gericht weinend zusammenbricht und sagt, ihr Sohn ist ein Verbrecher …« Es ertönt ein lautes Krachen. »Shit!« Rhys hält die Armlehne seines Stuhls in der Hand. Seine Finger sind fest um das Stück Holz gekrampft. »Das repariere ich, Amy, keine Sorge.«

»Ich mach mir keine Sorgen um den Stuhl«, sagt sie, und ihr ernster Gesichtsausdruck lässt keinen Zweifel zu, wem ihre Sorge stattdessen gilt.

Ich schlucke. »Und dein Anwalt?«, frage ich. »Wer hat dich verteidigt?«

»Ich hatte einen Pflichtverteidiger. Er war uralt. Und ich bin mir inzwischen ziemlich sicher, nicht einmal er hat an meine Unschuld geglaubt.«

»Ich glaube dir«, sagt Amy, und Rhys lächelt sie vorsichtig, aber dankbar an. Dann wendet sie sich mir zu. »Ich glaube Rhys, weil ich ihn kenne. Weil es keinen Sinn ergibt, dass er mit fünfzehn Jahren ein Drahtzieher im florierenden Drogenhandel von Pearley gewesen sein soll. Er war ein Kind. Außerdem hat er seine Strafe abgesessen. Er hat keinen Grund, sich diese Geschichte auszudenken.«

Ich nicke. Genau das war auch mein Gedanke. »Warum ging es so schnell? Ich meine, warum gab es keine tiefer gehenden Ermittlungen?«

»Darf ich?«, fragt Amy.

»Bitte.«

»Meine Recherchen haben ergeben, dass die Polizei zu der Zeit mächtig unter Druck stand. Der Chief of Police war kurz davor, versetzt zu werden, weil ihm die Sache in Poorley zu entgleiten drohte. Deswegen war eine schnelle Lösung des Falls in jedermanns Sinn. Man brauchte dringend einen Erfolg. Man brauchte einen Sündenbock.«

»Das klingt plausibel«, sage ich. »Aber ich muss mir unbedingt erst alle Akten zu dem Fall ansehen, bevor ich etwas versprechen kann.«

»Ja, das ist klar«, sagt Amy. »Wir erwarten keine Wunder von dir, Philip. Vielleicht haben wir auch gar keine Chance. Aber wir mussten es einfach probieren.«

»Natürlich.«

»Kannst du vielleicht abschätzen, wie …«

»… wie groß diese Chance ist?«, frage ich, und Amy nickt. »Es hängt von mehreren Faktoren ab. Die erste Hürde habt ihr genommen. Ich glaube euch. Ich glaube dir, Rhys.«

Er sieht auf, sein Blick vollkommen ungläubig. »Im Ernst?«

»Ja. Aber ich kann nicht allein entscheiden, ob wir einen Pro-Bono-Fall annehmen. Denn ich gehe davon aus, du hast nicht zufällig einen hohen fünfstelligen Betrag irgendwo herumliegen?«

Es ist das erste Mal, dass Rhys grinst. »Nee, leider nicht.«

»Noch«, sage ich, beiße mir jedoch im nächsten Moment auf die Zunge. Ich sollte ihm keine Hoffnungen machen. Doch glücklicherweise fragt er nicht weiter. »Ich werde die Akten von der Staatsanwaltschaft anfordern. Alles, was es zu deinem Fall gibt.«

»Du solltest dir auch die Unterlagen über Jean Bolton durchlesen. Rhys' kleine Schwester, die bei mir lebt, weil sie von ihrem Vater vernachlässigt wurde.«

»Das ist interessant«, sage ich, bin mir im nächsten Moment allerdings der Tatsache bewusst, dass *interessant* nicht sonderlich mitfühlend klingt. »Aus juristischer Perspektive, versteht sich. Was hat es damit auf sich?«

»Jeannies und Rhys' Mom ist vor einigen Jahren verstorben.«

»Das tut mir leid«, sage ich an Rhys gewandt, obwohl ich mir nicht sicher bin, wie sehr man um einen Menschen trauert, der einen für sechs Jahre ins Gefängnis gebracht hat.

»Jeannie lebte zunächst weiter bei Donald, aber als sie zehn Jahre alt war …« Amys Blick zuckt kurz zu Rhys. »… lief sie von zu Hause weg und mir in die Arme.«

Für einen kurzen Augenblick habe ich das Gefühl, dass mehr dahintersteckt, doch im Moment muss ich nicht mehr wissen.

»Der Kinderarzt stellte Mangel- und Unterernährung bei ihr fest. Und auch sozial zeigte sie deutliche Verhaltensauffälligkeiten. Sie ist jetzt ein fröhliches Kind, wenn auch nach wie vor traumatisiert durch das, was ihr widerfahren ist.«

Ich schlucke. Diese Geschichte wird immer krasser, und ich bin mir sicher, wir haben heute nur an der Oberfläche gekratzt. »Ich glaube, erst einmal habe ich genug gehört. Ich werde mich mit euch in Verbindung setzen, sobald es Neuigkeiten gibt. Ich versuche, so schnell wie möglich zu arbeiten, aber es kann ein paar Wochen dauern.«

»Ich weiß«, sagt Rhys. »Trotzdem schon mal danke.«

»Das ist mein Job«, erwidere ich. »Und ich mache das hier sehr gern.« In diesem Moment ist das sogar die Wahrheit. Nur weil ich mich selbst eigentlich nicht als Anwalt sehe, bedeutet das nicht, dass ich nicht weiß, wie wichtig es ist, Menschen wie Rhys zu helfen. Gutes zu tun kann Selbstzweck genug sein.

»Können wir dir für deine Mühe wenigstens noch ein Abendessen aufs Haus spendieren?«, fragt Amy.

»Das ist wirklich nicht nötig.« Ich mache eine wegwerfende Handbewegung, auch wenn ich ziemlich hungrig bin.

»Es gibt bestimmt noch Reste von heute Mittag. Malik hat Gumbo gekocht.« Rhys erhebt sich und macht Anstalten, in die Küche zu gehen.

»Na gut, okay, aber nur, wenn wirklich etwas übrig ist.«

Ein Blick auf meine Armbanduhr verrät mir, dass es bereits acht Uhr ist. Und als ich mich umsehe, stelle ich fest, dass das Café, abgesehen von uns, leer ist.

Amy bedankt sich ebenfalls noch mal, dann verabschieden wir uns, und ich werde von Malik, der mir eine dampfende Schüssel mit köstlich duftendem Gumbo in die Hand drückt, in den Hinterhof eskortiert, wo man, wie er sagt, noch ein bisschen Abendsonne genießen kann.

Ich war erst einmal im Hinterhof vom *Imogen's*. Direkt nach meiner Rückkehr aus Europa. Mein Blick fällt auf die Mauer, die mit kunstvollen Graffiti verziert ist. Am einen Ende des Hofs stehen hölzerne Hochbeete, in denen verschiedene Pflanzen wachsen. Auf die Schnelle erkenne ich Chilischoten und Zucchini. Am anderen Ende prangt ein großes Schild über einem großzügigen Garagentor. *Wish You Were Beer.* Ches Brauerei. Und kurz durchzuckt es mich. Das Gefühl von etwas Verpasstem. Das Gefühl von … ja … Neid. Neid, dass andere Menschen sich nicht darum scheren, was ihr Umfeld sagt. Dass sie einfach ihr Ding durchziehen.

»Lass es dir schmecken«, sagt Malik, klopft mir auf den Rücken und geht wieder nach drinnen.

»Hab keinen Hunger«, murmelt eine raue Frauenstimme, und ich wende den Kopf. Ich bin nicht der Einzige, der noch ein paar Sonnenstrahlen im Hinterhof genießen will. Sophia sitzt nach ihrem Feierabend an einem der Tische, vor sich ein paar Bücher.

»Er meinte mich«, sage ich und gehe einen Schritt auf sie zu. Zögerlich, weil ich ahne, dass es ihr nicht unbedingt recht ist, wenn ich mich zu ihr setze. Sie blickt auf, blinzelt gegen die Sonne. Mir fallen ihre langen Wimpern auf. Dunkel, fast schwarz, wie ihre Haare.

»Wie geht's dir? Hast du das Englander-Familienessen gut weggesteckt?« Es ist ein ziemlich lahmer Konversationsversuch.

»Haha«, macht Sophia und versucht nicht mal, zu verbergen, dass ihr Grinsen vollkommen falsch ist.

Jeder andere, den ich kenne – abgesehen von Pearl vielleicht –, hätte aus Höflichkeit gelacht. Doch ihre Reaktion trieft nur so vor Sarkasmus, und kurz irritiert es mich, sodass ich mit der freien Hand an meiner Krawatte herumnestle, um irgendwas zu tun.

»Wieso trägst du die, wenn du sie unbequem findest?«, fragt sie und unterstreicht damit noch einmal, wie gegensätzlich wir sind. Denn während es ihr fundamental egal ist, wie sie auf andere wirkt, trage ich sogar nach Feierabend noch den Beweis um den Hals, wie wenig ich mir selbst treu bin und wie wichtig es mir ist, mich anzupassen. Dieser Gedanke, gepaart mit ihrer Unverblümtheit, bringt mich für einen Moment aus dem Konzept.

»Ich finde sie nicht unbequem«, sage ich mit einem unbeholfenen Lächeln und ärgere mich wieder einmal darüber, dass ich das Gefühl habe, mich vor Sophia verteidigen zu müssen. Dabei könnte mir eigentlich egal sein, was sie über mich denkt. Doch so bin ich eben. Im nächsten Moment weiß ich allerdings, dass es nicht nur das ist. Ich will, dass sie mich mag. Ich will, dass sie mich nicht uncool findet. Weil ich sie übertrieben cool finde. Verdammt. »Aber ich schätze, nach einem langen Arbeitstag spürt man sie dann doch.«

»Von wegen.« Und wieder durchschaut sie mich. Wie macht sie das? Und warum macht es mich nervös?

»Ja, okay, ist nicht unbedingt mein liebstes Kleidungsstück«, gebe ich zu, und mein Lächeln wird breiter. Ich fühle mich zwar ertappt, aber gleichzeitig gefällt es mir, dass ich ihr nichts vormachen kann. Es kitzelt etwas in mir.

»Warum trägst du sie dann?«

»Dresscode.« Ich zucke mit den Schultern.

»Wozu?«

»Ähm ...« Das ist eine gute Frage. Gesellschaftliche Konventionen, Professionalität ... »Damit wir professioneller wirken. Vertrauenerweckender.«

Sie schnaubt und wendet den Blick ab. »Also, ich für meinen Teil finde es *vertrauenerweckend,* wenn Leute was anhaben, das sie nicht stranguliert.« Sie zuckt mit den Schultern. »Wenn sie sich nicht mal drum kümmern, dass es ihnen gut geht, wie soll ich ihnen dann vertrauen, dass sie sich drum kümmern, dass es mir gut geht?«

Jetzt lache ich. Sophia schafft mich.

»Scheiß doch drauf. Warum sollte man was machen, wo man nicht aussehen kann, wie man will? Was ist das für ein beschissenes Konzept?«

Obwohl ich sie heute erst zum zweiten Mal sehe, bin ich mir sicher, dass niemand Sophia dazu bringen würde, sich anzupassen. Sie ist frei. Frei von Druck. Frei von diesen Konventionen. Und mein Herz sticht einen Augenblick, weil es das ist, wonach ich mich sehne. »Das glaub ich dir. Da bist du wie Pearl«, sage ich ein bisschen leiser.

»Pearl ist cool.«

Das ist sie, und deswegen ist Sophia auch mit ihr befreundet.

»Ich wohl nicht so.« Ich lache erneut, blicke an meinem Anzug hinunter. Aber die Erkenntnis, gepaart mit der Gewissheit, dass Sophia das tatsächlich ebenso sieht, ist ein bisschen schmerzhaft.

»Tja ...« Mehr muss sie nicht sagen, und ich werde rot.

»Ich ess mal mein Gumbo.« Überflüssigerweise schiebe ich noch ein »sonst wird es kalt« hinterher, als bräuchte ich eine Erklärung. Ich setze mich einen Tisch weiter, weil ich nicht das Gefühl habe, dass Sophia scharf auf Gesellschaft ist. Aber um nicht unhöflich zu wirken, wende ich ihr dennoch mein Gesicht zu.

»Okay.«

Sie blickt wieder auf das Buch, in dem sie gelesen hat, ehe ich sie unterbrochen habe, und ich spüre die Abwesenheit ihres Blicks. Sie wirkt konzentriert. Ich nehme einen Löffel von Maliks Eintopf, genieße die letzten Sonnenstrahlen des Tages. Aus meiner Tasche hole ich das Tablet, um noch einmal meine Notizen von heute zu sortieren, kann aber nicht anders, als ab und an zu ihr zu schielen.

»Verfickte Hölle.«

Hat sie was gesagt? War das an mich gerichtet? »Was sagst du?«

»Hab mit mir selbst geredet.«

Ich nicke, lächle, will mich gerade wieder in die Notizen vertiefen, da fällt mir auf, dass sie mich taxiert.

»Streber wie du, die auf arschteuren Unis waren, verstehen das nicht.«

»Oh, wow«, sage ich, muss aber schon wieder lachen. Ich bin mir nicht einmal sicher, ob sie weiß, dass sie ein bisschen unverschämt ist. Sie sagt einfach, was sie denkt. Und das ist – so komisch es klingen mag – erfrischend. »Wenn ich so ein Streber bin, stehen die Chancen doch gar nicht mal schlecht, dass ich es verstehe, oder?«, kontere ich.

»Witzig.«

»Probier es doch aus?«

Sie seufzt genervt. »Ich mache gerade meinen Abschluss nach. Für morgen soll ich *Die ganze Welt ist eine Bühne* interpretieren. Für Leute wie dich, die von morgens bis abends so daherreden, als wären sie der große William fucking Shakespeare, ist das alles super easy. Aber für Leute wie mich ist es eben nicht so einfach, okay?« *Leute wie du, Leute wie ich.* Es macht wohl Sinn …

»Okay« sage ich und hebe abwehrend die Hände, weil ich verstehe, woher ihre Vorbehalte kommen. Grans Überheblichkeit neulich Abend hat nicht unbedingt dazu geführt, dass sie uns in einem besseren Licht sieht. Deswegen versuche ich etwas Nettes zu sagen. »Du liest Shakespeare. Cool.« Im gleichen Moment beiße ich mir auf die Zunge. Genau, Philip. Shakespeare ist *cool.*

»Cool?«

»Ich schätze, das macht mich noch uncooler?«

»Verfickte Hölle, ja.«

Nun ist sie diejenige, die lacht. Ein heiseres Lachen. Ein schönes Lachen. Ein … süßes Lachen. Und das überrascht mich. Aber was war das, was sie da eben gesagt hat?

»Verfickte Hölle?«

Sie verzieht das Gesicht. »Äh, ich meine das Haus, in dem deine Familie wohnt, ist echt … groß.«

Was redet sie? »Okay?« Ich weiß damit nichts anzufangen. »Und weiter?«

Wird sie etwa rot? »Nichts weiter. Aber ich habe gelernt, Reiche mögen es nicht, wenn man flucht. Aber sie mögen es, wenn man ihnen sagt, dass ihre Häuser groß sind. Also dachte ich, ich sag dir, dass dein Haus groß ist.«

Jetzt pruste ich. So richtig. »Das ist das Witzigste, was ich seit Langem gehört habe. Aber du musst dich meinetwegen nicht verstellen. Wenn du fluchen willst, fluche. Wenn du meine Krawatte albern findest, sag es.« Etwas leiser füge ich hinzu: »Es ist gut, wenn man ist, wer man ist.« Nun ist sie diejenige, die die Stirn runzelt. Sie sieht mich einigermaßen verwirrt an. Und das verbuche ich als Sieg. »Wenn du Hilfe brauchst …«

»Ich kann gerade noch selbst googeln, was Allerweltssentenzen und bärtige Pardel sind, vielen Dank.« Sie tippt etwas in ihr Handy und liest: »›Eine Sentenz ist ein Sinnspruch. Beispiel: Der Apfel fällt nicht weit vom Stamm.‹ Bist du deswegen Anwalt?«

»Was meinst du?«

»Weil der Apfel nicht weit vom Stamm fällt? Trägst du deswegen die alberne Krawatte?«

Ähm … »Ja, ich schätze schon.«

Doch sie hört mir gar nicht zu. »Was für ein Blödsinn, William fucking Shakespeare. Ohne Witz. Nenn es doch Sinnspruch, wenn du willst, dass man es versteht.«

»Blödsinn?« Ich fasse mir theatralisch an die Brust. »Shakespeare? An der Foxcroft Academy ist gerade sein Porträt von der Wand gefallen.«

»Also sorry, aber wenn er will, dass man sich damit beschäftigt, dann sollte er es so schreiben, dass man es versteht.«

Ich nicke. Vermutlich hat sie recht. Vermutlich sollten die Dinge so formuliert werden, dass nicht nur Leute, die an der Foxcroft Academy waren, sie verstehen. Und auf einmal sehe ich meine Chance gekommen. Die Chance, das Coolness-Gleichgewicht zwischen uns herzustellen. Gut, vielleicht ist es nicht das Allercoolste, ein Streber zu sein, aber wenigstens erinnere ich mich noch gut an den Monolog.

»Es ist eben eine Allegorie«, sage ich. »Shakespeare setzt das Theater mit dem Leben gleich.«

»Okay und warum?«

»Ich schätze, weil es mehr Spaß macht, als einfach nur

zu sagen: *Wir werden geboren, wachsen auf und dann sterben wir wieder.*«

Sie sieht mich an. »Ich finde es umständlich. Und eingebildet. Und es wäre besser und zeitsparender, er würde einfach sagen, was er meint.«

»Ich glaube, du und William, ihr habt vielleicht nicht unbedingt den gleichen Geschmack.«

»Wessen Geschmack soll das bitte sein? Das Kind, das sprudelt? Der weinerliche Bube? Ja, okay, den kennt man.« Sie grinst. »Der Verliebte, der wie ein Ofen seufzt. Alter. Der Soldat, wie ein Pardel bärtig.« Sie verdreht die Augen. »Pardel, William? Ernsthaft? Was soll das denn sein?«

»Keine Ahnung«, gebe ich zu.

»Oho! Du weißt ja doch nicht alles!«, sagt sie und klingt ein bisschen schadenfroh.

»Ich weiß sogar ziemlich wenig, wenn ich ehrlich bin. Also, ein Pardel ist so was wie ein Luchs.« Ich halte mein Tablet hoch und zeige ihr das Bild, das die Suchmaschine ausgespuckt hat.

»Wie geil, der hat ja echt einen Bart.« Dann beginnen ihre Augen zu funkeln. »Philip Englander, wie ein Pardel bärtig und voll weiser Sprüch«, sagt sie. »Cool.«

»Also jetzt doch cool?«, frage ich mit einem neckenden Ton.

»Nee, immer noch nicht, Streberpardel«, sagt sie. »Aber mach dir nichts draus, dafür ist dein Haus groß.«

## Sophia

**9** »Ich weiß nicht mal, was sie von mir will. Ein Abendessen pro Monat war der Deal. Und jetzt holt sie mich ab und will Zeit mit mir verbringen oder so.« Ich wische mit dem Lappen über einen Tisch, an dem bis vor zwei Minuten noch eine alte Dame saß.

»Du bist eben doch Eliza Dolittle«, sagt Celia grinsend.

»Bin ich nicht. Hör auf, das immer zu sagen.«

»Meine Mom meint, ich soll nicht aufhören, die Wahrheit zu sagen. Sie findet, das ist eine meiner besten Eigenschaften.«

»Das ist kein Kompliment an deine anderen Eigenschaften«, murmle ich, aber ich will nicht fies zu Celia sein. Ich bin einfach nur genervt, weil Eudora Englander in fünf Minuten hier hereinplatzen und mich mitnehmen wird. Wohin auch immer. Ich hätte Nein sagen sollen. Das wäre sicher gegangen. Hätte sagen sollen, dass ich keine Zeit habe. Aber irgendwas an ihrem Tonfall war so bestimmt, dass ich Ja gesagt und dann erst darüber nachgedacht habe, was das eigentlich bedeutet. Es bedeutet jedenfalls, dass sie in dreieinhalb Minuten hier sein wird.

»Vielleicht wird es ja nett«, sagt Celia, und ich wünschte, ich hätte ihren Optimismus. Ich denke an Philip und sein leicht verschämtes Lächeln. Wenn sie ein bisschen mehr wie er wäre, würde ich mit ihr schon fertig. Leider ist sie … sie selbst eben. Das, was Philip so toll findet.

»Was wird nett?« Ollie kommt zur Tür rein. Sie löst mich ab, damit Celia den Nachmittag über nicht allein ist.

»Sophias Verwandlung von Eliza Dolittle in Eliza Higgins.«

Ich verdrehe die Augen, doch Celia und Ollie lachen, und das ist … okay, es ist schön.

Als es noch zwei Minuten dauert, bis Eudora Englander eintreffen soll, bestellt ein junger Mann noch einen Cappuccino bei mir. Ollie will schon übernehmen, aber das kann ich noch schnell erledigen. Niemand ist schließlich auf die Minute pünktlich.

Doch ich bin zu nervös. Nicht unbedingt wegen Eudora, sondern einfach, weil ich nicht weiß, was das heute wird. Meine Bewegungen sind fahrig, und es kommt, wie es kommen muss. Mir rutscht das Gefäß zum Milchschäumen aus der Hand, und der Inhalt ergießt sich über mein T-Shirt.

»Verfickte Hölle!«, entfährt es mir, Ollie prustet los, Celia reicht mir mit tadelndem Blick ein Küchenhandtuch, mit dem ich mich wenigstens oberflächlich sauber machen kann, und *jemand* räuspert sich. Dann hört man das *Klack, Klack* eines Gehstocks. Ich wirble herum. In der Mitte des Raums steht Eudora Englander.

Sofort verstummt Ollies Gelächter, und ich lasse das Küchenhandtuch sinken.

Die Uhr zeigt Punkt fünfzehn Uhr an. Der Sekundenzeiger ist noch nicht einmal bei der Hälfte der Minute angekommen. Niemand ist auf die Minute pünktlich. Niemand außer Eudora Englander.

»Mrs Englander«, stammle ich. »Hi.«

»Guten Tag, Sophia«, erwidert sie und lässt den Blick missbilligend durch das *Imogen's* schweifen, bis er wieder bei mir ankommt. Ihr Gesichtsausdruck verfinstert sich weiter, und ich spüre, wie Ollie mich in den Arm kneift. Sehr hilfreich.

»Was zur Hölle ...?«, flüstert sie mit einem Glucksen.

»Ich bin Celia«, sagt nun Celia und tritt völlig furchtlos auf Eudora zu. »Ich habe das Downsyndrom, deswegen kann es sein, dass ich Ihnen zu nahe trete, aber das meine ich nicht böse. Es ist einfach das, was ich manchmal aus Versehen mache.«

»Interessant«, sagt Eudora Englander, doch ihr Blick wird etwas weicher. Celia hat diesen Effekt auf Menschen.

»Ich ... ähm ... mir ist nur die Milch ... und dann ...« Ich deute auf mein T-Shirt. »... deswegen ...«

»Es war nicht zu überhören«, sagt Eudora Englander.

»Wollen Sie einen Kaffee? Oder einen Tee?« Ollie springt mir nun auch zur Seite.

»Hier?« Sie klingt, als wäre das die absurdeste Idee überhaupt. »Eher nicht.«

Ollie zuckt mit den Schultern und murmelt: »Hätte eh reingespuckt.«

»Bist du dann so weit? Wenn ich mich recht entsinne, hatten wir fünfzehn Uhr ausgemacht. Nun ist es fünfzehn Uhr zwei, und meine alten Beine sehnen sich nach einer bequemen Sitzgelegenheit.«

»Sie können gern ...« Celia zieht einen Stuhl unter einem der Tische hervor.

»Sehr freundlich, Kind, aber das genügt dem Anspruch, den ich an Bequemlichkeit habe, nicht im Entferntesten.« Erst jetzt fällt mir auf, dass Celia ausgerechnet den Stuhl erwischt hat, den Rhys aus Versehen vor ein paar Tagen zerlegt hat. Er behauptet, er sei ihm umgefallen, aber ich habe gesehen, dass er die Lehne mit der bloßen Hand abgebrochen hat.

»Ich hol noch kurz meine Sachen«, sage ich und beeile mich, nach hinten zu kommen. Mein T-Shirt ist nach wie vor voller Milch, doch ich habe keine Zeit, um es zu trocknen. Und Wechselklamotten habe ich auch nicht dabei.

»Hey, Sophia!« Ollie tritt neben mich. »Lass uns tauschen.«

»Was?«

»Du nimmst mein T-Shirt, ich deins.«

»Du bist viel größer als ich«, sage ich.

»Na und? Ich bin trocken.« Sie grinst und zieht sich einfach kurz entschlossen ihr Oberteil über den Kopf.

»Bist du sicher?«

»Mach schon, ich halte die alte Schachtel keine Minute länger aus. Du tust mir also einen Gefallen.«

»Okay«, sage ich, weil es nicht unbedingt zu Eudoras und meinem Ding werden muss, dass ich mit irgendwelchen Getränken übergossen bin, wenn wir uns sehen. Ich entledige mich meines nassen Shirts und nehme Ollies entgegen. Es fühlt sich warm und trocken an, als ich es über den Kopf ziehe. Ein bisschen zu groß ist es. Zumindest schlackert es ganz schön, aber ich stecke es einfach in meine Jeans. So wie ich es mit Philips T-Shirt gemacht habe. Aber das hat anders gerochen. Gut irgendwie. Und sauber. So verdammt sauber!

Ollie zwängt sich in mein Oberteil. Es ist bei ihr bauchfrei und spannt um ihre Brüste, aber ihr ist es offensichtlich egal. Sie grinst und sagt: »Und jetzt schaff sie hier raus.«

Eudora bleibt vor der Tür stehen, als würde sie darauf warten, dass man sie ihr aufhält. Also mache ich das. Sie geht schwerfällig hindurch, und ich folge ihr, jedoch nicht, ohne noch mal eine genervte Grimasse Richtung Ollie und Celia zu schneiden.

Vor dem Café steht ein Auto, das offensichtlich nicht hierher gehört. Denn es ist schwarz und sauber. Ein Mann wischt mit einem Tuch über die Motorhaube, doch als er uns sieht, unterbricht er seine Arbeit sofort und eilt Eudora zu Hilfe. Er öffnet ihr die Tür, sie stützt sich auf seinem Arm ab, während sie sich auf die Rückbank sinken lässt.

»Und Sie, Miss?«, sagt er, geht um das Auto herum und öffnet die Tür auf der anderen Seite. Ich folge und setze mich hinter den Fahrersitz.

»Das ist David. Wann immer ich in die Stadt will, fährt er mich. Zum Club, David.«

»Sehr gern, Mrs Englander«, sagt David, blickt in den Rückspiegel und zwinkert mir zu.

»Und lassen Sie die Albernheiten.«

»Ganz wie Sie wünschen, Mrs Englander.«

»Was ist der Club?«, frage ich, weil das ziemlich elitär klingt, wenn Eudora es sagt.

»Wir werden einen Tee trinken und uns unterhalten.«

»'kay.« Ich zucke mit den Schultern.

Sie räuspert sich, als wäre sie mit meiner Antwort nicht zufrieden.

»Okay, Mrs Englander«, sage ich und entlocke ihr damit tatsächlich so etwas wie ein Lächeln. Auch wenn es nicht bei ihren Augen ankommt.


Zwanzig Minuten später parkt David den Wagen auf dem Parkplatz vor einem alten, aber ziemlich schicken Gebäude. Ich löse den Anschnallgurt und will schon aussteigen, aber Eudora legt die Hand auf meinen Arm.

»Warte«, sagt sie.

Ich blicke sie fragend an, doch im nächsten Moment öffnet David die Tür, und Eudora nickt mir zu.

»Jetzt.«

Ich steige aus, schüttle kaum merklich den Kopf. Wie albern. Wenn ich aussteigen will, kann ich das doch wohl ohne Hilfe. Dass sie David braucht, um sich bei ihm abzustützen, ja okay. Aber ich bin nicht sie. Es ist wohl so wie bei Gabel-Gate. Etikette ist wichtiger als eine eigene Entscheidung.

An Eudoras Seite gehe ich langsam auf das Gebäude zu. Ein Mann in Uniform steht vor dem Eingang und lächelt freundlich. »Guten Tag, Mrs Englander. Schön, Sie zu sehen.« Sein Akzent klingt fremd.

»Guten Tag, Maurice.«

Maurice mit dem fremden Akzent öffnet uns die Tür, und wir treten ein. Auf dem glänzenden Fußboden liegt ein dunkelroter Teppichläufer. So müssen sich Stars fühlen. Es riecht angenehm. Nach Zitrone und Blumen oder so. Das kommt vermutlich daher, dass überall frische Blumen stehen. Wir biegen nach rechts ab und folgen einem goldenen Pfeil, über dem in ebenfalls goldenen Lettern das Wort »Salon« prangt. Noch ein Salon. Die Welt von Eudora Englander ist offensichtlich voll von fucking Salons.

»Was ist das hier?«, frage ich.

»Es ist ein Ort, an den Menschen wie ich kommen, um Gleichgesinnte zu treffen«, sagt Eudora, und es klingt wie der langweiligste Ort auf der ganzen Welt. Aber vielleicht mögen *Menschen wie sie* es auch einfach langweilig. Wer weiß?

Sicher kommt Philip hier auch manchmal her. Denn wo Langeweile herrscht, ist der Streberpardel nicht weit.

Wir betreten einen holzgetäfelten Raum mit rotem Teppichboden und gigantischen Kronleuchtern. An der Wand hängen Spiegel und Bilder, und es wirkt viel zu steif für einen Ort, an dem man sich mit Leuten trifft. Aber an runden Tischen sitzen tatsächlich Gäste und nippen an winzigen Teetassen, die aussehen, als würden sie bei der leisesten Berührung zerbrechen. Es ist so ungefähr das Gegenteil vom *Imogen's*.

»Mrs Englander.« Eine junge Dame in schwarzer Hose und dunkelroter Bluse kommt auf uns zu und senkt kurz den Kopf, als würde sie sich verbeugen. Wie Philip trägt auch sie eine Krawatte, nur dass ihre auf Brusthöhe in ihrer Bluse verschwindet. »Wir haben Ihren Tisch für Sie vorbereitet.«

»Vielen Dank.« Eudora geht an der Frau vorbei, und ich versuche mich an einem etwas unsicheren Lächeln, das von der Krawattenträgerin erwidert wird.

Direkt vor einem der deckenhohen Fenster lässt Eudora sich auf einem gepolsterten Sessel nieder, und ich setze mich ihr gegenüber.

»Was kann ich Ihnen zu trinken bringen?«, fragt die junge Frau.

»Tee. Schwarz. Vielen Dank. Dazu das Übliche.«

Die Kellnerin wartet nicht einmal ab, ob ich etwas anderes bestellen möchte, sondern verabschiedet sich mit einem Nicken und einem »sehr gern«.

»Du fragst dich sicher, warum ich dich heute hierhergebracht habe. An diesen Ort. Nun, ich möchte mich bei dir entschuldigen, Sophia.« Eudora lehnt ihren Gehstock ans Fenster und wendet sich dann wieder zu mir.

Was? Warum entschuldigen? Ich bin zu überrascht, um etwas zu erwidern.

»Ich war unhöflich und unsensibel und habe nicht darüber nachgedacht, dass es Themen gibt, die für dich privat sind und es vielleicht bleiben müssen. Ich wollte nicht, dass du dich meinetwegen unwohl fühlst, geschweige denn genötigt, etwas preiszugeben, das nicht für die Öffentlichkeit bestimmt ist.«

Ich starre sie einfach nur weiter an. Eudora Englander entschuldigt sich? Bei mir?

»Meine Enkeltochter hat mir auf ihre unnachahmliche Art zu verstehen gegeben, dass ich eine Grenze überschritten habe. Und niemand soll mir nachsagen können, dass ich keine Fehler eingestehen kann. Deswegen, Sophia, hoffe ich, du nimmst meine Entschuldigung an.«

»Äh«, mache ich, und in diesem Moment wird von rechts eine der edel aussehenden Tassen neben mich gestellt und mit dunklem Tee befüllt. »Okay, klar.«

»Sehr schön. Ich danke dir.« Sie nimmt einen Schluck von ihrem Tee und seufzt genüsslich. »Hier gibt es den besten Tee. Du solltest ihn probieren. Das ist einer der Gründe, warum ich so gerne hierherkomme.« Langeweile und Tee also. Aha.

Ich nehme ebenfalls einen Schluck. Und obwohl ich nicht weiß, inwieweit sich dieser Tee von anderen unterscheidet, muss ich doch zugeben, dass er ein stärkendes, wärmendes Gefühl in mir verursacht. Ich würde nicht so weit gehen, *Stärkung durch Tee* auf meine Gefühlsliste zu setzen, aber für den Moment ist es tatsächlich gar nicht mal so übel hier.

»Da mein Fauxpas nun nicht mehr zwischen uns steht, würde ich mich gern einem anderen Thema widmen, wenn du erlaubst.«

»Okay … Mrs Englander.«

Diesmal wandert ihr Lächeln etwas höher. »Die Abmachung ist ja, dass du einmal im Monat zu uns zum Essen kommst.« Ich nicke. »Jedoch veranstalte ich nächsten Monat eine Party. Und ich hätte gern, dass du dort mein Gast bist.«

»Okay?«

»Es ist deine Entscheidung, du würdest aber einer alten Frau eine große Freude machen.«

Ich zucke mit den Schultern. »Also ... ähm ... ich kann schon kommen, klar.«

»Sehr schön. Danke, Sophia. Das bedeutet mir viel. Es gibt da nur ein paar Dinge, die wir vorher noch angehen müssten, damit du ... wie soll ich sagen ... nicht auffällst. Denn das wollen wir doch nicht, oder?«

»Ähm ... Ich schätze nicht, nein.« Wie kann man so einen ätzend süßlichen Tonfall haben, während man seinem Gegenüber das Gefühl gibt, absolut unzureichend zu sein? Es ist beinahe bewundernswert. Aber nur beinahe.

»Also, zunächst einmal wäre es schön, du würdest weniger einsilbig antworten. Sprich ganze Sätze. Wenn ich dich etwas frage, antwortest du mit *Ja, bitte, Mrs Englander* oder *Nein, danke, Mrs Englander.* Das Wort *Okay* ist für den Pöbel.«

Für den was?

»Und auch wenn du natürlich genau genommen dazugehörst, wäre es für uns alle von Vorteil, du würdest dich an uns orientieren. Denn darum geht es ja bei dieser Patenschaft.«

Darum geht es? Hä? Hat Celia recht? Auf eine angeekelte Weise bin ich absolut fasziniert von Eudoras Worten.

»Die Kunst der Konversation ist eine der höchsten in unseren Kreisen. Die Fähigkeit wird dir in vielen Situationen im Leben helfen. Nicht nur, aber auch, wenn es darum geht, einen geeigneten Partner zu finden.«

Einen Partner? Verfickte Hölle, was will sie von mir?

»Du hast ein hübsches Gesicht, Sophia. Deine schlanke Figur entspricht den gängigen Schönheitsidealen. Ein bisschen mehr Busen würde dir guttun, aber ansonsten lässt sich daraus auf jeden Fall etwas machen.« Sie nimmt sich ein Sandwich von der Etagere, die gerade zwischen uns gestellt wurde. Mir fällt auf, dass der Rand des weißen Brots abgeschnitten wurde. Was für eine Verschwendung!

»Pearl würde mich schelten, dass ich zu sehr in meinen alten Vorstellungen gefangen bin. Dass es heutzutage nicht mehr darum geht, zu heiraten, sondern jemanden zu finden, der zu einem passt. Und wenn man niemanden findet, dann ist man allein besser dran. Doch ich stimme dem nicht zu. Einen Mann zu haben gibt Sicherheit. Zu meiner Zeit wie heute. Es ist schön, dass Frauen heutzutage auch allein zurechtkommen, aber wenn man es nicht muss, spart man sich viel Kraft. Kraft, die man dann auf andere Dinge verwenden kann. Kinder beispielsweise. Oder Wohltätigkeit. Denn wie sonst könnten wir heute an diesem wunderschönen Tag hier beisammensitzen, Sophia?«

»Äh«, mache ich und zucke mit den Schultern.

»Ganze Sätze.«

»Äh, ich weiß es nicht.«

»Ich auch nicht, Sophia. Und deswegen ist gute Konversation wichtig. Und es ist außerdem wichtig, dass wir uns dem Anlass angemessen kleiden. Und dabei die Merkmale, die besonders schmeichelhaft sind, hervorheben und die, die es nicht sind, kaschieren. Würdest du dem zustimmen?«

Ich weiß nicht einmal, was ich tue. Aber offensichtlich stimme ich zu, denn ich sage: »Schätze schon.« Dann korrigiere ich mich und sage: »*Ich* schätze schon.«

»Und würdest du dann beispielsweise auch zustimmen, dass es nicht unbedingt angemessen ist, an einen vornehmen Ort wie diesen in einem T-Shirt zu kommen, auf dem …« Sie beugt sich zu mir und flüstert nun. »… Brüste abgebildet sind?«

Ich blicke an mir herunter. Als Ollie und ich T-Shirts getauscht haben, ist mir nicht aufgefallen, was auf ihrem zu sehen ist. Aber jetzt bin ich mir überdeutlich der Tatsache bewusst, dass tatsächlich Brüste auf meinen Brüsten prangen. Ups.

»Na ja, das ist Ollies. Mein T-Shirt war ja nass wegen der Milch ...«

»Erinnerst du dich noch an das, was ich am Anfang zu dir gesagt habe?«

»An was jetzt genau?«, frage ich.

»Dass man Fehler eingestehen sollte?«

»Ich erinnere mich.«

»Du hast einen Fehler gemacht. Du wusstest, dass du heute mit mir unterwegs sein würdest. Und dass wir wohl nicht in diesem Café ... wie nennt ihr das noch mal ... *abhängen* würden. Und auch wenn ich sagen muss, dass ein T-Shirt mit abgeschnittenen Ärmeln weniger obszön ist als dieses hier, so wäre es dennoch nicht die korrekte Kleidung gewesen.«

»Aber ich hab keine ...«

Eudora hebt den Finger. »Das dachte ich mir. Und deswegen werden wir beide einkaufen gehen, wenn du deinen Tee ausgetrunken hast.«

Verfickte Hölle.

**10**  In den nächsten Wochen arbeite ich mich durch alle Akten, die es zu Rhys und Jean Bolton gibt. Da wir den Fall noch nicht offiziell angenommen haben, kann ich die Recherche nicht während meiner offiziellen Arbeitszeit erledigen, sodass ich nach wie vor für alles zu spät dran bin, bis lange nach Feierabend im Büro bleibe und dafür nicht nur tadelnde Blicke von meinem Dad, sondern auch von Allison kassiere. Ich schreibe ein Dossier über den Prozess gegen Rhys und die mehr als schlampige Polizeiarbeit, versuche Lücken in den Aussagen von Donald und Ava Bolton zu finden. Je weiter ich mich vorarbeite, desto offenkundiger wird es, dass Rhys die Wahrheit sagt, und es gibt Momente, in denen mir die Ungerechtigkeit, die ihm widerfahren ist, so zu schaffen macht, dass mir davon richtiggehend übel wird.

Als ich genug Material zusammenhabe, bitte ich Allison eines Morgens vor dem großen Kanzlei-Meeting, in dem wir uns alle auf den neuesten Stand bringen, Kopien von meinem Dossier anzufertigen.

»Philip?«, fragt sie vorsichtig, als sie mit einem Stapel Papier an meine Tür klopft. »Was ist das?«

»Der Grund für meine langen Abende«, gebe ich zurück.

»Ich habe nur die Einleitung überflogen, aber … stimmt das?«

»Es sieht zumindest sehr so aus.«

»Das ist … Ich weiß nicht, was ich sagen soll. Ich … habe

großen Respekt davor, dass Sie sich diese Mühe gemacht haben.«

»Danke, Allison. Aber jetzt müssen wir erst einmal die Daumen drücken, dass wir von Seymour und Reggy grünes Licht kriegen.«

»Meine Daumen haben Sie!« Damit verlässt sie mein Büro.


»… und deswegen würde ich Rhys Bolton gegen den Staat Kalifornien gern durch unsere Kanzlei als Pro-Bono-Fall vertreten sehen«, schließe ich meine Ausführungen.

Während ich gesprochen habe, bin ich aufgestanden und auf und ab getigert. Ich habe kaum gewagt, meinen Dad oder Reggy direkt anzusehen. Viel zu nervös bin ich, dass sie einfach rundheraus ablehnen könnten. Nicht weil sie schlechte Menschen sind, sondern weil sie keine Chance auf einen Sieg vor Gericht sehen.

»Das ist eine beachtliche Mappe«, sagt Reggy nun und blättert noch einmal durch die Seiten. »Und es ist eine ebenso beachtliche Geschichte, auf die du da gestoßen bist, Philip.«

»Das könnte ein großes Ding werden«, sagt mein Dad. »Und nicht dass es darum geht, wenn wir jemanden umsonst vertreten, aber Medienwirksamkeit ist ein nicht zu unterschätzendes Instrument. Allerdings birgt sie natürlich auch Gefahren.«

Ich weiß, was er meint. Bei einem Skandal dieses Ausmaßes wird das mediale Interesse groß sein. Und nicht immer schlagen sich die Boulevardzeitungen auf die Seite des Gesetzes.

»Aber kann man diesem Rhys Bolton vertrauen?«, fragt Mitch, ein junger Anwalt, der nur ein paar Jahre älter sein kann als ich. »Seien wir ehrlich, es steht und fällt mit seiner

Glaubwürdigkeit. Und so, wie es aussieht, hatte er beim ersten Mal kein sonderlich glückliches Händchen.«

»Er war fünfzehn«, gibt Rose, eine Anwältin mit streng nach hinten gebundenen Haaren, zu bedenken. »Ich weiß nicht, ob man ihm das vorwerfen kann.«

»Wenn ein Fall neu aufgerollt wird, braucht man etwas mehr als das, fürchte ich«, sagt Mitch. »Ein Gericht davon zu überzeugen, dass es einen Fehler gemacht hat, ist kein Spaziergang. Vor allem, weil wir diesen Donald Bolton nicht mehr als den eigentlichen Täter präsentieren können.«

»Dessen bin ich mir bewusst«, sage ich. Die *Double-Jeopardy-Klausel*, der Rechtsgrundsatz *Ne bis idem*, wie es genannt wird, besagt schließlich, dass man nicht zwei Mal für die gleiche Sache angeklagt werden kann.

»Wenn das Unterfangen eine Chance haben soll, brauchen wir mehr als die Geschichte eines verurteilten Straftäters. Das ist einfach zu dünn.« Reggy klingt, als würde er es ernsthaft bedauern.

»Danke, Reggy«, sagt Mitch, und ich habe große Lust, ihm mit meinem Dossier eins überzuziehen.

»Ihr habt leicht reden. Ihr habt nicht mit Rhys gesprochen. Nicht gesehen, was es mit ihm gemacht hat.«

»Wir dürfen uns nicht von unseren Emotionen leiten lassen«, sagt Reggy. »Dann machen wir Fehler. Und damit ist diesem Rhys Bolton am Ende leider auch nicht geholfen.«

Ich weiß, dass er recht hat, trotzdem nervt es mich.

»Ich habe es schon einmal gesagt, und ich sage es noch mal: Ich vertraue auf dein Urteil, Philip. Und ich vertraue auf dein Bauchgefühl. Wenn du sagst, du glaubst ihm. Wenn du sagst, es ist ein großer, wichtiger Fall. Dann hast du mein Go.«

Ich blicke zu Mitch. Selbst aus der Entfernung weiß ich, was er denkt. Dass ich Glück habe, Seymour Englanders Sohn zu sein. Dass kein anderer einen Fall wie diesen durchgeboxt bekommen hätte. Und vermutlich hat er sogar recht. Aber es spielt keine Rolle. Für Rhys spielt es keine Rolle.

Reggy wiegt seinen Kopf hin und her. »Es ist riskant. Definitiv kein Selbstläufer.«

Das weiß ich. Natürlich weiß ich das. »Aber müssen wir es nicht probieren? Geht es nicht darum? Für Gerechtigkeit zu kämpfen?« Denn wenn wir das nicht tun, verstehe ich, ehrlich gesagt, nicht, was wir hier machen.

Rose nickt. Mitch hebt die Augenbrauen, als wäre er über meine Naivität überrascht.

»Ich verstehe dich, Seymour«, sagt Reggy nun. »Und ich kenne dich, Philip. Dennoch … Ich würde gern mit dir nach dem Meeting unter vier Augen sprechen.«

Als Reggy mich wenig später in sein Büro dirigiert, bin ich noch nervöser als während des Meetings. Vom Chef selbst eine Abfuhr zu bekommen hat eine persönlichere Note als ein Nein während eines Meetings. Durch das Vorzimmer betreten wir einen großen, hellen Raum mit deckenhohen Fenstern, von dem aus man einen Blick auf die Downtown von Pearley mit ihren Wolkenkratzern hat.

Reggy weist auf einen der Ledersessel, die um einen Glastisch herumstehen. Ich setze mich, und er nickt mir mit einem Lächeln zu.

»Das ist ein fulminanter Einstieg, den du hier hinlegst, Philip, das muss ich schon sagen.« Reggy schenkt sich ein Glas Wasser aus einer Karaffe ein. »Und ich habe nie daran gezweifelt, dass du eine wichtige und vor allem zeitgemäße Ergänzung für unsere Kanzlei sein kannst.«

»Danke«, sage ich und fühle den Druck auf meinen Schultern, unter dem perfekt gebügelten Hemd. Fühle die Enge um meine Kehle, dort, wo die Krawatte sitzt.

»Und der Fall, den du da hast, entspricht genau diesem Bild.«

Aber was heißt das nun? »Danke«, erwidere ich, weil ich nicht weiß, was ich sonst sagen soll.

»Ich bin mir sicher, ich muss dir das eigentlich nicht erklären, weil du ein schlauer Kerl bist, der ganz genau weiß, wo er eine Grenze ziehen muss.« Er lächelt, und um seine Augen bilden sich kleine Lachfältchen.

Gut, dass Reggy nicht weiß, dass ich in meinem Leben bislang noch keine einzige Grenze gezogen habe. *Nehmt alles von mir. Meine Träume, meine Ziele, meine Persönlichkeit. Bedient euch. Formt sie nach euren Wünschen. Ich mache offensichtlich alles mit.*

»Aber es ist wichtig, dass du eine professionelle Distanz bewahrst. Während du über Rhys Bolton gesprochen hast, war ich mir im ein oder anderen Moment nicht sicher, ob du einfach nur leidenschaftlich bist oder ob vielleicht mehr dahintersteckt. Eine persönliche Involviertheit?«

Ich schlucke. Räuspere mich. Darum geht es also. »Ich habe nicht direkt etwas mit Rhys zu tun, das nicht.«

»Aber?«

»Ich kenne ihn über ein paar Ecken. Das ist der Grund, warum er zu mir kam.«

»Verstehe, verstehe. Das ist nichts per se Schlechtes. Aber wir dürfen unseren Blick nicht verschleiern lassen.«

»Selbstverständlich.«

»Mein Tipp für dich ist: Trenne Privates von Beruflichem. Zieh eine Grenze, dort, wo der Übergang fließend wird. Ich habe vor Jahren – ich war etwas älter als du jetzt –

den Fehler begangen, die Grenze zu überschreiten. Das hätte mich beinahe meine gesamte Karriere gekostet. Und nicht nur das, ich habe einen Fall gefährdet, in dem es um das Schicksal einer ganzen Familie ging.«

»Was ist passiert?«, frage ich.

»Ich habe mich verliebt.« Er grinst. »Ich wusste, dass sie zu nah dran war, und habe mich gegen meine Vernunft darauf eingelassen. Es beschädigte meinen Ruf, meine Glaubwürdigkeit. In letzter Sekunde habe ich die Notbremse gezogen und den Fall gewonnen.«

»Und die Frau?«

»Sie hat ein halbes Jahr später geheiratet. Und ich habe kurz darauf Martha kennengelernt. Wir sind alle besser aus der Sache herausgekommen, als wir hineingestolpert sind. Aber es war knapp. Also, für den Fall, dass diese Sozialarbeiterin ein bisschen zu hübsch ist ...«

»Keine Sorge.« Ich versuche mich an einem Lachen, um meine Souveränität zurückzuerlangen. »Sie ist zwar hübsch, aber sie ist auch vergeben. Und ich habe kein Interesse daran, mein ohnehin schon anstrengendes Leben noch anstrengender zu machen.«

»Also bewegen wir uns in diesem Rhys-Bolton-Fall innerhalb der professionellen Grenzen?«

»Absolut«, sage ich mit Nachdruck und schiebe noch ein »Sir« hinterher.

»Dann hast du meinen Segen.«

»Danke, Reggy, ich werde dein Vertrauen nicht enttäuschen.« Meine Erleichterung ist grenzenlos. Und nicht nur das, ich freue mich. Freue mich tatsächlich. Gutes zu tun, Gerechtigkeit zu erwirken. Meine Anwesenheit hier bekommt auf einmal einen Sinn.

»Guter Junge«, sagt Reggy.

Und auch wenn ich es als patronistisch empfinden könnte, bin ich doch froh, dass er diese Geschichte mit mir geteilt hat. Denn ganz unabhängig von diesem Fall, sollte ich an meiner Fähigkeit, Grenzen zu ziehen, wohl definitiv arbeiten.

Am Abend fahre ich wieder ins *Imogen's*, um mit Rhys und Amy zu besprechen, wie wir am besten vorgehen. Wir sitzen wieder an dem Tisch am Fenster. Rhys wirkt ebenso nervös wie bei unserem ersten Treffen, und zwischen Amys Augenbrauen hat sich eine Sorgenfalte gebildet.

»Danke, dass ihr euch heute noch mal Zeit nehmt. Ihr habt sicher viele Fragen, die ich euch alle beantworten werde. Aber erst einmal möchte ich euch gerne mitteilen, dass wir den Fall übernehmen. Also ich. Ich werde den Fall übernehmen.«

Rhys stößt die Luft aus. Dann atmet er ein, als wäre es der erste Atemzug, den er seit Tagen tut.

»Das ist großartig, Philip. Vielen Dank!« Amys Stimme überschlägt sich fast.

»Ich kann nichts versprechen, aber wir werden alles daransetzen, das Unrecht, das dir widerfahren ist, wiedergutzumachen.«

Rhys hat die Arme vor der Brust verschränkt, an seiner Schläfe pocht es. Auch wenn er den Wunsch hat, die Dinge geradezurücken, für ihn ist diese ganze Situation hart. Alte Wunden werden wieder aufgerissen, die himmelschreiende Ungerechtigkeit, die ihm widerfahren ist, wird an die Öffentlichkeit gezerrt.

»Ich werde die ganze Zeit dabei sein. Ich werde dich, Rhys, auf deine Aussage vorbereiten. Wir werden verschiedene Szenarien durchspielen. Ich will ehrlich zu dir sein, es wird nicht immer einfach sein für dich. Im Gegenteil, es wird hart. Die Verteidigung wird versuchen, bei den alten Aussagen deines Stiefvaters zu bleiben.«

Rhys nickt. Er sieht blasser aus als noch vor ein paar Minuten. »Ich weiß«, sagt er heiser.

»Aber ich werde da sein. Von Anfang bis Ende. Und nicht nur ich. Wir sind ein Team aus Anwälten, das euch zur Seite steht.«

Wieder nickt er, doch natürlich ist es egal. Ich könnte ihm eine ganze Armee von Anwälten versprechen, er wird allein im Zeugenstand sitzen. Er muss allein durch all diese Erinnerungen, von denen ich mir nur vorstellen kann, wie schmerzhaft sie für ihn sind.

Rhys schluckt. Dann murmelt er: »Danke.«

Von nun an treffe ich mich regelmäßig mit Rhys im *Imogen's*. Manchmal ist Amy dabei, manchmal auch Jeannie, aber wir versuchen, sie weitestgehend aus den Vorbereitungen rauszuhalten. Für Rhys steht außer Frage, dass Jeannie nicht in diese Sache mit reingezogen wird, und auch Amy passt auf, dass sie abgeschirmt bleibt. Sie ist ein elfjähriges Mädchen, das genug durchgemacht hat, da sind wir alle einer Meinung.

Rhys ist nach außen verschlossen und hart, doch ich beobachte ihn manchmal im Umgang mit Tamsin. Er wird dann regelrecht sanft und innerlich ruhig. Es ist, als gäbe es eine Tür in der Mauer, die er um sich errichtet hat, um sich selbst zu schützen. Und durch diese Tür geht Tamsin. Sie kennt seine verletzliche Seite. Seine emotionale Seite. Und genau die ist es, an die wir rankommen müssen, um den stärksten Eindruck bei der Jury zu hinterlassen. Es geht nicht nur um Fakten. Es geht darum, die Männer und

Frauen auf einer tieferen Ebene zu berühren, um jede Sympathie, die wir kriegen können, aus ihnen herauszukitzeln. Und daran arbeiten wir.

Nach unseren Sessions bekomme ich Abendessen von Malik und setze mich nach draußen, wo Sophia für die Schule lernt. Und das ist der Moment, auf den ich den ganzen Tag hinfiebere, auch wenn ich es mir nicht eingestehen will.

Sophia ist schonungslos. Sie sagt, was sie denkt. Sie tut, was sie will. Sie ist für sich da und für sich allein, als hätte sie gelernt, dass sie die einzige Person ist, auf die sie sich verlassen kann. Ich weiß nicht viel über sie, ich weiß nur, dass ihre Anwesenheit mir sowohl vor Augen führt, was in meinem Leben schiefläuft, als auch davon ablenkt. Es ist eine seltsame Mischung aus Neid und Befreiung, die sie in mir hervorruft. Doch bevor ich noch darüber nachdenken kann, sagt sie etwas wie: »Wenn ich du wäre, wäre ich weniger du, Streberpardel«, und ich muss lachen und weise sie darauf hin, dass der Streberpardel ihr gerade nach Feierabend Gesellschaft leistet, wie in diesem Moment.

»Ja, weil du nichts Besseres zu tun hast«, gibt sie zurück.

Ich will etwas erwidern, aber dann sehe ich sie an, ihr verschmitztes Grinsen, die wilden Haare. Und ich weiß, dass es stimmt. Jedoch nicht auf die Art, die sie meint. Sondern weil ich selbst nach drei Wochen in diesem Augenblick nirgendwo anders lieber wäre. Vielleicht sogar von Mal zu Mal noch etwas lieber.

*Verfickte Hölle,* würde sie sagen. Weil ich keine Zeit habe für einen Crush. Und weil ich schon gar keine Zeit habe für das, was aus diesem Crush werden könnte. Und weil sie Pearls Freundin ist und man nichts mit Freundinnen der

Schwester hat. Aber dann fällt mir auf, dass Sophia ohnehin niemals mit einem Streberpardel zusammen wäre. Es schmerzt und erleichtert gleichermaßen. Streberpardel. Wenn ich ein Streberpardel bin, was ist dann Sophia? Die so sehr auf der Hut ist? Ein Selbstschutzluchs?

Meine Gedanken werden jäh unterbrochen, als mir jemand fest auf die Schulter klopft. »Englander, long time no see. Was macht das Leben? Was macht der Treuhandfonds?« Ich drehe mich um und blicke in Ches breit grinsendes Gesicht.

Che ist der Gründer von *Wish You Were Beer*. Ein bärtiger Mexikaner mit Bauchansatz und etwas fragwürdigem Sinn für Humor, der das beste Craft Beer weit und breit braut.

»Ich war ziemlich beschäftigt mit meinem Job«, sage ich als Erklärung.

»Dein Job ist hier, Mann«, sagt Che. »Der Kampf für die Guten und gegen die Bösen kann warten.«

»Wenn's nur so einfach wäre …«

»Na klar ist es einfach. Du packst deinen Treuhandfonds ein, steckst ihn in die Brauerei, lässt die Gangster Gangster sein und fertig.«

Ich lache, doch dann fällt mein Blick auf Sophia, die die Augen zu Schlitzen zusammengekniffen hat, als läge sie auf der Lauer.

»Ich komme da nicht so einfach dran. Bis zu meinem siebenundzwanzigsten Lebensjahr brauche ich die Erlaubnis meiner Großmutter.«

Sophia wirkt angespannt, und ich bin mir nicht sicher, ob es dabei um den Treuhandfonds oder meine Großmutter geht.

»Dann frag sie doch, Alter.«

»Du kennst meine Großmutter nicht.«

»Du Glücklicher«, sagt Sophia spitz, also ging es wohl um Gran. Dennoch ist es mir unangenehm, vor Sophia darüber zu reden, dass ich mit siebenundzwanzig auf einmal einen fetten Batzen Geld haben werde. Auch wenn ich damit etwas Sinnvolles machen möchte.

»Ach«, sagt Che und winkt ab. »Die würde ich sofort um den Finger wickeln. Frauen lieben mich.«

»Welche jetzt genau?«, fragt Sophia, und fast bin ich erleichtert, dass sie ihn unschuldig anblinzelt. Damit ist die seltsame Stimmung wohl vorüber.

»Du zum Beispiel«, erwidert er und zwinkert ihr zu.

»In deinen Träumen«, sagt Sophia.

»Ja, unter anderem.« Che wirft ihr einen Luftkuss zu, und aus welchen bescheuerten Gründen auch immer wünschte ich, er würde das lassen. »Aber dann erzähl mal. Du bist jetzt echt einer von denen, die vor Gericht dafür sorgen, dass Gangster verknackt werden?«

»Äh …«

»Und so schick bist du dabei? Sicher, dass du deine Großmutter in diesem feinen Zwirn nicht um den Finger wickeln kannst?« Che zupft an meinem Ärmel und wackelt anzüglich mit den Augenbrauen.

Ich seufze. Der kurze Moment, in dem ich dachte, ich könnte einfach die Erwartungen meiner Familie enttäuschen und in *Wish You Were Beer* investieren, kommt mir so weit weg vor. Als wäre nicht ich der Spinner gewesen, der das fruchtige Summer Ale probiert hat. Der gerade in Belgien ein Praktikum in einer Brauerei gemacht hatte. Der mit sich und der Welt im Reinen war.

»Vergiss es. Philip ist so was wie der fucking Golden Boy seiner Familie.« Sophia sieht mich an. Als würde sie meine Gedanken scannen. Als suchte sie nach etwas.

»Ich ... ähm ...« Es ist mir unangenehm. Sowohl die Tatsache, dass ich Che enttäuschen muss, als auch Sophias abweisendes Verhalten.

»Siehst auch aus wie ein Golden Boy. Glück für dich, Mann.«

Und natürlich ist es das. Glück. Ein verfluchtes Glück. Aber eben auch verflucht.

»Ich geh dann mal.« Sophia klappt ihr Buch so abrupt zu, dass ich zusammenzucke. »Danke für deine Gesellschaft, Streber.« Den Pardel lässt sie weg, und ich habe keine Ahnung, wieso.

»Klar, gern ...« *Selbstschutzluchs,* denke ich.

Doch im nächsten Moment ist sie nach drinnen verschwunden.

»War das eine Abfuhr?«, fragt Che. »Willkommen im Club.«

»Hast du ...« Ich weiß nicht einmal, warum ich frage.

»... sie angegraben? Bist du irre? Hab Angst vor der.«

»Angst?«

»Ich glaub, die beißt, wenn du ihr zu nahe kommst. Wie Ollie, nur mit richtig scharfen Zähnen. Falls du also drüber nachdenkst, zieh dir besser erst mal Gartenhandschuhe an oder so.«

»Ich denke nicht ...«

»Ich sag's ja nur.«

Aber natürlich denke ich drüber nach. Es ist nicht so, als würde ich je tatsächlich etwas in diese Richtung unternehmen. Schon gar nicht, ohne mit Pearl zu sprechen. Aber die Tatsache, dass Sophia mich zum Nachdenken bringt, mich aus der Reserve lockt, mich Dinge hinterfragen lässt ... Es gefällt mir. Und es wäre eine Lüge zu sagen, dass ich es nicht genieße.

# Sophia ∞

**11** »Zelda und Philip sind in zwanzig Minuten da.«

Was?

»Sophia?« Malik streckt mir einen Löffel hin, von dem ich die Tomatensoße kosten soll.

Aber ich weiche zurück. »Zelda und *Philip*?«

»Sie hat gefragt, ob sie ihn mitbringen kann. Ist doch okay, oder? Ich meine, ihr versteht euch ja ziemlich gut.«

Philip kommt? Hierher? Verfickte Hölle. Ihn Woche für Woche nach Feierabend zu sehen ist eine Sache. Ihn bei mir zu Hause zu haben eine andere.

»Alles gut bei dir?« Malik sieht mich besorgt an.

»Was? Ja. Sorry. Bin heute in Gedanken.«

»Warst du gestern auch schon. Ist was passiert?«

Nicht so sehr passiert als vielmehr … ich habe was begriffen. Schon bei unserer letzten Unterhaltung. Als Che die Sache mit den Gangstern gesagt hat. Da fiel mir auf einmal auf, dass es Philips Job ist, Leute wie mich zu verknacken. Und dass er mich vermutlich für meine Vergangenheit verurteilt. Und dass mich das nervt. Und seither nervt es mich, dass es mich nervt.

Ich zucke mit den Schultern. »Nee, passt schon.«

»Ich hab ein Déjà-vu«, sagt Malik, und ich blicke ihn fragend an. »Als Rhys hier gewohnt hat, war es auch immer so. Ich sage was, er zuckt mit den Schultern. Ich stelle ihm eine Frage, er grunzt was in sich rein.«

»Ich grunze nicht.«

»Zumindest grunzt du auf eine deutlich hübschere Weise.« Malik streckt mir erneut den Löffel hin. Ich probiere und bin sofort wieder besänftigt. Denn alles, was Malik kocht, schmeckt einfach himmlisch. »Was ich eigentlich sagen will, ist, ich versteh dich. Ich hab auch Rhys verstanden. Man stumpft ab. Man versteckt sich. Aber das Leben draußen macht nur Spaß, wenn man man selbst ist.«

»Ich bin doch ich selbst.« Und denke schon wieder an Philip.

»Ja, ich weiß. Du bist sogar beeindruckend du selbst. Aber von Zeit zu Zeit schadet es sicher nicht, einem guten Freund zu erzählen, was einen beschäftigt. Als man selbst.«

»Okay.«

Malik setzt einen Topf mit Wasser auf und dreht die leicht rostige Platte unseres alten Herds an.

»Ich fange an. Ich ziehe vermutlich für ein, zwei Wochen zu meiner Familie. Ma hat sich das Schlüsselbein gebrochen, und Pop arbeitet. Jemand muss sich um meine Geschwister kümmern. Das ist in Ordnung, ich tu das gern, aber einerseits mache ich mir Sorgen um Ma, weil sie sich einfach zu viel zumutet, und andererseits will ich dich nicht allein lassen.«

»Wieso willst du mich nicht allein lassen?«, frage ich.

»Weil ich dich mag, du Weirdo. Deswegen. Und weil ich glaube, dass wir es hier ziemlich schön haben, du und ich. Und weil du mir, wenn ich das Programm in zwei Monaten abgeschlossen habe, fehlen wirst.«

Eigentlich hätte Malik Amys Programm schon verlassen sollen, aber durch einige Unterbrechungen wegen seines neuen Jobs und familiärer Probleme bot Amy ihm auf freiwilliger Basis eine Schonfrist an.

»Awwww«, mache ich und boxe ihn in die Schulter. »Du alter Softie.« So sehr ich mich für ihn freue, so merkwürdig wird es, hier mit jemand anderem zu wohnen. Natürlich werden wir uns im *Imogen's* trotzdem jeden Tag sehen, aber es ist einfach etwas anderes.

»Jetzt bist du dran.«

Ich denke einen Moment lang nach. Malik ist mein Freund. Mein engster Vertrauter. Und wenn jemand mein Problem versteht, dann ist es wohl er. »Denkst du ...«, beginne ich. »Denkst du, Leute wie Philip verurteilen Leute wie uns?«

»Philip?« Malik runzelt die Stirn.

Ich nicke.

»Was hat er gemacht? So wie ihr abends zusammengluckt, dachte ich, ihr mögt euch?«

»Mögen?« Keine Ahnung, wie er darauf kommt. »Er ist ein alberner Streber«, sage ich deswegen.

»Dafür verbringt ihr ganz schön viel Zeit miteinander in den letzten Wochen.«

»Ja, weil er eh dauernd da ist.« Aber nicht nur, oder? Denn warum sonst würde es mich auf diese bescheuerte Weise nervös machen, dass er sieht, wie ich lebe? »Und gestern hat er was gesagt, was irgendwie ...«

»Hm?«

»Er ist Anwalt. Und Leute wie wir sind für Leute wie ihn halt einfach Kriminelle, weißt du?« *Leute wie wir. Leute wie er.*

»Sind wir das? Hat er das gesagt?«

»Na ja ...«

»Philip wirkt nicht, als wäre das ein Ding für ihn. Zelda ist eine seiner besten Freundinnen, und ich glaube nicht, dass er ein Problem mit ihrem Freund hat.« Er zeigt auf sich, als wüsste ich nicht, über wen er spricht.

Einerseits erleichtert es mich, Malik das sagen zu hören. Andererseits ist es auch völlig egal. Denn jemand, der Krawatten trägt und auf seinen Treuhandfonds wartet, kann wohl einfach nicht verstehen, wie Leute wie ich ticken. Und solange er das nicht versteht, können wir wohl kaum Freunde sein. Und solange wir keine Freunde sein können, sollten wir abends vielleicht nicht stundenlang zusammensitzen.

»Hast du mal sein Haus gesehen?«, frage ich.

»Nee. Ich halte mich eher fern von Leuten wie den Englanders.«

»Es ist riesig. Da ist so viel fucking Geld und so viel fucking vornehmes Getue.« Ich denke an Gabel-Gate. An Dresscodes. »Und dann sind da wir. Das ist eine ganz andere Welt, weißt du?«

»Glaub mir, ich weiß es besser, als du dir vielleicht vorstellen kannst. Aber wenn ich die Wahl habe, dann nehme ich immer unsere Welt.«

Ich beiße mir auf die Unterlippe. Denke nach.

»Und Zelda übrigens auch.«

Wie auf Kommando klingelt es, und Malik wischt sich die Hände am Küchentuch ab, das er lässig über die Schulter geworfen hat. Ich blicke seiner großen Gestalt nach und ertappe ihn dabei, wie er einen Blick in unseren halb blinden Spiegel wirft.

»Du bist schön genug«, rufe ich. Und dann frage ich mich, ob ich es auch bin. Und dieser Gedanke macht mich wütend. Aber warum? Wenn ich an Philip denke, an seinen getrimmten Pardelbart, an seine Streberbrille, an seine Langweilerkrawatte, dann sollte da doch eigentlich nichts sein. Aber dann sehe ich Pardelbart und Streberbrille und dazwischen dieses nette Lächeln. Er ist so nett. So gut. So …

krampfig, dass man ihn mal schütteln sollte. Aber eben so nett und gut dabei.

Aus dem Treppenhaus hört man Stimmen. Dann ein »Alles klar, Mann« und ein »Hi, Malik, schön, dich zu sehen«. Und dann einen schmatzenden Kuss zwischen Malik und Zelda.

»Kommt rein, kommt rein. Sophia und ich haben gekocht. Es gibt Pasta.«

»Soll ich die Schuhe ausziehen?« Wie kann man nur so verflucht höflich sein? Und wieso streiche ich mir über die Haare, als müsste ich sie in Form bringen?

»Wie du willst.«

»Ich zieh sie aus«, sagt Zelda.

»Hey, Sophia, wir haben Besuch«, ruft Malik in die Küche, und bevor ich mich selbst bremsen kann, lehne ich in der Küchentür und beobachte Philip dabei, wie er sich seine teuer aussehenden Budapester auszieht. Bunt geringelte Socken kommen zum Vorschein und wirken neben seinem grauen Anzug so fehl am Platz, dass ich unwillkürlich grinsen muss.

»Hi«, sage ich und werde im nächsten Moment von Zelda umarmt.

»Na, Kleine?«, fragt sie.

»Ich bin die Kleine?«, gebe ich zurück, denn ich bin locker zehn Zentimeter größer als sie. »Bist du sicher?«

»Hi.« Philip sieht auf, fährt sich durch die rotblonden kurzen Locken. Lächelt. Dieses nette Lächeln, das macht, dass man nicht mehr zweifeln muss, ob er einen verurteilt. Oder?

Ich hebe die Hand, doch Philip tut es Zelda gleich und … umarmt mich ebenfalls. Huch?

Philips Umarmung ist vorsichtig. Sie dauert nicht lange.

Aber sie ist die Umarmung, die bislang am besten gerochen hat. Es ist kein Geruch, es ist eher ein Duft. Ein herber, sauberer, guter Duft. Und ich spüre Philips Körper überdeutlich an meinem. Seine Größe, seine Statur. Nicht dünn, nicht dick. Normal und gesund und ... es ist schwer, etwas zu beschreiben, was kurz da ist und dann weg. Und dieses beschissene *weg* ist so präsent, dass ich nicht so richtig weiß was damit anfangen.

»Ist ja witzig, dass du mit Malik zusammenwohnst«, sagt er.

»Schicke Socken«, erwidere ich, weil ich nicht unbedingt den Fokus darauf lenken muss, *warum* Malik und ich in einer Wohngemeinschaft für ehemalige Straftäter wohnen.

»Meine Art der Rebellion gegen den Dresscode.« Er grinst. Dann löst er seine Krawatte und stopft sie ein bisschen umständlich in seine Hosentasche. »Besser.« Er seufzt genüsslich, und ich starre. Ich starre sein beschissenes Seufzen an. Als Nächstes seine Finger, die den obersten Hemdknopf lösen. Und dann noch einen. Und dann die Knöpfe an den Ärmeln. Und dann, wie er sie hochkrempelt. Und dann seine fucking Unterarme, auf denen rotblonde Härchen sind. Und dann drehe ich mich um und gehe zurück in die Küche, weil mein Gesicht brennt. Shit ey.

Der Streberpardel. Der Golden Boy. Philip. Ich und der Streberpardel. Ich und der Golden Boy. Ich und Philip. Ja sicher, Sophia, wach auf. Werd erwachsen. Ohne Scheiß. Ich und ich. All the way. So war es immer, und so wird es bleiben.

»Das riecht richtig gut«, sagt Philips Stimme hinter mir. Er lehnt sich halb über meine Schulter. Nicht so, dass es zu nah ist. Nur so, dass seine Anwesenheit spürbar ist.

*Du auch,* will ich fast sagen, aber im letzten Moment

beiße ich mir auf die Zunge, weil er natürlich über Maliks Tomatensoße redet. Keine Ahnung, ob ich gut rieche.

»Jemand ein Bier?«, fragt Malik und geht an den Kühlschrank.

»Gern.« Philip nickt.

»Für mich auch.« Zelda ist zwar noch nicht einundzwanzig, aber das spielt bei uns zu Hause keine Rolle.

»Nee, danke«, sage ich. Denn ich trinke nicht. Nie. Nie mehr. Und nehme auch sonst nichts mehr zu mir, was in irgendeiner Art und Weise Kontrollverlust oder Verdrängung oder Betäubung oder was auch immer mit sich bringt. Denn all das führt zu Problemen, und Probleme führen zu größeren Problemen, und größere Probleme führen irgendwann zurück in den Knast.

Wir setzen uns an unseren grauen Resopaltisch. Eigentlich ist er zu klein für vier Personen, aber wir haben uns schon oft mit Zelda und Rhys oder mit Rhys und Tamsin oder mit Jasmine - Maliks Schwester - und wem auch immer drum herum gequetscht.

Natürlich sitzt Philip neben mir. Und natürlich berühren sich unsere Beine unweigerlich. Und natürlich ist da Wärme zwischen uns.

Philip lacht entschuldigend, ich zucke mit den Schultern. Unsere Blicke treffen sich. Streberpardel und Knastschwester oder so, und ich versuche, mich ein bisschen weiter an die Wand zu drängen, damit die Berührung aufhört. Doch im nächsten Moment fehlt sie.

»Ich kann noch ein bisschen rutschen«, sagt Philip leise, während Malik Teller mit Pasta vor uns stellt. Er rückt mit seinem Stuhl drei Fingerbreit nach rechts, was so ungefähr überhaupt gar nichts bringt, aber weiter geht nicht, weil da der Kühlschrank kommt.

»Ist schon okay«, erwidere ich, denn eigentlich ist die Berührung ja gar nichts, was ich unterbrechen will. Ich dumme Kuh.

Während wir essen, kann ich den Gesprächen kaum folgen, weil Philips Arm dauernd meinen streift. In etwa jedes verfluchte Mal, wenn er sich bewegt. Ich kann doch nicht ernsthaft den Streberpardel mögen? Aus dem Augenwinkel sehe ich ihn an. Er lacht über etwas, das Malik gesagt hat. Und er wirkt entspannt. Also so entspannt, wie man eben wirken kann, wenn man einen Stock im Arsch hat. Seine Bartstoppeln sehen kratzig aus, und ich erwische mich bei dem Gedanken, dass ich gerne wüsste, *wie* kratzig. Und dass ich gern mal meine Wange daran reiben würde. Dann würde ich es auf die Gefühlsliste setzen. Und dann ertappt Philip mich dabei, wie ich ihn ansehe, und sein nettes Lächeln wird zu etwas anderem. Zu einem Lächeln, das mehr sagt als nur Streberpardel und Golden Boy und Nettigkeit.

Auf einmal spüre ich etwas Festes an meinem Bein. »Autsch! Was zur Hölle …?« Ich versuche, unter den Tisch zu schauen, doch es ist zu wenig Platz, und ehe ich meinen Kopf auf Philips Schoß lege, trifft mein Blick auf Zeldas. Sie hat mich offensichtlich getreten und grinst breit.

»Smooth, Sophia«, sagt sie kichernd.

»Hä?« Ich check nicht, was sie meint.

Malik steht auf und fragt, ob jemand noch eine zweite Portion will. Philip reicht ihm seinen Teller.

»Was?«, forme ich mit den Lippen, solange Malik und Philip abgelenkt sind.

Zeldas Kopf nickt von mir zu Philip und wieder zurück.

»Du bist verrückt«, sage ich lautlos.

»Bin ich?«, fragt sie ebenso still zurück.

»Spielen wir Flüsterpost, oder seid ihr einfach un-höflich?«, will Malik wissen, und mein Blick flackert zu Zelda.

»Ähm, ja, Flüsterpost«, sagt Zelda frech. »Du bist dran.«

Ich habe keine Ahnung, was das werden soll, aber Malik lacht. »Das hab ich seit dem Kindergarten nicht mehr ge-spielt. Aber klar, wir können gleich auch den Abwasch vor-ziehen und eine Runde Topfschlagen spielen.«

Doch dann beugt er sich breit grinsend vor und flüstert Zelda was ins Ohr. Sie kichert, lehnt sich zu Philip und flüs-tert ihm etwas ins Ohr. Bedeutet das …

Philip räuspert sich. »Okay«, sagt er. Dann nähert er sich meinem Gesicht. Denn es bedeutet genau das. Ich spüre seine Finger an meiner Wange, als er mit der Hand mein Ohr abschirmt. Seine Lippen müssen nun ganz nah sein, ich weiß es nicht, spüre nur, dass es warm wird und immer wärmer. Und dann flüstert er: »Du siehst schön aus.«

Die Welt steht still. Also nicht ganz, denn die Hitze von Philips Händen und seinen Lippen und seinen Worten brei-tet sich überall aus. Mein Gesicht glüht. Was?

»Was?«, frage ich völlig perplex. Das hat er doch gerade nicht wirklich gesagt! Hat er? Habe ich es falsch verstan-den? Das muss es sein.

»Jetzt musst du uns aber auch sagen, was bei dir ange-kommen ist.« Malik verschränkt amüsiert abwartend die Arme vor der Brust.

»Was?«, frage ich wieder. Ich kann doch nicht sagen, was Philip mir ins Ohr geflüstert hat. Das geht doch nicht. Es geht schon nicht, dass er das überhaupt in mein Ohr flüs-tert. Und dass ich mich danach fühle, als würde ich inner-lich … keine Ahnung, in mich zusammenfallen auf die ver-rückteste Weise. Auf die netteste Weise. Verfickte Hölle.

»So funktioniert das Spiel nun mal. Am Ende muss man herausfinden, wie viel von dem Ursprungssatz noch übrig ist.«

»Äh … also … Ich hab gar nichts verstanden.« Doch im nächsten Moment beiße ich mir auf die Zunge.

Denn Philip sagt: »Okay«, und beugt sich wieder zu mir.

Wieder ist da diese Nähe. Ich kriege eine Gänsehaut und will quietschen oder ihn wegschubsen oder ihn für immer so nah haben. Verfickte Hölle. Sein Flüstern kitzelt mich auf die unwirklichste, beste Weise, sodass ich fast stöhnen will. Alter, krieg dich in den Griff, Sophia!

»Du siehst schön aus«, flüstert er erneut und mit einem hörbaren Grinsen diesmal, und ich fasse es nicht, dass er mich in diese Situation bringt, obwohl er doch merken muss, dass es mir unangenehm … angenehm … NEIN UNANGENEHM! ist.

»Und?« Diesmal ist es Zelda, die mich auffordert, es laut auszusprechen.

Mein Blick trifft Philips. Er zieht die Augenbrauen nach oben, seine Mundwinkel zucken. Arschloch. Blauäugiges Arschloch.

Ich stammle. Ich sollte nicht stammeln. Eudora wäre ganz und gar nicht erfreut. Ich sollte seine Augenfarbe vergessen. Sollte sie mir nie gemerkt haben. Ich sollte außerdem verflucht noch mal einfach etwas anderes sagen, denn das, was Philip gesagt hat, ist nicht für alle bestimmt. Wieso tut er das? Oder denkt er, ich schalte schnell genug? Und warum zuckt er in diesem Moment mit den Schultern?

»Malik kann gut kochen«, sage ich schnell.

»Hahaha«, macht Malik. »Das ist sehr weit entfernt von dem, was ich gesagt habe.«

»Es war auch nicht das, was ich gesagt habe.« Auf wessen

Seite steht Philip eigentlich? Ich kann nicht anders, als ihn wütend anzufunkeln. »Ich habe gesagt: *Du siehst schön aus.*«

»Ha, ja, das war mein Satz«, sagt Malik, und ich …

… wünschte, ich würde in diesem Moment einfach in Flammen aufgehen. Und es ist vermutlich nicht einmal unwahrscheinlich, heiß, wie mir ist. Es war Maliks beschissener Satz? Philip hat das nicht zu mir gesagt? Und jetzt denkt er … und Malik und Zelda … und ich und …

»Du hast einfach brutal genuschelt«, sage ich und schiebe mir eine Gabel Pasta in den Mund.

Gott sei Dank sprechen wir nicht mehr darüber, und auch wenn es mir peinlich ist wie Hölle, bin ich dennoch erleichtert, dass Philip eben doch nicht so bescheuert ist. Aber warum sticht es dann?

Wenig später streckt sich Philip. Mir entgeht nicht, dass er dabei versucht, mich nicht zu berühren. Vermutlich findet er mich zu seltsam. Oder doch zu kriminell. Wer weiß das schon. Aber jedenfalls ist es an der Zeit für ihn, zu gehen, wenn er morgen fit sein will. Und das will er natürlich, Streberpardel, der er ist.

Malik und Zelda begleiten Philip zur Tür. Ich rede mich damit raus, dass ich den Tisch abräume. Doch kurz bevor er geht, kommt er noch einmal zurück und … umarmt mich wieder. Diesmal ist es länger, aber es duftet genauso gut wie vorher. Und es ist genauso warm. Und genauso sicher.

Ich spüre sanft seinen Bart an meiner Wange. Er *ist* kratzig, aber das ist schön. Und es macht, dass ich zu der Hitze überall eine Gänsehaut kriege. *Kratzig und Hitze und Gänsehaut* setze ich auf meine Liste.

»Ich nuschle nicht«, flüstert er auf einmal in mein Ohr. »Im Gegenteil, ich habe eine ziemlich klare Aussprache. Und du siehst wirklich schön aus.«

 *Philip*

**12** Als ich nach Hause komme, brennt im Wohnzimmer noch Licht. Das ist gut, denn ich muss mit Pearl reden. Diese komischen Gefühle für Sophia gehen nicht weg. Im Gegenteil, sie sind da. Präsent. Und sie werden stärker. Die Zuneigung. Die Anziehung. So komisch es ist, aber die Tatsache, dass sie das komplette Gegenteil von mir zu sein scheint, treibt mich in den Wahnsinn und macht mich gleichzeitig so lebendig wie nie.

Als ich Pearl erzählte, dass ich ab und zu Termine in dem Café habe, in dem Sophia arbeitet, reagierte sie mit einem nicht sonderlich interessierten »Ach, ist ja witzig«. Aber das liegt vermutlich vor allem daran, dass sie meine Arbeit langweilig findet.

Dass Sophia und ich uns abends noch unterhalten und uns emotional irgendwie nahegekommen sind, habe ich bislang für mich behalten. Aber nach heute Abend … nach ihrer Reaktion bei diesem albernen Spiel … nach unserer Umarmung … nach meinem Kompliment … ich schließe die Augen, weil ich mir für einen Moment nicht sicher bin, ob es genial oder eine absolute Vollkatastrophe war.

»Hey«, sage ich, als ich die Tür zum Wohnzimmer aufschiebe. Es ist nicht gerade groß, aber tagsüber lichtdurchflutet, und die hellen Holzdielen und die gemütliche, wenn auch etwas spartanische Einrichtung machen es zu einem schönen Raum.

»Hi, Phip.« Sie sieht von ihrem Buch über die globale Erwärmung auf.

»Hattest du einen guten Abend?«

»So gut, wie ein Abend sein kann, wenn man bedenkt, dass alles, aber auch wirklich alles auf dieser Welt zugrunde gehen wird. Aber ich halte mich mit dem Gedanken aufrecht, dass dann dieser lästige Siegeszug des Kapitalismus auch ein Ende haben wird.«

Ich lasse mich neben sie auf die dunkelgrüne Couch fallen.

»Und du? Hast du bis jetzt gearbeitet?« Sie schaut auf ihr Handydisplay, um auf die Uhr zu sehen. Es ist halb elf.

»Was? Nein. Ich … war bei Zelda und Malik zum Essen eingeladen.« Halb erwarte ich, dass sie eins und eins zusammenzählt, aber offenbar passiert das nicht. Deswegen fahre ich fort. »Sophia war auch da.«

»Wie nett!«

»Ja.« Wieso sagt sie nichts? Ahnt sie etwas? Verflucht, warum ist das so kompliziert! »Ich wusste gar nicht, dass sie mit Malik zusammenwohnt.«

»Ich auch nicht«, erwidert Pearl.

»Du wusstest es nicht?«

»Nein.« Sie lacht.

»Ich würde gern was mit dir bereden«, sage ich.

Pearl setzt sich aufrecht in den Schneidersitz und wendet sich mir zu. »Das klingt ernst.« Sie grinst.

»Na ja …« Ich reibe mir etwas verlegen über den Nacken.

»Jetzt komm schon, mach's nicht so spannend, Phip. Schieß los. Hab ich was angestellt?«

»Haha, nein.«

»Ist die Miete nicht angekommen? Ich schwöre, ich hab sie überwiesen.«

Das hat sie nicht, aber darum geht es auch nicht. Mir macht es nichts aus, die Miete zu bezahlen. »Es geht um Sophia.«

»Okay?«

»Ich weiß nicht, wie du dazu stehst.«

»Zu Sophia?«

»Nein. Also ja. Also nein, nicht wirklich.«

»Hey«, sagt sie und nimmt meine Hände in ihre. »Was ist los? Hat Sophia was angestellt?«

»Niemand hat etwas angestellt. Es ist nur so, dass ich … also wir … also …«

»Darf ich dir einen Tipp geben, Bruderherz? Wenn du vor Gericht so herumstammelst, wirst du nicht den Hauch einer Chance haben. Einatmen. Ausatmen. Und dann ganze Sätze. Am besten in einer Reihenfolge, die Sinn ergibt.«

Ich verdrehe die Augen, aber dann atme ich ein. Und aus. Und sage: »Sophia und ich haben in den letzten Wochen ziemlich viel Zeit miteinander verbracht. Nach Feierabend im *Imogen's*.«

»Das ist das Café?«

Ich nicke.

»Erzähl weiter.«

»Du kannst dir sicher vorstellen, dass sie und ich nicht unbedingt auf den ersten Blick …«

»… viben?«, schlägt sie vor.

»Ja.«

»Das kann ich mir vorstellen.« Sie lacht.

»Und auch nicht auf den zweiten oder dritten. Aber dann kam irgendwann ein Blick, auf den wir etwas weniger nicht gevibt haben. Und dann haben wir angefangen zu viben.«

»Wenn du ›viben‹ sagst, klingt das komisch.« Pearl kneift mich in die Wange.

»Lass das.«

»Ist aber so. Du bist viel zu … keine Ahnung … unlocker für solche Ausdrücke.«

»Ich danke dir vielmals.«

»Ist nicht böse gemeint. Nur eine Feststellung. Aber erzähl weiter. Ihr habt also angefangen zu viben.«

»Ja. Und … also, ich weiß nicht, wie du das siehst. Es ist noch nichts passiert. Und ich weiß auch nicht, ob was passieren würde. Ich würde jedenfalls nie was machen, wenn das für dich komisch ist. Aber ich wollte eben fragen, *ob* es für dich komisch wäre.«

»Wenn du was machen würdest.«

»Ja.«

»Was meinst du mit ›was machen‹?«

»Sophia um ein Date bitten, beispielsweise.«

»Waaaaaas?« Pearl stößt ein überraschtes leises Kreischen aus.

»Aber wenn du es doof findest, dann lass ich es. Kein Ding.«

»Phiiiiip!«, kreischt sie wieder, dann beugt sie sich vor und boxt mich scherzhaft in die Schulter. »Du alter Casanova.«

»Na ja …«

»Haha, hab's selbst gemerkt«, sagt sie und lacht, aber dieses Lachen erleichtert mich, sodass ich gar nicht beleidigt sein kann. »Das ist doch großartig!«

»Findest du?« Ich bin ein bisschen überrascht. Also klar, Pearl ist eine richtig coole Schwester, aber das habe ich dennoch nicht erwartet.

»Wird doch langsam mal wieder Zeit.«

»Ja, aber ausgerechnet Sophia …«

»Na und? Wo die Liebe hinfällt …!«

»Von Liebe zu sprechen ist ein bisschen voreilig, glaube ich.«

»Wo der Vibe hinfällt.« Wieder boxt sie mich in die Schulter. »Ich freu mich für dich.«

»Noch ist ja nichts passiert.«

»Aber allein, dass du aus deiner Komfortzone rausgehst und dich in jemanden wie Sophia verknallst. Das ist echt gut, glaube ich.«

Ich sage nicht, dass ich mein gesamtes Leben außerhalb meiner Komfortzone verbringe, sondern freue mich einfach, dass Pearl offensichtlich wirklich kein Problem mit der Vorstellung von Sophia und mir zu haben scheint.

»Danke, dass du so cool bist, Pearl. Ernsthaft. Das ist nicht selbstverständlich. Und ich weiß es echt zu schätzen. Wenn du mal was mit irgendeinem von meinen Berkeleyfreunden oder einem Anwaltskollegen haben willst, lass es mich wissen.«

»Das wird nicht passieren«, sagt sie lachend.

»Ja, ich weiß. Wollte die Coolness nur zurückgeben.«

»Ich weiß nicht, ob ich es Coolness nennen würde, aber der Gedanke ist angekommen.«

»Danke«, sage ich erneut. »Danke, dass du du bist.«

»Danke, dass du du bist«, gibt sie zurück. »Und das mit der Coolness war ein Witz. Du bist ziemlich cool, finde ich.«

»Jetzt übertreibst du«, sage ich und gehe über den anderen Teil, über den, dass ich ich sei, hinweg.

# Sophia ∞

**13** »Ist alles in Ordnung bei Ihnen? Sie wirken nervös.« David blickt mich durch den Rückspiegel an.

David hat mich abgeholt. Ich wurde abgeholt. In einem schwarzen, fucking sauber glänzenden Auto. Joy, die Prostituierte aus dem ersten Stock, nickte wissend, als sie sah, in was für einen Wagen ich stieg. Allerdings bin ich mir ziemlich sicher, dass sie von etwas anderem als diesem hier ausgeht.

»Nee, alles gut«, sage ich knapp.

»Ich frage nur, weil Sie die Kleiderhülle umklammern, als müssten Sie sich vor etwas schützen.«

Unwillkürlich lockere ich meinen Griff. Er hat recht. Natürlich hat er recht. Dieses beschissene Fest ist so weit weg von allem, womit ich mich wohlfühle, dass es schwer ist, sich zu entspannen. Aber wenn Malik recht hat, sind Reiche wie Hunde und riechen Furcht. Diese Genugtuung will ich ihnen sicher nicht geben. Außerdem wird Philip dort sein. Philip und Pearl. Aber vor allem Philip. Philip, der gesagt hat, ich sei schön. Philip, der mich umarmt hat, als wäre ich besonders. Philip, der gemacht hat, dass ich auf meine mentale Liste *sich besonders fühlen* geschrieben habe.

»Ist einfach eine ungewohnte Situation«, sage ich deswegen.

»Sie müssen sich keine Sorgen machen, Miss. Selbst wenn der Abend furchtbar werden sollte, geht er vorbei. Das ist mein Mantra, wann immer ich beim Zahnarzt bin. Bislang hat es noch jedes Mal gestimmt.« Er grinst, ich nicke.

Beim Zahnarzt wüsste ich allerdings wenigstens, was auf mich zukommt.

Vor dem Haus der Englanders parken drei weiße Vans, aus denen Kram ausgeladen wird. Gläser, Teller, flaschenweise Wein. Obwohl ich eigentlich warten sollte, bis David mir die Tür aufmacht, steige ich einfach aus und blicke mich ein bisschen verloren um. Jeder hier kennt seinen Platz, jeder hat eine Aufgabe.

»Ich wünsche Ihnen viel Spaß«, sagt David, ehe er zurück in seinen Wagen steigt. Dann tippt er sich an seinen nicht vorhandenen Hut und zieht die Autotür zu.

Wieder umklammere ich die Schutzhülle meines Kleides etwas zu fest und blicke missmutig auf die Eingangstür.

»Aus dem Weg!«, ruft jemand, und ich kann gerade noch rechtzeitig zur Seite springen, bevor ich von einem Servierwagen überrollt werde.

Ich seufze und setze mich in Bewegung. Zum zweiten Mal drücke ich auf die goldene Klingel. Zum zweiten Mal habe ich keine Ahnung, was mich hinter der schweren Tür erwartet.

Sie wird geöffnet, und diesmal ist das Gesicht des Hausmädchens, das mich anblickt, deutlich gestresster als beim letzten Mal.

»Gut, dass du da bist. Mrs Englander hat schon nach dir gefragt«, sagt sie und zieht mich nach drinnen. Okay, offenbar sind die Höflichkeitsfloskeln Vergangenheit. Ich bin mir ziemlich sicher, dass sie sich das bei keinem anderen Gast trauen würde, aber irgendwie macht es, dass ich mich seltsam mit ihr verbunden fühle.

»Du wirst im ersten Stock erwartet.«

»'kay«, sage ich, doch ehe ich noch etwas Gehaltvolleres von mir geben kann, winkt sie mich herein und bedeutet mir, ihr zu folgen.

Statt wie beim letzten Mal in den Salon abzubiegen, steige ich nun die Stufen der Marmortreppe hinauf. Das Hausmädchen klopft an die zweite Tür, die von der Galerie abgeht, und nachdem wir hereingerufen werden, öffnet sie.

»Sie ist da.«

Etwas unsanft werde ich ins Zimmer geschoben, in dem Pearl auf einem Stuhl sitzt, während eine junge Frau mit langen Fingernägeln ihre Haare mit einem Glätteisen bearbeitet.

»Setz dich schon mal, ich kümmere mich gleich um dich«, sagt die junge Frau, ohne mich anzusehen.

»Willkommen im Tempel der Oberflächlichkeit.« Pearl lächelt mir gequält zu.

Ich lege das Kleid in seiner Schutzhülle auf einen Sessel in der Ecke, dann setze ich mich auf den freien Stuhl neben Pearl.

»Deine Haare werden so schön glänzen, Pearl«, sagt die Frau mit den langen Fingernägeln. »Du solltest echt mehr aus dir machen.«

Pearl schnaubt. »So viel Aufwand dafür, dass ich eh nicht lange bleiben kann.«

»Oh«, mache ich, weil das bedeutet, dass ich eine Person weniger kenne. Und mag. »Was hast du vor?«

»Nichts, worüber ich sprechen kann, tut mir leid.« Pearl zwinkert mir zu.

»Ich will nichts hören«, sagt die junge Frau und dreht sich zu mir um.

»Aber da wir schon bei ›mehr aus sich machen‹ sind. Gut, dass wir noch etwas Zeit haben.«

»So schnell hat sie mich vergessen«, sagt Pearl in ironisch-beleidigtem Tonfall.

»Keine Sorge, Schätzchen, ich bin gleich wieder bei dir. Aber erst mal muss ich mir überlegen, was wir hiermit machen.« Sie wuschelt mir durch die Haare. »Zu kurz für eine richtig elegante Frisur, zu lang, um sie so zu lassen.«

Es gefällt mir nicht, wie sie über meine Haare redet. Ja, sie sind widerspenstig. Ja, sie stehen ab. Aber ich mag es, dass sie immer ein bisschen wild aussehen.

»Wir glätten, das steht fest. Und dann machen wir dir einfach einen eleganten Clip rein. Das wird schon gehen. Den Rest retten wir mit dem richtigen Make-up.« Sie nickt, und ohne abzuwarten, ob ich vielleicht andere Pläne mit meinen Haaren und meinem Gesicht habe, macht sie sich ans Werk.

Ich werde dafür gerügt, keine Pflegeprodukte für meine Haare zu verwenden. Dafür, keine Cremes und Serums auf meine Haut zu klatschen (»Das mag man jetzt noch nicht sehen, aber dein Gesicht vergisst nicht, dass du dich nicht darum gekümmert hast«). Dafür, das Kleid einfach auf den Stuhl gelegt zu haben, denn Kleider muss man aufhängen. Ich sage ihr nicht, dass es die letzten Tage in meiner Kommode verbracht hat, weil ich keine andere Aufbewahrungsmöglichkeit dafür hatte.

Pearl kichert neben mir und steckt mich damit an, sodass es alles in allem keine so schlechte Erfahrung ist. Außerdem gefällt es mir, dass Trish, so heißt sie, mein Gesicht mit duftenden Lotionen einreibt. Und dann mit einem Schwämmchen Foundation darauftupft. Ich habe noch nie Foundation getragen oder mir das Gesicht mit einem Schwämmchen getupft.

Nach einer gefühlten Ewigkeit sagt Pearl: »Okay, krass«, Trish nickt zufrieden, und ich blicke ein Gesicht an, das mit meinem eigenen irgendwie nicht mehr viel gemeinsam hat. Aber auf eine Weise, die mir gefällt. Ich sehe richtig, richtig schön aus, finde ich. Und sogar meine Haare sind einigermaßen gezähmt. Ich lächle mich an, und auch wenn es sich nicht anfühlt, als wäre ich es, ist es ein schönes Lächeln. Ein nahezu perfektes Lächeln?

Pearls Kleid ist bunt mit Stickereien. »Das, was Gran mir kaufen wollte, war eine Vollkatastrophe«, sagt sie, und auf einmal habe ich Sorge, dass sie mein Kleid furchtbar finden könnte. Es ist ein bisschen opulent. Schon beim Anprobieren fühlte ich mich irgendwie puppenhaft. Aber Eudora war begeistert, und nachdem ich bereits sieben Kleider anprobiert hatte, die ihr nicht gefielen, war ich froh, dass wir endlich etwas gefunden hatten.

Es ist dunkelblau mit einem mehrlagigen, knielangen Rock und strassbesetzter Corsage, die meine Brüste so nach oben quetscht, dass es aussieht, als hätte ich richtig viel Oberweite. Trish hilft mir mit dem Reißverschluss, und als ich mich das nächste Mal im Spiegel ansehe, erkenne ich mich wirklich nicht mehr wieder. Das Einzige, was verrät, dass ich ich bin, Sophia Marin, ist die senkrechte Narbe zwischen meinen Brüsten. Normalerweise sehe ich sie kaum. Aber in diesem Kleid wirkt sie seltsam präsent. Wie der Beweis dafür, dass ich eben nicht die makellose Schönheit bin, die mir entgegenblickt. Sondern beschädigte Ware.

»Oh, Gran wird sehr glücklich sein, wenn sie dich sieht«, sagt Pearl und reißt mich damit aus meinen Gedanken, doch es klingt nicht, als wäre es etwas Gutes. »Und vielleicht ja auch jemand anders.« Sie grinst.

Ich habe keine Ahnung, wie Pearl das angestellt hat, aber sie sieht aus wie sie selbst, nur dass die Haare geglättet sind. Sie hat Trish mit ihrem Schwämmchen nicht einmal in die

Nähe ihres Gesichts gelassen. »Der Deal waren die Haare«, sagte sie, und Trish musste sich geschlagen geben.

Mit dem Schwämmchen nähert sich Trish nun allerdings meinem Dekolleté, denn eine Narbe ist offensichtlich etwas, das überschminkt gehört. Danach kann man sie zwar immer noch sehen, aber sie ist jetzt weit weniger auffällig.

Inzwischen ertönt in regelmäßigen Abständen die Türglocke, was bedeutet, dass die Gäste langsam eintreffen. Durch die Tür werden die Stimmen und das Gläserklirren gedämpft.

Als Eudora wenig später nach uns sieht, ist sie über meinen Anblick tatsächlich sehr glücklich. Sie redet was von »Wunder vollbracht« und »Wer hätte das gedacht« und »Was für ein hübsches Mädchen in dir steckt«, und mir ist das alles herzlich egal, ich bin nur froh, dass ich offensichtlich ihren Erwartungen genüge.

Endlich sind die meisten Gäste eingetroffen, und Eudora beschließt, dass es nun an der Zeit ist. Was sie damit meint, wird mir schnell klar, denn sie schickt Pearl nach unten und hakt sich dann bei mir ein.

»Dann wollen wir mal die Gäste begrüßen«, sagt sie.

Wir treten aus dem Zimmer und auf die Galerie. Sofort sind Stimmengewirr und Gläserklirren richtig laut. Und ist das etwa Klaviermusik? Ich fühle mich erschlagen von all dem Prunk und all der Vornehmheit und muss blinzeln, als mein Blick auf all die Leute fällt. Kellner bewegen sich mit Tabletts durch die Menge, hier und da nimmt sich jemand ein Glas.

Langsam beginnt Eudora mit mir an ihrer Seite die Treppe hinunterzuschreiten. Ihren Gehstock hat sie nicht dabei, stattdessen hält sie sich an mir fest, was meiner Anwesenheit hier immerhin einen Sinn verleiht.

Es dauert nur ein paar Augenblicke, dann haben sich die Köpfe uns zugewandt. Eudora lächelt und nickt, und ich ... lächle auch. Aber es ist das fremde Lächeln. Das aus dem Spiegel. Dieses perfekte. Das macht diesen bescheuerten Auftritt einfacher.

Zuerst nehme ich die Menge als eine einzige Masse wahr. Aber nach und nach mache ich einzelne Gesichter aus. Und ich weiß, irgendwo dazwischen ist Philip. Philip, der das perfekte Lächeln sehen wird. Der mich in diesem Kleid sehen wird. Mit Dekolleté. Mit hohen Schuhen, auf denen ich zwar kaum laufen kann, die aber meine Beine so lang machen, dass ich ein bisschen erschrocken bin. Mit frisierten Haaren. War es das, was Pearl gemeint hat? Ist der Streberpardel die andere Person, die sich über meinen Anblick freut? Und obwohl ich ohnehin nervös genug bin, schraubt sich die Aufregung in mir noch mal merklich nach oben. Aus meinem Bauch in meinen Hals.

Ich scanne die Menschenmenge, während wir uns Schritt für Schritt dem Boden nähern. Doch dann bleibt Eudora auf einmal stehen, räuspert sich und beginnt zu sprechen.

»Liebe Freunde. Herzlichen Dank, dass ihr heute gekommen seid. Nicht nur feiern wir den Geburtstag meines verstorbenen Mannes, der vielen von euch zu Lebzeiten ein guter Freund, ein Mentor, ein Vertrauter gewesen ist ...«

Mein Blick schweift weiter. Ich sehe Philips und Pearls Eltern mit einem anderen Paar an einem Stehtisch, und dann Pearl. Sie leert ihr Glas in einem Zug. Und neben Pearl ... steht Philip. Und ich versteife mich. Denn Philip starrt mich an. Aber nicht auf die Art, die ich gehofft hatte. Deswegen hofft man nicht, verdammt noch mal, Sophia. Hast du das vergessen? Philip sieht im Gegenteil regelrecht erschrocken aus. Aber warum?

»Ich möchte euch außerdem Sophia vorstellen. Und ich weiß, das wäre ganz in seinem Sinne gewesen. Eine junge Frau, die es im Leben wahrhaftig nicht leicht hatte. Doch nun habe ich sie unter meine Fittiche genommen. Ja, das Leben schreibt sie, die Märchen.«

Ich höre nur mit halbem Ohr, was Eudora da faselt. Denn Philips Blick ist nach wie vor auf mich geheftet. Er schüttelt kaum merklich den Kopf. Langsam. Hin und her. Dann dreht er sich um.

 *Philip*

**14** Ich kann es nicht glauben. Ich kann nicht fassen, dass das passiert. Gran hat Sophia unter ihre Fittiche genommen? Was? Und jetzt zeigt sie sie herum, als wäre sie eine Puppe. Und sie lässt es einfach geschehen. Ich blicke sie an, und ich erkenne nichts von ihr wieder. Sie sieht aus wie die Töchter der Freunde meiner Eltern. Nicht, dass das per se etwas Schlechtes ist. Aber das ist nicht sie! Das ist nicht Sophia!

Sie schreitet an der Seite meiner Großmutter nach unten, knickst, verneigt sich. Was soll das alles? Sie lächelt die Menschen an, schüttelt Hände. Wo ist die junge Frau, die sich nicht anpasst? Die sich nichts sagen lässt? Die tut, was sie will? Trägt, was sie will? Sagt, was sie denkt? Was hat Gran mit ihr gemacht? Was hat sie mit sich machen lassen?

»Sieht Sophia nicht hot aus?«, sagt Pearl und stößt mir neckisch den Ellenbogen in die Seite.

»Jep«, presse ich hervor. »Völlig verwandelt.«

Denn Sophia ist hot. O mein Gott, ist sie hot! Ihre sonst so struppigen Haare wurden gezähmt und glänzen. Glänzen so, dass man sie anfassen möchte. Ihr schmaler Hals, ihre Schultern – auf einmal wirkt sie beinahe zerbrechlich. Als müsste man sie beschützen. Als müsste *ich sie* beschützen. Verschwunden ist der Selbstschutzluchs.

Zwischen ihren Brüsten ... Ich schlucke, denn dieser Anblick raubt mir kurz den Atem ... ihre Brüste, die so perfekt aussehen. Meine Hände könnten sie einfach so umschließen. Sie vor den Blicken der anderen verbergen. Vor meinen eigenen. Zwischen ihnen verläuft eine feine Narbe, die man entlangfahren will. Die *ich* entlangfahren will, ich dämlicher Spanner. Aber im Gegensatz zu Pearl finde ich diese Verwandlung nicht faszinierend. Oder beachtlich. Ich finde sie unerträglich. Wie kann es sie so kaltlassen? Findet sie das gut?

»Findest du das gut?«, frage ich und klinge, als hätte irgendjemand seine Faust fest um meine Stimmbänder gekrampft.

»Ist typisch Gran, oder?« Wie zum Beweis zupft sie an ihren Haaren.

Und ja, das stimmt. Es ist nicht so, als würde ich es nicht selbst jeden Tag am eigenen Leib spüren, was es heißt, die Last von Grans Erwartungen zu tragen. Aber Pearl hat sich schon immer dagegen gewehrt. Und jetzt schiebt sie ihre Freundin vor, oder was?

»Wieso …?« Ich will fragen *Wieso lässt du das zu?*, aber Pearl dreht sich nach dem Kellner um und nimmt sich ein neues Sektglas vom Tablett.

Ich weiß nicht, was hier passiert ist, aber ich finde es grauenhaft. Es fühlt sich an, als würde mir die Luft abgeschnitten, obwohl ich nicht einmal derjenige bin, der in ein enges Korsett gezwängt wurde. Oder?

Sophia blickt sich verstohlen um, als suche sie jemanden. Und sie findet … mich. Hebt die Hand, lächelt vorsichtig. Aber es ist nicht Sophias Lächeln. Nicht das Luchslächeln. Es ist ein eingesperrtes, ein unsicheres Lächeln. Ich kann es nicht erwidern. Meine Miene ist versteinert. Ich bin versteinert. Nur innerlich passieren Dinge. Dinge, die mit Wut zu tun haben und sich anfühlen wie Verkrampfen und Ersticken gleichzeitig. Ich muss hier raus. Muss an die frische Luft, wo ich atmen kann.

»Bin gleich wieder da«, bringe ich hervor und wundere mich selbst darüber, dass mich die Szenerie in diesem Augenblick so abfuckt.

Dabei bin ich das doch alles gewohnt. Das Händeschütteln. Den Businesstalk, der sich hinter Small Talk verbirgt. Die Oberflächlichkeit. Die Falschheit. Ich spiele dieses Spiel seit Jahren mit. Das Spiel meiner Großmutter. Das Spiel ihrer Welt, die eben auch meine Welt ist.

Vor dem Haus nicke ich ein paar eintreffenden Gästen zu, den Hendersons oder Andersons, gehe jedoch noch ein paar Schritte, bis ich um die Hausecke treten kann und außer Sicht bin. Würde ich rauchen, würde ich mir jetzt eine Zigarette anzünden, um mich zu beruhigen. Aber ich rauche nicht. Weil es schlecht für mich wäre. Weil ich nichts tue, was schlecht ist. Weil da ein Filter in mir ist, der Stopp sagt.

»Phip?« Ich höre leise Pearls Stimme. »Phip? Bist du hier?«

Ich spähe um die Ecke und winke sie zu mir.

»Ist alles in Ordnung? Was ist denn los mit dir?«

»Ich … hab keine Ahnung.« Aber das stimmt nicht. Und Pearl weiß es vermutlich.

»Bullshit.« Ich korrigiere, sie weiß es auf jeden Fall.

»Sophia.«

»Was ist mit Sophia?«

»Mich macht das alles so wütend.«

»Was genau?«

»Gran. Dieser Aufzug. Dass sie Sophia herumzeigt. Dass Sophia das mit sich machen lässt. Warum ist sie überhaupt hier? Wie kannst du das zulassen?«

»Äh …«

Ich sehe sie an.

»Ich dachte, du freust dich.«

»Du dachtest, ich freue mich?«

»Hast du mir nicht erzählt, dass du auf sie stehst?«

»Schhhhhhh«, mache ich, weil ich nicht will, dass Pearl das so herumposaunt. »Hast du sie deswegen eingeladen?«, frage ich.

»Ich? Was redest du? Gran hat sie eingeladen.«

Aber warum? Das ergibt doch keinen Sinn!

»Willst du mir sagen, du bist sauer auf Sophia, weil sie sich Grans Wunsch gebeugt hat?«, fragt Pearl, ohne meiner Verwirrung Raum zu geben, und ja, das ist es. Und ich bin außerdem sauer auf Pearl, weil sie nicht einschreitet. Weil sie Gran sonst immer die Stirn bietet und jetzt nicht. Aber ich will keinen Streit anfangen. Nicht hier. Nicht jetzt. Nicht auf Grans Party. Und eigentlich erst recht nicht mit Pearl.

Ich zucke mit den Schultern, weil ich nicht weiß, was ich tun soll.

»Ist dir klar, wie hypokritisch du bist?«

Ich schlucke. Natürlich weiß ich das. Und vielleicht ist genau das das Problem! »Ja.«

»Okay, dann lass es vielleicht, oder?«

Ich wünschte, das könnte ich. Ich wünschte, ich könnte Sophia sehen wie mich selbst. Aber genau deswegen kann ich es nicht. Weil ich weiß, was es mit einem macht. Weil ich weiß, was man aufgibt. Weil ich weiß, was ich nicht habe.

»Aber Pearl«, versuche ich es noch mal. »Wie kann das für dich in Ordnung sein? Ich meine, nach allem, was du mit Gran durch hast, wie kannst du da einfach zusehen, wie sie Sophia …«

»Es ist nicht meine Sache«, sagt Pearl, und das haut mich

um. »Gran und Sophia sind beide erwachsen. Sie sind beide freiwillig hier. Und auch wenn Sophia heute etwas weniger aussieht wie sie selbst, ist das noch lange kein Grund auszuflippen, okay? Es ist nur ein Kleid. Es ist nur Make-up.«

Aber es ist mehr als das. Es ist der Versuch, sich in eine Rolle zu pressen. Oder pressen zu lassen. Und ich weiß, was das mit einem macht.

»Hör zu, ich muss eigentlich weg. Aber ich will dich ungern allein lassen, wenn du so bescheuert bist, wie du gerade *bist*.«

»Du musst weg?« Jetzt lässt sie Sophia auch noch allein? Ganz abgesehen davon, dass Gran schäumen wird. Was ist los mit ihr?

»Ja. Ich wusste, dass der Anruf heute Abend irgendwann kommt. Hatte gehofft, ich könnte wenigstens noch eine Runde Höflichkeiten austauschen. Aber das ist wichtig.«

»Was ist es?«

»Ich kann mit dir da nicht drüber reden.«

»Warum nicht?«

»Weil du mich davon abhalten würdest.«

»Pearl?«

»Phip?«

»Pearl??«

»Ich muss das machen, Phip. Ich habe keine Wahl. Die Welt lässt mir keine Wahl.«

»Also ist es was Illegales?«

»Nein.«

»Lügst du, damit ich mir keine Sorgen mache?«

Sie zuckt mit den Schultern. »Nein?«

»War das eine Lüge?«

»Lassen wir das.«

Ich seufze.

»Aber erst musst du mir versprechen, dass du dich abregst und die Sache als das siehst, was sie ist. Ein albernes Familienfest. Eine Chance für Gran, sich zu profilieren.«

»Ja, richtig, weil sie das sonst nie tut.«

»Philip!« Dass sie statt meinem Spitznamen aus unserer Kindheit meinen vollständigen Namen sagt, lässt mich zusammenzucken. »Du kannst nicht anderen Menschen die Entscheidungen, die du triffst, vorhalten. Das ist unfair und das weißt du.«

Ich weiß es. Aber das hier ist nicht rational. Das hier … sind Gefühle. Da sind Gefühle für Sophia. Für die Sophia, die sie in Wirklichkeit ist. Und diese Gefühle sind … Ich weiß, was sie sind.

Die Gefühle für die Sophia, die sich im Haus meiner Familie perfekt frisiert im Cocktailkleid präsentieren lässt, sind jedoch andere. Sind so, dass ich sie schütteln will, damit sie aufwacht. Sind so, dass ich sie anschreien will, damit sie begreift, dass sie das nicht sein muss. Nicht sein *soll*.

Aber Pearl hat recht. Ich bin unfair. Ich bin hypokritisch. Verlogen. Bin genau das, was ich dieser Feier vorwerfe. *Wer im Glashaus sitzt, Philip*. Könnte ich durch das Glashaus nur nicht so klar sehen, was falsch ist – und was Sophia ist.

»Und wer passt auf, dass Sophia nicht den Andersons« (oder Hendersons) »zum Fraß vorgeworfen wird?«, frage ich.

»Das kannst du doch sicher übernehmen, engagiert, wie du in dieser Sache bist.« Sie hat ihre hohen Schuhe bereits gegen ausgelatschte Sneakers getauscht. Meine Schuhe sehen nie so aus. Sind immer sauber. Nie ausgetreten. Immer zu eng. Was bin ich für ein jämmerlicher Waschlappen!

»Scheiße, Pearl.«

»Du kommst schon klar, Phip.« Sie kneift mir in die Wange.

»Lass das.« Mit einer etwas zu groben Geste wische ich ihre Hand weg.

»Okay, du wirkst nicht, als kämst du klar.« Sie sieht mich forschend an. »Es ist nur dieser eine Abend.«

Ich versuche mich an einem Lächeln. Atme. Atme so tief, wie Menschen Zigarettenrauch inhalieren. Und es hilft. Ich beruhige mich. Sehe klarer. Trotz Glashaus. Wegen des Glashauses. Wer weiß das schon. Sehe Sophia als die Person, die sie ist. Die meiner Gran heute einen Gefallen tut. Und das ist nett. Das ist sogar sehr nett. Denn Gran ist eine alte Frau. Man muss nicht alles gut finden, was sie tut. Ihre Anschauungen nicht, ihre Urteile nicht. Aber sie ist das Produkt einer Gesellschaft, die ihr den Spielraum nicht gelassen hat. Den Spielraum, den Pearl sich nimmt und den ich mir nicht nehmen kann. Und wenn es sie glücklich macht, ihren Freunden zu zeigen, dass sie Sophia … gezähmt hat … Ich schlucke. Hart.

»Es ist nur dieser eine Abend«, wiederhole ich Pearls Worte leise. »Und jetzt geh. Stell an, was auch immer du anstellen musst. Ich sage Gran, dass es dir nicht gut ging.« Ich fühle mich immer noch mies, mein Herzschlag geht immer noch schnell, aber das ist nicht Pearls Problem.

»Du musst meinetwegen nicht lügen. Sag ihr, dass ich was erledigen musste. Und bereite sie schon mal drauf vor, dass morgen früh um acht Leute von der Food Bank kommen, um die übrigen Häppchen abzuholen.«

Ich sehe meine große Schwester an und bin so voller Bewunderung für sie. »Du bist ein toller Mensch, Pearl.«

»Ich weiß.« Sie grinst und wendet sich zum Gehen.

»Aber du solltest solche Sachen wirklich besser mit Gran absprechen.« Sonst kriegt sie wieder Ärger. Und das muss ich dann wieder kompensieren.

»Zu spät«, sagt sie, dann verschwindet sie, und ich hoffe inständig, dass sie nichts Verbotenes tut. Und dass Gran ihre Abwesenheit einfach nicht auffällt.

Ich trinke Wasser, weil ich noch fahren muss. Außerdem ist es besser, einen klaren Kopf zu bewahren, wenn man von Grans Freunden auf einmal nach diesem neuen Fall gefragt wird, der offenbar schon Wellen schlägt, noch bevor der Prozess begonnen hat. Ein ehemaliger Sträfling, der gegen den Staat Kalifornien klagt, ein junger Anwalt, der gerade einmal ein halbes Jahr aus der Uni draußen ist. Diese Kombination macht die Menschen neugierig.

Ich versuche, vage zu bleiben, als sich Fred Wrench, der für den *Pearley Chronicle* schreibt, nach Rhys' Vergangenheit erkundigt. Vage, aber höflich. Ich fasle etwas von schwierigen Familienverhältnissen und nicht der besten Gegend Pearleys. Er will gerade ansetzen, noch etwas zu fragen, da legt mir mein Dad eine Hand auf die Schulter und entschuldigt sich bei Fred, er müsse mich kurz entführen.

»Danke«, sage ich, nachdem wir uns ein paar Schritte entfernt haben.

»Vor Wrench würde ich mich in Acht nehmen«, sagt mein Dad. »Wenn er eine Geschichte wittert, unterscheidet er nicht mehr zwischen Freund und Feind.«

»Genau das war auch mein Eindruck. Ich habe ihm nichts geliefert, woraus er etwas stricken könnte.«

Dad nickt und wird im nächsten Moment von einer älteren Dame in Beschlag genommen, die flötend fragt, wie Gran auf diesen wunderbaren Caterer gekommen ist.

»Da bist du bei mir an der falschen Stelle, Eleanor, aber ich werde mich bei meiner Mutter erkundigen.« Er blickt sich um, als wäre er bereits eifrig auf der Suche.

Meine Armbanduhr verrät mir, dass es erst kurz nach neun ist. Ein paar Stunden werde ich noch bleiben müssen, sodass ich dankbar bin, als Elijah Redstone-Laurie, der nette von Zeldas Brüdern, auftaucht. Er erzählt mir von seinem Einstieg ins Berufsleben, denn Elijah ist ebenfalls Anwalt – und war ebenfalls in Berkeley.

»Du erinnerst dich an Marcus?«, fragt er, als sich ein junger Mann zu uns gesellt, der aussieht, als wäre er überall auf der Welt lieber als hier. Marcus ist Elijahs Freund, aber soweit ich weiß, ist er es in dieser Welt nicht offiziell, was seinen Gesichtsausdruck erklären würde.

»Elijah!« Mrs Redstone-Laurie bahnt sich ihren Weg durch die Gäste, um ihren Sohn zu begrüßen.

»Mutter?« Elijah haucht ihr links und rechts ein Küsschen auf die Wange.

»Und das ist …?«, fragt sie, tritt einen Schritt zurück und mustert Marcus von Kopf bis Fuß.

»Marcus. Guten Abend«, sagt Marcus und reicht ihr die Hand. »Ich bin … ein Freund von Elijah.«

»Ein Freund, na, das ist mal eine Überraschung. Mein Sohn, müssen Sie wissen, erzählt wenig aus seinem Privatleben. Aber vielleicht können Sie mir sagen, ob er eine nette Freundin hat? Gibt es da jemanden, von dem er uns nichts erzählt?« Sie lacht ein viel zu lautes, viel zu hohes Lachen, hakt sich bei Marcus unter und zieht ihn zur Bar.

»Ich habe ihn gewarnt«, sagt Elijah, als Marcus uns einen letzten Hilfe suchenden Blick zuwirft. »Er wollte nicht hören.« Er nippt an seinem Drink, dann sagt er: »Ist das da hinten Archibald Pence? Deine Familie hat interessante Freunde.«

Ich wende mich um, und tatsächlich: Neben Fred Wrench entdecke ich die spiegelnde Glatze von Staatsanwalt Pence, die er gerade mit einem Taschentuch abtupft. Ich wusste nicht, dass die beiden sich kennen. Aber natürlich, in diesen Kreisen – in unseren Kreisen – kennt jeder jeden.

»Nicht, dass meine Familie sich durch angenehmeren Umgang hervortun würde.« Elijah lacht.

»Hattest du schon mit ihm zu tun?«, frage ich.

»Ich persönlich nicht. Aber ich habe bislang nur richtig Unsympathisches über ihn gehört. Er dehnt wohl gern die Regeln ein bisschen aus, wenn es ihm nützt. Er nennt es ›legale Graustufen‹.«

»Klingt tatsächlich nicht sonderlich sympathisch.«

»Allerdings gibt der Erfolg ihm wohl recht.«

Aber Recht bedeutet nicht Gerechtigkeit, denke ich, werde im nächsten Augenblick jedoch von Grans Stimme abgelenkt, die alle Umstehenden übertönt.

»… mit meiner Hilfe einen neuen Lebensabschnitt beginnen, ist es nicht so, Sophia?«

Ich kann nicht anders, als meinen Kopf zu wenden, und sehe gerade noch, wie Sophia höflich lächelnd nickt. Sie nickt!

»Nicht jeder ist so privilegiert wie wir. Wenn man nicht über seinen Tellerrand hinausblickt, weiß man oft gar nicht, wie gut man es hat«, sagt Gran und erntet zustimmendes Gemurmel von einigen mittelalten Frauen und zwei jüngeren Männern, die ich vom Sehen kenne. Ich glaube, der eine, der bulligere von beiden, heißt Jason.

»Ist es nicht so, Sophia?«, fragt Gran wieder, und wie automatisch ballen sich meine Hände zu Fäusten, sodass ich sie in meine Hosentaschen schiebe, damit es niemandem auffällt.

»Bin gleich wieder da«, flüstert Elijah, der sich offenbar doch Sorgen um Marcus macht. Vermutlich zu Recht.

»Schätze schon«, hört man Sophias wunderbar raue Stimme. Dann korrigiert sie sich und sagt etwas lauter: »Ich schätze schon, Mrs Englander.«

»Aber wie gut, dass ich mich nun um dich kümmere. Für mich ist es ja ebenfalls eine Bereicherung – in gewissen Aspekten ...«

»Wie interessant«, sagt der junge Typ, der nicht Jason ist.

»Sophia kommt aus sehr schwierigen Verhältnissen«, sagt Gran nun und tätschelt Sophias Hand. »Nicht wahr?«

»Jep«, sagt Sophia, nickt und macht ein betroffenes Gesicht. Und obwohl das durchaus ein Grund wäre, um betroffen zu sein, erkenne ich sofort, dass sie spielt. Sie spielt, um Gran zu gefallen. Um Grans Narrativ zu bestätigen.

»Ein so hübsches Mädchen«, sagt eine der Frauen.

»Deine Großmutter ist wahrhaftig ein Engel.« Neben mir ist Pearls Patentante aufgetaucht. »Sich in ihrem Alter so hingebungsvoll um einen Sozialfall zu kümmern ...«

Ich hasse es, dass sie Sophia einen Sozialfall nennt, doch ehe ich etwas sagen kann, fordert Gran Sophia auf, sich einmal im Kreis zu drehen, um zu zeigen, wie gut ihr das Kleid steht, das sie gemeinsam gekauft haben.

Das sie was? Sie waren zusammen shoppen?

Ich halte die Luft an. Das kann nicht ihr Ernst sein. Und doch sehe ich, wie Sophia in die Mitte des Kreises geht und vor den Blicken der Gäste eine Pirouette vollführt. Ich ertrage es nicht. Ertrage es keine Sekunde länger, mir anzusehen, dass man sie vorführt wie ein exotisches Tier. Und ich ertrage es noch weniger, dass sie es geschehen lässt. Dass sie sich angaffen lässt. Dass sie ihre Geschichte ausbreitet, als wären diese Menschen ihre Freunde und nicht sensationsgeile Geier, die sich in den nächsten Tagen ihre Mäuler über die junge Frau aus schwierigen Verhältnissen zerreißen.

»Sophia.« Ich trete zwischen Jason und dem anderen Kerl hindurch. Aber dann weiß ich nichts mehr zu sagen. Ich kann sie wohl schlecht einfach an der Hand nehmen und mit mir ziehen. Kann wohl schlecht sagen, dass wir jetzt gehen. Denn das wäre so was von daneben. Das wäre so was von arschig. Ich strecke meine Hand aus, doch sie macht keine Anstalten, sie zu nehmen. Warum nicht? Also umfasse ich ihr Handgelenk und sage: »Wir gehen.«

»Was?«, fragt sie, korrigiert sich jedoch und sagt stattdessen: »Wie bitte?«

Und auch das regt mich auf. Es regt mich so auf, dass ich an ihrem Arm ziehe. Nicht fest, aber doch so, dass sie einen Schritt auf mich zugeht. Ich drehe mich um und marschiere davon. Sophias schmales Handgelenk in meiner Hand. Es ist mir egal, dass die Menschen uns nachsehen. Es ist mir egal, dass Gran meinen Namen sagt. Mehrfach. Ich muss einfach nur hier raus. Mit Sophia. Muss sie aufwecken. Muss sie zur Vernunft bringen.

»Bist du bescheuert?«, höre ich sie, doch ich drehe mich nicht um. Laufe weiter. Laufe Richtung Tür. »Philip! Was soll das!«

»*Du* fragst *mich*, was das soll?«, bringe ich zwischen zusammengebissenen Zähnen hervor.

»Ja, offensichtlich.«

»Das wüsste ich gern von *dir!*«

## Sophia ∞

**15**  »Diese peinliche Bad-Boy-Eifersuchts-Nummer kaufe ich dir echt nicht ab.« Ich muss fast lachen, weil Philip sich so dämlich benimmt.

»Die High-Society-It-Girl-Nummer kaufe ich *dir* nicht ab«, gibt er zurück.

»Wie bitte?« Doch dann besinne ich mich eines Besseren. »Was?«

Wir kommen vor dem Haus zum Stehen. Philip sieht mich an mit einem Blick, der nach – keine Ahnung – Wut oder Verachtung oder so aussieht.

»Cocktailkleider? Glitzerspangen? Das hat mit dir so wenig zu tun wie … wie …« Er ringt um Worte. »Wie eine Crackpfeife mit meiner Großmutter.« Als er das sagt, klingt er kälter, als ich erwartet hatte. Und der Vergleich macht etwas mit mir. Macht mich ebenfalls kälter. So ist das also. Jemand wie ich hat mit seiner beschissenen Welt also nichts zu tun. Also hatte ich doch recht.

»Und ich darf das nicht ausprobieren?«, frage ich deswegen und funkle ihn wütend an. »Ich darf nicht mehr aus mir machen, oder wie?« Ehrlich gesagt, will ich gar nicht unbedingt die sein, die solche Kleider und beschissene Glitzerspangen in den Haaren trägt, aber die Tatsache, dass der Golden Boy sich überhaupt ein Urteil erlaubt, kotzt mich an.

»Mehr aus dir …?« Er bricht ab.

»Ja, mehr aus mir, Philip. Vielleicht siehst du in mir nur das Mädchen mit abgefuckter Vergangenheit. Aber vielleicht will ich mehr als das. Was ist daran bitte falsch?«

»Abgef...« Er schüttelt langsam den Kopf. Dann: »Ich seh überhaupt kein Mädchen«, sagt er und wendet den Blick ab, schluckt.

Ich habe keine Ahnung, was das verflucht noch mal heißen soll, aber es ist auch egal. Soll er doch wütend sein. Ich bin es inzwischen schließlich auch. Und wenn ich eine Sache kann, dann ist es, wütend zu sein.

»Ich fahre dich nach Hause«, sagt er nach ein paar Sekunden, in denen wir unseren Blicken ausgewichen sind und nichts gesagt haben.

»Und wenn ich noch bleiben will?« Holt er dann die Security, die den unerwünschten Eindringling rausschmeißt? Ich sehe ihn herausfordernd an und verschränke die Arme vor der Brust.

Sein Blick wird seltsamerweise unsicher. »Willst du?« Seine Stimme ist leise. Pardel-leise. Verdammt noch mal, was soll das denn nun wieder?

Trotzdem werd ich den Teufel tun und gleich antworten. Soll er ruhig denken, dass ich sein feines Fest noch ein bisschen länger stören will. Auch wenn ich wirklich überhaupt keine Lust habe, länger hierzubleiben. Das Ganze war von vorne bis hinten eine absolut ekelhafte Veranstaltung. Vielleicht sollte ich ihm das an den Kopf werfen. Wie scheiße ich seine Welt finde. Aber das hat ihn nicht zu interessieren. So beknackt, wie er sich aufführt, tut es ihm ganz gut, wenn ich ihn zappeln lasse.

Er atmet tief ein, lässt die Schultern sinken. Und dann wird auch sein Gesicht auf einmal wieder ganz pardelmäßig. Fuck. Also erlöse ich ihn. »Echt mal nicht.«

Er nickt, und kurz meine ich, so etwas wie Erleichterung in seinem Gesicht zu lesen. »Dann komm«, sagt er leise und klingt dabei fast so was wie versöhnlich.

Doch als wir nebeneinander in Philips Wagen sitzen, fällt mir was ein. »Solltest du überhaupt noch fahren?«

»Was meinst du?« Er sieht mich mit klarem, leicht traurigem Blick an. Wie melodramatisch kann man sein!

»Na ja, du bist doch offensichtlich dicht, so bescheuert, wie du dich aufführst.«

Jetzt lacht er auf. »Ich habe den ganzen Abend nur Wasser getrunken.«

»Oh«, mache ich. »Dann bist du also wirklich so verflucht dämlich?« Ich funkle ihn an.

»Ja, anscheinend.« Er lässt den Motor an, legt seine Hand auf meine Kopfstütze, um sich besser umsehen zu können, und rangiert aus der Parklücke.

Nach einer Autofahrt in einvernehmlichem, feindseligem Schweigen parkt Philip den Wagen vor meinem Haus, lässt jedoch das Lenkrad nicht los. Im Gegenteil, seine Fingerknöchel sind ganz weiß, so fest umklammert er es. Dann atmet er geräuschvoll aus, als müsste er sich beruhigen. Was ist sein fucking Problem? Nur weil ich versucht habe, dazuzugehören? Weil das nicht mein Platz ist? Weil ich zu tief in seine Welt eingedrungen bin? Ich checke es nicht. Und ich weiß nicht, was ich beschissener finde. Dass meine Sorge berechtigt war oder dass ich gehofft hatte, Philip würde mich mögen.

»Wieso«, sagt er auf einmal in diese drückende Stille hinein, »hast du das gemacht?«

»Wieso hab ich *was* gemacht?« Fängt er jetzt wieder damit an?

»Das ist doch scheiße, Sophia. Das bist nicht du! Du bist rebellisch und lebendig und du selbst und …«

Jetzt verstehe ich überhaupt nichts mehr. Das ist das Problem? Ich sehe ihn entgeistert an. »Hä?«

»Du solltest dich nicht anpassen«, murmelt er, und obwohl seine Worte machen, dass sich der Knoten in meinem Inneren ein bisschen löst, bringe ich ihn in diesem Moment nicht mit dem wütenden Typen von vorhin zusammen. Und dann sagt er noch mal – lauter diesmal: »Du solltest dich nicht anpassen.«

Ich sollte mich nicht … Verfickte Hölle. Und deswegen macht er so einen Aufstand? »Ist das dein Ernst?«, frage ich, weil ich wirklich keine Lust habe, mich vor ihm zu rechtfertigen. »Du redest den ganzen Abend kein Wort mit mir, dann machst du aus dem Nichts eine absolut peinliche Szene, bestehst darauf, mich nach Hause zu fahren, und dann knallst du mir das im Auto einfach so hin?« Der Knoten in mir ist zwar weg, aber knotenfreie Wut kehrt zurück. Wut über ihn. Wut über sein Verhalten. Wut darüber, dass er mich verwirrt.

»Wo soll ich es dir denn hinknallen?«, fragt er und versucht sich an einem müden Lächeln.

»Nirgendwo. Du hast gar nicht das Recht, mir irgendwas irgendwo hinzuknallen«, erwidere ich. Dann öffne ich die Beifahrertür und steige aus. Ich muss mir sicher nicht von einem Streber sagen lassen, wie ich mich zu benehmen habe. Und wenn er noch so pardelig ist. Schon gar nicht, wenn ich mich bemühe, in *seiner* Welt klarzukommen. Was weiß er schon. Scheiße.

Ich schlage die Autotür zu und stakse ein paar unbeholfene Schritte Richtung Haustür. Dann bleibe ich stehen, ziehe mir die unbequemen Schuhe aus und gehe barfuß weiter. Meine Füße pochen, mein Herz pocht.

»Warte.« Philip steigt aus dem Wagen. »Das war …«

»… voll daneben«, schlage ich vor und krame in meiner viel zu kleinen Handtasche nach dem Hausschlüssel.

»Es war als Kompliment gemeint und kam falsch raus.«

Ich schnaube, stecke den Schlüssel ins Schloss, schließe die Tür auf. Jetzt auf einmal will er mir Komplimente machen?

»Es ist nur …« Er bricht ab, und ich halte in der Bewegung inne, weil ich nun doch wissen will, was es mit diesem bescheuerten »nur« auf sich hat. »… ich … also … ich bewundere dich dafür.«

»Was?« Ich wirble herum.

»Dass du in jedem Moment du bist. Dass du niemandem gefallen willst. Das ist so … so …«

Unpassend? Anstrengend? Normal? Respektlos? Was will er sagen?

»Es ist mutig.«

Ich wollte gerade die Tür aufschieben, doch jetzt drehe ich mich wieder um. »Du findest mich mutig?« Auf einmal ist da wieder ein Knoten. Aber kein Wutknoten, sondern ein neuer. Ein Wärmeknoten. Ein Pardelknoten. Denn ich für meinen Teil fand mich bislang eher so – keine Ahnung – egal. Eher so, dass es Leute nervt, dass ich so bin. So, dass ich ihnen zu viel bin. Und so, dass sie nur darauf warten, bis ich Scheiße baue, damit sie einen Grund haben, mich wieder wegzuschieben.

»Ich bewundere dich«, sagt er leise, und mein Herz pocht jetzt so schnell und laut, dass alles andere in den Hintergrund tritt.

Er überquert unsicher den schmalen Gehweg und setzt seinen Fuß auf die unterste Stufe. Abwartend.

»Weißt du …« Doch ich weiß gar nichts. In diesem Moment weiß ich nichts und wenn ich jemals etwas wusste, ist es weg. »Ich wünschte, ich könnte ein bisschen mehr so sein wie du.«

Fast muss ich lachen. Weil das doch nicht sein beschissener Ernst sein kann. Aber er sieht ernst aus. Blickt mich ernst hinter seinen Brillengläsern an. Der größte Streber, den ich mir vorstellen kann, und trotzdem galoppiert mein Herz. Ich war mir noch nie so bewusst, dass ich ein Herz habe. Dass es da ist und schlägt. Klar, das weiß man. Aber jetzt hat es ein Eigenleben. Jetzt will es was.

»Du meinst das ernst, oder?«, frage ich leise.

»Ich meine es sehr ernst.« Und sein ernster Gesichtsausdruck wird zu einem sehr ernsten Gesichtsausdruck.

»Ich fühle mich, ehrlich gesagt, überhaupt nicht wohl in diesem Aufzug.« Ich zupfe am Saum meines Kleides.

»Ich weiß.«

»Und ich hab keinen Bock, mich zu streiten.«

»Ich auch nicht.«

»Bevor wir uns weiter nicht mehr streiten, könnten wir vielleicht hochgehen und ich zieh mir was anderes an?«

Er nickt, dann folgt er mir ins dunkle, kühle Treppenhaus.

Ich höre seine Schritte hinter mir, spüre seine Anwesenheit. Und sie macht mich nervös, aber auf eine Art, die mein Selbstbewusstsein nicht schmälert. Ich wusste nicht, dass es das geben kann. *Nervosität mit Sicherheit.*

Im zweiten Stock schließe ich die Tür auf. »Malik?« Doch ich erhalte keine Antwort. Richtig, er ist seit heute bei seiner Familie. Wir sind allein. In meiner Wohnung.

Philip sieht sich nicht um. Er sieht nur mich an.

»Willst du was trinken?« Warum höre ich nicht auf, zu reden? »Wir haben aber nichts da außer Wasser.«

Ich lasse meine winzige Tasche und die Schuhe im Flur auf den Boden fallen und gehe einen Schritt in die Küche.

»Ich brauche nichts zu trinken, danke«, sagt er. Selbst jetzt ist er noch höflich, und ein bisschen will ich ihn gern dafür schubsen. Nur so, dass er gegen die Wand stolpert, weil er überrascht ist. Nicht, weil es wehtun würde. Natürlich. Ich will Philip nicht wehtun. Ich will ... ihn schubsen und mich dann an ihn drücken. Weil er so bescheuert ist, aber gleichzeitig so fucking zauberhaft. Ich will wissen, wie er sich unter seinem Hemd anfühlt. Will wissen, ob was in seiner Hose passiert, wenn wir uns nah sind. Will ...

»Bitte.« Ich drehe mich zu ihm um und grinse. Und er steht ganz nah. So nah. So da. Wow, denke ich, weil er schöne Augen hat, deren bescheuerte Farbe ich einfach nicht vergesse. Und schöne Haare. Und ein schönes Gesicht. Und eine schöne Brille, der blöde Streberpardel. Und ich will ihn nicht mehr schubsen, nur noch ... mich an ihn drücken.

Er kommt mir noch weiter entgegen. So, dass ich ihn riechen kann. Sein Parfüm, das macht, dass ich ihn vielleicht sogar ablecken will. Ich wollte noch nie jemanden ablecken. Aber Philip ist so, dass man das will. Sich an ihn drücken, ihn ablecken. Komische Dinge eben, die auf meine Gefühlsliste gehören. *Jemanden so sehr mögen, dass man ihn ablecken will.*

Ich tue einen Schritt nach hinten, weil ich mich gern irgendwo abstützen würde. Aber da kommt nur der Tisch. Also lehne ich mich dagegen.

Sein Blick ist fragend und gleichzeitig voller Gewissheit. Das Fragende macht, dass es in mir zieht, und die Gewissheit macht, dass mein Herz rast. Beides zusammen haut mich um, und ich taste nach der Tischplatte, um mich festzuhalten.

Langsam strecke ich meine andere Hand nach ihm aus. Ich nehme ihn einfach an seiner Knopfleiste und ziehe ihn sanft zu mir. Das ist das Gegenteil von Schubsen. Und er kommt. An mich. So nah, dass wir uns nun wirklich berühren. Brust an Brust. Und ich fahre ihm einmal über seine rotblonden kurzen Locken, die so weich sind, dass ich mich damit zudecken will.

Sein Mundwinkel zuckt, sein Gesicht nähert sich dem meinen. Und ich schließe die Augen, weil seine Lippen gleich auf meinen sind. Gleich. Er stützt sich neben mir auf dem Tisch ab, wahrscheinlich, weil er auch Halt braucht. Gleich. Ich höre ein Papier unter seiner Hand rascheln. Das muss die Bescheinigung sein, die Amy mir ausgestellt hat. Gleich. Ich will sie einfach vom Tisch fegen, weil sie nicht wichtig ist in diesem Moment. Gleich.

Gleich.

Jetzt.

Jetzt?

Doch stattdessen: »Was ist das, Sophia?« Und aus seiner Stimme spricht blanke Panik.

 *Philip*

**16** »W-was ist das?« Ich trete einen erschrockenen Schritt zurück, ein Dokument in der Hand, das auf dem Tisch lag.

»Das ist nur die Bestätigung für Amys Rehabilitierungsprojekt.« Sie sieht mich an, überrascht, unsicher auf einmal, aber in ihrem Blick liegt immer noch so etwas wie … Begehren. Begehren, das ich bis vor ein paar Sekunden in meinem ganzen Körper gespürt habe.

»Sophia«, sage ich, klinge ein bisschen panisch. Aber das kann nicht sein, oder? Das ergibt keinen Sinn. »Warum hast du das unterschrieben?«

»Es ist einfach nur die Bestätigung, dass ich an dem Programm teilnehme.« Sophia verschränkt die Arme vor der Brust. Sie sieht aus, als würde sie sich schützen. Der Selbstschutzluchs ist zurück. Und das könnte mich glücklich machen, aber in diesem Moment ist da kein Glück, sondern nur blanke Panik.

»Sophia.« Ich schlucke. »Dass du an dem Programm teilnimmst?«

»Ja.«

»Weil du …«

Sie blickt mich verwirrt an. »Weil ich an Amys Programm teilnehme.«

»Weil du …« Meine Gedanken überschlagen sich und stehen gleichzeitig komplett still.

»Weil sie mir hilft, nach der Zeit im Gefängnis wieder auf die Beine zu kommen.«

*Fuck. My. Life.* Ich lasse mich auf einen Stuhl sinken, starre auf Sophias Unterschrift. Auf die graue Resopaltischplatte, auf Sophias Knie, das immer noch von ihrem Kleid verdeckt wird.

»Was ist das Problem?«, will sie wissen.

»Was das Problem ist? Du warst im Gefängnis!« *Es ist wichtig, dass du eine professionelle Distanz bewahrst.*

»Ja und?«

»Ja und?« Sie fragt das allen Ernstes. *Aber wir dürfen unseren Blick nicht verschleiern lassen.*

»Ja, ja und.«

»Du hast es mir nicht gesagt.« Ich sehe sie an, ihr Gesichtsausdruck ist auf einmal wieder hart. Und kalt. So kalt, wie mir innerlich ist. *Trenne Privates von Beruflichem.*

»Willst du mich verarschen?«, fragt sie.

»Ich dich?« Ich fasse es nicht! »Du hättest es mir sagen müssen.« *Zieh eine Grenze, dort, wo der Übergang fließend wird.*

Sie schnaubt. »Sag mal, du Superhirn, kann es sein, dass du gar nicht mal so schlau bist, wie alle immer tun? Woher soll ich denn wissen, dass es jeder weiß außer dir? Als hätte ich ein Geheimnis draus gemacht. Also jetzt mal im Ernst.«

»Weiß Pearl Bescheid?«

»Hä?«, macht sie.

Ich lasse mich langsam auf einen der Stühle sinken. Sie ist eine ehemalige Straftäterin. Sie war im Gefängnis. Tröpfchenweise kommt die Information bei mir an. Und es ergibt alles Sinn. Dass sie in diesem Café arbeitet, ist kein Zufall. Dass sie mit Malik zusammenwohnt. *Ich habe vor Jahren den Fehler begangen, die Grenze zu überschreiten.*

»Tut mir leid, ich muss … das muss ich …« Ich muss mich sammeln. Aber in Sophias Gesicht sehe ich eine schmerzhafte Unsicherheit. Ich will ihre Hand nehmen, doch sie zuckt zurück. *Das hätte mich beinahe meine gesamte Karriere gekostet.* »Bitte entschuldige meine Reaktion. Das war blöd.«

»Ich finde gerade so einiges blöd«, erwidert sie.

»Aber du verstehst, dass das hier … also dass wir …« Mein Zeigefinger pendelt zwischen ihr und mir hin und her. »… dass das …« Ich kann es nicht aussprechen. Warum kann ich es nicht aussprechen? Ich fahre mir mit den Händen über das Gesicht. *Ich habe einen Fall gefährdet, in dem es um das Schicksal einer ganzen Familie ging. In dem es um das* Schicksal von Rhys geht.

»Scheiße, Sophia! Ich muss das erst mal verarbeiten.« *Ich wusste, dass sie zu nah dran war, und habe mich gegen meine Vernunft darauf eingelassen.*

»Du bist sauer auf mich«, stellt sie fest.

»Ich bin …« Ja, natürlich bin ich sauer auf sie. »Ja, ich bin sauer. Das war unverantwortlich von dir. Mir das zu verschweigen!« *Es beschädigte meinen Ruf, meine Glaubwürdigkeit.*

»Ich hab dir überhaupt nichts verschwiegen.«

»Du findest nicht, dass ich das Recht habe, zu wissen, dass du im Gefängnis warst, wenn ich drauf und dran bin, dich zu küssen?« *In letzter Sekunde habe ich die Notbremse gezogen.* Es war wirklich in letzter Sekunde.

»Noch mal zum Mitschreiben: Ich wusste nicht, dass du es nicht weißt.«

»Du hättest es sagen müssen.«

Sie beginnt an einer Hand abzuzählen. »Ich arbeite im *Imogen's.* Ich wohne in dieser Wohngemeinschaft. Deine Großmutter hat eine bescheuerte Patenschaft für eine ehemalige Straftäterin übernommen – pssst, das bin ich!«

»Meine Großmutter hat …« Ich bin wie vom Donner gerührt. »Aber du bist doch Pearls Freundin!«

»Was hast du denn immer mit Pearl?«

Einen Moment schweigen wir. Mein Herz rast. Vor Schock. Vor Verwirrung. Vor Sophias Nähe.

»Ich … muss gehen«, sage ich einigermaßen erstickt, ohne sie anzusehen.

»Nein, das musst du nicht! Du musst verflucht noch mal hierbleiben und mir erklären, was dein beschissenes Problem ist.«

»Sophia …«

»Stopp!«

»Ich …«

»Verfickte Hölle, Philip!« Sie schreit mich jetzt beinahe an, und ich halte in der Bewegung inne. »Du hast mich doch nicht fast geküsst, weil du dachtest, ich sei eine Freundin von Pearl. Was ist denn das für eine beschissene Logik!«

Natürlich hätte ich sie nicht geküsst, weil ich das dachte. Ich hätte sie geküsst, weil sie sie ist. Sophia. Der ich nahegekommen bin. Für die ich Gefühle entwickelt habe. Richtige, echte Gefühle. Und sie hat recht, objektiv hat sich nichts verändert. Aber dennoch muss ich diese neue Information erst einmal einsinken lassen. Ich bin Anwalt. Ich habe eine Verantwortung meinem Klienten gegenüber. Mit dem sie sich eine Sozialarbeiterin teilt. Ich weiß nicht, was das alles bedeutet.

»Es hat sich nichts geändert. Ich bin immer noch dieselbe.«

Ich sehe nun doch auf und in ihr wütendes, entschlossenes Gesicht. »Es tut mir leid, dass du keine Ahnung hattest, auch wenn ich echt nicht weiß, wie dir diese Information entgehen konnte. Ich war vorher eine ehemalige

Straftäterin, und ich bin es jetzt. Du wolltest mich küssen, ich wollte dich küssen. Ich will dich immer noch küssen. Und du …«

Ich will sie auch immer noch küssen. Aber so funktioniere ich nicht. In meiner Welt gibt es eine Diskrepanz zwischen Dingen, die ich will, und Dingen, die ich tue. Deswegen brauche ich einen Moment, um mich zu sammeln, auch wenn ich wünschte, dem wäre nicht so. Denn wir *sind* uns nahegekommen, und Gefühle *sind* gewachsen. Und jetzt sitzen wir hier, und alles ist ein einziges Chaos. Mir läuft es in all der verwirrten Panik- und Sophia-Hitze kalt den Rücken runter, weil ich so überfordert bin.

»Ich glaube, es ist besser, wenn ich jetzt gehe. Das hat nichts mit dir zu tun. Aber ich muss das erst mal für mich sortieren.«

»Du musst was?« Sie lacht ungläubig.

»Ich muss einen Moment allein sein.«

»Du bist so ein Arschloch!«

»Okay.« Denn das bin ich vielleicht. Aber bevor ich etwas Unüberlegtes tue, muss ich wohl ein Arschloch sein.

Ich erhebe mich und verlasse die Küche. Schweiß ist mir ausgebrochen, und ich zerre an meiner Krawatte, die mir die Luft abschnürt. Doch sie zu lockern bringt nicht die erhoffte Erleichterung.

»Du bist ein richtiges Arschloch, Philip.« Sophia kommt hinter mir her in den Flur. »Denn weißt du, wir hängen da beide drin. Nicht nur du. Auch ich. Und ich habe verflucht noch mal nichts falsch gemacht.«

»Nein, das hast du nicht.«

»Du hast diese Sache angefangen. Und jetzt verpisst du dich einfach!«

Ja, genau das tue ich. Weil ich dazu verpflichtet bin, das

Richtige zu tun. Und solange ich nicht weiß, was das ist, gehe ich.

Mein Handy vibriert in der Brusttasche meines Sakkos. Wie mechanisch ziehe ich es hervor. Eine unbekannte Nummer. Und obwohl mir gerade wirklich nicht danach ist, nehme ich den Anruf natürlich an. Weil man das so macht. So bin ich.

»Ja?« Meine Stimme hallt fremd durch den Flur.

»Nicht dein fucking Ernst«, sagt Sophia und verdreht die Augen.

»Philip? Gott sei Dank.« Ich höre die Stimme meiner Schwester am anderen Ende der Leitung. Aber sie klingt ebenfalls nicht wie sie selbst.

»Pearl? Was ist los?«

»Philip, ähm ... ich hab Mist gebaut.«

Na, großartig. Das ist genau das, was ich jetzt brauche. Meine Schwester bei irgendeinem dubiosen Kerl abholen, mit dem sie halb legale Aktionen geplant hat, und sie dann vor der Familie abschirmen. »Was ist es diesmal?«, frage ich seufzend, und auf einmal fühle ich mich sehr, sehr müde.

»Ich ...« Man hört sie schlucken. »... bin festgenommen worden.«

»Was?« Das kann ja wohl nicht ihr Ernst sein! Gerade erfahre ich, dass Sophia im Gefängnis war, und jetzt kommt Pearl und lässt sich festnehmen? Stünde ich nicht derart unter Strom, würde ich wohl einfach hysterisch lachend zusammenbrechen.

»Ja, blöde Sache. Wir wollten diese Aktion bei einer Legebatterie durchziehen. Du kannst dir nicht vorstellen, unter welchen Bedingungen die Hühner da gehalten werden! Es ist absolut grauenhaft und ...«

»Pearl, komm zum Punkt!«

»Wir waren eigentlich schon wieder weg, aber auf dem Highway hat uns die Polizei dann rausgezogen und ...«

»Wo bist du?«

»Auf der Polizeistation in Rebel Creek.«

»Ich komme dich holen.«

»Nein!«

»Nein?«

»Dad kümmert sich um die Kaution, dann bin ich morgen wieder zu Hause. Er war nicht gerade begeistert, aber Dad ist Dad.« Sie lacht leise, und ich verstehe nicht, dass sie so ruhig sein kann! »Aber du musst mir einen Gefallen tun. Du musst zu meinem Auto.«

»Ich kann dir auch einfach das Geld für den Abschleppdienst leihen.« Auch wenn ich weiß, dass ich es nie wieder sehen würde. Aber das ist egal.

»Es geht doch nicht ums Geld, Philip. Ernsthaft, wie gut kennst du mich?«

»Um was geht es dann?«, frage ich.

»In meinem Auto« - jetzt flüstert sie - »sind ein paar Hühner.«

»Wie bitte?«

»Ja.« Sie spricht immer noch so leise, dass ich Mühe habe, sie zu verstehen. »Ich habe ungeplant ein paar Hühner befreit.«

»Oh, Pearl«, stöhne ich.

»Hey, wenn du gesehen hättest, was ich gesehen habe, hättest du auch so gehandelt.«

Wahrscheinlich hätte ich es aus Angst vor Konsequenzen nicht getan, aber das sage ich nicht.

»Da ist ein Parkplatz auf halber Strecke zwischen Arden und Pearley. Da haben sie uns rausgezogen. Kurz vor

Rebel Creek. Da steht mein Auto. Du musst es aufbrechen und ...«

»Ich werde ganz sicher nicht dein Auto aufbrechen!«

»Philip, bitte.«

»Bist du verrückt? Was, wenn ich erwischt werde!«

»Tu's für die Hühner.« Sie klingt flehend, und ich atme einmal tief ein.

»Pearl, selbst wenn ich wollte, ich kann kein Auto aufbrechen. Ich habe keine Ahnung, wie.«

»Ähm ...«, ertönt eine heisere Stimme hinter mir. Ich wirble herum, und dort steht immer noch Sophia und reckt zögerlich einen Zeigefinger in die Höhe. »Also ... ich kann Autos aufbrechen.«

Ich stöhne auf. Das darf ja wohl nicht wahr sein!

»Philip? Machst du's?«, fragt Pearl.

»Und wo soll ich mit den Viechern hin?« Ich weiß, dass ich bereits aufgegeben habe.

»Dir fällt schon was ein«, sagt Pearl. »Danke, danke, danke, du bist der beste Bruder der Welt.«

Ich lache freudlos, dann lege ich auf.

»Und?«, fragt Sophia, und ich balle die Hände zu Fäusten und gebe einen frustrierten, erstickten Schrei von mir.

Scheiße, bin ich verliebt. Scheiße, muss ich mich in den Griff kriegen.

# Sophia ∞

**17**  Er sieht mich an. Es ist eine Mischung aus Dankbarkeit und Verzweiflung. Er wehrt sich, das ist offensichtlich.

»Was denn jetzt?«, frage ich. Ich will, dass er Ja sagt. Ich will, dass er mich mitnimmt, was auch immer wir tun. Das mit dem Arschloch habe ich nicht ernst gemeint. Oder doch, habe ich schon. Ich bin wütend auf ihn. Schon wieder. Und ich bin verletzt. Auch schon wieder. Aber das ändert blöderweise ja nichts daran, dass ich ihn anfassen will. Und küssen. Es führt nur dazu, dass ich ihn noch ein bisschen mehr schubsen will als ohnehin schon.

»Meine Schwester wurde festgenommen«, sagt er nach einer Weile. Seine Stimme klingt gepresst und monoton gleichzeitig. In dem komischen Zwielicht in unserem Flur wirkt das alles so unecht. Alles, was war, wirkt unecht. Aber es fühlt sich so echt an!

»Oh«, sage ich. Obwohl das sicher eine ziemlich beschissene Angelegenheit ist, gluckst etwas in mir. Vielleicht ist das dieses Karma.

»Mein Dad kümmert sich.« Er sagt es, als müsse er sich selbst beruhigen.

»Was hat sie denn gemacht?«

Er reibt sich mit den Händen übers Gesicht und stößt die Luft aus. »Hühner gerettet.«

Ich pruste. »Was?«

»Sie hat Hühner aus einer Legebatterie gerettet.«

Jetzt muss ich auflachen. Was redet er? Die letzten zwanzig Minuten, in denen er erfahren hat, dass sowohl ich als auch Pearl krimineller sind, als er dachte, sind anscheinend nicht spurlos an ihm vorübergegangen. Offenbar steht er unter Schock.

»Deswegen muss ich zu ihrem Auto und die geretteten Hühner retten.« Er stöhnt leise auf.

»Ich helfe dir.« Denn so verwirrt, wie er ist, sollte er nicht allein sein. Außerdem sollten wir auch nicht getrennt voneinander sein. Das beschließe ich hier und jetzt.

Er schüttelt den Kopf. »Nein, bitte …«

»Sei nicht dumm. Wie willst du denn die Hühner retten, wenn du keine Ahnung hast, wie man ein Auto aufbricht?« Ich spiele einfach mit. Spinne seine Geschichte weiter.

Er lacht freudlos. Resigniert. »Das kann doch alles nicht wahr sein«, sagt er.

»Okay.« Ich klatsche in die Hände. Habe keine Ahnung, was Philip in diesem Moment von mir braucht, aber wenn es meine Bereitschaft ist, diese Sache mit ihm durchzuziehen, bin ich dabei. »Jetzt reißen wir uns alle mal zusammen. Gehen Hühner retten und was sonst noch so ansteht. Und dann kannst du immer noch deine Gefühle entheddern.«

»Ich will dich da nicht mit reinziehen«, sagt er.

»Was ist es für ein Auto?«, frage ich und gehe einfach darüber hinweg.

»Ein alter Volkswagen.«

»Wie alt?«

»Klapprig alt, keine Ahnung. Pearl hält nicht viel davon, sich neue Sachen anzuschaffen.«

»Okay, dann los.«

»Du knackst doch jetzt nicht wirklich das Auto meiner Schwester ...«

»Willst du es selbst machen?«

Er schüttelt den Kopf. Langsam. Er denkt nach. *Denk nicht nach. Nimm mich einfach mit!*

»Dann komm«, sagt er nach einer Weile, und sofort schlüpfe ich in meine Sneakers. Dass ich mir eigentlich schon seit einer halben Ewigkeit etwas Bequemeres anziehen wollte, ist egal. Ich gehe in Maliks Zimmer und nehme mir einen Kleiderbügel von der Stange, den ich als Werkzeug benutzen werde. Und dann verlassen wir gemeinsam das Haus – er in seinem Anzug, aus dessen Hose sein weißes Hemd inzwischen heraushängt. Vielleicht war ich das. Und ich in meinem albernen Ballkleid, das Eudora für mich ausgesucht hat.

Es ist, als würden wir zurückgespult werden. Zurück auf die Straße, zurück in Philips Wagen, zurück zu einem Nebeneinander, zurück zu dieser Unsicherheit, ob er mich verurteilt, ob er mich ablehnt, ob ich nicht gut genug bin – nur dass dazwischen etwas vorgefallen ist. Etwas, das alles geändert hätte und dann alles zurück geändert hat, und ebenso wie Philip hatte ich bislang noch keine Zeit, darüber nachzudenken, was das bedeutet.

Philip atmet erneut tief ein und lautstark aus. Was genau ist für ihn so schwer zu ertragen? Die Nähe zu mir? Der Fast-Kuss? Meine Vergangenheit?

»Wo müssen wir hin?«

Doch er antwortet nicht, sondern startet schweigend den Wagen und lenkt ihn auf die Straße. Es ist dunkel, und die schwachen Straßenlaternen tauchen die Welt in ein warmes Zwielicht.

Aus dem Augenwinkel sehe ich Philip an. Sein Strebergesicht, das ich so scheiße schön finde. Weil es so klug ist. Er beißt die Zähne zusammen. Ich sehe es an seinem Kiefer. Eine ganze Weile lässt er nicht locker, und ich bekomme vom Zusehen beinahe Kopfschmerzen.

»Reden wir gar nicht mehr miteinander?«, frage ich.

Er biegt nach rechts ab, dann nach links, dann wieder nach rechts, bis wir auf der Straße sind, die uns auf die Stadtautobahn führt. Wir werden immer weiter zurückgespult. Bis das alles nicht passiert ist. Und dann? Wenn es ungeschehen ist, können wir es erneut versuchen? Ich stelle mir vor, wie Philip mich nach Hause bringt, wie wir die Treppe hochgehen, er dicht hinter mir. Wie ich seine Nähe spüre. Nur diesmal weiß er alles. Wird er mich trotzdem wollen? Werden wir trotzdem in die Küche gehen? Werde ich ihn gleichzeitig schubsen und ablecken wollen? Das ja. Und dort wird kein Zettel liegen. Und das Verlangen wird das gleiche sein. Denn es spielt keine Rolle, wer ich war. Wichtig ist, wer ich *bin*. Die Situation hat sich nicht geändert. Da ist Wut zwischen uns. Und wo Wut ist, ist alles, aber keine Gleichgültigkeit. Und dann wird die Wut von Sehnsucht abgelöst, und dann –

»Wir können miteinander reden«, sagt er leise. »Reden ist in Ordnung.«

»Aber sonst nichts?«

»Was meinst du mit ›sonst‹?« Er formuliert es nicht als Frage. Seine Stimme ist merkwürdig heiser.

»Wir können uns offensichtlich nicht küssen.«

Wieder das laute Atmen. Ich wäre gern die Luft, die er einsaugt. Die er zum Leben braucht. Ganz allgemein wäre ich gern etwas, das er zum Leben braucht.

»Nein.«

»Wir können uns nicht … umarmen?«

»Nein.«

»Echt? Nicht mal umarmen?«

»Nein.«

»Warum nicht?«

»Bitte.«

»Weil du es willst?«

Philip legt mitten auf der Straße eine Vollbremsung hin, und ich erschrecke mich fast zu Tode.

»Für dich hat sich nichts verändert, aber ich brauche Zeit. Und du musst das respektieren.«

Und du musst respektieren, dass das verletzend und scheiße ist, würde ich am liebsten sagen. Aber weil er gerade echt nicht in der Verfassung ist, beruhige ich ihn lieber. »Okay, okay, sorry. Keine Umarmungen also.« Aber ich glaube, aus genau dem Grund. Weil er es *will*.

»Du musst das ernst nehmen. Bitte.«

»Ich nehme es ernst.« Wenigstens halb.

»Danke.«

Fast muss ich lachen, weil er selbst jetzt höflich ist. Was muss wohl passieren, damit Philip Englander nicht mehr höflich ist?

»Können wir Freunde sein?«

»Auf jeden Fall«, sagt er sofort. Und dann sehe ich, wie er schluckt. Weil er nämlich nicht nur Freunde sein will. Ha!

»Können wir uns wie Freunde umarmen?«

»NEIN!« Sein tiefer, erschöpfter Atem zittert. »Sophia, ich versuche gerade verzweifelt, klarzukommen. Okay? Das hier verlangt mir alles ab. Was du machst, ist unfair, und ich bitte dich, aufzuhören. Für heute Abend sind wir ... Geschwister. Kannst du das?«

»Können wir dann zusammen baden wie Geschwister?«

»Beim nächsten Wort musst du das Auto verlassen.« Da ist keinerlei Spielraum mehr in seiner Stimme für Witze oder Provokation. Das weiß ich. Das ist eindeutig.

Ich will »sorry« sagen oder »okay«, aber das wären ja genau genommen auch Worte. Also schlucke ich sie hinunter und widme mich dem Kleiderbügel auf meinem Schoß.

Es ist etwas her, seit ich ein Auto geknackt habe. Und es war nichts, was ich regelmäßig gemacht habe. Meistens war ich einfach dabei. Ein bisschen gedämpft durch irgendwelches Zeug, das mir jemand gegeben hatte. Ich bin nicht stolz darauf. Wenn ich jetzt daran zurückdenke, schäme ich mich. Besonders in Anwesenheit von Philip. Streber-Philip, der alles immer richtig macht. Und der mich küssen will, aber mich nicht küssen will, wegen der Dinge, die ich gemacht habe. Dabei ist es, wie Amy gesagt hat. Wir sind zwar die Summe unserer Entscheidungen, aber ich kann jeden Tag anfangen, etwas zu verändern. Und das habe ich doch.

Ich biege den Kleiderbügel auf. Mit einer Zange wäre es einfacher, aber das Material ist auch so weich genug. Dann begradige ich ihn, lasse nur den Haken in seiner Originalform.

Wir halten an einer Ampel, und Philip blickt interessiert zu mir. Oder eher fragend.

»Ich bastle uns einen Slim Jim«, sage ich, obwohl ich nicht mal weiß, ob er das wissen will. Und ob ich jetzt reden darf.

»Woher kannst du …« Doch er bricht ab, und ich mache mir nicht die Mühe, auf eine weitere Frage zu antworten, die er nicht gestellt hat.

Eine halbe Stunde später sagt Philip: »Hier muss es sein.«

Weil ich mich daran gehalten habe, nicht mehr zu sprechen, und auch er geschwiegen hat, ist seine Stimme ganz kratzig.

Er setzt den Blinker und biegt auf einen Parkplatz ab. Eine Baracke mit Toiletten wird spärlich von einem flackernden Licht beleuchtet. Motten flirren drum herum, verfangen sich in den dicken Spinnennetzen, wo sie um ihr Leben zappeln. Weit und breit ist niemand zu sehen. Ein Ort wie aus einem Horrorfilm. Seelenlos und ausgestorben.

Philip fährt auf einen der markierten Parkplätze und sieht mich an. Er atmet seufzend ein. »Also dann«, sagt er.

»Also dann.« Ich versuche, etwas motivierter zu klingen als er. Weniger sorgenvoll. Für ihn ist dieser ganze Ausflug vermutlich noch merkwürdiger als für mich. Noch fremder. Auch wenn ich diese Person nicht mehr bin.

Ich löse meinen Gurt und öffne die Tür einen Spaltbreit. Kühle Abendluft schlägt mir entgegen. Der Verkehrslärm vom Highway dringt an meine Ohren, und mich schaudert es. Dann steigen wir aus.

»Dahinten, oder?« Ich weiß nicht einmal, warum ich flüstere.

Philip nickt, und gemeinsam überqueren wir den Parkplatz.

Ich würde gern seine Hand nehmen. Aber das gehört mit Sicherheit auch zu den Dingen, die wir nicht tun können, weil er sonst ausflippt. Stattdessen fühle ich das kalte Metall des Slim Jim zwischen meinen Fingern.

Je näher wir dem verlassenen Auto kommen, desto nervöser wird die Stimmung. Nervöser, aber auch kribbeliger. Ich hatte den Kitzel vergessen. Ein Gefühl, das mir früher einen Kick gegeben hat. Und jetzt – ist die Nähe zu Philip der Kick und das hier einfach nur der Umstand, der die Nähe ermöglicht.

Philip geht einmal um Pearls Wagen herum. Späht durch die Fenster.

»Suchst du die Hühner?«, frage ich und muss kichern.

Er zuckt mit den Schultern. »Also, wie gehen wir vor?«

»*Ich*«, korrigiere ich und fahre mit dem Finger das schwarze Türgummi an der unteren Kante des Fensters auf der Fahrerseite nach. »Erst muss ich den Gummistreifen loswerden.«

Ich löse ihn etwas vom Fenster ab, damit der Slim Jim durch die Lücke zwischen Fenster und Tür passt. Vorsichtig führe ich den begradigten Kleiderbügel mit dem gebogenen Ende ein. Ein paar Zentimeter weit komme ich. Dann stoße ich auf Widerstand und beginne, nach dem kleinen Schließ-Pin zu tasten.

»Der Pin ist ein paar Zentimeter neben dem inneren Türgriff«, erkläre ich, bin mir aber nicht sicher, ob Philip das überhaupt hören will. Ob er wissen will, dass ich diese Dinge weiß. »Meistens hinten.«

Er steht einen Meter von mir entfernt, die Hände in den Hosentaschen seiner Anzughose. Er sieht mir zu, wie ich in einem Ballkleid mit Sneakers ein verfluchtes Auto aufbreche, doch ich kann nicht erkennen, ob interessiert oder fasziniert oder kritisch. Sein Gesicht ist starr.

Ich bewege den Kleiderbügel behutsam hin und her, bis ich endlich Widerstand fühle. »Oh, hallo. Wen haben wir denn da?«, sage ich. Da ist das kleine Mistding also.

Jetzt muss ich den Haken hindurchstecken, und dann – mit einer konzentrierten Grimasse sauge ich die Luft ein, ziehe vorsichtig und fühle zu meiner Erleichterung, dass der Pin sich bewegt. Es klackt und die Tür ist offen.

»Yesss!« Ich gestatte mir einen leisen Jubel.

»Echt?«, fragt Philip. Er klingt ungläubig.

»Hab's dir ja gesagt.« Ich grinse triumphierend.

»Ich weiß.« Es ist nur ein Murmeln, aber sein Mundwinkel zuckt leicht.

Ich klettere auf den Fahrersitz und blicke mich nach hinten um. Dort stehen zwei Pappkartons, und auf einmal raschelt es.

»Huch?«

»Was?«

»Da hat sich was bewegt!« Oder habe ich es mir nur eingebildet?

»Die Hühner«, sagt Philip vollkommen ernst.

»Du meinst ... da sind tatsächlich Hühner?« Ich starre ihn ungläubig an, blicke wieder nach hinten. Aus einer der Kisten ertönt ein leises »Bock«.

»Hab ich doch gesagt!«

»Ich dachte, du machst Witze oder so.« Ich dachte, er hätte den Verstand verloren.

»Über Hühner?«

»Keine Ahnung. Du tust schon den ganzen Tag über Dinge, die ich nicht begreife.« Mich anstarren. Wütend auf mich sein. In meiner Nähe sein wollen. Mich fast küssen. Nicht mehr in meiner Nähe sein wollen.

»Sorry«, sagt er, und es klingt nach ehrlichem Bedauern.

Ich greife hinter mich, entriegle die Tür. Philip öffnet sie und hebt erst den einen, dann den anderen Karton heraus. Das Rascheln wird lauter, und ein weiteres »Bock« ertönt.

»Darf ich mal reinschauen?«, frage ich. Ich habe noch nie ein Huhn aus der Nähe gesehen.

Philip nickt, und ich steige aus Pearls Wagen und öffne vorsichtig den Deckel der einen Box.

184

»Bock?«, macht es, und eins der Hühner legt den Kopf schief und sieht mich blinzelnd an.

»Alter«, sage ich. »Ihr seid echt Hühner.«

Philip lacht leise, und ich mag das Geräusch so gerne, dass ich ihn ansehe. In diesem Moment flattert das eine Huhn etwas zu wild herum, beinahe fällt die Kiste um, und es gelingt mir gerade noch, den Deckel wieder draufzusetzen, ehe es abhauen kann.

»Lass uns lieber schnell von hier verschwinden.« Das Lächeln ist von Philips Lippen verschwunden.

»Was machen wir mit Pearls Wagen?«

»Wir lassen ihn hier. Den soll sie selbst holen.«

»Ich könnte ihn vermutlich auch kurzschlie…« Doch ich halte inne, als ich Philips Blick bemerke. »Nee, blöde Idee.«

Jeder von uns nimmt einen raschelnden, leise gackernden Pappkarton.

»Was machen wir jetzt mit denen?«, frage ich, als wir sie auf Philips Rückbank verstaut haben. Beinahe erleichtert ziehe ich die Beifahrertür zu. Grausiger Ort.

»Das ist eine gute Frage.«

»Du hast keinen Plan?«

»Ich hatte keine Zeit, mir einen auszudenken. Das war eher eine Impromptu-Rettungsaktion.«

»Improm… was?«

»Spontan.«

»Dann lass uns einen Impromptu-Plan machen. Was ist der erste Ort, der dir in den Sinn kommt?«

»Der Garten meiner Eltern?«

Ich lache. »Ja, sicher. Und morgen macht Eudora Pastete aus ihnen.«

Philip zuckt mit den Schultern.

»Kannst du sie mit nach Hause nehmen?«

»Sosehr Pearl es auch verdient haben mag, dass vier Hühner ihr Zimmer vollkacken, das ist keine Option.«

»Warum bist du so sauer auf sie?«, frage ich.

»Warum ich – warst du nicht dabei, als wir gerade ihr Auto aufgebrochen haben, um vier Hühner zu retten?«

»Als *ich* ihr Auto …«, beginne ich. Doch dann sage ich: »Aber sie hat doch was Gutes gemacht, oder?«

»Ja, aber wie immer ohne über die Konsequenzen nachzudenken. So ist es schon, seit ich denken kann. Pearl tut, was sie richtig findet. Egal, was es für Folgen für sie und andere hat, ob sie Leute verletzt, ob sie … Und jetzt wurde sie festgenommen, ich bin mit vier Hühnern auf einem Parkplatz, und du hast verdammt noch mal ein Auto aufgebrochen.« Sein Ton macht, dass sich in mir was verknotet. »Es ist leichtsinnig und …« Er sieht mich an, aber auf eine neue Art. Auf eine Art, die deutlich macht, dass er es unheimlich findet, dass ich Autos knacken kann. Spätestens jetzt verurteilt er mich. Und ich hasse es. »Ist auch egal«, schließt er.

Ich würde gern sagen, dass ja nicht jeder so ein Streber sein kann wie er. Dass man manchmal keine Zeit hat, um über Konsequenzen nachzudenken. Dass man manchmal keine Wahl hat. Und dass es ziemlich leicht ist, von seinem hohen Ross auf andere herabzusehen. Aber ich lasse es sein. Es hat keinen Sinn, sich wieder zu streiten. Vielleicht ist es tatsächlich besser, wenn wir uns aus dem Weg gehen. Erst mal – oder auch für länger.

»Wir können sie in den Hinterhof vom *Imogen's* bringen.« Je schneller wir eine Lösung haben, desto besser.

»Sollten wir nicht erst Amy fragen?«

»Denkst du, es ist eine gute Idee, sie um kurz vor zwölf anzurufen?«

»Vermutlich nicht.«

»Na, also. Und wenn sie was dagegen hat, können wir immer noch überlegen.« Wir. Oder vielleicht eher er.

»Können Hühner fliegen?«, frage ich und stelle eine der Kisten in die hintere Ecke des Hofs vom *Imogen's,* dort, wo Maliks Hochbeete sind.

»Nicht richtig«, sagt Philip. Er spricht leise, als würden wir hier etwas Verbotenes tun.

»Dann können wir sie erst mal hierlassen. Die Türen zum Café und zur Brauerei sind abgesperrt, und durch das Tor kommen sie auch nicht.« Ich öffne den Deckel meiner Box, und Philip tut es mir nach. Die Hühner blicken auf, machen jedoch keine Anstalten, die engen Kisten zu verlassen.

»Sie kennen es nicht anders«, sagt Philip. »Sie sind dran gewöhnt, keinen Platz zu haben.«

»Arme Dinger.« Ich beuge mich zu ihnen. Das Licht hier ist deutlich besser als auf dem Parkplatz, und ich sehe, dass es drei braune Hühner und ein weißes sind. Zumindest an den Stellen, an denen sie Federn haben. »Ihr seht echt beschissen aus.«

»Bock?«, macht das eine Huhn.

»Ja, sorry, aber ist so.«

Philip tritt unruhig von einem Bein aufs andere. Dann: »Vermutlich war es richtig, sie zu retten«, sagt er leise. »Aber sie hätte uns ... dich trotzdem nicht in diese Situation bringen dürfen.«

Ehe er jetzt wieder damit anfängt, frage ich: »Was essen die?«

Er zuckt mit den Schultern. »Getreide. Weizen, Gerste, so was, schätze ich.«

»Che hat doch Gerste, oder?«

»Zum Brauen, ja.«

»Na, dann.« Ich zücke meinen Schlüsselbund, an dem sowohl der Schlüssel für das Hoftor und für das *Imogen's* als auch die Garage hängen, in der sich *Wish You Were Beer* befindet.

»Du kannst doch nicht Ches Gerste klauen.« Philip hat zu mir aufgeschlossen – und jetzt reicht es mir.

»Willst du mich verarschen?«, frage ich. »Auf eine fucking Handvoll Gerste wird er wohl verzichten können. Morgen frage ich ihn. Und wenn er aus was für Gründen auch immer genau diese eine Handvoll braucht, besorge ich ihm neue. Die ich von meinem Gehalt bezahle, keine Sorge. Und ich werde jetzt auch nicht mit meinem Kleiderbügel um die Häuser ziehen und weitere Autos knacken, falls es das ist, wovor du Angst hast.« Während meines Ausbruchs habe ich die Tür geöffnet und stehe nun vor zwei Säcken mit etwas, das aussieht wie Getreide. Also nehme ich mir eine Handvoll und marschiere an Philip vorbei, ohne ihn eines Blickes zu würdigen.

»Das habe ich nicht ...« Doch es ist mir egal. Ich würge ihn mit einer Handbewegung ab.

»Hier, ihr hässlichen Hühnchen«, sage ich, und meine Stimme ist wieder ganz sanft. »Falls ihr Hunger habt.« Ich verstreue die Gerste, doch die Hühner bleiben trotzdem, wo sie sind. »Okay, wann immer ihr bereit seid.« Ich nicke noch einmal in ihre Richtung. »Und jetzt gehen wir ins Bett.«

 *Philip*

**18**   Ich lehne an der Motorhaube meines Autos auf dem Parkplatz des Polizeireviers in Rebel Creek und warte auf Pearl. Dad hat die Kaution sofort bezahlt, sodass sie heute schon wieder nach Hause kommt. Aber sie ist zu spät. Wie immer.

Endlich geht die Tür auf, und eine viel zu gut gelaunte Pearl springt die Stufen hinunter.

»Hiiiii!«, ruft sie und winkt übertrieben fröhlich. Selbst auf die Entfernung sehe ich, dass ihre Fingerkuppen dunkel sind von der Tinte, mit der Fingerabdrücke genommen wurden. »Das war eine Nacht, ich sag's dir. Hab kein Auge zugemacht.« Sie grinst, dann umarmt sie mich. »Freu mich, dich zu sehen.«

»Lass uns fahren«, sage ich, weil mir auf der Zunge liegt, dass eine Nacht in einer Zelle auch nicht angenehm sein *soll*. Mal ganz abgesehen davon, dass ich auch nicht geschlafen habe.

»Welche Laus ist dir denn über die Leber gelaufen?«

Ich seufze. »Steig bitte einfach ein.«

»Okay, okay.« Sie hebt beschwichtigend die Hände. »Fahren wir nach Hause.«

Auf der Fahrt bringt sie mich auf den neuesten Stand. Es wird zu einem Verfahren kommen, aber Reggy wird sie vertreten. Mehr als ein paar Sozialstunden hat sie wohl nicht zu befürchten. Dad ist nicht wütend, nur enttäuscht. Mom macht sich Sorgen. Gran tobt. Aber das war wohl zu erwarten.

»Wie geht's den Hühnern?«, fragt sie, als wir den Highway Richtung Pearley Zentrum verlassen. »Hast du …«

»Gestern Nacht waren sie noch einigermaßen lebendig«, gebe ich zurück.

»Du hast sie gerettet!« Sie strahlt mich an.

»Du hast mich darum gebeten.«

»Ja, aber ich hätte nicht gedacht, dass du …«

»Sophia hat mir geholfen.«

»Sophia!« Pearls Stimme überschlägt sich fast.

»Lass uns nicht darüber sprechen, bitte.« Doch ich weiß, dass ich Sophia wenigstens fragen muss, ob sie Hilfe mit den Hühnern braucht. Wann genau wurden die Viecher zu meiner Verantwortung?

»Okay, aber nur, wenn wir kurz bei der Tankstelle halten, damit ich mir was zu essen holen kann.«

In unserer Wohnung lässt sich Pearl mit einem erleichterten Stöhnen auf die Couch im Wohnzimmer fallen. In der einen Hand hat sie eine Tüte Chips, in der anderen ein Sandwich.

»Ich bin am Verhungern«, sagt sie entschuldigend und klopft dann neben sich. »Setzt du dich zu mir?«

Ich stehe unentschlossen in der Tür, wiege meinen Kopf hin und her. Ich würde mich gern zu meiner Schwester setzen. Vielleicht mit ihr reden. Aber mir ist einfach alles zu viel. Die Überarbeitung der letzten Wochen, der Druck, die plötzlichen Gefühle für Sophia, die Wahrheit über Sophia, die Tatsache, dass ich nicht weiß, was das bedeuten soll, Pearl, die ich gerade von der Polizeistation abgeholt habe …

»Hör zu, Phip, ich weiß, dass du sauer auf mich bist. Dass

du findest, ich wäre leichtsinnig. Und es tut mir leid, dass du den Scheiß diesmal mit ausbaden musstest. Aber ...«

»Diesmal?«, unterbreche ich sie, dann gebe ich ein Schnauben von mir.

»Ja, oder?«

»Na ja.« Ich gehe nun doch zu ihr, wenn auch zögerlich, und setze mich neben sie aufs Sofa.

»Was meinst du?«

Ich schüttle langsam den Kopf. Ich habe einfach nicht die Energie, mich jetzt mit ihr auseinanderzusetzen.

»Phip?«

»Lass uns nicht streiten.« Ich habe in den letzten vierundzwanzig Stunden genug gestritten. Zweimal mit Sophia. Und seither mit mir selbst. Obwohl ich eigentlich derjenige bin, der schlichtet, als wäre es ein Reflex. Der keinen Konflikt aufkommen lässt. Jemals. Der die Menschen um sich herum besänftigt.

»Ich weiß nicht, ob es dir aufgefallen ist, aber wir streiten schon.« Sie nimmt einen großen Bissen von ihrem Sandwich.

»Tun wir nicht.«

»Tun wir doch!«

»Pearl.« Ich seufze.

»Lass es raus«, sagt sie kauend.

»Ich bitte dich.« Ich klinge beinahe flehend.

»Das wird dir guttun. Vertrau mir.«

Ich schnaube. »Mir würde es guttun, wenn wir die Sache schnell vergessen.«

»Verarschen kann ich mich selbst. Schau dich doch an. Augenringe bis zum Boden, aber immer dieses halb gequälte Sonnyboy-Grinsen im Gesicht. Du frisst alles in dich rein. Das kann auf die Dauer nicht gesund sein. Lass es raus,

Phip! Komm. Dass ich festgenommen wurde, ist deine Chance! Schrei mich an. Gib's mir. Deine ganze Wut.«

Ich schließe die Augen, schüttle den Kopf. »Es ist einfach ... so ermüdend, weißt du?«

»Was genau?« Sie reißt die Chipstüte auf und hält sie mir hin. Doch ich ignoriere sie.

»Hinter dir aufzuräumen.«

»Weiter!«

»Du tust einfach, was du willst. Ohne darüber nachzudenken, dass andere ausbaden müssen, was du ihnen einbrockst. Das war schon immer so. Seit wir Kinder waren. Ständig musste ich dein Verhalten kompensieren.« Und ich kann nicht auch Sophia kompensieren. Sonst verliere ich mich völlig.

»Okay, darf ich da kurz einhaken?«, fragt sie.

»Ich dachte, ich soll alles rauslassen.«

»Was genau musst du denn kompensieren?«

»Dass dir alles egal ist. Die Erwartungen, die Familientradition ...«

»Ha!«, macht Pearl, als hätte sie nur darauf gewartet. »Scheiß doch auf die Familientradition, Phip.«

»So, wie du es gemacht hast?«

»Genau.« Sie klingt sehr zufrieden mit sich selbst.

»Aber zu welchem Preis, Pearl?«

»Freiheit hat keinen Preis.«

»Alles hat immer einen Preis«, sage ich.

»Ja okay, dann geht es darum, was für einen Preis du bereit bist, dafür zu zahlen.«

»Was dein Preis war, wissen wir.« Im nächsten Moment wünschte ich, ich hätte meinen Mund gehalten.

»Was soll das denn bedeuten?«

»Ach, nichts.«

»Philip?« Sie sagt meinen vollen Namen.

»Lass gut sein, Pearl. Ist schon okay.«

»Nein, ist es nicht. Du bist so darauf bedacht, nirgendwo anzuecken. Selbst bei mir machst du einen Rückzieher. Sag es. Sprich es aus.«

»Ich will mich nicht streiten.«

»Das hier *ist* ein Streit.«

»Den *du* wolltest. Nicht ich.«

»Und wenn du den Mund nicht aufmachst, wirst du bereuen, dich jemals darauf eingelassen zu haben. Also?«

Ich räuspere mich. Es ist wirklich keine große Sache. Keine Ahnung, warum ich damit angefangen habe. Pearl und ich sind ein Team. Abgesehen von ihrer Aktion letzte Nacht, gibt es keinen Grund für Streit.

»Philip!«

»Du hast ohne Rücksicht auf Verluste einfach immer dein Ding gemacht. Und das ist gut. Aber ich hatte dadurch das Gefühl, dass ich die Lücke schließen muss. Ich muss gefallen, damit du dein Leben leben kannst.«

»Was?«

»Siehst du, ich wollte es nicht sagen, aber jetzt ist es raus.« Ich muss Erwartungen entsprechen, damit Pearl ihr Leben leben kann. Musste Anwalt werden, damit Pearl ihr Leben leben kann. Darf deswegen nicht mit Sophia zusammen sein, damit Pearl ihr Leben leben kann.

»Ja, Gott sei Dank ist es raus. Bist du bescheuert?«

»Ich sag nur, wie es ist.« Auch wenn ich weiß, dass das Bullshit ist, dass Pearl nichts dafür kann, wie die Sache mit Sophia und mir gelaufen ist, brauche ich in diesem Moment einen Schuldigen.

»Aber du kannst nicht deine Entscheidungen von meinen Entscheidungen abhängig machen. Das ist doch Wahnsinn! Ich will diese Verantwortung nicht, und du solltest sie auch nicht tragen.«

»Ja, na ja, dafür ist es wohl ein bisschen zu spät.«

»Alter, Phip, das ist echt scheiße.«

»Ich will nicht, dass du das so abwertest.«

»Sorry, ich meine es nicht so. Es ist nur … ich wünschte, du wärst glücklich, weißt du?«

»Aber ich bin doch nicht *unglücklich*. Du überdramatisierst. Es gibt wirklich Schlimmeres als einen sinnvollen, gut bezahlten Job und Anerkennung der Familie.« Ich muss beinahe lachen, weil Pearl so sehr in ihrem Idealismus festhängt, dass sie keinen Spielraum für Realität hat. Aber dann bleibt mir das Lachen im Hals stecken, weil ich in diesem Augenblick nicht einmal weiß, wie sich Glück anfühlt. Gestern wusste ich es. Gestern in Sophias Küche. Kurz vor … *In letzter Sekunde.*

»Vielleicht«, sagt sie. Dann schweigen wir einen Moment. Abgesehen von Pearls Kauen, ist kein Geräusch zu hören.

»Dass du das Gefühl hast, mich kompensieren zu müssen, ist nicht meine Schuld. Das bist du ganz allein.« Sie hält mir erneut die Chipstüte hin, und diesmal nehme ich ein paar.

»Du machst es dir wirklich sehr einfach.«

»Im Gegenteil! Ich habe gerade eine Nacht auf einer Polizeistation verbracht, weil ich es mir so wenig einfach mache. Ich glaube an Dinge, ja. Und ich glaube daran, dass meine Handlungen einen Unterschied machen können. Und zwar nicht nur für Mom und Dad oder für Gran, sondern für die Welt. Da gibt es nichts zu kompensieren. Das ist einfach richtig.«

»Aber manchmal entsteht Falsches aus Richtigem, Pearl. Und ist es dann noch das Richtige?« Denn so war es gestern. Es hat sich so richtig angefühlt, sie küssen zu wollen. Sie hat sich so richtig in meinem Arm angefühlt. Doch das Resultat wäre falsch gewesen. »Ist es richtig, dass Dad eine vierstellige Summe für deine Kaution bezahlt hat? Ist es richtig, dass ich mitten in der Nacht durch die Welt gurken muss, um gegen meinen Willen zu Ende zu bringen, was du angefangen hast? Ist es richtig, dass Sophia gestern dein Auto aufbrechen musste?« Bei ihrem Namen bricht meine Stimme kurz.

Pearl hebt die Augenbrauen. Dann sagt sie: »Nein, es ist nicht richtig. Dass ich euch da mit hineingezogen habe, war nicht der Plan.«

»Das ist es doch nie, Pearl. Aber genau das passiert, wenn man einfach nur handelt, ohne nachzudenken. Ohne sich über die Konsequenzen im Klaren zu sein.« Konsequenzen für mich. Für Rhys. Für die Kanzlei. »Es ist nie zu spät, um einen Rückzieher zu machen, weißt du? Du kannst selbst in letzter Sekunde die Notbremse ziehen, ganz egal, wie schwer es dir fällt. Ganz egal, wie schmerzhaft es ist.« Ich senke den Blick, weil mein Gesicht auf einmal warm wird. Diese Notbremse war schwerer als alles, was ich bislang tun musste. Schwerer als mein Abschluss. Schwerer als die Rückkehr aus Europa und in mein altes Leben. Schwerer als Erwartungen gerecht zu werden. Und dennoch folgt das eine aus dem anderen.

»Phip?«, fragt sie vorsichtig. »Reden wir noch über mich?«

»Hm? Was?« Ich räuspere mich.

»›Ganz egal, wie schmerzhaft es ist‹?«, wiederholt sie.

»Vergiss es.«

»Was denn?« Sie sieht mich an. Auf einmal ist die überdrehte Pearl verschwunden, und an ihre Stelle ist die große

Schwester getreten. »Phip, erzählst du mir, was da zwischen dir und Sophia passiert ist?«

Ihre Direktheit erschreckt mich. Mir wird heiß und kalt. »Nichts.«

»Phip.« Sie legt ihre Hand auf meine Hand. Ich spüre Chipskrümel auf der Haut. Ich hasse das Gefühl, aber ich weiß die Geste zu schätzen.

»Da ist nichts, okay?« Aber meine Stimme klingt auf einmal viel zu gepresst.

»Das hat sich aber neulich noch ganz anders angehört.«

»Ja, aber jetzt hat sich die Situation verändert.«

Sie sieht mich an. Forschend. »Warum?«

»Verdammt, Pearl, ich dachte, Sophia wäre eine Freundin von dir. Ich hatte keine Ahnung, dass sie eine verurteilte Kriminelle ist.«

»Du wusstest das nicht?« Sie sieht mich überrascht an.

»Ich wusste es nicht.«

»Fuck.«

»Es ist nicht schlimm. Es ist nichts passiert. Zwischen uns war nichts. Alles gut.«

»Phip ...«

Ich schenke ihr ein müdes Lächeln. »Ernsthaft.«

»Ich wünschte, es wäre etwas passiert.«

»Warum sagst du das?«

»Weil es dir egal sein sollte.«

»Aber das ist es nicht. Ich bin nicht wie du. Oder wie sie. Ich bin jemand, der das Richtige tut.« Ich schlucke. »Ich habe eine Entscheidung getroffen. Die richtige Entscheidung. Weil ich mir meiner Verantwortung bewusst bin, Pearl. Nicht nur für mich. Sondern für alle Menschen um mich herum. Für meinen Job.«

»Einen Job, den du hasst.«

»Einen Job, in dem ich Verantwortung trage.«

»Ich sag dir jetzt was. Und du hörst mir zu. Du kannst nicht eine gute Sache in deinem Leben nicht machen, weil sie eine Scheißsache in deinem Leben gefährdet. Das ist so ziemlich das Blödeste, was du tun kannst. Und dafür bist du einfach zu klug.«

»Du findest mich klug, ja?«

»Ich finde dich zu klug, um wahr zu sein. Aber das führt auch dazu, dass du zu viel nachdenkst, statt die Dinge auf dich zukommen zu lassen. Denn manchmal, wenn man einfach macht, ergeben sich ganz neue Möglichkeiten. Du siehst sie nur noch nicht.«

Ich sehe meine Schwester an, meine große Schwester, die nicht weniger klug ist als ich. Und doch so anders. So frei. So beneidenswert frei. »Aber manchmal ergeben sich auch richtig verzwickte Situationen, die sich nicht lösen lassen.«

»Ja, aber dafür hast du mich.«

»So, wie du mich hast?« Ich lache leise.

»Genau so.«

»Danke, Pearl.«

»Danke, Phip.«

»Wofür?«

»Fürs Abholen, fürs Hühnerretten, fürs Ehrlichsein. Such dir was aus. Du bist ein ziemlich phänomenaler kleiner Bruder, auch wenn ich manches nicht verstehe.«

»Und du bist als große Schwester auch ganz okay ...«

»Hey!«, sagt sie und boxt mich in die Schulter.

»... und ich glaube, ich verstehe alles, was du tust.« Und vielleicht ist Neid auch ein Antrieb für Wut. Und vielleicht hat sie einfach recht.

# Sophia ∞

**19** »Die dürfen hier nicht bleiben.« Amy verzieht bedauernd ihr Gesicht. »Erstens könnten sich Gäste durch sie gestört fühlen. Zweitens fürchte ich, dass es nicht gerade hygienisch ist für ein Café.«

Rhys nickt. Sein Blick sagt »Siehst du«, denn er hat mir heute Morgen bereits alles andere als Mut gemacht.

»Aber wo sollen sie denn hin?«, frage ich.

»Ich bin wirklich keine Expertin auf dem Gebiet der Hühnerhaltung. Aber ich schätze, eine Farm oder so was wäre sinnvoll.« Amy ist nicht sauer, aber dennoch lässt ihr Tonfall keinen Zweifel daran zu, dass die Hühner verschwinden müssen.

Ich blicke auf die etwas verschreckten Vögel in der hinteren Ecke des Hofs. Sie glucken zusammen, legen die Köpfe schief, blinzeln schüchtern. Ich glaube, ich weiß genau, wie sie sich fühlen. Eingesperrt sein, nicht gewollt sein. Und auf einmal sehe ich mich selbst. In Hühnern. Verfickte Hölle.

»Und wenn wir … keine Ahnung … einen Stall bauen oder so?«

»Du willst einen Hühnerstall bauen?« Amy runzelt die Stirn.

»Ich könnt's ja mal probieren.« Für die Hühner. Und für mich und mein Gewissen. Und vermutlich auch für Philip, der mich nicht mehr will, aber der mir trotzdem im Kopf rumspukt. Gestern hat er gesagt, er würde sich wegen der

Hühner melden, doch bislang ist mein Handy stumm geblieben. Also nehme ich das jetzt in die Hand.

»Ähm.« Rhys räuspert sich. »Ich kann ganz gut mit Holz arbeiten.«

»Kannst du?« Mein Gesicht hellt sich auf.

»Hab ich im Gefängnis gelernt. Nannte sich ›Ausbildung‹.« Er malt Gänsefüßchen in die Luft. »Mit ein paar Latten und Maschendraht ließe sich sicher etwas bauen.«

»Amy?«, frage ich hoffnungsvoll.

Sie seufzt, denkt einen Augenblick nach. Sieht von Rhys zu mir. »Wenn ihr garantieren könnt, dass sie nicht bei Gästen auf dem Schoß landen, geben wir der Sache eine Chance.« Sie taxiert mich, und ihre Mundwinkel zucken. »Aber Budget haben wir keins, und du bist für sie verantwortlich, Sophia.«

Sofort habe ich das Gefühl, dass es inzwischen um mehr geht als um die Hühner. Sophia Verantwortung geben. Ihre Zuverlässigkeit prüfen.

»Okay«, sage ich, obwohl ich weiß, dass Amy in diesem Moment vor allem den Schützling in mir sieht.

»Ihr habt genau heute. Ab morgen müssen wir den Innenhof wieder aufmachen. Das Wetter ist zu schön, und wir können es uns nicht leisten, auf Einnahmen zu verzichten.«

»Schaffen wir das?«, frage ich Rhys.

Er nickt knapp. »Los geht's.«


Da weder Rhys noch ich ein eigenes Auto haben, sind wir den gesamten Vormittag in Maliks alter Schrottkiste unterwegs, um – wie passend – einen Recyclinghof nach dem anderen abzuklappern. Alles, was an Material auch nur im Entferntesten infrage kommt, nehmen wir mit. Übrige Bretter und Latten gibt es reichlich, und wir finden sogar die

Einzelteile einer alten Hundehütte, die zwar gereinigt werden müssen, aber vielleicht ein schönes Hühnerhaus werden könnten. Das Einzige, was wir nicht bekommen, ist Maschendraht. Zumindest keinen, in dem keine hühnergroßen Löcher sind, und ich habe den Verdacht, dass das nicht unbedingt Amys Definition von »Garantie, dass sie nicht bei Gästen auf dem Schoß landen« entspricht.

»Was kostet Draht?«, frage ich, nachdem wir auch auf dem letzten Schrottplatz kein Glück hatten.

Rhys zuckt mit den Schultern. »Finden wir's heraus, oder?«

Ich nicke und denke an die siebzehn Dollar, die ich in meinem Geldbeutel habe – und die zwanzig auf meinem Bankkonto, das ich mit Amys Hilfe vor ein paar Monaten eröffnen konnte.

Es stellt sich heraus, dass Maschendraht pro Meter gar nicht so teuer ist. Zwei Dollar. Aber ein Meter reicht natürlich nicht. Rhys spricht fachmännisch mit einem Mitarbeiter in der DIY-Abteilung, und ich fühle mich scheiße. Verfickte Hölle, ich kann nicht siebenunddreißig Dollar ausgeben. Außerdem sagt der Mitarbeiter gerade etwas von zwanzig Metern, das sind vierzig Dollar.

»Äh, Rhys ...«, murmle ich zaghaft, als der Mann die Rolle mit dem Draht aus dem Regal wuchtet und beginnt, ihn abzuwickeln. »Rhys, ich kann mir das nicht ...« Ich will nicht unbedingt herumposaunen, dass ich mir keine bescheuerten zwanzig Meter Draht leisten kann. Philip könnte das. Philip kann sich verfluchte Draht*meilen* leisten. Philip, der mit meiner Vergangenheit nicht klarkommt. Philip, der mir die Hühner eingebrockt hat. Philip, der sich immer noch nicht gemeldet hat.

Ein metallisch klackendes Geräusch ertönt, als der Mitarbeiter beginnt, mit einer Zange Maschendraht abzuzwicken. Okay, fuck. Jetzt ist es zu spät. Jetzt muss ich es bezahlen. Aber womit? Kann ich einen Teil jetzt bezahlen und einen Teil nächsten Monat? Kann ich einfach wegrennen? Aber wir sind am anderen Ende der Stadt, und Rhys hat den Autoschlüssel. Fuck, ey!

Rhys nimmt die Drahtrolle entgegen. O Gott, wie dick sie ist. Vierzig-Dollar-dick und -schwer.

»Vielen Dank«, sagt er, und auch ich murmle ein »Danke«. Dann: »Rhys, ich kann das nicht bezahlen. Ich hab nicht genug Geld auf dem Konto. Ich ...«

Wir laufen Richtung Kasse, und ich bin mir nicht sicher, ob er hört, was ich sage. Eine Lautsprecherdurchsage verkündet, dass es Prozente auf Sanitärartikel gibt, aber ich brauche Prozente auf Draht. Und zwar ungefähr hundert Prozent.

»Rhys!«

Er steuert den Self-Checkout an, scannt das Etikett, das der Mitarbeiter auf die Drahtrolle geklebt hat. Als ich mich neben ihn stelle, sehe ich, dass es sogar noch teurer ist als erwartet. Weil man wahrscheinlich lieber zu viel als zu wenig Material kauft. Weil sonst die Hühner entkommen und bei Gästen auf dem Schoß landen.

»Das kann ich nicht bezahlen«, sage ich leise und blicke zu Boden.

Doch im selben Moment sagt die Computerstimme: »Danke für Ihren Einkauf.«

»Äh ...«

»Ist schon okay. Ich weiß, wie viel Geld dir am Monatsende bleibt.« Rhys lächelt knapp, nickt, und ich weiß nicht einmal, was ich sagen soll. Ein »Danke« wäre angebracht, aber ein »Danke« reicht nicht.

»Verfickte Hölle, Danke«, sage ich, und da zuckt wieder ein kurzes Lächeln über Rhys' Gesicht.

»Kannst dich bei Gelegenheit revanchieren.«

Und das werde ich.

»Okay, krass, du weißt ja wirklich, was du tust.« Ich blicke von den Teilen der Hundehütte auf, die ich während der letzten halben Stunde geschrubbt habe, um den ganzen Grind loszuwerden.

Rhys verschraubt gerade die zurechtgesägten Latten miteinander. Jede Seite besteht aus zwei Holzrechtecken, auf die wir im nächsten Schritt den Maschendraht festtackern. Auf der hinteren Seite schneiden wir ein Loch hinein und verbinden den Auslauf mit der Hundehütte, damit die Hühner so viel Platz wie irgend möglich haben.

»Die Regale im *Imogen's* sind schließlich auch von mir«, sagt er.

»Das wusste ich gar nicht.«

»Und in unserer Wohnung hab ich auch, so viel es ging, selbst gemacht.«

Eine Weile arbeiten wir wieder schweigend. Rhys und ich sind beide nicht der Typ für Small Talk. Vielleicht liegt es an unserer Vergangenheit. Jedenfalls ist Stille zwischen uns weniger unangenehm als mit anderen.

Irgendwann setzt sich Che für eine Weile an einen der Tische und raucht zwei Zigaretten. Ollie steckt kurz den Kopf aus der Hintertür, doch als Che auf seinen Schoß klopft, um sie dazu zu bringen, sich zu setzen, verdreht sie seufzend die Augen und verschwindet wieder nach drinnen.

»Kommt Philip eigentlich bald mal wieder?«, fragt Che, als er im Begriff ist, zu seinem Maischebottich zurückzukehren. »Irgendwie habe ich die Hoffnung noch nicht aufgegeben, dass er in *Wish You Were Beer* investiert. Aber so schön das auch wäre, ehrlich gesagt, muss ich mich langsam mal nach einer Alternative umsehen, falls das nichts wird. Auf eine verblüffend sentimentale Weise hänge ich nämlich an der Möglichkeit, meine Miete bezahlen zu können …«

Ich merke, wie sich mein Herzschlag beschleunigt. Beinahe will ich schon sagen, dass ich es nicht weiß, da fällt mir auf, dass Che Rhys ansieht. Natürlich. Niemand hier weiß, wie nahe Philip und ich uns gekommen sind. Oder fast gekommen wären. Philip ist der Anwalt, der Rhys hilft und deswegen ab und zu abends noch was im Hinterhof isst.

Doch Rhys zuckt nur mit den Schultern. »Eigentlich ist so weit alles geklärt. Solange ich keine Fragen mehr habe, gibt es für ihn keinen Grund mehr, zu kommen.«

Mein Puls beruhigt sich zwar nicht, aber ich merke, wie es für mein Herz anstrengender wird. Als hätte es Hoffnung gehabt.

»Dann melde ich mich vielleicht mal wieder bei ihm.« Che tippt sich an den Kopf und verschwindet in der Brauerei.

»Kannst du hier mal festhalten?«, fragt Rhys und deutet auf den Maschendraht.

Ich drücke den Draht auf die Holzlatten, und Rhys tackert sie in regelmäßigen Abständen fest. Doch meine Gedanken sind nun bei Philip, und obwohl die Stille mit Rhys mit Sicherheit angenehmer ist, als mit ihm über einen Kerl zu reden, auf den ich offensichtlich stehe, kann ich nicht anders. »Bist du nervös?«, frage ich.

»Ehrlich gesagt, hab ich mir noch nie die Finger festgetackert.« Er grinst ein bisschen unbeholfen, weil er nicht unbedingt berühmt für seine Witze ist.

»Das mein ich nicht. Ich mein den Prozess.« Es ist das

erste Mal, dass ich ihn so offen darauf anspreche. Und erst jetzt fällt mir auf, dass es sein kann, dass ich damit eine Grenze überschreite. Rhys und ich haben zwar vieles gemeinsam, aber er ist immer noch mein Chef. Ich warte drei neue Heftklammern im Holz ab, doch Rhys sagt nichts mehr.

»Sorry, wollte nicht aufdringlich sein. Wir müssen natürlich nicht drüber reden.«

Doch dann sieht er auf. »Schon gut«, sagt er leise. »Ich weiß es nicht.«

»Ob du nervös bist?«

»Weißt du, es ist seltsam. Ich hatte mich mit meiner Situation arrangiert. Dass es da diese Schwärze gibt, über die ich nicht nachdenke. Es hat über ein Jahr gedauert. Aber ich habe es einfach akzeptiert. Denn wenn nicht, hätte ich ungefähr jede Sekunde schreien müssen. So richtig schreien. Es war das Einzige, was ich tun konnte, um nicht wahnsinnig zu werden. Und dann sind mir all diese guten Sachen passiert. Amy, Tamsin, Jeannie, das *Imogen's*. Und die Schwärze wurde sichtbar. Spürbar. War irgendwie wieder im Fokus. Aber jetzt ist da so was wie Hoffnung. Und wenn die enttäuscht wird, dann muss ich wirklich schreien. Davor habe ich Angst. Dass das, was ich mir aufgebaut habe, indem ich mich auf anderes fokussiert habe, nicht groß genug ist für einen schlechten Ausgang.«

Ich blicke Rhys verdattert an. Ich habe ihn noch nie so viele Sätze auf einmal sagen hören.

Wie zur Erklärung schiebt er hinterher: »Ich schätze, ich kann mit Amy oder Tamsin nicht so gut drüber reden. Sonst machen die sich Sorgen.«

»Das versteh ich«, sage ich, obwohl niemand von uns auch nur im Ansatz nachfühlen kann, was Rhys durch hat.

Malik und ich wissen zwar, wie es im Knast ist, aber sechs Jahre! Und unschuldig. Das ist unvorstellbar. »Wenn du magst, kannst du mit mir reden.«

»Witzig, oder?«, fragt er. »Eigentlich konnten wir immer sehr gut *nicht* miteinander reden.« Entschlossen tackert er die letzte Seite fest, dann widmen wir uns dem nächsten Teil. »Philip hat aber echt geholfen bei der ganzen Sache.«

Bei Philips Name fühle ich mich merkwürdig ertappt. Als würde ich jetzt erst checken, dass ich vor allem seinetwegen gefragt habe. Und das nervt mich. Denn wenn ich auf jemanden gerade keine große Lust habe, dann ist es Philip.

»Ihr versteht euch auch ganz gut, oder?«

Besser gesagt haben wir uns ganz gut verstanden. Bis alles den Bach runterging. Bis er alles den Bach hat runtergehen lassen. Trotzdem sage ich: »Schon.«

Rhys nickt, tackert. »Er ist ziemlich schlau.«

Ich nicke. Schlau und gleichzeitig richtig blöd.

»Und nett.«

Mehr als nett, schießt es mir durch den Kopf, obwohl ich nicht will, dass das durch meinen Kopf schießt. »Und ein richtiger Streber mit Stock im Arsch«, sage ich deswegen.

Rhys lacht. »Das kannst du sicher besser einschätzen.«

Wieder fühle ich mich ertappt. Als wüsste Rhys, dass da was zwischen uns war, das dann den Bach runtergegangen ist. Und natürlich werde ich rot. Verflucht. Weil nun Grenzen in verschiedene Richtungen überschritten wurden, einigen wir uns wieder auf einträchtiges Schweigen.

Als Amy und Jeannie am frühen Abend kommen, um Rhys abzuholen, sind wir gerade dabei, die einzelnen Seiten miteinander zu verschrauben. Die ehemalige Hundehütte, die nun Hühnerhütte ist, erstrahlt in neuem Glanz und es sieht schon richtig gemütlich aus. In Hühnerdimensionen.

Jeannie hat Che Gerste abgeluchst und lockt die Hühner damit hinter sich her. Zunächst sind sie zögerlich, doch Jeannies Hartnäckigkeit wird am Ende belohnt und die vier laufen ihr langsam und noch ein bisschen humpelnd durch den Hof nach. Amy sieht ihr zu, und ihr Blick bekommt etwas ganz Warmes. Etwas Mütterliches beinahe, glaube ich.

»Wie heißen sie eigentlich?«, fragt Jeannie, als sie auf einer ihrer Runden an mir vorbeiläuft.

»Bislang ›Hühner‹.«

»Nee, das geht doch nicht. Die brauchen doch Namen. Ihr braucht doch Namen.« Sie denkt nach. »Dich nenne ich Bonnie.« Sie zeigt auf das hellbraune Huhn, das die größten kahlen Stellen hat. »Du bist sicher traurig, dass wir keinen Clyde haben.«

»Sie hat letzte Woche ein Referat über Bonnie und Clyde gehalten«, erklärt Amy.

»Gibt's noch andere Gangsterinnen?«, fragt Jeannie.

»Thelma und Louise«, sagt Amy. »Das ist aber ein Film. Den hab ich neulich mit Sam geschaut.«

»Macht nix. Du bist Thelma.« Sie zeigt auf ein weiteres hellbraunes Huhn. Dann auf das dritte. »Und du Louise. Wen gibt's noch?«

»Äh«, sagt Amy und denkt nach. »Ich kenne sonst niemanden.«

»Ich auch nicht.« Rhys schüttelt den Kopf.

»Oh, ich weiß!« Jeannies Augen leuchten. »Sophia!«

»Was?« Rhys sieht erschrocken aus.

»Jeannie!«, ermahnt Amy.

»Was denn, stimmt doch!« Jeannie stemmt die Hände in die Seiten.

»Sorry, Sophia, sie meint es nicht so.« Amy sieht mich entschuldigend an.

Aber ich finde es nicht schlimm. Im Gegenteil, es ist urkomisch! »Nenn sie gern Sophia«, sage ich lachend, und nun stimmen auch Rhys und Amy mit ein.

»Perfekt!«, jubelt Jeannie. Sie zeigt auf das weiße Huhn. »Du bist Sophia. Huhn-Sophia.«

Und Huhn-Sophia macht: »Bock?«

Kurz bevor das *Imogen's* schließt und Ollie und Malik die Reste des Tages nach draußen bringen, stehen endlich alle Wände des neuen Hühnerstalls. Rhys installiert noch einen silbernen Türriegel, den wir nie vergessen dürfen, vorzuschieben, sagt Amy. Und dann können Bonnie, Thelma, Louise und Huhn-Sophia in ihr neues Heim ziehen.

»Putt, putt, putt«, macht Jeannie und lockt sie hinter sich her. »Das ist jetzt euer Zuhause. Schön, oder?« Ihre Stimme ist ganz sanft, wenn sie mit den lädierten Hühnern spricht. »Das ist vielleicht ein bisschen unheimlich, weil ihr euch noch nicht auskennt. Aber ihr werdet schon sehen, ihr habt es da ganz fein!«

Ich blicke von ihr zu Rhys. Seine Mundwinkel zucken, so als würde er gegen Gefühle ankämpfen.

»Na kommt, ihr Hübschen. Wobei, so hübsch seid ihr gar nicht. Aber darum geht's auch nicht. Hier sind jedenfalls alle nett und passen auf, dass euch nichts passiert. Da müsst ihr euch keine Sorgen machen.«

Als ich mich zu Amy umwende, reibt sie sich ein Auge.

»Na, seht ihr? Hier ist es doch toll, oder? Das hat mein Bruder gebaut. Nur für euch. Oh, und Mensch-Sophia.« Jeannie dreht sich grinsend zu mir um. »Meine Lieblingsgangsterin.«

Dann schließen wir die Tür und beobachten alle zusammen, wie Bonnie, Thelma, Louise und Huhn-Sophia ihr neues Zuhause inspizieren. Und erst jetzt sehe ich, dass ich vor einigen Stunden eine Nachricht von Philip bekommen habe.

*Ich suche nach einer Lösung für die Hühner. Bitte entschuldige, dass ich dich heute damit allein gelassen habe. Hier war eine Menge los wegen Pearl.*

Ich habe keine Ahnung, was ich erwartet hatte, aber mit einem hohlen *Flump* kracht etwas in meinen Magen. Er hat nichts zu uns geschrieben.

Deswegen antworte ich: *Vergiss es. Die Hühner können hierbleiben.* Mehr nicht.

**Philip**

**20** Es herrscht eisiges Schweigen. Die Stimmung ist so aufgeladen, dass es mich nicht wundern würde, wenn sie sich selbst entzünden würde. Dad blickt von Pearl zu Gran. Grans Arme sind verschränkt, die Lippen geschürzt. Sie hat ihren Salat nicht angerührt. Mom nickt dem Hausmädchen dankbar zu, das die Teller wieder abräumt. Pearl rutscht neben mir unruhig auf ihrem Stuhl hin und her, und ich merke, wie mein Bein beginnt, hektisch zu wippen. Jemand muss etwas sagen. Jemand muss diese Leichenstimmung auflockern.

Mein Blick flackert zu Sophia, doch ich wage es nicht, sie richtig anzusehen. Sie hat auf meine Nachricht kaum reagiert und ist vermutlich sauer auf mich. Ich kann es ihr nicht verübeln. Aber so bin ich nun mal. Ich treffe keine übereilten Entscheidungen. Der kurze Blick genügt, um zu sehen, dass sie ihren Ellenbogen aufgestützt hat. Dass Gran dazu nichts sagt, zeigt einmal mehr, wie wütend sie ist.

Pearl legt ihre Hand auf mein wippendes Bein. »Philip«, flüstert sie, um mich zu beruhigen. Oder zu ermahnen.

»Ich wüsste nicht, was Philip damit zu tun haben sollte. Obwohl ich noch auf eine Erklärung warte, was dein Abgang auf meiner Party zu bedeuten hatte.« Sie sieht mich einen Moment streng an. Streng, aber dennoch liebevoll. Dann fällt ihr Blick wieder auf Pearl, und alles Gütige verschwindet. »Du, Pearl, bist eine Schande für die Familie.«

Und so beginnt es.

»Gran …«, sage ich beschwichtigend, doch genauso gut könnte ich einen rasenden Bullen mit einem Schlaflied beruhigen wollen.

»Mutter …« Dad ist ebenfalls von der Schlafliedfraktion, doch wir erreichen genau das Gegenteil.

»Ich werde hier nicht schweigend herumsitzen, während Mitglieder dieser Familie alles wegwerfen, was vorangegangene Generationen mühsam aufgebaut haben.« Das Hausmädchen will den Hauptgang servieren, doch mit einer Handbewegung bringt Gran sie dazu, zurück in die Küche zu verschwinden. »Ihr habt alle Chancen bekommen. Du, Philip, weißt offensichtlich, wie privilegiert du bist. Du bist der Verantwortung gewachsen, wirst den Ansprüchen gerecht.«

»Gran, ich …« Ich hasse es, wenn Pearl und ich verglichen werden. Gegeneinander ausgespielt werden. Es ist ungerecht. Nicht nur Pearl gegenüber. Der Druck, der dadurch auf mir lastet, ist in dieser Sekunde physisch spürbar. Er zerquetscht mich.

»Aber es gibt jemanden in dieser Familie, der es immer wieder schafft, die Erwartungen, die ohnehin nicht mehr sonderlich hoch sind, zu unterbieten. Seit Jahren. Und ja, Seymour, Emma, ihr tragt eine Mitschuld daran.«

»Mutter, das geht zu weit.«

»Zu weit? Ich sage dir, was zu weit geht. Dass deine Tochter alles wegwirft, wofür ihr Großvater so hart gearbeitet hat. Dass sie Schande über sich selbst, aber auch über uns alle bringt. Dass sie nicht einmal den Anstand besitzt, diesem Familienessen fernzubleiben, nachdem sie nun die Grenze der Dreistigkeit überschritten hat.«

Pearl war ausgeladen? Das gab es noch nie. Diese Familienessen sind Gran heilig.

»Eudora«, sagt Mom, »ich denke nicht, dass das der angemessene Umgang für diese Situation ist. Wir sollten versuchen, füreinander da zu sein, statt uns gegenseitig Schuld zuzuschieben.«

»Hier gibt es kein Füreinander mehr. Das Füreinander wurde mit Füßen getreten.« Gran knallt die Serviette auf den Tisch. »Die Respektlosigkeit mir gegenüber, deinem Großvater – Gott hab ihn selig – gegenüber, ist nicht wiedergutzumachen. Du hast den Bogen überspannt. Ein für alle Mal.«

»Okay«, sagt Pearl und zuckt mit den Schultern.

»Okay?« Grans Mund steht offen. »Bist du dir im Klaren darüber, was du getan hast?«

»Äh, ja. Ich habe das getan, was ich für richtig halte. Aber weil diese Gesellschaft ihren Wohlstand unter anderem auf dem Leid der Tiere aufgebaut hat, ist das offensichtlich illegal.«

»Also bereust du es nicht einmal?«

»Ich bereue, dass ich erwischt wurde. Das war ärgerlich. Und mir tut es ehrlich leid, dass ich Dad um Geld bitten musste. Mir tut es sogar leid, dass du enttäuscht bist. Aber ich bereue nicht, was ich getan habe.«

»Das ist wirklich die Höhe. Du wurdest verhaftet, Pearl! Jemand aus der Familie Englander wurde verhaftet!« Gran keucht.

Ich will gerade einwerfen, dass sie genau genommen festgenommen wurde und nicht verhaftet, denn einen Haftbefehl hat es schließlich noch nicht gegeben, aber das ist nicht der Moment für juristische Besserwisserei.

»Ich weiß.« Pearl gluckst leise. »Hey, Sophia, Knastschwestern?« Sie hebt scherzhaft die Hand zu einem High Five.

»Lass Sophia aus dem Spiel«, keift Gran.

»Na ja, sie hat ja auch eine zweite Chance verdient, oder?«

»Sophia ist keine Englander.«

Ich sehe, dass Sophia bei diesen Worten in sich zusammensinkt. Nicht so sehr, weil sie dringend eine Englander sein will, vermute ich, denn Grans Standpauke ist alles andere als angenehm, sondern um sich selbst aus der Schusslinie zu nehmen.

»Dann frage ich mich allerdings, ob das Privileg dieser Familie nicht eher eine Unfreiheit ist«, sagt Pearl, und obwohl ich sie dafür bewundere, dass sie Gran Kontra gibt, wünschte ich doch, sie würde einfach aufhören.

»Dann stört es dich sicher nicht, wenn ich dieses Privileg aufhebe.«

»Tu, was du nicht lassen kannst, Gran.«

»Ich werde deinen Treuhandfonds auflösen.« Gran sagt es so ruhig, dass ich eine Gänsehaut bekomme. Mom schlägt sich die Hände vor den Mund. »Dieses Recht hat dein Großvater uns auserbeten im Falle einer groben Verletzung der Familie. Diese ist nun eingetreten.«

Das kann sie nicht machen, oder? Aber ich weiß, dass sie das kann. So etwas würde sie nicht leichtfertig sagen. Gran spricht keine leeren Drohungen aus.

»Okay«, sagt Pearl nur wieder.

»Pearl!« Ich kann nicht glauben, dass sie das einfach so hinnimmt.

»Lass gut sein, Phip.«

»Nein, das werde ich nicht!« Auf einmal merke ich, dass ich aufgestanden bin. »Gran, das kann nicht dein Ernst sein.«

»Setz dich hin, Philip.«

»Pearl ist deine Enkelin. Sie weiß, dass sie eine Grenze überschritten hat. Sie hat gesagt, es tut ihr leid. Sie …«

»Philip, es ist egal, wirklich.« Pearl zieht sanft an meinem Arm.

»Menschen machen Fehler. Aber sie haben es nicht verdient, dass man sie für immer dafür verurteilt. Sie haben Vergebung verdient und Liebe und zweite Chancen. Und familiären Zusammenhalt, egal, was passiert. Und ich für meinen Teil bin stolz auf Pearl. Ich bin stolz darauf, dass sie für ihre Überzeugungen und Ideale einsteht. Ist sie einen Schritt zu weit gegangen? Ja. Aber das ändert nichts daran, dass sie meine Schwester ist und ich sie liebe und bewundere für genau den Menschen, der sie ist. Denn Fehler gehören nun einmal zu uns allen dazu. Ich bin nicht perfekt. Dad ist nicht perfekt. Mom ist nicht perfekt ...«

»Weiß Gott nicht«, unterbricht mich Gran, doch ich gehe einfach darüber hinweg.

»Sophia ist nicht perfekt ...« Obwohl ich mir da nicht so sicher bin, als ich nun sehe, dass ihr Blick fest auf mich gerichtet ist. »... und du bist es auch nicht.«

»Ich hoffe, du meinst nicht ernst, was du sagst, Philip. Denn wenn doch, muss ich davon ausgehen, dass du ebenfalls deinen Verstand verloren hast«, sagt Gran.

»Im Gegenteil. Ich nehme die Verantwortung, die du mir gerade noch attestiert hast, ernst. Die Verantwortung, füreinander da zu sein, einander nicht im Stich zu lassen und zu versuchen, die Beweggründe für Verhalten, das sich auf den ersten Blick nicht erschließt, zu verstehen. Das ist mein Job als Anwalt. Das ist meine Aufgabe als Pearls Bruder.«

Wieder treffen sich Sophias und mein Blick. Sie sieht mich aus großen, dunklen Augen an.

»Danke für diese herzerwärmende Rede, Philip. Und das zeigt nur noch einmal, dass wenigstens eins meiner Enkelkinder in der Lage ist, weiter zu denken als bis zur Wand.

Meine Entscheidung steht jedoch fest. Ich hoffe, Pearl weiß, was sie an dir als Bruder hat. Und ich hoffe, sie weiß, dass auch deine Grenze eines Tages erreicht sein wird.«

»Gran ...« Doch ich kann sie nicht aufhalten.

Sie erhebt sich. »Mir ist der Appetit vergangen.«

Mit zitterndem Gehstock schreitet sie langsam aus dem Raum, gefolgt von all unseren Blicken.

»Sorry.« Pearl ist die Erste, die spricht. »Tut mir leid, dass es so eskaliert ist. Wirklich.«

»Wissen wir, Schatz«, sagt Mom.

»Sie beruhigt sich wieder.« Doch ehrlich gesagt, klingt Dad nicht sonderlich überzeugend.

»Und selbst wenn nicht.« Pearl zuckt mit den Schultern. »Ich will nur nicht, dass ihr meinetwegen Stress habt.«

»Hey«, sage ich. »Wir halten zu dir, okay?«

Sie schenkt mir ein etwas unsicheres Lächeln. »Nicht dass sie dich am Ende auch enterbt oder so ...«

»Niemand wird hier enterbt«, sagt Dad, doch wieder hört man den Zweifel in seiner Stimme.

»Danke«, sagt Pearl noch, während das Hausmädchen nun endlich den Hauptgang serviert. »Das, was du gesagt hast, das war richtig schön.«

Und dann ertönt eine etwas heisere Stimme. »Fand es auch richtig schön.« Sophia sieht mich an, und ich muss den Blick abwenden, weil ich sonst die Dinge, die in meinem Inneren passieren, nicht in mir drin behalten kann.

»Du bist eben der geborene Anwalt«, sagt Dad. Und diesmal klingt er sicher. So sicher, wie man nur klingen kann. Und obwohl mir seine Worte viel bedeuten, mich vielleicht sogar ein bisschen stolz machen, bleibt da dieser bittere Geschmack, den auch das Abendessen nicht vertreiben kann.

## Sophia ∞

**21**   Philip fährt Pearl und mich zurück in die Innenstadt, sodass wir während der gesamten Fahrt nicht sprechen können. Pearl ist ebenfalls schweigsam, was untypisch
für sie ist, aber vielleicht ist sie einfach doch nicht so tough,
wie sie tut. Vielleicht nimmt sie die ganze Familienscheiße
mehr mit, als sie zeigen will. Und Philip – wer weiß schon,
was in seinem Pardelkopf vor sich geht. Deswegen starre
ich aus dem Fenster und zwinge mich, nicht ab und zu im
Rückspiegel zu checken, ob er mich ansieht.

Ich frage mich, ob das, was er über Pearl gesagt hat und
darüber, dass man zweite Chancen verdient, auch auf mich
bezogen war. Aber warum konnten wir dann nicht einfach
wild rummachen, wo es doch offensichtlich war, dass wir
beide nichts lieber wollten, als fucking wild rumzumachen?

Je näher wir der Kreuzung kommen, an der ich auch beim
letzten Mal ausgestiegen bin, desto dringender will ich irgendwas tun, damit die Fahrt nicht vorbei ist, ohne dass Philip und ich wenigstens irgendwas geklärt haben. Am liebsten
würde ich einfach schreien. So richtig laut und lang. So, dass
Philip rechts ranfährt, sich zu mir umdreht und fragt, ob alles in Ordnung ist. Ich würde dann sagen, dass gar nichts
in Ordnung ist, weil er so ein verfluchter Streber ist, dass es
nicht auszuhalten ist. Und dass ich ihn auf der Stelle küssen
will. Und wenn er das nicht will, dann soll er einfach gleich
mit seinem blöden Hybrid-Lexus über mein blödes Herz

fahren. Und dann den Rückwärtsgang einlegen, um noch mal drüberzufahren. Und dann noch mal nach vorne. Und sich dann komplett verpissen. Aber auch das will ich nicht.

»Interessiert euch, wo die Hühner jetzt leben?«, frage ich und gebe mir Mühe, so zu klingen, als wäre es das Egalste auf der ganzen Welt.

»O ja!«, sagt Pearl. Sie freut sich sichtlich, das hört man, aber es ist eine gedämpfte Freude. »Haben wir Zeit für einen kleinen Umweg, Phip?«

Philip nickt. Und dann lenkt er das Auto auf die Linksabbiegerspur.

»Wir haben ihnen Namen gegeben«, sage ich, nachdem ich Philip und Pearl in den verlassenen Hinterhof vom *Imogen's* gebracht und ihnen den Hühnerstall gezeigt habe. Sie sind beide angemessen beeindruckt. »Besser gesagt: Jeannie.« Philips Lächeln wird bei ihrem Namen gequält. Als würde ihm wieder einfallen, dass Jeannie Rhys' Schwester ist und dass Rhys im Gefängnis war und dass ich es auch war. Und auf einmal will ich gar nicht mehr verraten, wie die Hühner heißen.

»Erzähl«, sagt Pearl.

Doch stattdessen öffne ich den Türriegel, nehme mir eine Handvoll Körner und winke Pearl und Philip in den Stall. Pearl kommt sofort hinterher und beginnt, mit Thelma und Bonnie zu reden, die die Köpfe schief legen und sie anblinzeln.

»Hey, ihr Süßen. Kennt ihr mich noch? Ich bin die, die euch aus eurem Gefängnis rausgeholt hat.«

Philip schnaubt. Ob wegen der Wortwahl oder Pearls Aktion, weiß ich nicht. Immer noch macht er keine Anstalten, ebenfalls in den Stall zu kommen.

»Und das ist der Typ, der deswegen sauer auf mich ist, aber euch dann trotzdem aus meinem Auto befreit hat«, fährt sie fort. »Sag Hallo, Phip.«

Er macht einen Schritt und dann noch einen. Und dann steht er im Stall und hebt die Hand, als würde er den Hühnern zur Begrüßung winken. »Hi«, sagt er zu Huhn-Sophia.

»Bock?«, erwidert Huhn-Sophia.

In dieser Sekunde hört man ein Klacken. Dann: »Okay, ihr zwei. Ich bin dann mal weg. Und ihr redet jetzt.« Pearl grinst uns von außerhalb des Hühnerstalls an. Sie hat den Riegel umgelegt und uns eingesperrt.

»Spinnst du?«, fragt Philip. »Mach sofort die Tür auf.«

»Mh mh.« Sie hebt die Hände. »Das will ich leider wirklich nicht tun.«

»Das kannst du nicht machen. Ich muss noch arbeiten. Ich …«

»Es ist Freitagabend, Phip. Du hast Wochenende. Du solltest dich wirklich entspannen.«

»Und das ist deine Vorstellung von Entspannung?« Er macht eine umfassende Geste durch den Hühnerstall.

»Sorry, Sophia«, sagt sie. »Es ist zu seinem Besten.«

»Und bei Sophia entschuldigst du dich?«

»Auch dafür, dass ich dich in die Hühnersache mit reingezogen habe. Das tut mir leid.«

»Schon okay«, sage ich. Ich bin zu perplex, um wütend zu sein. Das hier ist … einerseits perfekt, weil Philip und ich reden können. Andererseits fühlt es sich absolut beschissen an, dass er nicht hier sein will.

»Bock?«, macht Huhn-Sophia.

»Nee, wirklich keinen Bock«, sagt Philip, doch da winkt Pearl und läuft dann wippenden Schrittes Richtung Tor. »Sie hat den Verstand verloren.« Philip untersucht die Stalltür. Aber der Draht ist so feinmaschig, dass er mit den Fingern nicht hindurchkommt. »Tut mir leid, dass sie so ist.«

Ich zucke mit den Schultern. »Ist nicht deine Schuld.«

»Trotzdem.«

»Außerdem hat sie vielleicht recht, oder? Wir könnten wirklich ... reden.« Ich glucke. Wir könnten auch gleich rummachen, aber das will Philip sicher nicht. Oder vielleicht will er es, aber er würde es definitiv nicht tun.

»Sophia!«

»Philip!« Kichernd ahme ich seine Strenge nach.

»Das ist nicht witzig.«

»Findest du? Ich find's grad sehr witzig. Fand seit Tagen nichts mehr so witzig.« Seit er unseren Kuss abgebrochen hat, war, um ehrlich zu sein, gar nichts mehr witzig.

»Gut, dass wenigstens einer von uns Spaß hat.« Er seufzt und fährt sich durch die Haare. »Aber ich habe dir doch schon erklärt ...«

»Gar nichts hast du. Und vor allem hast du nicht ein einziges Mal etwas gesagt, das wahr gewesen wäre.«

»Wie bitte? Was soll das denn heißen?«

Ich lasse mich auf den Boden ins Stroh sinken. »Du laberst immer groß auf, schwingst Reden, tust so, als wärst du auf jedermanns Seite und könntest jeden verstehen. Aber dann erfährst du von meiner fucking Vergangenheit und alles ist auf einmal anders. Du hast mit keinem Wort gesagt, was los ist. Aber keine Sorge, ich kann's mir schon denken.«

»Was denn?«

»Das, was du über zweite Chancen gesagt hast. Das gilt deiner Meinung nach offensichtlich nur für Leute, die einen Treuhandfonds haben.« Oder in Pearls Fall zumindest hatten.

»Das ist doch Quatsch.«

»Ach ja? Ich glaube, du verurteilst mich. Obwohl ich meine Strafe abgesessen habe. Obwohl ich mir Mühe gebe, mein Leben auf die Reihe zu kriegen. Obwohl ich wirklich verfickt noch mal alles dafür tue, das hier hinzukriegen. Aber für den feinen Oberstreber Philip Englander ist das nicht genug.«

Er stößt ein frustriertes Stöhnen aus und lacht hilflos. »Sophia, bitte.«

»Was? Willst du das nicht hören? Gefällt dir wohl nicht, mit deiner eigenen Heuchelei konfrontiert zu werden, hm?«

»Verfickte Hölle«, sagt er und schüttelt den Kopf, und nun muss ich lachen. »Darum geht es wirklich ganz und gar nicht.«

Ich und Huhn-Sophia legen beide den Kopf schief. Philip lässt sich nun an der Tür ebenfalls ins Stroh sinken. Offenbar hat er aufgegeben.

»Dann erklär's mir. So, dass ich es verstehe. Ich hab's nicht so mit Klugscheißerei, wie du weißt.«

»Du hast es mit Rigorosität«, sagt er, und ich schnaube.

»Das mein ich. Das will niemand hören. Wenn du und William fucking Shakespeare einfach einmal im Leben sagen könntet, was in euren Köpfen ist.«

Jetzt lacht er auf. Ein müdes Lachen. »Du willst wissen, was in meinem Kopf ist? Ich bin wütend. Ich bin wütend auf alles. Auf Pearl, dass sie uns hier eingesperrt hat. Auf Gran, weil sie keinerlei Verständnis für irgendwas hat. Auf mich, weil es mir nicht egal ist, was sie von mir denkt. Weil ich einfach nicht aus meiner verdammten Haut kann.«

»Das ist alles keine Antwort.«

»Ich kann nicht aus meiner verdammten Haut, Sophia. Ich kann nicht mit dir zusammen sein, weil du zu nah dran bist. An meinem Job. Da ist diese Grenze, die ich nicht überschreiten kann, weil ich meine Reputation riskieren würde.«

»Deine fucking was?« Ich würde am liebsten schreien, aber meine Stimme ist leise. Und beinahe drohend.

»Mir selbst könnte meine Reputation nicht egaler sein, glaub mir. Aber es geht hier nicht nur um mich. Und dich. Es geht hier auch um die Kanzlei. Um Reggy und meinen Dad. Und es geht um Rhys.« Er sieht auf, und sein Blick ist so traurig und kraftlos, dass meine Kraft, wütend zu sein, ebenfalls einfach verschwindet. »Und das macht mich am wütendsten. Dass mir das alles wichtiger ist als meine eigenen Wünsche und Sehnsüchte.«

»Was sind denn deine Sehnsüchte?«, frage ich leise. Noch kommt mir das alles völlig irrsinnig vor. Aber durch Philips Ausbruch ist auf einmal wieder diese verfluchte Nähe da. Und die will ich ausnutzen.

Er schließt die Augen, als müsse er sich dagegen wehren. Oder wappnen für das, was kommt. Und ich glaube, vielleicht muss ich mich auch wappnen.

»Du.«

Einen Augenblick lang sagt niemand etwas. Man hört nur meinen Herzschlag. Nicht einmal die Hühner regen sich.

»Aber wenn ich deine Sehnsucht bin«, beginne ich nach einer Weile, »und du meine … dann …«

»Sollte man meinen, oder?«

»Ich fasse es nicht.« Meine Kehle wird auf einmal ganz eng. Mir wird heiß. Die Tatsache, dass ich gewollt werde, überfordert mich. Huhn-Sophia raschelt neben mir im Stroh. Ich höre Philip ausatmen. Und dann höre ich das leise *Plopp* einer beschissenen Träne. Erst denke ich, dass Philip jetzt auch noch angefangen hat zu heulen, und will gerade fragen, ob das sein verfickter Ernst ist, da fällt mir auf, dass es meine eigene fucking Träne ist. Scheiße, verfluchte.

Eigentlich möchte ich ihn fragen, was das denn jetzt ist zwischen uns. Ob es das war, obwohl ich ihn verdammt noch mal endlich küssen will. Ob das wirklich sein beschissener Ernst ist und er, obwohl alles gut sein könnte, der verfickte Streber bleiben will, der er ist. Aber wenn ich anfange zu sprechen, hört er, dass ich flenne. Und wenn er hört, dass ich flenne, weiß er, wie viel mir das alles bedeutet. Oder bedeuten würde. Und wenn er das weiß, tut er das Richtige und umarmt mich. Das wäre schön, aber es wäre gleich wieder vorbei. Und dann wäre es noch schwieriger, nicht weiterzuflennen.

»Weinst du?«, fragt er, und seine Stimme zittert.

»Nein.«

»Sophia ...« Da ist Bestürzung und Überraschung. Zu gleichen Teilen.

»Lass, ist alles gut.«

»Das ist es nicht. Und es ist meine Schuld. Und ich hasse es.«

»Weißt du ...« Jetzt schniefe ich auch noch. Verfickte Hölle. »Das Problem ist nicht, dass du mich nicht willst. Das kenn ich schon. Daran bin ich gewöhnt.«

»Das ist es nicht. Ich *will* dich doch.« Er sagt es so behutsam, dass noch eine dicke Träne meine fucking Wange hinunterkullert.

»Ja. Und das ist so richtig scheiße.«

»Was?«

»Dass du mich willst.«

»Ich verstehe dich nicht.«

»Ha!«, entfährt es mir etwas freudlos. »Wer hätte gedacht, dass du mal was nicht verstehst.«

»Erklärst du es mir?«, fragt er und klingt dabei immer noch so verflucht vorsichtig, dass ich mich am liebsten auf seinem Schoß einrollen würde.

Ich atme ein. Versuche den Tränenfluss zu stoppen. Aber dann gebe ich einfach auf und rede durch die Tränen hindurch. Irgendwann werden sie schon aufhören. Wenn ich ausgetrocknet bin oder so. »Ich hab nie eine Familie gehabt«, beginne ich, und obwohl das keine Neuigkeiten für mich sind, tut es ein bisschen weh, weil ich an Philip und Pearl denke. An seine Eltern. Und sogar an Eudora. Und dann kriege ich ein bisschen Mitleid mit mir selbst, was nicht gerade dazu führt, dass die Tränen weniger werden. »Mich wollte nie jemand haben.«

»Sag so was nicht, das ist doch Blödsinn.«

»Ziemlich schwierig, das Gegenteil zu beweisen, wenn man von seinen leiblichen Eltern zur Adoption freigegeben wurde und sich auch sonst niemand gefunden hat, der einen genommen hätte. Und weißt du, das ist auch okay. Ich war von Anfang an beschädigte Ware. Mit meinem Herz hat was nicht gestimmt. Ich musste operiert werden. Und beim ersten Mal ging wohl nicht alles glatt, sodass ich wieder operiert wurde. Ich hab immer noch eine Narbe, siehst du?«

Ich knöpfe die bescheuerte Bluse auf, die Eudora mir aufgeschwatzt hat, und Philip, der alte Streber, hebt abwehrend die Hand, sodass ich für einen Moment lache.

»Keine Sorge, ich lege jetzt keinen Striptease für dich hin«, sage ich. »Aber hier, siehst du?« Es ist so dunkel, dass ich näher kommen muss, damit er überhaupt etwas erkennen kann. »Siehst du die Linie?«

»Ich seh sie«, sagt er und klingt ein bisschen erstickt. »Ich habe sie schon bei Grans Party gesehen.« Sein Adamsapfel hüpft.

»Beschädigte Ware. Von Tag eins an. Deswegen hat mich niemand adoptiert. Kein hübsches, reiches Paar aus einem Vorort mit Vorgarten und beschissenem SUV. Also war ich im Heim. Aber Heim ist nicht so witzig, wie man sich vielleicht vorstellt, wenn man eine Menge Kinder in Stockbetten nur von Ferienfreizeiten kennt. Heim ist anstrengend. Alle da geben ihr Bestes, aber jeder kämpft für sich. Um Essen, um Platz, um … Zuneigung.« Ich schlucke. Denke an Berührungen. Denke an Philips Berührungen, die das Liebevollste waren, was ich je gespürt habe, und ein Schauder aus Glück, das wir mal ganz kurz hatten, kriecht über meinen Rücken. »Und der Kampf macht, dass man hart wird. Und manchmal fies. Und dass man stark wird, aber vielleicht auf die falsche Art und Weise. Zumindest sicher nicht auf eine Weise, die du gut finden würdest.«

»Was meinst du damit?« Er klingt heiser.

»Na ja, halt nicht so gesetzlich. Ich hab mir manchmal Dinge genommen, die ich sonst nicht gehabt hätte. Einfach so. Weil ich eh nichts hatte. Und wenn man nichts hat, hat man auch nichts zu verlieren. Dann ist es völlig egal, wenn man Ärger kriegt. Denn keinen Ärger zu kriegen bringt einen ja auch nirgendwo hin. Ich hab geklaut. Erst nur hier mal einen Schokoriegel, da mal eine Cola. Aber dann irgendwann ist es nicht mehr nur, weil man was haben will, sondern auch, weil man was fühlen will. Einen Kick. Oder weil man gesehen werden will, auch wenn das Ärger bedeutet. Denn weißt du, was noch beschissener ist, als allein zu sein und hart? Allein zu sein und hart und unsichtbar.«

»Du bist nicht hart. Und du bist nicht unsichtbar.« Er sagt es so leise, dass ich fast meine, es wäre nur mein Atem gewesen. Aber mein Atem hat nicht Philips Stimme, auch wenn das schön wäre.

»Vielleicht nicht mehr, obwohl ich mir nicht mal sicher bin, ob das stimmt. Ich hab ein bisschen das Gefühl für mich selbst verloren, weißt du? Oder hatte es nie.«

»Ich hab Gefühl für dich.« Diesmal muss es mein Atem gewesen sein, denn Philip sieht einfach nur zu Boden.

»Jedenfalls wurde ich gesehen. Nicht unbedingt von den richtigen Leuten. Aber von Leuten. Die auch auf der Suche nach Gefühl für sich selbst waren. Oder auf der Suche danach, das Gefühl zu betäuben.«

»Wie alt warst du da?«, fragt er, seine Stimme nun wieder fester.

»So zwölf oder so.«

»Wie habt ihr es betäubt?«

Vor Philip ist es mir fast ein bisschen unangenehm, aber es ist meine Vergangenheit. Und auch wenn ich nicht stolz drauf bin, gehört sie zu mir. »Mit Gras erst mal.«

Im Dunkel erkenne ich, dass er nickt. »Erst mal.«

»Ein paarmal wäre ich fast aus dem Heim geflogen. Und obwohl ich natürlich wusste, dass ich diejenige war, die sich nicht an Regeln gehalten hat, war ich wütend. Denn wenn ich mich an die beschissenen Regeln gehalten hab, hatte ich davon ja, ehrlich gesagt, auch nichts. So oder so war ich die Gearschte.«

»Das tut mir leid.«

»Aber weißt du, dann hat sich alles verändert. Ich kam in eine Pflegefamilie, und alles wurde gut.«

Er atmet erleichtert aus.

»Scherz. Es wurde gar nichts gut. Es hätte gut werden können. Die waren nett und alles, aber ich war schon zu durch. Und aus Gras wurde Härteres. Und Härteres ist teurer. Und teurer heißt, mehr klauen. Und heißt auch illegaler. Aber da bist du der Experte.«

»Will ich's wissen?«, fragt er.

»Das kann ich nicht entscheiden. Ich kann dir alles sagen, aber ...«

»Ich will alles wissen.« Er klingt sicher.

»Meth.«

»Okay.« Er nickt, fährt sich wieder durch die Haare.

»Ich bin nicht mehr in die Schule gegangen. Und hab auch sonst lauter Scheiße gebaut. Es war wohl einfach zu spät für mich, schätze ich.«

»Ich glaube nicht, dass es zu spät ist.«

»Nein, jetzt nicht mehr. Ich weiß, dass das hier meine Chance ist. Noch eine werd ich nicht kriegen. Und ich werd sie so was von knallhart nutzen. Hatte im Jugendknast genug Zeit, um mir zu überlegen, was ich machen will, wenn ich rauskomme.«

»Und?«

»Nicht mehr in die Schule gehen. Nicht mehr auf Menschen angewiesen sein. Nicht mehr von allen herumgeschubst werden. Und hin und her geschoben werden. Aber dann kam Amy. Und ich hab gedacht, okay, wenn sie mich in eine Richtung schiebt, die gut für mich ist, dann versuch ich das. Sie hat mich gesehen, weißt du? Sie hat mich als mich gesehen, obwohl ich nur Scheiße gebaut hab. Sie hat gesehen, dass ich stark genug bin. Dass ich niemand bin, der bemuttert werden muss, weil ich eh nicht weiß, wie das geht. Weil ich nie eine Mutter hatte. Weil ich nicht wirklich fünf war oder neun oder zwölf oder fünfzehn oder fucking achtzehn. Sondern immer schon beschädigte Ware. Immer schon so hart wie nötig. Immer schon für mich selbst verantwortlich, auch wenn's auf dem Papier anders aussieht.« Ich atme tief ein. So tief, bis ich glaube, dass meine Lunge fast platzt. Und dann lange aus. Und im Ausatmen sage ich langsam: »Und deswegen, Philip, ist es richtig beschissen, wenn man zum ersten Mal in seinem Leben von jemandem gewollt wird, der sich dagegen wehrt.«

»Ich will mich nicht wehren.«

»Aber du tust es. Und es ist wirklich verflucht unfair, dass ich einmal in meinem Leben alles richtig mache und trotzdem die geballte Ladung Scheiße abkriege. Zur Hölle, ich hab mich ja sogar in den fucking Richtigen verliebt! In jemanden, der gut ist. Und der gut für mich wäre. Und …«

»Du hast dich verliebt?«

»Alter, was denkst du denn? Dass ich mit jedem dahergelaufenen Streber rummache?«

»Nein … ich …«

»Und ich glaub, du bist es auch. Sodass jeder hier als absoluter Loser aus der Situation hervorgeht. Yay.«

Er zuckt, als würde er etwas sagen wollen. Doch er sagt nichts. Dafür sagt Huhn-Sophia: »Bock?« Und ja, okay, wenigstens die Hühner sind wohl Gewinner.

 *Philip*

**22**  Jeder geht als Loser aus dieser Situation hervor, sagt sie. Und damit hat sie so was von recht. Es ist zum Haareraufen. Zum Haare-einzeln-Ausreißen.

»Ich kann es nur falsch machen«, sage ich mit hängenden Schultern. Hängendem Kopf. »Dabei ist der Druck, alles richtig zu machen, so übermächtig, dass ich keine Luft kriege, wenn ich drüber nachdenke.«

»Wie meinst du das?«, fragt Sophia mit ihrer wunderbar rauen Stimme.

»Ich muss der Verantwortung gerecht werden. Verantwortung für meinen Job. Für Rhys. Für meine Familie. Für meine Schwester.«

»Aber Philip …«

»Hm?« Ich sehe auf.

»Ich kenne niemanden, der so gut in allem ist, was er tut. Der sich so viel Mühe gibt. Du bist immer für Pearl da. Rhys hat vollstes Vertrauen in dich. Für deine komische Großmutter bist du die Erfüllung all ihrer Träume …«

Sie das sagen zu hören, macht etwas mit mir. Vermutlich weiß ich all das selbst. Aber es jemand Unbeteiligten sagen zu hören, ist anders. Hat einen anderen Effekt. Und doch … »Aber was, wenn es nicht reicht?«

»Für mich würde es keinen Unterschied machen. Weil ich nämlich für mich selbst die Verantwortung trage.«

Etwas passiert in mir. Sie trägt die Verantwortung für

sich. Es fühlt sich an, als würde das unsichtbare Gewicht ein bisschen leichter. Und ohne dass ich wüsste, was ich tue, richte ich mich ein klein wenig auf. Auf die Knie. Ihr Blick folgt jeder meiner Bewegungen. Sogar der Blick des weißen Huhns neben ihr folgt jeder meiner Bewegungen. Ihre Bluse ist nach wie vor aufgeknöpft und gibt den Blick auf die Narbe über ihrer Brust frei. Doch mich interessiert die Narbe nicht. Mich interessiert Sophias Vergangenheit nicht. Es ist egal, was war. Wobei, das ist nicht einmal richtig. Es interessiert mich sehr wohl, es ist nur so, dass es das Bild, das ich von ihr habe, nicht interessiert. Und ich weiß, ich will dorthin. Dorthin, wo ihr Herz ist.

Ich bin nicht stark genug. Oder vielleicht bin ich stärker als das. Vielleicht ist es falsch. Aber vielleicht ist es auch richtig. Im Dämmerlicht im Hinterhof des *Imogen's* zwischen Hühnern und Stroh und Gerste verschwimmt das alles. Stark wird schwach, und schwach wird stark. Richtig wird falsch, und falsch wird richtig. Verantwortung wird zu Leichtsinn und Leichtsinn zu Verantwortung. Und die Entfernung zwischen uns beiden wird zu Nähe. Aber Nähe wird nicht gleichzeitig zu Entfernung, sondern zu größerer Nähe, bis wir so nah sind, dass wir unsere Wärme riechen und unseren Atem schmecken.

Sophia räuspert sich leise. Ihr Räuspern ist so nah, dass ich die Vibration spüre. »Ähm … nur damit du das weißt: Wenn wir uns jetzt küssen, dann hast du nicht mehr das Recht, einen Rückzieher zu machen, okay?« Sie spricht leise, aber weil sie nur Millimeter von mir entfernt ist, kann ich jedes ihrer Worte hören.

Ich darf das nicht. Ich kann das nicht. Das ist nicht der Philip, der ich bin. Der ich sein muss. Doch dann höre ich eine Stimme in meinem Kopf. Sie klingt wie Pearl. *Es sollte*

*dir egal sein. Du kannst nicht eine gute Sache in deinem Leben
nicht machen, weil sie eine Scheißsache in deinem Leben gefährdet.
Dafür bist du zu klug. Manchmal, wenn man einfach macht, ergeben sich ganz neue Möglichkeiten.*

Stimmt es? Hat Pearl recht? Sehe ich sie nur noch nicht,
diese Möglichkeiten? Ist Sophia eine Möglichkeit? In meinem Kopf herrscht absolutes Chaos. Gefühlschaos. Ver-
nunftchaos. Chaoschaos. Ich sollte nicht … aber ich kann
auch nicht nicht … Und dann ist er da. Der Gedanke, der
alles verändert.

Ich will keinen Rückzieher machen. Ich will einfach nur
ihre Nähe in mich aufsaugen. Aufgehen in ihr. Vergehen vor
ihr. Ich will sie. Will sie so sehr. Und ich will ihr genau das
sagen. Doch über meine Lippen kommt nur eine einzige
Silbe. »'kay«, hauche ich, und dann bin ich an ihr und in
ihr und über ihr. Es ist dumm, es ist purer Leichtsinn. Aber
es ist das, was ich will. Ich, Philip Englander, aufstrebender
Anwalt, der die Last der Erwartung seiner Familie auf den
Schultern trägt, tue, was ich will. Mit einem Knall.

Da gibt es kein Herantasten, kein vorsichtiges Vorwagen.
Es gibt nur noch uns und einen Kuss, der mir den Atem
raubt. Anders kann ich mir das sehnsüchtige, gehetzte Keuchen nicht erklären, das aus mir kommt und von ihr ver-
schluckt wird. Anders kann ich mir nicht erklären, dass sich
unsere Zungen anfühlen, als hätten sie noch nie jemand anderen geküsst, während wir uns schon eine Million Mal geküsst haben müssen, so perfekt, wie es ist. Aber das haben
wir nicht, obwohl ich glaube, dass ich mich auch nach einer
Million Küssen mit Sophia noch genauso atemlos und krib-
belig fühlen würde. Mich noch genauso auflösen würde vor
Verlangen. Mit ihr verschmelzen wollen würde.

Ihre Lippen, ihre Zunge, sie sind überall. Sie ist überall.

Sie ist sogar dort, wo sie nicht ist. Als würde sie in meiner Welt unendlich.

Immer noch atemlos löse ich mich von ihr. Ich will sie ansehen. Aber gleichzeitig will ich nie wieder etwas anderes tun, als sie zu küssen.

»Jep, definitiv«, sagt sie, und weil mein Kopf ausgeschaltet ist, sehe ich sie leicht verwirrt an. »Du hast kein Recht mehr, einen Rückzieher zu machen.« Und diesmal beugt sie sich vor, und diesmal ist sie an mir und in mir und über mir.

Sie drängt sich gegen mich, und ich sauge scharf die Luft ein, weil meine Vernunft zwar benebelt ist, aber all meine anderen Sinne geschärft. Weil ihre Nähe unerträglich ist, doch unerträglicher wäre nur weniger Nähe.

»Okay, ich glaub, es ist Zeit, den Hühnern ihre Privatsphäre zurückzugeben«, sagt Sophia, als wir uns zum zweiten Mal voneinander lösen.

»Aber …« Ich verstehe nicht, was sie meint. Noch nie habe ich so wenig verstanden wie an diesem Abend. Und noch nie sah alles so klar aus. Verständnislosigkeit wird zu Klarheit.

Sie erhebt sich ein bisschen mühsam. Ein bisschen taumelnd. So, wie ich mich in mir drin fühle. Dann greift sie mit ihren Fingern durch die engen Maschen des Drahts und löst den Riegel.

»Nicht dein Ernst«, bringe ich hervor. »Du … die ganze Zeit … du …«

»Ich war mir nicht ganz sicher. Musste es ja noch nie ausprobieren. Aber als du vorhin versucht hast, die Tür zu öffnen, dachte ich, meine Finger sind deutlich schmaler als deine. Und … ich hatte recht.« Sie klingt triumphal. Triumphal und wundervoll.

»Warum hast du es nicht sofort …« Aber ich spreche den

Satz nicht zu Ende. Denn nichts, was in der letzten Stunde passiert ist, wäre passiert, wenn Pearl uns nicht hier eingesperrt hätte.

Sie tritt nach draußen, wartet an der Tür darauf, dass ich ihr folge, um dann den Riegel wieder zu schließen.

»Ich umarme dich jetzt«, sagt sie, nachdem sie sichergestellt hat, dass der Riegel vorgeschoben ist. »Kannst zurück in den Stall fliehen, wenn dir das zu viel ist.«

Doch ich schüttle den Kopf. Es ist mir nicht zu viel. Es ist viel zu wenig. Aber von Sophia nehme ich auch ein Viel-zu-Wenig. Ich nehme jedes winzige bisschen. Jedes noch so kleine, zu vernachlässigende Etwas, das ich mit ihr haben kann.

Sie schlingt ihre Arme um mich, und ich lege meine Hände auf ihren Rücken. Sie ist warm und dünn. Sie ist tatsächlich ein bisschen hart, aber sie wird weicher. Durch jede Berührung.

»Du riechst gut«, sagt sie.

»Das ist einfach nur Aftershave.«

»Es riecht sauber.«

»Und ein bisschen nach Hühnerstall.«

»Nein, einfach nur sauber.«

Sie presst sich nicht an mich. Da ist nicht das Drängen, das wir vor unserem Beinahe-Kuss hatten. Nicht das Verlangen. Zumindest nicht äußerlich.

Wir bleiben Arm in Arm stehen. Vermutlich würden wir einfach für immer so stehen bleiben, hätten wir keine Verpflichtungen oder so etwas wie einen Überlebenstrieb. Aber wir stehen auf jeden Fall minutenlang. Und aus den Minuten wird eine Viertelstunde, wird eine halbe Stunde. Niemand rührt sich. Denn wenn sich einer von uns bewegt, könnte es das Gleichgewicht stören.

»Ich find's verflucht krass, dass du mich magst«, sagt sie irgendwann, und das ist der Moment, in dem das Gleichgewicht gestört ist und ich mich von ihr löse, einfach, weil das so ein alberner Satz ist.

»Ich kann daran nichts Krasses finden.«

»Okay, vielleicht nicht, dass du mich magst. Aber dass du mich willst.«

»Aber du weißt, dass du ziemlich sexy bist, oder?«, frage ich. Auf eine edgy, wilde Art. Eine Luchs-Art. Denn das kann doch niemandem verborgen bleiben. Nicht einmal ihr selbst.

»Ich meine nicht so. Ich meine nicht sexuell. Ich meine, dass du mich als Sophia willst.«

*Mich wollte nie jemand haben*, schießt es mir durch den Kopf. »Ich will dich als Sophia. Mit allem, was dazugehört«, sage ich.

»Und was gehört dazu?«, fragt sie.

»Der Mensch, der du jetzt bist. Aber auch der Mensch, der du warst. Und der, der du sein wirst.« Ich zucke mit den Schultern. Auf einmal ist es so einfach. Wie kann es so einfach sein, wenn es bis vorhin noch undenkbar war? Was habe ich übersehen? »Alles, was du gemacht hast. Und alles, was du erlebt hast. Das, was äußere Narben hinterlassen hat. Und innere. Und deine Härte, die mir nichts ausmacht, weil ich sie nicht als etwas Negatives wahrnehme. Und auch die Unsichtbarkeit und die Einsamkeit, auch wenn ich beides nicht einmal im Ansatz sehe. Dass du fluchst und dass du bei meiner Familie aneckst. Dass du sauer auf mich bist, wenn ich versuche, das Richtige zu tun. Dass du auf dich aufpasst. Dass …« Ich könnte ewig so weitermachen und hätte noch nicht einmal über ihre verrückt schönen Augen gesprochen oder ihre Lippen, die alles sind, was ich mir je erträumt habe. Oder die Tatsache, dass ich sie zusätzlich zu alledem natürlich auch sexuell begehre. Aber Sophia, deren Augen während meiner Aufzählung immer größer, deren Blick immer ungläubiger wurde, unterbricht mich.

»Darf ich mich auf deinen Schoß setzen?«

Ich muss leise lachen, weil dieser doch sehr spezifische Wunsch überraschend kommt. »Ja, okay?« Es klingt wie eine Frage.

Und Sophia antwortet darauf. »Das hab ich noch nie gemacht.«

»Was?«

»Ich hab noch nie auf einem Schoß gesessen.«

Ich schlucke. »Oh.« Schlucke erneut. »Komm.« Meine Stimme ist rau vor ... Rührung und Überraschung und unendlicher Bewunderung für sie. Ich nehme sie an der Hand. Mein Herz sticht für sie. Für all das, was sie versäumt hat. Ich ziehe sie zur nächsten Bierbank, setze mich, sehe sie an. Zu ihr auf. Tatsächlich und metaphorisch. »Wenn du willst ...« Ich nicke ihr zu.

»Wirklich?« Sogar in der Dunkelheit leuchten ihre Augen.

Sie lächelt, und das Lächeln macht, dass ich lächle. Äußerlich, innerlich. Sie setzt sich auf meinen Schoß, und ich schließe sie in meine Arme und spüre, wie sie noch etwas weicher wird. Wie sie sich an mich schmiegt.

»Amy hatte Angst, dass die Hühner auf dem Schoß von Gästen landen. Wer hätte gedacht, dass in dieser Hinsicht von Mensch-Sophia mehr Gefahr ausgeht als von Huhn-Sophia.« Sie lacht. »Aber wenn Huhn-Sophia wüsste, wie geborgen man sich fühlt, würde sie es sicher mal probieren.«

»Huhn-Sophia?«, frage ich.

»Das weiße Huhn heißt Sophia.«

Ich lache leise an ihrem Ohr. »Sind dir die Namen also wieder eingefallen.«

Sie nickt. »Bonnie, Thelma, Louise und Huhn-Sophia.«

Mein Lachen wird lauter. »Das ist gut. Dass du dich so geborgen fühlst mit mir.«

»Ich finde auch.« Sie klingt trocken, aber ich weiß, was sie meint. »Wie fühlst du dich mit mir?«

»Freier.«

»Das ist witzig.« Sie lacht leise an meinem Körper, sodass ich ihr Lachen fühle.

»Warum?«

»Na, weil du schließlich nur mit mir eingesperrt wirst, oder?«

Doch da fällt mir etwas auf. Etwas Absurdes, das zu diesem gesamten Abend passt. »Mit dir eingesperrt zu werden heißt frei zu sein, glaube ich.«

»Jetzt redest du Blödsinn.«

»Ich glaube, die Hühner sind ganz meiner Meinung.«

»Ja, aber wohl nur, weil sie da, wo sie herkommen, noch viel eingesperrter waren.«

»Siehst du«, sage ich und weiß, dass ich etwas ändern will. Auch wenn es Zeit braucht. Und Vorbereitung. Und den richtigen Moment. Sophia hat gesagt, ich dürfe keinen Rückzieher machen. Und selbst wenn ich wollte, könnte ich es nicht, weil ich so nicht bin. Weil ich die Verantwortung für mein Handeln übernehme. Aber selbst wenn ich könnte, würde ich es nicht wollen. Ich will das hier – und die Möglichkeiten, die es eröffnet. »Hättest du Lust, mit mir auf ein Date zu gehen?«

»Auf ein Date?« Sie sieht mich an, als würde ich eine Fremdsprache sprechen.

»Na klar«, sage ich und habe das unbedingte Bedürfnis,

sie auf das schönste Date aller Zeiten auszuführen, so überrascht, wie sie klingt.

»So richtig?«

»So richtig.«

Sie schüttelt ungläubig den Kopf. »Okay?«

»Nächste Woche beginnt der Prozess. Aber vielleicht am Samstag?«

Sie nickt. »Samstag.«

Ich beuge mich zu ihr, nähere mich mit meinen Lippen ihrem Ohr. »Du siehst schön aus«, flüstere ich.

Ihr entfährt ein Glucksen. »Ja, ich finde auch, dass Malik sehr gut kocht.«

## Sophia ∞

**23**    Ein Date also. Mit Philip. Der keinen Rückzieher macht. Ein Date, bei dem wir uns wieder küssen werden. Mehr vielleicht. Hoffentlich. Aber ein Date.

Es ist Sonntag, und nach dem Frühstücksansturm ist es im *Imogen's* gerade angenehm ruhig. Ollie ist draußen, um mit Che eine Zigarette zu rauchen, und ich schenke Tamsin noch etwas schwarzen Kaffee nach.

»Danke«, sagt sie und sieht kurz von ihrem Buch auf.

»Willst du auch noch was, Zelda?« Auf dem Screen ihres Laptops sehe ich Diagramme und Excel-Tabellen. Sie wertet irgendwelche Umfragen aus.

»Gerade nicht. Danke.«

Ich nehme ihr leeres Glas mit und stelle mich wieder hinter die Theke. Ein Date. Ein fucking Date. Ein fucking echtes Date. Ob ich mir etwas Schickes anziehen sollte? Ich hatte noch nie ein Date. Noch kein richtiges zumindest. Ich habe mit Leuten rumgehangen. Hatte Sex. Da war man nicht schick, da war man, wenn überhaupt … sexy. Und manchmal nicht mal das, weil es ohnehin egal war. Aber Philip, der alte Streber, will natürlich alles richtig machen. Und das bewirkt, dass ich auch alles richtig machen will. Aber es bewirkt eben nicht, dass ich eine von den langweiligen Blusen anziehen möchte, die Eudora mir gekauft hat.

»Na? Denkst du immer noch über dein Date nach?« Ollie kommt wieder zurück und forscht in meinem Gesicht.

Ich zucke mit den Schultern.

»Ist eine große Sache für dich, oder?«

Eigentlich nicht. Zumindest sollte es das nicht sein. Die große Sache ist, dass es Philip ist. Dass ein Oberstreber was von mir will. Und nicht nur »was«, sondern mich. Dass er mich sieht und das alles immer noch will.

»Ey, mach dir keinen Stress. Ihr mögt euch doch. Was soll denn schiefgehen?«

Ollie hat leicht reden. Ollie macht sich ziemlich sicher nie Stress mit irgendwas. Aber ich kenne Philips Welt. Und ich kenne meine.

»Womit machst du dir Stress?« Zelda ist vor dem Tresen aufgetaucht und begutachtet die Cookie-Auswahl.

»Mit nichts.«

»Sophia hat ein Date«, sagt Ollie.

»Mit Philip?« Zeldas Augen beginnen zu leuchten.

»Jep. Cookie?«, versuche ich das Thema zu wechseln.

»Ja, aber ich weiß nicht, welchen.« Sie blickt von den Peanutbutter-Cookies zu den Chocolate-Chip-Cookies. Von den Chocolate-Chip-Cookies zu den Chewie-Pecan-Supreme-Cookies. Dann seufzt sie. »Wem will ich was vormachen? Ich nehme sie ja eh alle.« Sie grinst mich an.

»Ich bring sie dir.«

Doch Zelda macht keine Anstalten, wieder zu gehen. Im Gegenteil, sie sieht mich nun genauso interessiert an wie Ollie gerade eben.

»Was?«, frage ich ungeduldig.

»Ich freu mich für euch.«

»Okay«, sage ich in einem weiteren Versuch, sie loszuwerden. Ich liebe Zelda. Aber ich mag es nicht, wenn Leute ihre Nase zu tief in meine Angelegenheiten stecken.

»Maliks und mein erstes richtiges Date war absolut magisch«, sagt sie und bekommt einen ganz verträumten Gesichtsausdruck.

»Hat er dich mit Cookies zum Schweigen gebracht?«, rate ich und reiche ihr einen Chewie-Pecan-Supreme, weil ich hoffe, dass er ihre Zähne zusammenklebt.

»Fast. Er hat mir ein Menü aus Nachtischen gemacht.«

»Aaaaww«, macht Ollie, und ich bin mir fast sicher, dass sie es ironisch meint.

»Er war so süß! Und richtig aufgeregt. Es war in eurer Küche, Sophia.« Sie wackelt mit den Augenbrauen

Ich halte mir die Ohren zu und mache »lalalalala«, weil ich echt nicht hören muss, dass sie es auf dem Esstisch miteinander getrieben haben. Aber es würde zumindest erklären, warum er so wackelt.

»Nicht, was du denkst.« Zelda lacht. »Das ist dann in seinem Zimmer passiert. Er hatte es voll romantisch gemacht mit Polstern und Lichterketten.«

»Lalalalala«, macht nun Ollie, deren Limit für romantischen Kram in diesem Moment offenbar erreicht ist.

»Weißt du schon, was Philip mit dir vorhat?«, fragt Zelda nun mit vollem Mund. Ich muss ein ernstes Wort mit Malik reden. Der Chewie-Pecan-Supreme ist definitiv nicht chewie genug.

»Nee, keine Ahnung.«

»Wird sicher richtig cool.«

»Ja, mal sehen«, sage ich, weil ich mich einerseits freue, andererseits habe ich einfach keine Ahnung, wie man sich auf einem Streber-Date verhält.

Endlich nimmt Zelda die drei Cookies und kehrt zu ihrem Tisch zurück. Ich stütze mich auf dem Tresen ab und ärgere mich. Ärgere mich darüber, dass die bescheuerte Popkultur so einen immensen Druck auf Dinge wie Dates ausübt. Dass Zelda und Malik das verflucht perfekteste Pärchen auf der ganzen Welt sind. Dass meine einzigen Datingtipps sich auf Ollies »Mach dir keinen Stress« beschränken.

»Ähm, Zelda?«, frage ich und gehe ein paar Schritte hinter ihr her.

»Hm?« Sie dreht sich um.

»Ach, nichts.«

Sie setzt sich, legt ihre Cookies aufeinander und will sich schon wieder ihrer Arbeit widmen. Doch dann …

»Was hattest du an?«

»Wann?«

»Na, bei eurem Date.«

»Oh, äh, ich glaube mein schwarz-weiß kariertes Kleid. Kennst du das? Und pinke Leggings. Passend zu meinen Haaren, die damals auch noch pink waren.«

»Also nichts Feines?«

»Nicht so wirklich, nein. Das hätte nicht gepasst.« Sie lacht. »Wie war das bei dir, Tamsin?« Oh, gut, wir holen Tamsin mit ins Boot. Offensichtlich reden jetzt alle über Dates.

Tamsin, die bis zu diesem Augenblick ihre Nase tief in *Vanity Fair* gesteckt hatte, blickt auf. »Hm? Was?«

»Du bist so geil«, sagt Zelda. »Man gibt dir ein paar Buchstaben, und du tauchst einfach ab. Sogar bei so langweiligem Zeug wie dem da.« Sie zeigt auf das dicke Buch.

»Hey, nichts gegen Thackeray.«

»Na ja«, sagt Zelda.

»Ja, okay, ist vielleicht nicht das Allerspannendste auf der Welt.«

»Aber dein Date mit Rhys damals. Das war spannend. Also erzähl davon«, sagt Zelda, während sie einen Stuhl an ihren Tisch zieht und mir bedeutet, mich zu ihnen zu setzen.

»Äh, nee, lass mal«, sage ich, weil wir keinen verfluchten Staatsakt aus dieser Sache machen müssen.

»Das war hier«, sagt Tamsin. »Rhys hatte einen der Tische richtig schön gedeckt.« Sie blickt sich um. »Den da. Der war in die Mitte geschoben, damit wir Platz hatten. Und dann hat er gekocht. Nach Maliks Rezept«, schiebt sie hinterher, als wäre es Allgemeinwissen, dass Rhys nicht kochen kann.

»Was hattest du an?«, fragt Zelda, und irgendwie, ich weiß auch nicht, warum, setze ich mich nun doch hin.

»Mein weißes Kleid mit den roten Stickereien.«

»Fancy!«, sagt Zelda.

»Ja, ich hab mich auch ein bisschen fancy gefühlt. Und ich wollte ihn wirklich unbedingt umhauen.«

»Und das ist dir dann auch gelungen.«

»Mit ein paar kleinen Ruckeleien, ja.«

»Also hast du dich extra schick gemacht für Rhys?«, frage ich.

»Ich weiß nicht, ob ich es so formulieren würde.« Tamsin lacht. »Ich habe mich eher für mich selbst schick gemacht. Wieso fragst du?«

»Sophia hat ein Date«, sagt Zelda und klingt deutlich begeisterter, als ich mich in diesem Moment fühle.

»Und du bist unsicher?«, fragt Tamsin. Dass sie nicht wirkt, als würde sie das bewerten, macht, dass ein bisschen was von dem Unwohlsein verschwindet.

»Ich … ähm …«, nuschle ich. »Ich weiß zwar, wie man Autos aufbricht, aber ich hab keine Ahnung, was mich bei einem Date erwartet.«

»Ich leih dir gern mein ›Smash the Patriarchy‹-T-Shirt«, ertönt Ollies Stimme von hinten. Offenbar hört sie zu. »Dann weiß er gleich, woran er ist.«

Ich denke an Eudoras Reaktion auf das letzte von Ollies T-Shirts, das ich mir geliehen habe. Und auch wenn Philip nicht seine Großmutter ist, will ich ihn nicht unbedingt vor den Kopf stoßen. Nicht gleich beim ersten Date zumindest.

Tamsin sieht meinen skeptischen Gesichtsausdruck und lacht. »Ist vielleicht ein bisschen drastisch, aber ich gebe Ollie recht. Du solltest auf jeden Fall du selbst sein. Und etwas tragen, worin du dich wohlfühlst. Ich hab das Kleid damals getragen, weil ich mich darin schön finde. Aber ich habe mich zum Beispiel nicht geschminkt.«

»Immer noch echt krass«, sagt Zelda. »Aber ja, finde ich auch. Zieh was an, worin du dich wohlfühlst. Philip ist so oder so verrückt nach dir.«

Ich muss grinsen. »Ja, oder?«

»Ja.« Zelda nickt. »Und deswegen ist es völlig egal, was du anhast oder wo ihr hingeht. Hauptsache, du bist du.«

»Klingt machbar«, sage ich und meine es genau so. Und außerdem fällt mir auf, dass es wirklich einfach ist, mit Zelda und Tamsin – und Ollie aus dem Off – über diese Dinge zu sprechen. Ganz so, als hätte ich Freundinnen. Und so ein Gespräch mit Freundinnen ist in der Popkultur, soweit ich weiß, ohnehin das, was einem Date vorauszugehen hat. Wir nähern uns also einem normalen Umgang miteinander. Das fucking echte Date und ich.

 *Philip*

**24** Bevor ich mich damit auseinandersetzen kann, was es bedeutet, dass Sophia und ich die Grenze überschritten haben, über die ich erst noch gründlich nachdenken wollte, muss ich meiner Verantwortung Rhys gegenüber nachkommen. Allison und ich haben in den letzten Wochen Tag und Nacht gearbeitet. An meinem Eröffnungsplädoyer, an Rhys' Aussage. Wir suchten Polizisten, die damals ermittelten. Suchten Leumundszeugen, die aussagen können, wie Rhys als Junge war. Zeugen, die damals ausgesagt haben. Amy war uns dabei eine große Hilfe, denn ihr Kontaktmann bei der Polizei, ein gewisser Amir Khoury, erklärte sich bereit, die Ungereimtheiten in Rhys' Akte offenzulegen.

An diesem Sonntagabend nun sitzen Allison und ich erschöpft auf dem Teppichboden in meinem Büro, um uns herum stapelweise Material, vor mir das ausgedruckte Anfangsplädoyer, das ich gerade mit so viel Leidenschaft wie irgend möglich – wenn man seit einer Woche vor Arbeit und Gedanken an Sophia kaum geschlafen hat – vorgetragen habe.

Allison applaudiert. »Ich würde sagen, die Arbeit hat sich gelohnt. Ich habe Gänsehaut«, sagt sie.

Ich nicke dankbar. »Allison, ich wüsste nicht, wie ich das ohne Sie hätte schaffen sollen.«

»Das ist mein Job, Mr Englander. Philip«, schiebt sie

nach. »Und genau für solche Fälle« - sie deutet auf das Chaos um uns herum - »tun wir das, oder? Die Nächte durchmachen?« Nur dass ich dafür angemessen entlohnt werde, im Gegensatz zu Allison.

»Trotzdem sollten Sie jetzt Feierabend machen. Oder besser gesagt Feierabend gemacht haben. Vor zwei Tagen.« Ich lächle müde.

»Solange Sie hier sind, bin ich es auch. Irgendjemand muss ja dafür sorgen, dass Sie wenigstens genug Flüssigkeit zu sich nehmen.« Sie lacht und massiert sich mit den Fingern ihren linken Fuß. Ihre Pumps stehen ordentlich neben ihr. Und auch ich habe meine Krawatte ausgezogen, den obersten Knopf meines weißen Hemds geöffnet und meine drückenden Schuhe ausgezogen.

»Morgen also«, sage ich nach ein paar Minuten des erschöpften Schweigens.

»Morgen also«, echot Allison. »Sind Sie nervös?«

»Sollte ich?«, frage ich.

»Sie haben eigentlich keinen Grund.«

»Und trotzdem bin ich es. Scheiße nervös.« Diese Ausdrucksweise ist für mich zumindest im Büro untypisch. Aber die Vorstellung, zum ersten Mal als Anwalt einen Mandanten vor Gericht zu vertreten, noch dazu in einem Fall, der mir echt an die Nieren geht, ist ein wenig überfordernd. Und zu allem Überfluss haben wir vor ein paar Tagen erfahren, dass Staatsanwalt Pence die Verteidigung übernehmen wird. Der laut Elijah Redstone-Laurie mit allen Wassern gewaschen ist.

»Das ist gut. Sie werden das Adrenalin brauchen.«

Und damit behält sie so was von recht. Denn am nächsten Vormittag, als ich mich mit Rhys und Amy vor dem Gericht treffe, kann ich mir kaum vorstellen, dass meine Beine mein Gewicht halten. Mein Dad ist da, Allison ebenfalls. Doch ich kann an nichts anderes denken als daran, dass das Schicksal eines jungen Mannes in meinen Händen liegt. Ich sehe ein paar Reporter, die in Mikrofone sprechen, über Rhys berichten. Über den Fall. Was damit begann, dass ich scherzhaft meine Visitenkarte im *Vertigo* auf den Tisch legte, wurde zu etwas so Großem, dass mir die Luft wegbleibt. Und als Rhys sich eine Zigarette ansteckt, wünschte ich fast schon wieder, ich würde ebenfalls rauchen.

»Hab eigentlich aufgehört«, sagt er entschuldigend. »Aber heute ...« Er schluckt und inhaliert tief.

Tamsin, die an seiner Seite steht und sich bemüht, Optimismus zu versprühen, streicht ihm über den Arm, als würde sie sagen wollen, dass es auch in Ordnung wäre, würde er die Schachtel Zigaretten *essen*. Doch die Berührung ist zu viel für Rhys' angespannte Nerven, und er wendet sich ab.

»Lasst uns reingehen«, sagt mein Dad und legt mir die Hand auf die Schulter. Und so, dass nur ich es hören kann, murmelt er: »Ich bin da. Du bist der Boss, aber ich bin da.«

»Genau genommen bist du der Boss«, sage ich und versuche mich an einem Grinsen.

»Das ist dein Fall, mein Sohn, und ich bin wahnsinnig stolz auf dich.«

Ich nicke, doch ich verstehe gleichzeitig, warum Rhys Tamsins Berührung nicht ertragen hat. In diesem Moment sind wir ganz bei uns. Weil wir es sein müssen. Weil kein Raum ist für etwas anderes.

Der Gerichtssaal ist schmucklos. Dunkle Holzmöbel, die aussehen, als wären sie aus den Siebzigern, die amerikanische Flagge, ein holzgeschnitzter Adler über dem Richterpult. Die hinteren Reihen sind schnell besetzt. Reporter, Schaulustige, Bekannte finden sich ein. Selbst meine Mom ist gekommen und reckt beide Daumen in die Höhe, als sie mich sieht. Mir wäre es lieber, ich wäre allein. Damit es wenigstens keine Zeugen gibt, sollte ich scheitern. Aber so darf ich nicht denken. Wir werden nicht scheitern. Wir werden für Gerechtigkeit sorgen.

Die Richterin ist eine streng aussehende Frau um die fünfzig namens Carmen Ruiz, über die Allison nichts wusste, weil sie erst vor Kurzem aus einem der angrenzenden Gemeindeverbände nach Pearley kam.

»Philip?« Rhys und ich nehmen auf der linken Seite des Raums Platz. Rechts sitzt Staatsanwalt Pence, der in diesem Fall die Stadt Pearley und den Staat Kalifornien vertritt. Beim Betreten des Saals haben wir uns die Hand geschüttelt. Ich spüre den zu festen Druck immer noch.

»Hm?«, frage ich und öffne meinen Aktenkoffer, um meine Unterlagen vorzubereiten.

Er schluckt. »Was, wenn wir einen Fehler gemacht haben?«

»Dann korrigieren wir ihn«, sage ich voller Überzeugung.

»Ich meine mit der ganzen Sache.« Er blickt auf seine Finger, die die Tischplatte umklammern. Dennoch sehe ich, dass sie zittern.

»Das haben wir nicht. Schau mich an, Rhys.« Er blickt auf, und in seinem Gesicht sehe ich Angst. »Wir tun das Richtige. Für dich. Für unseren Glauben an Gerechtigkeit. Für deine Schwester. Und deswegen …« Ich will gerade noch sagen, dass ich alles daransetze, zu gewinnen. Für ihn. Für meinen Glauben an Gerechtigkeit. Für seine Schwester. Doch in diesem Moment …

»Erheben Sie sich«, sagt der Gerichtsdiener, und der gesamte Gerichtssaal steht auf. »Nehmen Sie Platz.« Wir setzen uns wieder. Er zählt auf, wer auf Kläger- und Verteidigerseite anwesend ist. Begrüßt die Jury. Fordert mich auf, mein Anfangsplädoyer vorzubringen. Und damit beginnt es.

Ich stehe auf und trete nach vorne. Im Saal ist es mucksmäuschenstill. »Im Februar dieses Jahres kam ein junger Mann zu mir.« Schon während ich die ersten Worte sage, merke ich, wie das Adrenalin durch meinen Körper rauscht. Das hier bin nicht ich. Das hier ist ein Anwalt. Ein knallharter Anwalt, der von seinen Fähigkeiten überzeugt ist. Der für Gerechtigkeit kämpft. Und nichts anderes ist in diesem Moment wichtig.

Ich höre meine Stimme, die die Stimme dieses knallharten Anwalts ist. Sie klingt stark und gewichtig. Alle Blicke sind auf mich gerichtet. Sie sehen mich, aber sie sehen eben nicht mich, sondern den knallharten Anwalt. Der jung ist, aber das macht ihn nicht minder knallhart. Im Gegenteil, es macht ihn sympathisch. Es macht seine Leidenschaft glaubhaft. Es macht, dass ich ungestümer sein kann als mein Kontrahent. Und das muss ich ausnutzen.

»Ein junger Mann, der einem normalen Job nachging. Normal gekleidet war. Mit vollkommen normaler Stimme sprach. Doch die Geschichte, die er mir erzählte, war so weit weg von ›normal‹, dass ich sie zunächst kaum glauben konnte. Denn dieser junge Mann erzählte mir *seine* Geschichte. Es war eine Geschichte voller Ungeheuerlichkeiten, eine Geschichte von Unrecht und Ungerechtigkeit, von Verrat – durch die Gesellschaft, durch die eigene Familie, durch den Staat. Der junge Mann verbrachte seine gesamte Jugend unschuldig im Gefängnis. In einem Prozess, der so schnell vorbei war, dass er kaum angefangen hatte, wurde diesem Mann, der damals noch ein Junge von fünfzehn Jahren war, vorgeworfen, einer der großen Drahtzieher im damals florierenden Drogengeschäft im Süden Pearleys zu sein. Ich weiß nicht, wie es Ihnen geht, verehrte Jury, aber wenn ich an mich selbst mit fünfzehn denke oder an die Fünfzehnjährigen, die ich kenne, kann ich mit absoluter Gewissheit sagen, dass kaum einer von ihnen überhaupt zu einem derartigen Organisationsaufwand in der Lage wäre. Mit fünfzehn, sehr verehrte Damen und Herren, hat man andere Dinge im Kopf – oder eben nicht im Kopf. Aber dazu später mehr.«

Ich mache eine kurze Kunstpause, lasse den Blick schweifen. Und die Tatsache, dass alle im Saal an meinen Lippen hängen, bewirkt, dass ich mich noch sicherer fühle in meiner Rolle.

»Niemand stand ihm bei. Niemand war für ihn da. Niemand war an seiner Seite. Niemand war *auf* seiner Seite. Der junge Mann, der nun ein scheinbar so normales Leben führt, verbrachte sechs Jahre im Gefängnis nicht weit von hier. Sechs Jahre saß er im Pearley Juvenile Prison, erlebte dort Unsagbares, wurde von Mithäftlingen gedemütigt, verprügelt, gefoltert. Und wieder stand ihm niemand bei, war niemand für ihn da, war niemand an seiner Seite.«

Erneut halte ich inne, scanne die Gesichter der Jury. Gebe dem Gesagten Zeit, seine Wirkung zu entfalten.

»Der junge Mann, verehrte Jury, sitzt gleich dort. Rhys Bolton kam zu mir, als er nicht länger mit einer Schuld leben konnte, die nichts, aber auch gar nichts damit zu tun hat, dass er in seinem Leben ein Verbrechen begangen hätte. Sondern eine Schuld sich selbst gegenüber. Denn Rhys Bolton versuchte, zu akzeptieren, was ihm widerfahren war, bis er merkte, dass es Unrecht gibt, das man nicht akzeptieren *kann*, das man nicht akzeptieren *darf*. Das ist der Grund, warum wir alle hier sind. Weil wir Unrecht nicht akzeptieren dürfen. Deswegen gibt es Richterinnen und Richter. Deswegen gibt es Staatsanwältinnen und Staatsanwälte. Deswegen bin ich Anwalt geworden.« Philip ist vielleicht auch Anwalt, um es seiner Familie recht zu machen, aber Mr Englander, der knallharte Anwalt, der ich heute bin, kämpft für Gerechtigkeit. Gerechtigkeit für Rhys Bolton. »Und auch wenn einige von Ihnen, verehrte Jury, nicht freiwillig hier sind und heute vielleicht lieber woanders wären, so hoffe ich doch, dass Sie ebenfalls kein Unrecht akzeptieren wollen. Wir sind hier, um das Unrecht, das Mr Bolton, dem jungen Mann mit der unglaublichen Geschichte, angetan wurde, anzufechten.«

Wieder mache ich eine Pause, damit die Mitglieder der Jury Zeit haben, die Tragweite zu verstehen.

»Im Verlauf des Prozesses werden wir nicht nur darlegen, dass Mr Bolton mit fünfzehn Jahren nicht in der Lage gewesen sein kann, die Verbrechen, die ihm angelastet wurden, zu begehen. Wir werden Leumundszeuginnen und -zeugen hören, die Mr Bolton heute kennen und damals kannten. Wir werden zeigen, dass der junge Mann, der vom Staat Kalifornien zu einem Schwerverbrecher stilisiert wurde, im Gegenteil ein wichtiges, verantwortungsvolles, unverzichtbares Mitglied der Gesellschaft ist, das sich trotz des Unrechts, das man ihm angetan hat, wieder aufgerappelt hat, um die Leben aller um ihn herum zu bereichern. Wir werden Zeugen vernehmen, die beim Prozess damals dabei waren, die aufzeigen werden, dass Fehler gemacht wurden und vor allem« – mein Blick wird noch eindringlicher – »*welche* Fehler.«

Ein Raunen geht durch den Raum, und ich stelle zufrieden fest, dass Richterin Ruiz zwar die Stirn runzelt, jedoch nicht in Ungläubigkeit, sondern in Überraschung.

»Sehr verehrte Jury, ich danke Ihnen an dieser Stelle nicht nur für Ihre Aufmerksamkeit, sondern auch dafür, dass Sie diesen Kampf mit uns annehmen. In meinem, aber vor allem im Namen meines Mandanten. Rhys Bolton. Dessen Name gehört werden muss. Denn es ist der Name eines Unschuldigen. Der Staat Kalifornien hat sich in diesem Fall schwere Fehler zuschulden kommen lassen. Er muss für diese geradestehen, Rhys Bolton vollständig rehabilitieren und ihm eine angemessene Entschädigung zahlen. Aus diesem Grund plädiere ich in Bezug auf Rhys Bolton auf nicht schuldig im Sinne der damaligen Anklage. Schuldig gemacht hat sich hier allein der Staat Kalifornien. Danke.«

Ich nicke Mrs Ruiz, der Jury und Mr Pence zu und setze mich, als hätte ich in meinem Leben noch nie etwas anderes gemacht, als Plädoyers zu halten. Wie durch Watte dringt der Applaus in meinem Rücken an mein Ohr, denn in meinem Körper rauscht das Adrenalin. Ich blicke zu Rhys, dessen Mund offen steht. Seine Gesichtsfarbe ist immer noch besorgniserregend blass, aber auf seinen Wangen zeigt sich eine vorsichtige Röte. Mit den Lippen formt er ein tonloses »Danke«.

## Sophia ∞

**25**  Philip, der Streberpardel, trägt ein Hemd und darüber eine Weste. Eine Weste! Ich hätte es mir ja denken können. Diese fancy Klamotten sind schließlich so etwas wie seine zweite Haut. Meine zweite Haut ist ein einigermaßen sauberes T-Shirt und eine Jeans. Aber Zelda und Tamsin haben gesagt, ich soll ich selbst sein. Und das bin ich eben.

»Hi«, sagt Philip, während ich die Stufen vor dem Haus etwas zögerlich hinuntergehe. Aber er strahlt. Er sieht es nicht. Also schon. Er sieht mich. Aber er sieht nicht die Hülle.

»Hi.«

Er lehnt an seinem Lexus, die Hände in den Hosentaschen. Und obwohl er so ein Streber ist, sieht er in diesem Moment verblüffend lässig aus. Er stößt sich ab, dann kommt er auf mich zu. »Du siehst …« Er schluckt. »Du bist …«

»Wenn du wieder über Maliks Kochkünste sprechen willst, bitte«, sage ich.

»Ich sehe dich so gerne an, Sophia.« Es ist zwar nicht das Kompliment, das er eigentlich aussprechen wollte, das merke ich, aber es ist trotzdem das schönste, was ich je bekommen habe. Weil es so ehrlich ist.

»Ich sehe dich auch gern an, du Westenstreber«, sage ich, dann schließt er mich in seine Arme. Er atmet hörbar ein.

Meinen Geruch. Den Geruch meiner Haare. Und ich den seinen.

Für einen Augenblick sehen wir uns an. Es ist fast ein bisschen peinlich, weil wir uns ziemlich sicher beide küssen wollen. Aber wir tun es nicht, so als wäre da eine unsichtbare Barriere.

»Sollen wir?«, fragt Philip dann, und obwohl es uns aus dieser Starre erlöst, bin ich ein bisschen enttäuscht, weil ich ihn so verflucht gerne küssen würde. Meinetwegen könnte unser Date daraus bestehen, dass wir hier vor meinem abgewrackten Haus stehen und uns küssen. Das würde vollkommen ausreichen.

»Okay«, sage ich. Dann: »Wo geht's eigentlich hin?«

»Ins *Sequoia*. Kennst du das?«

»Nee«, sage ich.

»Hat Zelda mir empfohlen. Gehört wohl einem Freund von ihrem Bruder. Dem netten«, schiebt er hinterher. »Und Malik hat dort auch mal ein paar Monate gejobbt.«

»Cool«, sage ich erleichtert. Wenn Zelda es empfiehlt und Malik dort gearbeitet hat, ist es sicher kein steifer Ort.

Philip öffnet mir die Autotür, und ich steige ein. Dann setzt er sich auf die Fahrerseite, wir schnallen uns an, und er startet den Motor. Doch im nächsten Moment schaltet er ihn wieder aus, löst seinen Gurt und beugt sich zu mir.

»Sorry, das geht so nicht«, sagt er und küsst mich auf den Mund. Und dann noch mal. Und dann bleiben seine Lippen genau dort. Auf meinen Lippen. Und ich möchte verflucht noch mal schmelzen. »Besser.« Er grinst. Und ich grinse auch. Mein ganzer beschissener Körper grinst.

Philip lenkt das Auto auf die Straße. »Am Montag ging der Prozess los«, sagt er.

»Und?«

»Ich hab mein erstes Eröffnungsplädoyer gehalten.«

»Und?« Ich kann nicht glauben, dass es nicht aus ihm rausprudelt.

»Ich hab allen Leuten, die mir wichtig sind, davon erzählt. Aber eigentlich wollte ich nur mit dir drüber reden.« Er reibt sich über den Nacken.

»Aber warum tust du's dann nicht?« Ich will schließlich auch wissen, wie es gelaufen ist. Eigentlich wollte ich Rhys fragen, aber der hatte die ganze Woche frei.

Philip lacht. »Es war großartig.«

»Ja?«

»Ja. Es war wirklich großartig. Ich … habe sie voll gekriegt. Ich … habe es richtig gerockt. Ich … war ein knallharter Anwalt!«

»Weil du einer bist«, sage ich.

»Zumindest kann ich offensichtlich einer sein.«

»Was ist dann passiert?«, frage ich, weil ich die bescheuerte Sehnsucht ausschalten muss, solange Philip fährt.

»Der Staatsanwalt hat gesprochen. Und es war … so sachlich. Er hat seine Sache natürlich gut gemacht. Sehr routiniert. Hat vor allem über die Verhältnisse im Süden der Stadt gesprochen. Er hat sich darauf konzentriert, Verständnis dafür zu schaffen, dass Rhys damals so schnell der Prozess gemacht wurde. Aber das macht Unrecht nicht zu Recht.« Er zuckt mit den Schultern. »Und dann haben wir die ersten Zeugen aufgerufen. Ein Polizist von damals, der einfach nur seinen Job gemacht hat, hat vom Tag der Verhaftung und den Verhören erzählt.«

»Das muss für Rhys krass gewesen sein«, sage ich, weil ich mir das übertrieben heftig vorstelle. Alles noch mal zu erleben. Vor allem, weil es in seinem Fall einfach so fucking ungerecht war.

»Über Rhys kann ich nicht sprechen«, sagt Philip, und ich sehe, dass er eigentlich sehr wohl mit mir darüber sprechen wollen würde. Aber dieser wundervolle Streber tut das Richtige.

Das *Sequoia* ist am Rand des Ausgehviertels von Pearley in einer ruhigen Seitenstraße. Und schon aus einiger Entfernung sehe ich, dass es eben doch ein stinkfeiner Laden ist. Nicht Eudora-fein. Nicht altehrwürdig. Sondern modern und schick und an Yuppies wie Philip gewöhnt und nicht an so struppige Menschen wie mich. Struppies. Meine gute Laune, meine Begeisterung für dieses Date und für die zweisame Zeit mit Philip wird von dem nagenden Gefühl verdrängt, nicht so richtig hierherzugehören.

Philip hält mir die Tür auf, aber ich trete nicht ein.

»Alles okay?«, fragt er.

Nein, es ist nicht okay. Wieso tut er das? Wieso versetzt er sich nicht in meine Situation? »Ich pass da nicht rein«, sage ich.

»Was?« Philip lacht. Na toll. »Wieso sollst du da nicht reinpassen?«

»Weil es fein ist. Und schick. Und weil ich …« Ich zupfe an meinem Shirt.

»Es spielt überhaupt keine Rolle, wie du angezogen bist«, sagt Philip.

»Warum siehst du dann so schick aus?«

»Weil ich …« Er sieht mich ein bisschen schuldbewusst an. »Weil ich das so kenne. Wenn man eine Frau ausführt, zieht man sich gut an.«

Ich kenne es so: Man hängt auf irgendeiner versifften Couch bei irgendeinem Typen ab, der vermutlich schon zu bekifft ist, um mitzukriegen, wer man ist, und irgendwann bläst man ihm einen. Und wenn man Glück hat, kriegt man danach ein bisschen Nähe oder so.

»Wenn es dir unangenehm ist, dann gehen wir woanders hin. Ich wollte nur, dass du es schön hast. Dass du phänomenales Essen bekommst. Dass ein Kellner um dich herumscharwenzelt und dir das Gefühl gibt, du seist eine Prinzessin.«

»Aber ich bin so ungefähr das Gegenteil von einer Prinzessin.« Das muss er doch sehen.

»Das spielt keine Rolle.«

»Für mich vielleicht schon.«

»Ich mach dir einen Vorschlag. Wir gehen rein, lassen uns an unseren Tisch bringen. Wir schauen, wie lange du dich wohlfühlst. Und wenn es einen Moment gibt, in dem du lieber woanders wärst, gehen wir. Sofort. Egal, ob wir schon gegessen haben. Egal, ob ich gerade den Mund voll habe. Wir stehen einfach auf und gehen.«

Jetzt lache ich. »Das meinst du nicht ernst.«

»Doch.«

Ich wäre zwar jetzt schon gern woanders, aber er wirkt so begeistert, dass ich ihm den Gefallen tue und eintrete. Philip ist dicht hinter mir, und seine Anwesenheit macht, dass ich mich ein bisschen sicherer fühle in dieser Umgebung.

»Guten Abend«, sagt ein Kellner im weißen Hemd.

»Guten Abend. Ich habe einen Tisch für zwei reserviert. Auf den Namen Englander.« Philip ist vollkommen souverän.

»Wenn Sie mir bitte folgen würden? Hier drüben.« Er macht eine Geste zu einem Tisch am Fenster. »Darf ich Ihnen Ihre Jacke abnehmen?« Er streckt die Hand nach meiner Jeansjacke aus, und ich bin zu überrascht, als dass ich mich gegen die Behandlung sträuben würde.

Wir setzen uns, und kurz darauf kommt der Kellner ohne meine Jacke, dafür mit sehr spärlich bedruckten Speisekarten zurück. Die paar Male, die ich auswärts gegessen habe, waren die Speisekarten laminiert und hatten zehn Seiten, auf denen es von Burgern über Pizza und Burritos bis zu Milkshakes einfach alles gab. Auf dieser Karte stehen gerade mal acht verschiedene Speisen. Und Fotos gibt es auch keine.

»Wenn Sie Fragen zu unserem Menü haben, lassen Sie es mich wissen«, sagt der Kellner. Aber ich wüsste nicht einmal, wo ich mit meinen Fragen anfangen sollte. »Wünschen Sie vielleicht schon einen Aperitif?«

»Willst du?«, fragt Philip.

»Ich empfehle Portwein mit unserem hausgemachten Tonic«, sagt der Kellner.

Ich bin überfordert und blicke Philip Hilfe suchend an. Ist das der Moment, in dem wir aufstehen und gehen?

»Geben Sie uns einen Augenblick?«, fragt Philip, und der Kellner nickt und entfernt sich. »Portwein Tonic?«, fragt Philip.

»Ich trinke keinen Alkohol«, flüstere ich.

»Weil du noch nicht einundzwanzig bist?«

»Weil ich keinen trinke.«

»Okay, kein Problem. Willst du dann nur das hausgemachte Tonic probieren?«

»Geht das denn?«

»Es geht alles. Alles, was du möchtest. Das ist das Gute an solchen Läden.«

»Okay, dann ja.«

Philip winkt den Kellner zu uns und bestellt zweimal das hausgemachte Tonic. Ohne Portwein.

»Du hättest ruhig ...«

»Aber muss doch nicht«, sagt er und fasst über den Tisch nach meiner Hand.

»Weißt du«, beginne ich, »ich hab früher so viel Schrott konsumiert. Ich will einfach wach sein. Nicht betäubt. Die Kontrolle behalten.«

»Du musst mir nichts erklären.«

»Aber ich will, dass du es weißt.« Verfickte Hölle, wie kann man denn so abnormal süß sein?

Unser Tonic kommt. Wir stoßen an. Und ich beginne, mich weniger unwohl zu fühlen. Der Kellner hat kein einziges Mal abfällig geschaut. Wenn ich nur wüsste, wie ich etwas zu essen auswählen soll.

»Wie machen wir das mit dem Essen?«, frage ich.

»Keine Ahnung«, sagt Philip. »Wir fragen.« Und selbst beim Keine-Ahnung-Haben wirkt er noch souverän.

Als der Kellner das nächste Mal an unseren Tisch kommt, sagt Philip: »Wir tun uns mit der Auswahl schwer. Haben Sie eine Empfehlung für uns?«

»Aber selbstverständlich«, erwidert er. Und dann erzählt er von ausgefallenen Geschmäckern und dem Zusammenspiel im Mund und von Sauerampfer und Brunnenkresse und selbstgeschöpftem Käse. Ich denke an Malik, der ähnlich begeistert ist, wenn er über Essen spricht. Ich habe keine Ahnung, wie das alles schmecken soll, wie so viel ausgefallener Kram Sinn ergeben soll, aber Philip sieht begeistert aus.

Dann sagt er: »Was hältst du davon, wenn wir das Menü genau so nehmen?«

Ich nicke, und der Kellner scheint sich wirklich zu freuen, dass jemand seine Empfehlung ernst nimmt.

»Ich bin richtig schlecht darin, Essen auszuwählen«, sagt Philip. »Meistens nehme ich am Ende das Tagesspecial, weil ich es so traurig finde, wenn sich jemand die Mühe macht, es extra anzupreisen.«

»Obwohl du vielleicht lieber etwas anderes hättest?«, frage ich.

Er zuckt mit den Schultern und lacht. »Seltsam, oder?«

Ich finde es ein bisschen entzückend. »Was würdest du denn essen, wenn es keine feinen Restaurants und keine Specials geben würde?«, frage ich.

»Keine Ahnung. Ich esse vieles gern.«

»Was war das Beste, was du je gegessen hast?«

»Okay, pass auf«, sagt Philip. »Auf meiner Europareise war ich in Dublin in einem richtig abgefuckten Pizzaladen. Es war mitten in der Nacht, der Pub hatte mich und zwei andere Backpacker, die ich in London kennengelernt hatte, wegen der Sperrstunde gerade vor die Tür gesetzt. Und wir hatten so einen unglaublichen Hunger, dass wir einfach alles gegessen hätten. Wir sind ein bisschen betrunken – oder auch ein bisschen sehr – in den Laden gestolpert und haben uns jeder eine Pizza bestellt. Sie war richtig fettig und bestand vermutlich zu fünfzig Prozent aus billigem Käse. Aber ich glaube, so sehr habe ich noch nie eine Mahlzeit genossen.«

»Weiß Eudora davon?«, frage ich grinsend.

»Eudora weiß so einiges nicht, was in Europa passiert ist.«

»Zum Beispiel?«

Der Kellner stellt einen kleinen Gruß aus der Küche vor uns. Irgendetwas Grünes auf einem Löffel. Ich schiebe es mir in den Mund und habe fast das Gefühl, meine Zunge explodiert vor Geschmack. Ich kann es nicht mal benennen, nur dass da so viel passiert, dass ich wünschte, ich hätte mehr als einen Löffel.

»Fuck me, ist das krass«, entfährt es mir, und Philip lacht.

»Sie weiß zum Beispiel nicht, dass ich ein Praktikum in einer Brauerei in Belgien gemacht und herausgefunden habe, dass das Bierbrauen das Coolste und Befriedigendste überhaupt ist«, nimmt Philip den Faden wieder auf. »Sie weiß nicht, dass ich in Amsterdam Pilze genommen habe. Sie weiß nicht, dass ich lauter tolle Leute getroffen habe, die sich allesamt nicht so knechten lassen. Das ist in Europa ein bisschen lockerer. Man kann einfach ein Jahr Auszeit nehmen, ohne dass gleich jemand aufschreit. Sie weiß nicht, dass ich fast nicht zurückgekommen wäre.«

»Warum?«

»Ich habe mich so frei gefühlt. So glücklich.«

»Und dann?«

»Dann bin ich zurückgekommen und habe in der Kanzlei angefangen, wie man es von mir erwartet hat.«

»Und du hast nie wieder fettige Pizza gegessen.«

Wie aufs Stichwort kommt der erste Gang, der winzig ist und so weit entfernt von billiger Pizza wie nur irgend möglich.

»Ich glaube, du bist meine fettige Pizza.«

Obwohl mich der Geschmack des komischen Süppchens im Glas – irgendwas mit gelber Beete – wieder umhaut, lasse ich den Löffel sinken. Denn Philip ist auch meine fettige Pizza. Das, was man unbedingt will. Das, was einen glücklich macht, selbst wenn es vollkommen abwegig scheint.

»Mr Englander.« Unsere schauderhaft verliebten Blicke werden von einer tiefen Stimme unterbrochen. »Guten Abend.«

Philip sieht auf. Dann tupft er sich hektisch den Mund ab, legt seine Serviette neben den Teller und erhebt sich.

»Mr Wrench.« Er schüttelt die Hand von einem mittelalten Mann in weißem Hemd.

»Wie geht es Ihrer Familie?«

»Gut, danke der Nachfrage«, sagt Philip. »Und selbst?«

»Stellen Sie mir lieber Ihre Begleitung vor.«

Es gefällt mir nicht, wie dieser Mr Wrench mich ansieht. Wie ein Geier.

»Warten Sie. Kenne ich Sie nicht? Waren Sie nicht auch auf Eudoras Party?«

Ich runzle die Stirn. Denn ich kann mich an ihn nicht erinnern. Aber wenn ich ehrlich bin, habe ich dort niemanden so richtig wahrgenommen. Es war einfach nur ein Einheitsbrei aus viel zu reichen, viel zu steifen Leuten.

»Sie sind doch Eudoras kleines Sozialprojekt.«

»Das ist Sophia Marin«, unterbricht Philip. »Mein Date.«

»Ihr Date? Oho!« Ich mag seinen Ton nicht, aber glücklicherweise wendet er sich wieder Philip zu. »Habe gehört, Sie haben Ihre Sache vor Gericht richtig gut gemacht.«

»Vielen Dank.«

»Nein, im Ernst. Pence war beeindruckt.«

»Pence?«, fragt Philip.

»Wir spielen zusammen Golf.«

Philip nickt. »Dann grüßen Sie ihn von mir, wenn Sie ihn das nächste Mal sehen.«

»Oder Sie ihn von mir. Sie sehen ihn vermutlich früher.« Mr Wrench lacht unangenehm. »Einen schönen Abend noch.« Er nickt erst Philip, dann mir zu. Dann geht er zu seinem Tisch.

»Wer war das denn?«, frage ich leise.

»Ein Bekannter meiner Großmutter. Er ist Journalist. Mein Dad hat mich vor ihm gewarnt. Deswegen musste ich leider Small Talk mit ihm machen.«

»Ist schon okay.« Auch wenn ich mir nun der Anwesenheit von diesem blöden Kerl nur allzu bewusst bin. Und auf einmal schmeckt der nächste Gang, der aussieht wie Kunst, komisch. Und ich fühle mich komisch. Und ich würde am liebsten auf der Stelle gehen. Aber gleichzeitig soll Philip sich nicht schlecht fühlen. Also bleibe ich. Bleiben wir.

Doch die entspannte Atmosphäre ist dahin. Wrench sitzt einen Tisch weiter und beobachtet uns. Vielleicht lauscht er auch. Deswegen will ich nicht mehr viel sagen.

Als Philip nach dem Hauptgang wieder meine Hand nehmen will, ziehe ich sie weg, obwohl ich nichts lieber möchte. Aber dieser Typ tut das, wovor ich Angst hatte. Er gibt mir das Gefühl, hier nicht herzugehören. Seine Blicke machen mir bewusst, dass ich anders bin. Und dass diese Welt für Menschen wie ihn und Philip ist. Nicht für Sophias.

Philip sieht es nicht, weil er mit dem Rücken zu diesem Wrench sitzt. Am liebsten würde ich etwas sagen. Würde am liebsten aufstehen und gehen. Und ich weiß, dass Philip keine Sekunde zögern würde. Aber er hat dieses Restaurant ausgewählt, damit ich mich fühle wie eine Prinzessin. Und ich weiß nicht, ob er einfach blind ist oder ob es ihm wirklich egal ist. Aber er und ich zusammen, wir ecken an. Das werden wir immer. In meiner Welt, weil er ein Streber ist, in seiner Welt, weil ich beschädigte Ware bin. Und in seiner Welt tauscht man beschädigte Ware um.

Philip redet. Er überspielt die Peinlichkeit der Situation. Er erzählt und lacht und sieht mich an. Er scherzt mit dem Kellner, als der den Nachtisch bringt. Und währenddessen kann ich die ganze Zeit nur daran denken, dass ich lieber woanders wäre. Und wenn es eine siffige Couch wäre. Und wenn es ein unwürdiger Blowjob wäre. Und wenn es rot gekiffte Augen wären, die mich dabei halb lüstern ansähen.

»Ist alles in Ordnung?«, fragt Philip mit Blick auf meinen unangetasteten Nachtisch. Ich kriege ihn nicht runter, weil mein Hals so eng ist.

»Ja«, sage ich.

»Sicher?«

»Ja. Nein. Keine Ahnung.«

»Sophia, was ist los?«

»Ich …« Ich will nicht undankbar wirken. Oder dass er sich schlecht fühlt. »Alles gut.«

»Du fühlst dich doch unwohl, oder?«, fragt er. Und jetzt kann ich nicht mehr so tun, als ob. Ich nicke. »Shit, Sophia. Das tut mir leid.«

»Ist nicht schlimm.«

»Doch. Doch, das ist es.« Er fährt sich durch die Haare. »Du hast es von Anfang an gesagt, und ich hab dich gedrängt, und jetzt fühlst du dich mies.«

Ich glaube fast, er fühlt sich in diesem Moment noch mieser.

»Wie kann ich es wiedergutmachen?«, fragt er.

»Du musst es nicht …«

»Aber ich will«, unterbricht er mich. »Das sollte ein schöner Abend für uns beide sein. Ich bin so dämlich. Gib mir einen Moment.«

Philip steht auf und geht zum Kellner, der hinter einem Tresen Gläser poliert. Sie sprechen miteinander. Der Kellner lacht. Philip klopft ihm auf die Schulter. Und kurz darauf ist er mit meiner Jacke wieder da. »Lass uns gehen.«

»Aber der Nachtisch …«

»Du fühlst dich nicht wohl, wir gehen.« Er sagt es, als wäre es das Selbstverständlichste auf der Welt, und hält mir die Jacke hin, damit ich reinschlüpfen kann.

»Echt jetzt?«, frage ich.

»Sophia.« Er sagt meinen Namen auf eine Weise, die bedeutet: »Was denkst du denn?« Leiser: »Ich muss mich noch schnell von Wrench verabschieden. Wenn du willst, kannst du draußen warten.«

Und obwohl es sich ein bisschen scheiße anfühlt, dass er mich lieber nicht an seiner Seite haben will, bin ich dennoch dankbar, als ich den Laden verlasse.

Von draußen sehe ich, wie Wrench aufsteht. Wie Philip ihm die Hand gibt. Wie Wrench ihm mit diesem eklig breiten Grinsen auf die Schulter klopft. Wie Wrench etwas sagt und Philip sich versteift. Wie Wrench nun offensichtlich so tut, als sei das, was er gesagt hat, ein Witz gewesen. Doch Philip verabschiedet sich nun endgültig, und ich wende mich ab. Er soll nicht denken, dass ich ihn beobachte.

»Was für ein ätzender Typ«, sagt er, als sich die Tür hinter ihm geschlossen hat.

Ich finde auch, dass dieser Wrench ein absolut ätzender Typ ist, aber das sage ich lieber nicht. »Warum?«

»Ach, er hat eine blöde Bemerkung gemacht.«

Ich weiß, dass es dabei um mich gegangen sein muss. Aber ich will nicht wissen, was er gesagt hat. Ich will einfach nur nach Hause.

Doch Philip verwebt unsere Hände miteinander. »Nachtisch?«, fragt er.

»Aber …« Hat er immer noch nicht gemerkt, dass ich nicht in seine Welt passe? »Wir hatten doch schon Nachtisch.«

»Ich hatte Nachtisch. Du hast nur drin rumgestochert, weil du dich nicht wohlgefühlt hast. Aber du solltest Nachtisch kriegen. Sonst macht Zelda mir Vorwürfe.«

»Ich weiß nicht.« Aber ich muss lachen.

»Wenn du keine Lust mehr auf mich hast, weil ich dieses

doofe Restaurant ausgesucht habe, ist das auch okay. Aber ich für meinen Teil fände es schön, wenn wir uns noch nicht verabschieden.« Er sieht mich pardelmäßig an, was bewirkt, dass ich unter gar keinen Umständen jemals will, dass wir uns verabschieden. »Hast du Lust auf Eis?«

Eis klingt gut. Eis klingt normal. »Okay?«, sage ich.

»Um die Ecke ist eine vegane Eisdiele, auf die Pearl schwört. Ich lade dich ein!«

»Okay?«, sage ich wieder. Und dann verschwindet das Zögerliche, weil Philip so glücklich aussieht. So erleichtert.

Hand in Hand laufen wir die Straße entlang. Philip redet wieder. Und ich … auch irgendwie. Es ist so viel besser, wenn wir nicht aburteilenden Blicken ausgesetzt sind. Wenn es nur wir beide sind. Dann funktioniert es. Dann funktionieren wir.

»Was ist deine liebste Eissorte?«, frage ich, als wir vor der hübschen kleinen Eisdiele angekommen sind.

»Pistazie. Damit macht man nichts falsch.«

»Damit macht man nichts falsch?« Ich lache. »Deine liebste Sorte ist, dass man damit nichts falsch macht?«

Er zuckt mit den Schultern. »Ich schätze, ich bin ein Gewohnheitsmensch.«

»Ich schätze, du bist langweilig«, sage ich.

»Solange das für dich kein Grund ist, nicht mit mir Eis zu essen …«

Und in diesem Moment kann ich mir beim besten Willen keinen Grund vorstellen, jemals nicht mit ihm Eis essen zu wollen. Er ist perfekt. In seiner pardelhaften Streberlangeweile ist er absolut perfekt.

Mit ihm durch die Straßen zu schlendern und Eis zu essen ist absolut perfekt. Und es rührt mich, dass ihm so wichtig ist, wie es mir geht. Noch nie war jemand so aufmerksam mir gegenüber. Noch nie hat es jemanden wirklich interessiert, wie es mir geht.

Ich denke an versiffte Sofas und den Geruch von Gras. Oder das Gefühl von etwas anderem, das mir die Sinne benebelt. Mich so richtig weghaut. Das hier ist anders. Das hier ist wach. Und es ist gut. Philip ist gut. Und ich habe das unbedingte Bedürfnis, ihm zu zeigen, dass ich es zu schätzen weiß. Und das ist endlich mal etwas Legales, worin ich gut bin.

»Philip?« Ich versuche, Verheißung in meine Stimme zu legen. Er sieht mich an. »Denkst du, wir könnten wo hingehen, wo wir ...«

»Wir können überall hingehen«, sagt er sofort mit einem besorgten Lächeln auf den Lippen.

»... wo wir ungestört sind?«

»Okay?«, sagt er, und das besorgte Lächeln verblasst. An seine Stelle tritt ein aufgeregter Ausdruck, den ich absurd niedlich finde.

»Ehrlich gesagt, wäre ich gern irgendwo, wo wir ...«

... *vögeln können,* will ich sagen. Aber Philip nennt es ziemlich sicher nicht so. »... miteinander schlafen können.« Um ihm zu zeigen, wie großartig ich ihn finde.

»Okay?« Seine Stimme klingt belegt. »Das ... äh ... ich hab nicht ... damit gerechnet ... Aber nur, wenn du das auch willst.«

»Echt jetzt?« Ich glucke. Das war einfach. »Du wohnst in der Nähe, oder?«

Er nimmt meine Hand. »Ja, aber ...«

»Aber?«

»Ich kann nicht fassen, dass du das willst.«

»Ich kann nicht fassen, dass wir immer noch hier stehen«, sage ich und beiße mir sexy auf die Unterlippe.

»Ich auch nicht«, sagt Philip, nimmt meine Hand und fängt an, zu joggen.

In diesem Moment ist jedes Unwohlsein, jeder Zweifel verflogen. Denn im Gegensatz zu fancy Restaurants und Etikette kenne ich mich mit Sex aus. Und ich kann es nicht erwarten, Philip das zu zeigen.

 *Philip*

**26** »Hier wohnst du also«, sagt sie und sieht sich in meinem Zimmer um. Es ist ebenso spartanisch wie ihre Wohnung, aber mit dem Unterschied, dass ich es minimalistisch wollte, während sie einfach nicht mehr Kram hat. Und auf einmal ist mir mein Einrichtungsstil unangenehm.

»Hier wohne ich, ja. Und, ähm … es fehlt vielleicht noch ein bisschen Deko oder so.« Ich fahre mir mit der Hand über den Nacken.

Sie zuckt mit den Schultern und tut ein paar Schritte Richtung Bett.

»Ist das bequem?«, fragt sie und setzt sich. Setzt sich in eine laszive Pose, die mich fertigmacht. Verschwunden ist die unsichere Sophia, die sich in der Umgebung des schicken Restaurants nicht wohlgefühlt hat. Das hier ist sie, aber eine echt sexy Version. Nicht, dass ich sie vorher nicht sexy gefunden hätte. Maßlos sexy in ungefähr jeder Sekunde. Selbst als sie dieses Cocktailkleid anhatte, das Gran ihr gekauft hat. Aber jetzt hat ihre Sexyness ein Ziel.

»Wir müssen nicht … also, wenn du es dir anders überlegt hast …« Halt die Klappe, Philip. Aber ich möchte sichergehen, dass sie sich zu nichts gedrängt fühlt.

»Philip?« Ihre dunkle Stimme beschert mir eine Gänsehaut. »Willst du mich?« Der Tonfall, in dem sie das sagt, jagt mir einen Schauer über den Rücken.

»Ich … ja … ich … natürlich.«

»Dann komm.« Sie klopft neben sich aufs Bett.

Meine Beine fühlen sich auf einmal an wie Pudding, doch ich tue wie mir geheißen. Sie ist sie. Nicht sie vor ein paar Jahren. Ich bin ich. Nicht ich als Anwalt. Wir tun nichts Verbotenes, wir tun etwas Schönes. Mein Kopf weiß das alles, mein Penis sowieso, aber das Unbewusste hinkt noch etwas hinterher.

Sobald ich neben ihr sitze, gibt Sophia mir einen leichten Schubs, sodass ich mich nach hinten sinken lasse. Auf die Ellbogen, damit ich sie trotzdem ansehen kann. Sie positioniert sich über mir, ihre Knie rechts und links von meinen Beinen. Ihr Blick wird verhangener. Lustvoller.

Sie wandert mit dem Finger einmal an der Knopfleiste meiner Weste entlang, hält an meinem Gürtel inne. Auf ihrem Weg zurück nach oben öffnet sie einen Knopf nach dem anderen. Dann fährt sie unter meinen Krawattenknoten und löst ihn. Langsam. Fast zu langsam. Doch sie dabei zu beobachten macht, dass ich innerlich bebe.

Sie ist so verflucht heiß. Es ist beinahe, als hätte sie irgendeinen Schalter umgelegt und die normale, die wütende und unabhängige Sophia ist dieser erotischen Fantasie gewichen. Ich beschwere mich nicht, ich …

Sie zieht die Krawatte aus dem Kragen, öffnet dann mein Hemd Knopf für Knopf, um das Unterhemd, das ich darunter trage, freizulegen.

»Wie viele Schichten kommen denn da noch?«, fragt sie mit einem betörenden Grinsen.

»Das ist die letzte«, erwidere ich und bin ein bisschen neidisch, dass ihre Bewegungen so sicher sind. Dass sie nicht vor Aufregung vergeht. Dass sie so cool dabei ist. Im Gegensatz zu mir, dem Streber, der das alles unendlich aufregend findet. Nicht weil ich keine Erfahrung hätte, aber

Sophias sexuelles Selbstbewusstsein ist ein bisschen einschüchternd. Es ist, als hätten wir die Rollen aus dem Restaurant getauscht.

Ich will mich aufrichten, um sie zu küssen, so wie wir es auf dem Weg vom Restaurant gemacht haben. So wie ich es immer wieder machen möchte. Denn das ist meine erotische Fantasie. Küsse mit ihr. Doch sie hält mich auf Abstand, sodass ich mich ergebe und sie machen lasse.

Als sie sich erhebt, bin ich kurz davor, zu protestieren, denn ich will nicht, dass wir uns nicht berühren, aber im nächsten Moment sehe ich, was sie vorhat, und ich kann mich nicht beschweren. Werde mich nicht beschweren.

Sie zieht sich selbst aus. Langsam und heiß. Erst das T-Shirt, dann die Hose. Sie steht in schwarzer Spitzenunterwäsche vor mir, und ich muss mich wirklich zwingen, an Ort und Stelle zu bleiben.

Im nächsten Moment ist sie wieder bei mir, doch nun kniet sie sich vor mich, öffnet den Gürtel meiner Hose, den Knopf, den Reißverschluss. Sie fährt mit der Hand über die Beule, die sich in meiner Hose gebildet hat, und ich atme schnaufend ein, weil ihre Berührung so gut ist.

Sie hebt den Kopf, blickt mich an aus ihren großen, dunklen Augen, die so tief wirken, dass ich darin versinke. Ihre Lippen sind leicht geöffnet. Ich will sie hochziehen, zurück zu mir. Will nicht, dass sie auf diese Art zu mir aufsieht, als wäre ich jemand, zu dem man aufsehen muss. Ich will zu *ihr* aufsehen.

Doch sie wackelt mit dem Zeigefinger. »Entspann dich«, raunt sie. Doch wie zum Teufel soll ich mich entspannen, wenn sie diese Dinge tut?

Sie zieht an meiner Hose, ich helfe ihr, sie loszuwerden. Ich möchte sie anfassen. Möchte so dringend meine Hände über ihre Haut gleiten lassen. Doch sie fährt mit dem Fingernagel die Innenseiten meiner Schenkel entlang, sodass ich für einen Moment nicht mehr denken kann. Meine Erektion pulsiert in meinen schwarzen Boxerbriefs, und sie fährt wieder mit der Hand darüber.

Ich weiß kaum, wie mir geschieht, denn als Nächstes bin ich komplett nackt, und Sophia fährt mit ihrer Zunge an meinem steifen Schaft entlang. Es geht so schnell. Im einen Moment waren wir ... und jetzt ... Immer noch kniet sie vor mir, immer noch sehne ich mich nach ihr. Doch als sie meinen Penis mit ihren Lippen umschließt, ist jedes Sehnen für einen Moment still, weil sich das so wunderbar anfühlt. Ihre Lippen, mit denen sie den perfekten Druck ausübt, ihre Zunge, die meine Spitze umspielt, das leichte Saugen, während sie mich tiefer aufnimmt. Ihre Hände scheinen überall zu sein, berühren mich an Stellen, die machen, dass ich explodieren will, ohne dass ihre Lippen aufhören würden, mich um den Verstand zu bringen.

Ihr Blick ist lustvoll. So lustvoll. Sie gibt ein leises Stöhnen von sich, was macht, dass auch ich stöhne.

»Sophia«, flüstere ich, »du musst nicht ...« Doch weiter komme ich nicht, weil sie in diesem Moment sanft an mir knabbert und die Angst vor ihren Zähnen an meiner empfindlichsten Stelle die Aufregung noch einmal steigert. Fuck, ist das gut. Fuck, ist das anders. Fuck, ist das ...

Ich habe keine Ahnung, woher sie das Kondom hat. Und ich habe keine Ahnung, wie sie es schafft, es mir mit dem Mund überzuziehen. In meinem ganzen Leben habe ich noch nie etwas so Heißes gesehen. Es ist ... es ist ... wie aus einem Porno. Ein echter Porno. Und bei diesem Gedanken muss ich kurz den Kopf schütteln, weil ich einfach nicht weiß, wie mir geschieht.

Endlich, endlich ist Sophia nun bei mir. Kniet über mir. Ich kann sie berühren. Kann ihre weiche Haut anfassen. Sie löst ihren BH und fährt sich mit den Händen über ihre Brüste. Ihre Hände sind genau dort, wohin sich meine sehnen. Und der Anblick schafft mich. Schafft mich wirklich, denn so etwas Erotisches habe ich noch nie gesehen. Wie sie sich berührt. Nicht nur an den Brüsten, sondern dann weiterwandert, ihre Finger in sich einführt ... Fuck! Sie beißt sich in die Unterlippe und stöhnt leise, fährt dann mit dem Finger, der gerade noch in ihr war, meine Brust entlang.

»Sophia«, flüstere ich. Ich will ihr näher sein. Will nicht nur zusehen. Will sie zu mir ziehen, und es gelingt mir, ihr einen Kuss zu entlocken. Einen tiefen, schönen Kuss, der sie vollkommen zu entfesseln scheint. Denn sie lässt sich nun auf meine Erektion sinken, bis sie mich komplett in sich aufgenommen hat. Ein tiefes, kehliges Stöhnen entfährt ihr. Sie hat die Augen für einen Moment geschlossen. Und dann beginnt sie sich zu bewegen. Lässt die Hüften kreisen, senkt ihr Becken auf und ab. Stöhnt dabei. Stöhnt immer tiefer, immer lauter. Zu tief und zu laut. Und ich stöhne mit, weil ich nicht anders kann, weil das hier die Erfüllung aller Männerträume ist. Meiner Träume?

Sie reitet mich. Reitet mich schneller und schneller. Gott im Himmel, wie kann man nur so ... verflucht scharf sein. Wie kann man so sexy ... sie berührt sich wieder, sieht mich an, stöhnt. Sie sieht mich beim Stöhnen an. Dann stöhnt sie Worte: »Ja!« und »O Gott, Philip!« und »Du bist so groß!« und »Du bist so tief in mir!« und noch mal »So groß!«.

Ich will ihr sagen, wie schön ich sie finde, doch aus meinem Mund kommen keine Worte mehr, weil meine Lippen taub sind vor Lust.

»Du bist so gut, Philip«, keucht sie, dabei mache ich doch gar nichts. »Ja! O ja!« Ihr Stöhnen wird tiefer, als würde ich sie genau dort berühren, wo sie berührt werden will.

Sie beugt sich zu mir, beißt mich in die Lippe, stöhnt dabei an meiner Lippe, beißt mich in die Schulter. Es ist ein sanfter, schöner Schmerz, den ich genießen würde, wäre ich nicht so heillos überfordert. Ich lege meine Hände um ihre Taille, genieße das Gefühl ihrer warmen Haut unter meinen Fingern, und sie bewegt sich noch schneller. Bewegt sich so schnell, dass vor meinen Augen alles verschwimmt, weil ich gleich komme. Nun wird auch mein Stöhnen tiefer und kehliger, und sie spiegelt es. Stöhnt mit mir. Stöhnt: »Fester, tiefer, ja, ja, ja! O ja, oh, Philip.«

»Sophia«, keuche ich. »Sophia.« Und dann spritze ich ins Kondom ab, erleichternd, bebend. »Sophia.« Ich strecke meine Arme nach ihr aus. Sie hat gestöhnt, als wäre sie auch gekommen, aber das ist sie nicht. Das weiß ich.

Sie legt sich neben mich, bettet ihren Kopf auf meine Schulter. Beißt mich ins Ohrläppchen, sodass ich wieder eine Gänsehaut kriege. Und endlich kann ich ihr nah sein. So nah, wie ich es möchte. Halte sie im Arm. Auch wenn ich maßlos verwirrt bin. Was war das?

»Hat es dir gefallen?«, fragt sie nach ein paar Minuten.

»Ich ... ja ... ich ...« Denn es *hat* mir gefallen. Es war nur irgendwie nicht so, wie ich es mir vorgestellt habe. »Und dir?«

»Du warst unglaublich«, raunt sie in mein Ohr. »Du warst der Beste, den ich je hatte.«

Was redet sie da? »Äh, bitte was?«

»Du warst so gut«, flüstert sie, und nun löse ich mich von ihr. »Ist alles in Ordnung? Habe ich was falsch gemacht?«

»Du … nein … ich …« Ich kann keine geraden Sätze mehr sprechen. Zu überfordert ist mein Gehirn, ist mein Körper von dieser Art von Sex.

»Ich bin noch nie so heftig gekommen«, sagt sie und schlingt ihre Arme um mich. »Das war der beste Sex, den ich je hatte.«

Ich atme tief ein. Denn langsam verstehe ich überhaupt nicht mehr, was hier passiert. »Sophia? Was war das?«

»Was meinst du?« Sie zieht an meinem Arm, damit ich mich wieder zu ihr lege, aber ich rücke stattdessen noch ein Stück von ihr weg, weil sie mir plötzlich ganz fremd erscheint.

»Du, der Sex, das alles …«

Ihr Gesichtsausdruck wechselt von Zufriedenheit zu Unsicherheit. »Ich dachte, du mochtest es?«

»Ich … mochte es«, versichere ich ihr. »Es war nur anders, als ich es gewohnt bin.« Ich räuspere mich, weil mir die Unterhaltung ein bisschen unangenehm ist. Wie sagt man dem Mädchen, das man begehrt, dass man keinen Porno-Sex mit ihr will? Dass man sie will und nicht irgendeine Projektion männlicher Fantasien?

»Sag mir, auf was du stehst«, flüstert sie.

»Ich wüsste gern, worauf *du* stehst«, gebe ich zurück, denn das, was wir gerade hatten, kann es wohl schlecht sein.

»Ich stehe auf alles, was du willst.« In ihre Stimme legt sie wieder diese sexy Verheißung, die mich vorhin noch richtig angemacht hat, mir jetzt allerdings völlig übertrieben erscheint.

»Und ich stehe auf alles, was du willst.«

»Ich meine es ernst, Philip.«

»Ich auch.« Ich lege etwas zu viel Nachdruck hinein, sodass sie erschrickt.

»Okay«, erwidert sie.

272

»Aber ich mag es zum Beispiel nicht so gern, wenn du mir sagst, ich sei der Tollste und Größte, und so tust, als würdest du heftig kommen, wenn das gar nicht stimmt.«

»Was?« Nun ist sie diejenige, die den Abstand zwischen uns vergrößert.

»Ich mag es nicht, wenn du das Gefühl hast, du müsstest Dinge für mich tun. Der Blowjob. Das war toll, das war heiß, aber es hätte mir besser gefallen, wir wären uns nah gewesen, hätten uns geküsst, uns langsam gegenseitig kennengelernt, weißt du?« Ich sehe sie an, will ihren Körper umfassen. Will ihr wieder nah sein. Ihr erklären, dass sie nicht dazu da ist, mir Lust zu verschaffen, sondern wir uns gegenseitig.

»Was soll das denn heißen?«, fragt sie.

»Na ja, dass ich eben dich will. Nicht diese Version von dir, die einem Porno entsprungen sein könnte.«

Sie funkelt mich an. »Oh, bitte entschuldige, dass ich verflucht noch mal wollte, dass du Spaß hast.«

»Das hatte ich. Das … danke«, stottere ich. »Aber ich will, dass wir beide Spaß haben.«

»Und ich hab dir nicht das Gefühl gegeben, dass ich Spaß hatte?«, fragt sie ungläubig. Ungläubig und ein bisschen gehässig.

»Du meinst, indem du mir sagst, wie gut ich bin und wie groß mein Penis ist?« Ich versuche mich an einem vorsichtigen Lachen, um die Stimmung aufzulockern. »Sophia, ich will, dass du *du* bist. Und dass du stöhnst, wenn du kommst. Nicht, damit ich komme.«

»Ich *bin* gekommen«, faucht sie.

»Ich glaube nicht.«

Sie bückt sich nach ihrem Slip. »Gut, dass du das beurteilen kannst.«

»Hey, was machst du denn?«

Sie zieht sich ihre Unterwäsche an, dann das T-Shirt. »Ich sollte gehen«, sagt sie.

»Nein, nein, Sophia, bitte!« Ich will sie am Handgelenk festhalten, doch das wäre falsch, also lasse ich meine Arme sinken. »Es tut mir leid, ich bin nur etwas perplex, das ist alles. Ich …« Ich weiß nicht, was ich sagen soll. Es ist offensichtlich, dass sie verletzt ist. Und ich verstehe es. Aber gleichzeitig kann ich das doch nicht stehen lassen, dieses *O ja, Philip*. Es ist einfach … so merkwürdig! »Es tut mir leid. Das war toll. Du warst toll. Es …«

»… war nur nicht ich. Botschaft angekommen.«

»Das meine ich doch als Kompliment! Das … ich … Sophia, das war mit Abstand der heißeste Sex, den ich je hatte, aber es war nicht das, was ich wollte, verstehst du?«

»Ja, ich verstehe. Du wolltest das nicht. Es tut mir leid.« Sie steht auf und schlüpft in ihre Hose.

Ich komme nicht hinterher. Mein Post-Porno-Sex-Gehirn ist zu langsam. Ich setze mich im Bett auf und schaue sie an. »Dir muss nichts leidtun, Sophia, gar nichts.«

»Beim nächsten Mal werde ich ich sein. Keine Sorge.« Doch es klingt eher wie eine Drohung.

»Sophia!« Ich kann nichts dagegen tun, dass meine Stimme laut wird, und für einen kurzen Moment erschrickt sie so, dass sie in der Bewegung innehält und mich ansieht.

»Entschuldige, dass ich deinen Ansprüchen nicht genügt habe. Ich gelobe Besserung«, sagt sie.

»Nein! Neinneinnein! Das ist genau das Gegenteil von dem, was ich will! Ich will nicht, dass du meinen Ansprüchen genügst. Ich will *deinen* Ansprüchen genügen. *Deinen* Bedürfnissen gerecht werden. Deinen! Verstehst du das nicht?«

»Mein Bedürfnis war, dich glücklich zu machen«, sagt sie leise. »Sorry, dass das falsch war.«

»Das war doch nicht falsch. Das war …« Ich weiß nicht, was ich sagen soll. Und als völlig inadäquate Lösung schiebe ich ein »Danke« hinterher. Es fühlt sich so falsch an. So unzureichend.

»Gern geschehen.« Doch aus ihrer Stimme spricht Verletztheit. Sie macht ein paar Schritte Richtung Tür, und ich kann gar nicht schnell genug aus dem Bett kommen. Würde mir gern etwas überziehen. Irgendwas, aber ich habe keine Zeit, denn sie dreht am Türknauf, und ich hechte ihr einfach komplett nackt hinterher.

»Sophia, jetzt warte doch mal.«

»Vergiss es, Philip«, sagt sie.

»Nein, ich will es nicht vergessen. Nichts davon.« Nicht ihren Körper, nicht ihre Bewegungen, nicht ihre Blicke. Es war großartig. Es war der Wahnsinn. Nur eben nicht mein Wahnsinn. »Ich will, dass du bleibst. Dass du bei mir bist. Ich meine doch nur, wenn wir schon die Bedürfnisse von einem von uns über die des anderen stellen, dann lass es bitte *deine* Bedürfnisse sein. Sonst fühle ich mich …« Meine Stimme wird ganz leise. »Ich fühle mich wie ein komplettes Arschloch.«

Offenbar habe ich einen Nerv getroffen, denn sie lässt den Türknauf los und sieht mich mit gerunzelter Stirn an.

»Dass ich so blöd reagiert habe, liegt nur daran, dass ich überfordert war. Ich bin schließlich der, der es allen recht macht. Der aus Pflichtgefühl das Special bestellt. Das war … einfach überraschend für mich.«

Sie lacht auf. Ein bisschen freudlos. Beinahe ein bisschen verächtlich. »Daran solltest du vielleicht arbeiten.«

Und dann fällt mir ein, dass sie diejenige ist, die sich nie gewollt gefühlt hat. Und ich habe ihr vermutlich gerade genau dieses Gefühl gegeben. Verdammt noch mal.

Ich strecke meine Hand nach ihr aus, und sie lässt es geschehen. Lässt sich von mir in meine Arme ziehen. Sie ist angezogen, ich bin vollkommen nackt. Aber das ist ein Ungleichgewicht, mit dem ich leben kann.

»Das werde ich. Ich versprech's.«

Ich will die zerbrechliche Eintracht zwischen uns nicht sofort wieder gefährden. Deswegen sage ich nicht, dass ich mir vor allem wünsche, *ihre* Fantasien real werden zu lassen. Dass ich wissen will, was *sie* anmacht. Eins nach dem anderen. Und jetzt möchte ich sie einfach nur in meinem Arm halten. Ihr nah sein. Neben ihr einschlafen. Und ihr die ganze Zeit das Gefühl geben, dass ich sie will.

## Sophia ∞

**27** Es ist kurz vor Feierabend, und ich bin froh, dass dieser seltsame Tag dann endlich vorbei ist.

Seit gestern Abend denke ich andauernd über die Dinge nach, die Philip gesagt hat. Über das Gefühl der Demütigung direkt nach dem Sex. Nachdem ich mit dem Mann geschlafen habe, mit dem ich schlafen wollte. Und das war ein ziemlich großartiges Gefühl, denn wenn ich so drüber nachdenke, habe ich erstaunlich selten mit dem Mann geschlafen, mit dem ich schlafen wollte. Deswegen stimmte es also, als ich gesagt habe, dass das der beste Sex war, den ich je hatte. Aber ich habe es nicht deswegen gesagt. Ich habe es gesagt, weil ich etwas abgespult habe. Etwas, das ich mir angeeignet habe. Weil es funktionierte. Verfickte Hölle.

Die letzten Gäste heute sind wieder mal Tamsin und Zelda mit ihren Laptops. Irgendwie mag ich das Klappern der Tastaturen, die Art, wie Tamsin sich selbst lautlos Passagen aus irgendeinem Buch vorliest. Ich mag es, Freundschaft zu beobachten. Vertrautheit. Es lenkt mich ein bisschen von diesem mulmigen Gefühl ab, das ich habe, seit … wir Sex hatten.

Eigentlich ist es Zeit, sie rauszuwerfen, aber ich muss an unser Gespräch über Dates denken. Daran, wie einfach es war, mit ihnen zu sprechen. Als wären wir Freundinnen.

»Wollt ihr noch was?«, frage ich von hinter dem Tresen, wo ich gerade die Kaffeemaschine geputzt habe.

»Oh, shit«, sagt Zelda. »Du willst schließen, oder? Sorry, ich hab gar nicht gemerkt, dass es schon so spät geworden ist.«

»Huch? Schon fast acht?« Auch Tamsin sieht erschrocken aus.

»Kein Ding, Leute, echt. Ich hab heute eh nichts mehr vor.« Abgesehen vom Ausmisten des Hühnerstalls und ein bisschen Lernen.

»Ja, aber wir müssen dich ja nicht hier festhalten.« Zelda grinst und klappt ihren Laptop zu.

»Das tut ihr nicht. Wirklich. Ich ...«

Zelda sieht mich fragend an. »Du?«

»Keine Ahnung. Freu mich über Gesellschaft oder so.«

»Ist alles gut bei dir?«, fragt Tamsin, und ich nicke. Eifrig. Vielleicht zu eifrig.

»Ja, ja, alles super.« Kann ich mit ihnen darüber reden? Redet man mit Leuten, mit denen man vielleicht so etwas wie befreundet ist, über Sex? Zelda ist auch mit Philip befreundet. Und das ist keine Vielleicht-Freundschaft, sondern eine Definitiv-Freundschaft.

»Sophia?«, fragt Zelda und zieht die Augenbrauen zusammen. »Ist was passiert?«

Ich schüttle den Kopf und drehe mich kurz um. Tue so, als müsste ich etwas im Kühlschrank nachsehen.

»War das Date nicht schön?«, fragt Tamsin.

Ich zucke mit den Schultern. »Doch, doch.« Ich versuche, beiläufig zu klingen, aber selbst ich höre, dass es gründlich misslingt

»Willst du drüber reden?«

Ich kaue unentschlossen auf meiner Unterlippe herum. Doch, ja, es wäre schön. Aber es ist auch so verflucht intim! »Wir sind jederzeit für dich da, okay? Nur dass du das weißt.« Zeldas Stimme klingt vorsichtig. Und nett. Und ein bisschen wie eine Falle, denke ich. Aber dann fällt mir ein, dass es Zelda ist und sie mir keine Fallen stellt.

»Es hat nicht so gut geendet«, sage ich deswegen, weil es aus mir rauswill.

»Wie blöd.« Tamsin klingt, als fände sie das wirklich schade. Was mich kurz wundert, weil ich Anteilnahme nicht gewöhnt bin, aber andererseits ist sie wohl ein Mensch, der sich ehrlich für andere interessiert.

»Ja, ziemlich.«

»Wollen wir noch was zusammen trinken?«, fragt Tamsin. »Eine von Ches Ingwerlimonaden?« An Zelda gewandt: »Seine neueste Kreation. Er wollte auch was ohne Alkohol anbieten.« An mich: »Ein bisschen unfeministisch einfach über unsere Kerle reden?«

Es klingt verlockend.

»Ich fang an«, sagt Zelda. »Sorry, dass ich mich so vordrängle, aber ich hab gerade ein akutes Problem.«

Ich hole drei Limonaden aus dem Kühlschrank. Ich bin nicht blöd, ich weiß, dass Zelda und Tamsin sicher nicht mich brauchen, um über ihre Kerle zu reden. Aber die Art und Weise, wie sie versuchen, mir ein gutes Gefühl zu geben, rührt mich irgendwie.

»Ist bei euch nicht immer alles easy?«, frage ich und stelle die Flaschen auf den Tisch. Ich zögere, mich hinzusetzen, doch Tamsin schiebt den Stuhl zurück, und ich nehme die Einladung einfach an.

»Ja, eigentlich schon. Aber ich bin gerade eine ziemlich miese Freundin. Ich hab den richtigen Zeitpunkt verpasst, ihm was zu sagen.«

»Was denn?«, fragt Tamsin und runzelt die Stirn.

»Es ist keine große Sache, glaube ich. Hoffe ich. Keine

Ahnung. Aber er ist in letzter Zeit so eingespannt mit seiner Familie … war eingespannt. Und da wollte ich ihn nicht auch noch mit etwas belasten. Aber je länger ich warte, desto blöder fühle ich mich.« Zelda blickt von Tamsin zu mir. »Ich wurde mit einem Typen zusammen zu einer Projektarbeit verdonnert. Malik kennt ihn und kann ihn nicht leiden. Und ich auch nicht«, fügt sie hinzu. »Das geht jetzt schon über eine Woche, und bei jedem Treffen fühlt es sich an, als würde ich Malik hintergehen. Aber wenn ich es ihm jetzt sage, weiß er, dass ich ihn angelogen habe. Ich bin echt eine grottenschlechte Freundin.«

»Ach was«, sagt Tamsin. »Du bist doch keine schlechte Freundin. Du hast einfach den richtigen Moment verpasst. Das passiert schon mal.«

»Meinst du?«, fragt Zelda.

»Und ich glaub auch nicht, dass Malik das so sehen würde. Ich kann mir nicht vorstellen, dass er Probleme macht, wo es keine gibt.«

»Ich auch nicht«, sage ich, um irgendwas beizutragen.

»Danke, dass ihr das so seht«, sagt Zelda. »Das hat mir schon sehr geholfen.«

»Aber sonst ist alles gut bei euch?«

»Ja, sehr. Wir sehen uns zurzeit ein bisschen wenig. Aber ansonsten ist alles perfekt.«

Tamsin lächelt ihre Freundin an, und ich ertappe mich bei dem Gedanken, wie ich das auch will. Ich will auch eine Definitiv-Freundschaft. Jemanden, der sich für mich freut. Oder sich für mich ärgert, wenn alles den Bach runtergeht.

»Und bei dir und Rhys?«, fragt Zelda. Ich bin froh, dass ich noch eine Schonfrist bekomme.

»Es ist hart«, sagt Tamsin, und ich erschrecke ein bisschen. »Versteht mich nicht falsch, es ist auch wunderschön. Aber dieser Prozess bringt alles wieder an die Oberfläche. Er schläft nicht. Er ist völlig verstummt. Ich weiß, dass es die Nervosität ist, und ich weiß auch, dass ich nichts machen kann, außer da zu sein. Aber ... es kostet echt viel Kraft.«

So habe ich Tamsin noch nie gesehen. Sie wirkt immer sorglos. Immer stark.

»Ich bin so stolz auf dich«, sagt Zelda und drückt ihre Hand. »Was du da leistest, ist echt nicht selbstverständlich.«

»Ach was, das ist gar nichts im Vergleich zu dem, was Rhys stemmen muss.«

»Das weiß ich, aber das bedeutet nicht, dass du nicht auch Applaus verdienst, weißt du?«

Tamsin nickt. Und auf einmal meine ich, zu erkennen, dass sie wirklich müde aussieht. »Ich hoffe so sehr, dass alles gut ausgeht. Er hat es so verdient. Und am Anfang war ich mir sicher, dass er recht bekommen würde. Aber inzwischen ... ich weiß nicht. Es ist alles möglich. Und wenn es schiefgeht ... Ich hab Angst, dass er sich davon nicht mehr erholt.«

»Also, erstens wird es nicht schiefgehen, weil Philip ein verdammt toller Anwalt ist.« Zelda klopft dreimal auf die hölzerne Tischplatte, und bei seinem Namen zieht es in mir. »Und zweitens, selbst wenn, wird Rhys auch das wegstecken.« Wieder klopft sie dreimal. »Und drittens, selbst wenn er es nicht wegsteckt, fangen wir ihn alle auf. Es ist jetzt anders als am Anfang. Er ist nicht mehr allein.«

Tamsin nickt. »Ich weiß. Aber die Sorge bleibt.«

»Das soll sie auch, denn ohne Sorge wird man leichtsinnig.«

»Wo hast du denn so viel Weisheit akkumuliert?«, fragt Tamsin und lächelt. Sie klingt erleichtert.

Offenbar tut es Zelda und Tamsin auch gut, über Dinge zu sprechen. Und nachdem die beiden so ehrlich waren, habe ich fast das Gefühl, dass ich es auch kann.

»Ich hab gestern mit Philip geschlafen«, sage ich leise.

»Was?«, fragt Zelda in begeistertem Tonfall.

»Ooooh!«, macht Tamsin.

»Wie war's?« Zelda nimmt einen Schluck aus ihrer Flasche und sieht mich neugierig an.

»Scheiße war's.«

»Hä?«

»Es ist völlig schiefgegangen.«

»Wie kann das denn sein?«, fragt Tamsin.

Ich zucke mit den Schultern. »Ich hab keine Ahnung. Ich hab versucht, alles perfekt zu machen.«

»Hat er's nicht gebracht?« Diese Art von Offenheit überrascht mich nun doch von einer Definitiv-Freundin von Philip.

»Wie meinst du das?«

»Na ja, manchmal, wenn man zum ersten Mal miteinander schläft, kann es schon ein bisschen verkrampft sein. Oder, Tams?«

»O ja ... bei Rhys' und meinem ersten Mal ...« Doch rechtzeitig fällt ihr ein, dass Rhys immer noch mein Boss ist, und sie bricht ab. »Sagen wir, es war nicht das beste Mal.« Sie grinst.

»Nee, daran lag es nicht. Es hat ihm wohl nicht getaugt.«

»Es hat ihm nicht ... was? Das hat er gesagt?« Zelda ist entsetzt.

»Ich hab so sehr versucht, dass es für ihn toll wird. Und er hat Danke gesagt und dass er überfordert war und dass ich nicht gekommen sei und warum ich so gestöhnt hätte und ...« Meine Stimme wird immer leiser.

»Also war er beleidigt, dass du einen Orgasmus gefakt hast?«, fragt Tamsin. »Das haben wir doch alle schon mal.«

»Er meinte, er wolle *mich*. Nicht diese Porno-Version.«

»Was soll das denn heißen?«, fragt Zelda.

Ich zucke mit den Schultern, kaue wieder auf meiner Unterlippe.

»Was ist denn die Porno-Version?«

»Na alles, was Kerlen gefällt. Ich gebe ziemlich gute Blowjobs zum Beispiel. Ich weiß, wie ich mich bewegen muss. Oder wie ich mich anfassen muss, damit es ihn heiß macht. Aber irgendwie war das offensichtlich falsch.«

»Warum sagst du das so?«, fragt Tamsin vorsichtig. »Warum sagst du, *wie du dich bewegen musst*? Oder *anfassen musst*? Oder *dass es ihn heiß macht*?«

Ich verstehe die Frage nicht. »Ich will halt, dass er Spaß hat. Denn darum geht's doch.«

»Hä?«, macht Tamsin. »Darum geht's?«

»Ja, oder?«

»Süße …« Zelda nimmt meine Hand. »Ich glaub, du hast da was falsch verstanden.«

»Nee«, mischt sich Tamsin ein. »So würde ich das nicht nennen. Falsch verstehen kann man ja nur Dinge, die eigentlich anders gemeint sind. Aber das Patriarchat weiß schon sehr gut, wie es uns mit seinen schwachsinnigen Ideen vergiftet.«

Für einen Moment bin ich ausgestiegen und blicke von einer zur anderen.

»Überall liest man, wie man es dem Mann so schön wie möglich machen kann. Und wie er den maximalen Lustgewinn aus allem zieht. Aber es geht nie um uns. Dabei haben unsere Bedürfnisse die gleiche Relevanz.«

»Was Tamsin meint«, sagt Zelda, weil Tamsin sehr laut

und schnell gesprochen hat und ich über ihren Ausbruch ein bisschen überrascht bin, »ist, dass es auch um deinen Spaß bei der Sache geht. Gleichberechtigt zu seinem Spaß.«

Aber ich dachte … ich bin verwirrt. Ich dachte, mein Spaß wäre sein Spaß. Aber das sage ich nicht laut. Oder? »Ich dachte irgendwie, sein Spaß wäre mein Spaß …«

»Ja, das sollen wir glauben, oder?« Tamsin schnaubt. »Dass es unser Fehler ist, wenn uns das Rein/Raus nicht in andere Sphären hebt.«

»Weißt du denn, was dir gefallen würde?«, fragt Zelda.

Ich zucke - zum gefühlt tausendsten Mal - mit den Schultern.

»Das solltest du vielleicht mal rausfinden. Hat bei mir auch ein bisschen gedauert, bis ich es wusste. Man muss sich Zeit für sich nehmen.«

In meinem Kopf wird es auf einmal ganz leise. War es das, was Philip gemeint hat? Geht es ihm wirklich darum, was mir beim Sex gefällt? Das habe ich noch nie erlebt. Alle anderen wollten vor allem hören und sehen und fühlen, dass sie die Geilsten sind. Aber Philip, er wollte *mich*. Ich schlucke. Er wollte keinen Porno. Er. Wollte. Keinen. Porno.

»Hattest du schon mal einen Orgasmus?«, fragt Tamsin. »Sorry, wenn das übergriffig ist, du musst nicht drüber reden. Nur, wenn du willst.«

»Ja, klar«, sage ich. Aber auf einmal bin ich mir nicht mehr sicher. Ich dachte irgendwie, es wäre ein Orgasmus. Oder zumindest die Art von Orgasmus, zu der ich in der Lage bin.

»Ich weiß noch, wie geflasht ich war«, sagt Zelda und lacht. »Weil irgendwie nie jemand drüber geredet hat, dass Mädchen sich auch selbst befriedigen können. Und dann

hab ich den Wasserstrahl in der Dusche entdeckt. Und hui!«
Sie prustet erneut, und Tamsin stimmt mit ein.

»Ich hab mich ewig lang nicht getraut, mir einen Vibrator zu kaufen, weil ich irgendwie dachte, das wäre Schummeln.«

»Wenn das Schummeln ist, will ich nicht nach den Regeln spielen«, sagt Zelda.

Wieder schlucke ich. Noch härter diesmal. Ich erinnere mich an Gespräche über Sex. An derbe Gespräche. Auch über Selbstbefriedigung. Aber das war immer was, das Leute gemacht haben, die keinen Kerl hatten, oder? Wenn man es nötig hatte. Verfickte Hölle. Tamsin und Zelda haben Kerle.

»Äh … ihr macht es euch selbst?«, frage ich.

»Klaro«, erwidert Tamsin.

»Andauernd«, sagt Zelda.

»Aber …«

»Komm mir jetzt nicht mit ›Was sagt Malik dazu‹.« Zelda gluckst. »Denn erstens ist es meine Angelegenheit, und zweitens findet er es heiß.«

»Wenn du dich selbst nicht kennst, kannst du ja nie jemand anderem sagen, was du magst«, sagt Tamsin. »Und ehrlich gesagt, ist es auch einfach richtig entspannend.«

»Manchmal hat es mit Sex gar nicht viel zu tun«, pflichtet Zelda ihr bei. »Manchmal will man einfach einen Orgasmus.«

Mein Kopf pocht. Es ist das erste Mal, dass ich so etwas höre. Niemand hat das je gesagt. Niemand hat das je ausgesprochen.

Als könne Tamsin meine Gedanken lesen, sagt sie: »Es ist wirklich unfassbar, dass weibliche Masturbation so lange absolut tabu war.«

»Blöde Kackscheiße«, sagt Zelda. Und da gebe ich ihr

recht. Nicht nur in Bezug auf Masturbation. Sondern auf die ganze Situation, in der ich stecke.

Auf dem Weg nach Hause lasse ich alles, was ich gehört habe, sacken. So ganz glauben kann ich es nicht. Es kann ja nicht sein, dass ich all die Jahre fucking falsch Sex hatte. Das hätte ich doch merken müssen. Andererseits hätten die Kerle, mit denen ich im Bett war, auch nicht so viel davon gehabt, mich zu fragen, was ich will, oder? Ist es das, was passiert, wenn man früh mit Männern schläft, die sich einen Scheiß um einen scheren? Lernt man dann die Dinge anders? Lernt man sie falsch? Und auf einmal ist da was. Es ist erst mal ein Gefühl. Und noch verdammt vage. Aber es wird deutlicher. Es wird lauter. Und konkret. Und ein bisschen gruselig. War Sex für mich Mittel zum Zweck? Ich wollte mich bei Philip bedanken. Mit Sex. Und früher wollte ich mich weghauen oder so. Und die Währung war Sex. Oder ich wollte einfach verfluchte Nähe. Und dafür hatte man erst einmal Sex.

Mir wird heiß und kalt. Ich fühle mich dumm. Ich fühle mich so richtig beschissen dumm. Ich hab das gemacht. Aber gleichzeitig bedeutet das ja auch, dass ich es anders machen kann. Was hat Philip gesagt? Die Vergangenheit gehört zu mir. Ja, okay. Und auch wenn sie scheiße war, kann man ja was daraus machen, oder? Zum Beispiel herausfinden, dass man eben Dinge jetzt anders machen möchte. Oder?

Als ich nach Hause komme, will ich mir als Erstes den elenden Tag, der eine so unerwartete Wendung genommen hat, abwaschen. Malik ist immer noch bei seiner Familie, sodass ich mir schon im Flur mein T-Shirt über den Kopf ziehe und es einfach auf den Boden fallen lasse.

Das Duschwasser fühlt sich schön an auf meiner Haut. Ich seife mich ein. Denke an Philip. Denke daran, dass ich mit ihm geschlafen habe. Seinen fucking Schwanz in mir hatte. Und so bescheuert das alles ausgegangen ist, so sehr mag ich ihn. Und so sehr mochte ich ihn in mir. In meinem Mund. In *mir*.

Da ist dieses warme Gefühl. Ein irgendwie schweres, kribbeliges Gefühl. Lust auf Sex. Wenn ich an Philip denke, habe ich Lust auf ihn. Das ist völlig klar. Aber vielleicht ... keine Ahnung. Es ist so seltsam, es auch nur zu denken. Aber vielleicht muss ich auch Lust auf mich haben?

Ich denke an das, was Zelda gesagt hat. Hebe den Duschkopf aus der Halterung. Warum bin ich selbst noch nie auf die Idee gekommen? Warum habe ich einfach alles gemacht, wie man es mir gesagt hat? Weil ich keine Definitiv-Freundin hatte, vermutlich. Weil ich nur mich hatte.

Das Wasser trifft auf mich. Und da ist diese eine Stelle, die ... oh. Eine gute Stelle. Eine ... oha! Das ist interessant. Das ist ... anders. Das ... Ich weiß, was Zelda gemeint hat. Und ich ... Da ist nicht einmal Platz für einen Gedanken an Philip. Denn ich ... hui. Verfickte Hölle. Ich setze auf jeden Fall *Orgasmus* auf meine Liste.

 *Philip*

**28**  Sophias letzte Nachricht von gestern Abend war: *Lass uns reden. Okay?* Sie ist niemand, der Emojis verwendet, sodass es mich trotz allem nervös macht. Und es ist die Art von Nervosität, die ich an einem Tag vor Gericht nicht brauchen kann. Und so stehe ich vor dem Spiegel in meinem Zimmer und binde meine Krawatte – zum zweiten Mal, weil der Knoten beim ersten Mal schief aussah. Und wieder stimmt etwas nicht. Diesmal habe ich die Krawatte zu lang gelassen. Normalerweise beherrsche ich diesen Knoten im Schlaf. Das lange Ende über das kurze, einmal unten durch, dann durch die Schlinge um den Hals, wieder unten durch, oben drüber, noch mal durch die Schlinge und dann durch die Schlaufe ziehen. Aber heute stimmt nichts.

»Hey, Phip, hast du zufällig Hafermilch gekauft?«, fragt Pearl aus der Küche.

»Ich war seit Tagen nicht einkaufen, sorry«, erwidere ich durch zusammengebissene Zähne, weil diese blöde Krawatte durch die Schlaufe muss. »Verflucht!«, rufe ich. Der Knoten ist wieder schief.

»Nicht so schlimm«, sagt Pearl.

»Das meine ich nicht.« Ich lasse mich auf mein Bett sinken, und im nächsten Moment steckt sie ihren Kopf in mein Zimmer.

»Alles okay bei dir?«, fragt sie.

»Ich krieg die schrottige Krawatte nicht hin, und in einer

halben Stunde muss ich im Gericht sein.« Ich reibe mir mit den Händen über mein Gesicht.

»Komm, lass mich das machen.« Sie geht vor mir in die Hocke, zieht an der Krawatte und beginnt sie zu binden. »Kann es sein, dass du ein bisschen überarbeitet bist?«

»Kann es sein?«, frage ich in gespielter Überraschung.

»Na ja, ich meine ja nur. Vielleicht brauchst du mal wieder Spaß oder so.«

»Und wann soll ich den haben?« Auf einmal fühlen sich meine Schultern schwer an. »Ich muss diesen Fall gewinnen. Und parallel an anderen arbeiten. Ich muss mich immer noch in die Systeme einarbeiten. Ich muss …«

»Du musst irgendwie zusehen, dass du deine Arbeit in dein Leben integrierst, nicht umgekehrt.«

Ich lache müde. »Wenn es nur so einfach wäre.«

»Es *ist* einfach. Du musst nur herausfinden, was dich als Letztes so richtig glücklich gemacht hat. Und das dann öfter machen.«

Dass ich keine Zeit für so was habe, behalte ich für mich. Aber ich weiß, wann ich glücklich war. In Sophias Nähe bin ich glücklich. Und wenn ich mit Che über Hopfensorten fachsimpeln kann. Wenn ich mich mit etwas beschäftige, das keinen Druck ausübt. Wenn ich nicht das Gefühl habe, dass ich jemand sein muss, der ich nicht bin. Wenn nicht Sorge mein Antrieb ist. Sorge, Menschen zu enttäuschen, Sorge, Menschen hängen zu lassen.

»Und fertig, Herr Anwalt«, sagt Pearl und schiebt die Krawatte zurecht.

Ich stehe auf und betrachte mich im Spiegel. Ich sehe aus wie ein Anwalt. Aber ich fühle mich nicht so.

»Danke.«

Was ich fühle, ist die Verantwortung. Für Pearl. Für Gran.

Für Rhys. Also verbiete ich mir jeden weiteren Gedanken an Sophia, straffe die Schultern und mache mich auf den Weg zum Gericht.

»Sie sind im Süden von Pearley aufgewachsen. Erzählen Sie uns, wie das Leben dort aussah.« Ich stehe vor dem Zeugenstand, in dem Rhys sitzt. Er ist nervös, das sieht man. Nervöser als ich. Seine Hand, mit der er sich durch die Haare fährt, zittert leicht, und Schweißperlen stehen auf seiner Stirn.

»Wir ... ähm ... wir waren eine relativ normale Familie, schätze ich. Für die Gegend.«

»Was bedeutet das?«

»In Poorley – so wird die Gegend genannt – sind die Familien anders, als Sie es vielleicht kennen.« Er wendet sich an die Jury, wie wir es vorher besprochen haben. »Die Scheidungsrate ist enorm hoch. Viele Mütter sind alleinerziehend. Wenn sie können, heiraten sie wieder, um ein bisschen finanzielle Sicherheit zu haben. Koste es, was es wolle.«

»Koste es, was es wolle?«, frage ich. »Was heißt das?«

»Es ist ein Handel, den man eingeht. Ein Risiko. Viele Männer in Poorley haben keine normale 40-Stunden-Woche. Das Geld muss anders herangeschafft werden. Und wenn es schlecht läuft, wird der Frust oft an der Familie ausgelassen. An der Frau, aber auch an den Kindern. Besonders, wenn es nicht die eigenen sind.« Rhys schluckt.

»War es bei Ihnen auch so?«

»Meinen leiblichen Vater habe ich nie kennengelernt. Er hat meine Mom ziemlich direkt nach meiner Geburt verlassen. Ein paar Jahre lang versuchte sie, uns mit Putzjobs durchzubringen, bis sie jemanden kennenlernte.« Er macht eine Pause. Man merkt, wie schwer es ihm fällt, darüber zu sprechen. »Donald Bolton.«

»Donald Bolton«, wiederhole ich. Denn diesen Namen sollen alle gehört haben. Sie sollen ihn sich merken.

»Sie heirateten und eine Zeit lang ging es uns besser. Gut, würde ich sagen. Wir konnten in ein Haus ziehen. Meine Mom wurde schwanger. Ich bekam eine Schwester. Jeannie.« Er korrigiert sich: »Jean.«

»Also hatte Donald Bolton einen sicheren Job?«

»Ich habe mir darüber nie Gedanken gemacht. Ich war ja noch ein Junge. Es gab eine warme Mahlzeit am Tag, und ich hatte ein eigenes Zimmer. Das waren die Dinge, die mich interessierten. Und dass meine Mom glücklich war. Und das war sie. Zumindest am Anfang. Wenn man immer allein die Verantwortung für sich und ein Kind trägt, ist es erst mal eine große Erleichterung, wenn da jemand ist, mit dem man sich diese Verantwortung teilen kann, schätze ich. Im Nachhinein glaube ich, meine Mom ahnte, dass etwas nicht stimmte. Aber es war für sie keine Option, ihn zu verlassen. Jetzt mit zwei Kindern.«

»Was passierte dann?«

»Donald brachte oft komische Leute zu uns nach Hause. Meine Mom war nicht glücklich darüber. Sie stritten viel. Einmal lag eine Knarre auf dem Küchentisch. Ein andermal – mitten in der Nacht – platzte ich in etwas hinein, das wirkte wie ein Geschäftsmeeting, aber bei uns in der Küche. Donald packte mich und schloss mich in mein Zimmer ein. Am nächsten Morgen schrie er meine Mom an, sie solle mich besser im Griff haben. Da war ich dreizehn.«

»Was denken Sie, hat Ihr Stiefvater dort gemacht?«

»Ich denke, er hat mit Drogen gedealt«, sagt Rhys.

»Einspruch, Euer Ehren! Das ist eine reine Vermutung«, ruft Pence dazwischen. Er tupft sich seine schwitzende Glatze mit einem Taschentuch ab.

»Stattgegeben«, sagt Richterin Ruiz. »Bleiben Sie bei den Fakten.«

Ich nicke. »Sie waren fünfzehn Jahre alt, als sich Ihr Leben von einem Tag auf den anderen veränderte«, sage ich. »Was geschah?«

»*Veränderte* ist eine ziemliche Untertreibung, wenn ich ehrlich bin«, beginnt Rhys. »Eines Morgens ...« Er räuspert sich, weil seine Stimme bricht. »Eines Morgens drangen bewaffnete Cops in mein Zimmer ein. Sie zerrten mich vom Bett. Ich hatte kaum Zeit, mir etwas anzuziehen. Sie nahmen mich einfach mit.«

»Warum?«

»Weil sie der Meinung waren, ich wäre derjenige, der mit Drogen dealt.«

»Aus Ihren Schilderungen des Lebens im Süden von Pearley entnehme ich, dass es nicht unbedingt unwahrscheinlich ist, dass sich ein Fünfzehnjähriger mit kleinen Deals sein Taschengeld aufbessert.«

»Ja, das stimmt. Das haben einige gemacht.«

»Sie nicht?«

»Ich hatte keinen Grund dazu.«

»Weil Sie genug Geld hatten?«

»Weil ich kein Geld brauchte.«

»Als Fünfzehnjähriger wollten Sie sich nichts kaufen? Keine coolen Sneakers? Zigaretten? Pornos?«

Rhys schüttelt den Kopf. »Nein. Ich ... wusste ja, wie es war, nichts zu haben. Jetzt hatte ich alles, was ich brauchte. Ich war ... ein ziemlich ruhiges Kind. Genügsam. Ich liebte die Harmonie zu Hause, wenn Donald nicht da war. Aber das war es auch. Und selbst wenn, es ging nicht um kleine Deals mit Gras auf dem Schulhof. Was man mir vorwarf, war größer. Ich sollte der Drahtzieher gewesen sein. Der Big

Boss oder so. Der, von dem die Zulieferer ihre Ware bekamen, die die Zulieferer belieferten, die die Dealer belieferten, bei denen die Schulhofdealer ihren Stoff kauften.«

»Mit fünfzehn Jahren?« Ich gebe mir keine Mühe, die Ungläubigkeit in meiner Stimme zu verbergen.

Im Film wäre das der Moment, in dem ich mich zur Richterin drehe und »Keine weiteren Fragen« sage. Aber dies ist kein Film. Und so stochern wir noch eine ganze Weile weiter in Rhys' schmerzhaften Erinnerungen. Sprechen über die Verhöre, die folgten. Darüber, was seine Mutter unternahm – oder nicht unternahm. Über seinen Anwalt. Über den Prozess. Es ist hart, und ich wünschte, es gäbe nach meiner Befragung eine kurze Pause.

Doch die gibt es nicht, und all das ist nichts gegen die Fragen, mit denen Staatsanwalt Pence ihn nun drangsalieren wird. Aber wir sind die Dinge durchgegangen. Immer und immer wieder. Im Café, bei Tamsin und Rhys zu Hause, in der Kanzlei. Er ist gut vorbereitet. Nichts kann ihn aus der Bahn werfen. Nichts, abgesehen von …

»Sie wünschten sich Harmonie, richtig?«, fragt Pence.

»Ja«, sagt Rhys.

»Sie wollten es für sich, Ihre Mutter, vermutlich Ihre Schwester schön haben.«

»Ja, Sir.«

»Dass Ihr Stiefvater aggressive Verhaltensweisen an den Tag gelegt hat, haben Sie bereits gesagt. Wurde er auch handgreiflich? Abgesehen von der einen Begebenheit, als er Sie am Arm packte?«

»Ja«, sagt Rhys wieder.

»Nur Ihnen gegenüber?«

»Auch meiner Mutter gegenüber.«

»Bitte führen Sie das aus.«

»Einspruch«, rufe ich, denn ich weiß zwar nicht, was Pence bezweckt, aber es gibt keinen Grund, diese Erinnerungen wiederaufleben zu lassen. »Diese traumatischen Erlebnisse haben nichts mit dem Fall zu tun.«

»Es ist eine valide Frage, um die Sorgen und Nöte des fünfzehnjährigen Rhys zu verstehen«, sagt Pence.

»Einspruch abgelehnt.«

»Nun?«, fragt Pence.

»Anfangs rutschte ihm nur ab und zu die Hand aus. Mir gegenüber, dann auch meiner Mutter gegenüber. Aber mit der Zeit wurde die Gewalt gezielter. Auch das ist in Poorley nichts Ungewöhnliches, leider.«

»Aber für Sie war es ungewöhnlich, richtig? Denn Sie erinnerten sich daran, wie es war, als es nur Sie und Ihre Mutter waren.«

»Es war zumindest keine schöne Situation.«

»Keine schöne Situation oder eine unerträgliche Situation?«

Jetzt weiß ich, was er vorhat. »Einspruch!«, rufe ich wieder. »Das ist Haarspalterei!«

»Abgelehnt.« Verflucht!

»Es war …« Rhys sieht Hilfe suchend zu mir.

»War es eine Situation, die Sie um jeden Preis verändern wollten, Mr Bolton? War es eine so unerträgliche Situation, dass Ihnen jedes Mittel recht gewesen wäre – und intelligent genug waren Sie, wie wir von Ihrer Lehrerin letzte Woche gehört haben –, um Ihre Mutter da rauszuholen?«

Rhys schüttelt den Kopf. Das Leumundszeugnis von Rhys' Englischlehrerin derart umzudrehen! Wieso habe ich das nicht kommen sehen!

»Und das Einzige, was Ihnen gefehlt hat, war Geld, nicht wahr?«, sagt Pence weiter.

»Einspruch! Das ist ebenfalls eine reine Vermutung.«

»Es ist ein Motiv«, sagt Pence und wischt sich mit einem Taschentuch über die Stirn.

»Abgelehnt. Mr Bolton?«, fragt Richterin Ruiz.

Rhys räuspert sich. Er holt tief Luft. Dann beginnt er wieder zu sprechen. Und auf einmal ist er ganz ruhig. »Ich weiß nicht, ob Sie sich noch daran erinnern, wie es ist, fünfzehn Jahre alt zu sein, Sir. Aber eins kann ich Ihnen versichern: Man hat keine Kontrolle. Man hat keine Macht. Und das führt vielleicht in manchen Fällen dazu, dass man sich wehrt. Oder sich selbst verletzt. Oder seinen Frust irgendwo anders rauslässt. Es führt zu einem Gefühl der Ohnmacht, ja. Aber es führt ganz sicher nicht dazu, dass man einen Drogenring kontrolliert, den man jahrelang hätte aufbauen müssen. Und es führt mit Sicherheit auch nicht dazu, dass man als Teenager die skrupellosen Verbrecher, die an so einem Drogenring beteiligt sind, davon überzeugt, für einen zu arbeiten.« Rhys' Stimme ist leiser geworden, aber nicht weniger überzeugend.

Pence steht für einen Moment der Mund offen. Dann blättert er in seinen Unterlagen, und wir sind wieder auf sicherem Terrain.

Die nächste Zeugin ist die Assistentin von Rhys' damaligem Anwalt, der inzwischen verstorben ist. Sie ist weit über siebzig und hat wenig beizutragen, bestätigt jedoch, was Rhys gesagt hat. Nämlich, dass Mr Rottweiler sowohl überarbeitet als auch überfordert war, sodass es nicht weiter verwunderlich ist, wie er Rhys' Fall damals abgehandelt hat.

»Erinnern Sie sich noch, ob Mr Rottweiler von Rhys Boltons Schuld überzeugt war?«, fragt Pence, was albern ist, weil sich Mr Rottweiler offensichtlich kaum mit dem Fall beschäftigt hat.

»Einspruch!«, rufe ich erneut. »Hörensagen.«

»Stattgegeben«, sagt Ruiz. Endlich.

»Dann frage ich anders«, fährt Pence fort. »Was war Mr Rottweilers Ziel?«

»Mr Rottweiler kämpfte für ein vermindertes Strafmaß. Aber nicht für Mr Boltons Unschuld.«

»Keine weiteren Fragen«, sagt Pence, und genau das ist der Grund, warum wir heute hier sind. Weil niemand Fragen stellte.

## Sophia ∞

**29**  Vor zehn Minuten hat Philip mir geschrieben, dass er sich verspätet. Weil er so viel zu tun hat, haben wir uns seit unserem ersten Mal nicht mehr gesehen. Deswegen fühle ich mich ganz krampfig, als ich nach Feierabend im Hinterhof vom *Imogen's* sitze und auf ihn warte. Das Date ist zwar erst ein paar Tage her, aber es hat sich so viel verändert. Überfordernd viel. Denn ich habe seitdem herausgefunden, was ich will. Und was ich nicht will.

So sitze ich nun hier und kaue auf meiner Unterlippe, während ich mir ausmale, wie er auf all das reagieren wird. Ich glaube zwar, ich weiß, wo er steht, aber sicher sein kann man sich in solchen Situationen nie. Menschen sind unberechenbar.

*Ich will dich ganz oder gar nicht.*

*Ich bin mir nicht sicher, ob ich das kann.*

*Ich respektiere deine Entscheidung, aber ein Mann hat Bedürfnisse.*

Oder einfach ein *Okay*. Ein Okay wäre schön. Ich hoffe auf das Okay.

»Hi, entschuldige.« Er tritt durch das Tor, erblickt mich gleich, bleibt stehen, reibt sich über die Haare, als wüsste er nicht, wie er sich verhalten soll. Und verfickte Hölle, ich habe keine Ahnung, wie man sich verhält, wenn man eigentlich alles voneinander will, aber es nicht kann. Weil das, was man konnte, nicht das war, was gesund ist. Knoten im Kopf.

»Ist nicht schlimm.« Ich mache Anstalten, aufzustehen, auf ihn zuzugehen. Vielleicht umarmen wir uns? Und ja, das tun wir. Er schließt mich in seine Arme. Ich höre seinen Atem an meinem Ohr. Ein bisschen schnell, als hätte er sich sehr beeilt, zu mir zu kommen. Noch nie hat sich jemand beeilt, um zu mir zu kommen, und ich wünschte, ich müsste diesen einen Menschen, der es nicht erwarten kann, mich zu sehen, nicht mit meinem Scheiß belasten. Aber das muss ich. Deswegen löse ich mich von ihm.

»Ich muss dir etwas sagen.«

»Du kannst mir alles sagen.«

Wir setzen uns an einen der Tische. »Es geht um diesen bescheuerten Abend.«

»Ich fand ihn nicht bescheuert …« Philip sieht mich bedauernd an.

»Vielleicht nicht alles. Aber ich würde ihn, ehrlich gesagt, am liebsten vergessen.«

»Ich nicht«, erwidert er. »Ich will in der Zeit zurückgehen, es noch mal erleben und dann ein bisschen weniger blöd zu dir sein.«

»Ich nicht«, wiederhole ich nun seine Worte.

»Oh«, macht er. »Okay.« Doch das Okay ist zu früh. Und es ist ein enttäuschtes Okay, sodass ich auf einmal nicht weiß, ob ich überhaupt weitersprechen soll. Ob es vielleicht besser wäre, einfach so weiterzumachen wie bisher. Aber das wäre dann ungesund und …

»Lass mich ausreden, ja?«

Er schluckt und nickt.

»Unser Date … Auch wenn ich mich unwohl gefühlt habe, fand ich es gut. Es war gut, weil wir zusammen waren, weißt du? Aber dann sind wir zu dir, und das war nicht mehr gut. Das weiß ich jetzt.«

»Wenn ich dir das Gefühl gegeben habe, dass ich Dinge von dir erwarte … wenn ich was gemacht habe, das …« Philips Gesichtsausdruck ist alarmiert.

Ich würde ihm am liebsten meine Erkenntnisse der letzten Tage einfach so hinknallen. Aber es ist eine Sache, mit Tamsin und Zelda als Vielleicht-Freundinnen darüber zu sprechen. Mit dem Definitiv-Streberpardel allerdings, in den ich so schlimm verknallt bin? Das ist verflucht schwierig.

»Du kannst mir alles sagen, okay? Hab ich dich gedrängt? Was gemacht, was du nicht wolltest?«

»Hä? Was?« Ich muss lachen. »Du? Nicht mal, wenn du es versuchen würdest.« Die Verkrampftheit fällt ein bisschen von mir ab. Jetzt redet er Quatsch.

»Okay.« Er atmet erleichtert aus. Doch auch das erleichterte Okay ist zu früh.

»Was dachtest du denn?«, frage ich. »Dachtest du, Menschen wie du sind in der Lage, Menschen wie mir wehzutun?« Wieder pruste ich, weil mir die Vorstellung so völlig absurd erscheint.

»Jeder kann jedem wehtun«, sagt er leise.

»Ja, aber wenn jemand hier jemandem wehtut, dann bin ich das. Also nicht, dass ich es vorhabe«, schiebe ich schnell hinterher. Denn Philip kann man nicht wehtun wollen. Das wäre ja, als würde man einen Welpen treten. »Also … ich hab ziemlich früh ziemlich viele Erfahrungen gemacht.«

»Ich weiß«, sagt er, doch ich hebe die Hand, und er schweigt.

»Auch sexuell. Ich … ähm …« Wieso fällt es mir auf einmal wieder so schwer, darüber zu sprechen? Das ist doch auch ein Teil von mir. »Ich war dreizehn bei meinem ersten Mal. Und das war definitiv zu früh für mich.« Ich lache unbeholfen, Philip sieht erschrocken aus. »Der Typ war siebzehn und schon ziemlich erfahren. Also im Gegensatz zu mir. Er hat mir Dinge gezeigt, die er gut fand, und ich hab einfach das gemacht, was er wollte. Und ich dachte, es würde mir Spaß machen. Ich hab mich gut gefühlt damit. Ich hab mich erwachsen und ernst genommen gefühlt. Keine Sorge, das ist jetzt keine Geschichte, in der ein armes Mädchen gegen ihren Willen – also klar war ich jung, aber das war ziemlich normal bei uns, ehrlich gesagt. Dass man früh Dinge ausprobiert. Ob das sinnvoll ist, ist eine andere Frage. In meinem Fall ziemlich sicher nicht, aber es ist, was es ist. Oder war, was es war. Und ich erzähle dir das, weil ich etwas verstanden habe, und damit du es auch verstehst, musst du alles wissen.«

Er nickt.

»Ich hab wirklich ziemlich viel … rumgevögelt. Ich dachte, ich würde es machen, weil es cool ist. Und sexy. Und ich wollte wirklich sehr gern sexy sein. Sexy sein bedeutete gleichzeitig, auch Macht zu haben. Wenn man den Typen gegeben hat, was sie wollten, hat man dafür gekriegt, was man selbst wollte. Oder so ähnlich. Und was die Typen wollten, war eben … na ja, du hast es ja erlebt.«

Wieder nickt er. Er sieht mich fest an. Seine Nasenflügel beben, und ich weiß nicht, ob es daran liegt, dass er es schmerzhaft findet, diese Dinge über mich zu wissen, oder ob ich ihm leidtue oder vielleicht beides.

»Ich hab jetzt verstanden, dass ich Dinge falsch gemacht habe. Für mich.«

Philip sieht mich an, wartet darauf, dass ich fortfahre. Doch als das nicht passiert, fragt er: »Was für Sachen?«

»Zum Beispiel Nähe.« Ich kneife die Lippen zusammen und blicke auf die Tischplatte. Ich weiß nicht, was mir unangenehmer ist. Mir einzugestehen, dass ich mich geirrt habe, oder ihm. »Also, ich dachte immer, dass Nähe eine Art von Belohnung ist. Für gutes Benehmen beispielsweise. Oder auch für …« Ich schlucke. »Für Sex«, sage ich dann ganz schnell und ganz leise.

»Oh, okay.« Philip klingt nicht, als würde er urteilen. Doch auch das nicht urteilende Okay ist zu früh.

»Ich dachte, ich krieg nur Nähe, wenn ich … alles mache, was der Kerl sich wünscht. Und dann wurde in meinem Kopf die Nähe, die ich eigentlich wollte, ersetzt durch das, was der Kerl sich wünscht. Ich hab Nähe irgendwie gleichgesetzt mit Sex. Dabei … war das vielleicht gar nicht so. Dabei … wollte ich das vielleicht gar nicht so.«

Philip stößt geräuschvoll die Luft aus. Für ihn ist das hier ziemlich sicher auch fucking hart. Deswegen muss ich schnell weitersprechen. Es schnell aussprechen. Damit er dann, wenn er die ganze verfickte Sachlage kennt, eine Entscheidung treffen kann. Für mich. Oder für sich. Was auch immer das bedeutet.

»Du bist der erste Kerl, mit dem ich schlafe, der die Dinge richtig machen will. Nicht nur sexuell, sondern allgemein. Du bist gut. Ein Streber halt, aber auf eine positive Weise. Weil du nicht nur darauf schaust, was du willst, sondern auch auf das, was andere wollen. Und auch auf das, was das Gesetz ist. Das ist auch neu irgendwie.« Ich versuche mich wieder an einem Lachen. »Ich wollte, dass es mit dir richtig gut wird. Ich wollte dir alles von mir geben, weil ich dachte, das macht man so. Das sei die Nähe. Oder der Preis für Nähe. Und bei vielen ist es das, aber nicht bei dir. Weil du …« Meine Stimme bricht.

»… gut bist?«, vervollständigt Philip meinen Satz.

»Ja. Und ich weiß, dass du dir wünschst, dass du ein bisschen mehr wie Pearl wärst. Ein bisschen weniger nach links und rechts schauen würdest, ein bisschen weniger versuchst, es allen recht machen. Aber Philip, genau das ist es, was dich so gut macht. Dass du Stopp gesagt hast, als ich mich selbst vergessen hab, um dir zu gefallen. Das ist das erste Mal für mich und war nicht nur in dieser Situation verletzend. Es ist immer« noch verletzend, aber nicht deinetwegen. Nicht weil du all diese Dinge gesagt hast, mit denen du ja offensichtlich völlig richtiglagst. Sondern weil es mir vor Augen geführt hat, was davor war. Und wie kaputt das war. Und wie kaputt ich war. Und die Typen auch. Wir alle. Die Welt, in der ich gelebt habe, war kaputt, und wer noch nicht kaputt war, als er zu uns stieß, der wurde halt kaputt gemacht. Wenigstens war ich es von Anfang an …«

Philip will etwas sagen, aber ich lasse ihn nicht. Weil ich das alles aussprechen muss, ehe ich einen Rückzieher mache, bloß weil ich Nähe will.

»Mit dir zu schlafen war schön. Weil es die ultimative Nähe ist. Aber weißt du, was eigentlich noch schöner war? Neben dir zu liegen. In deinem Arm. Denn ich glaube inzwischen, die Nähe, die ich will, hat gar nicht unbedingt was mit Sex zu tun. Ich glaube, ich hätte gern erst mal Nähe und dann, wenn ich davon genug habe, dann will ich erst wieder an Sex denken.«

Philip nickt. »Das ist dein gutes Recht.«

»Ja«, sage ich, und es verblüfft mich, dass ich es tatsächlich glaube. Dass ich es weiß. Dass es langsam, aber sicher überall in meinem Kopf und Körper ankommt. »Und es ist in Ordnung, wenn du das lame findest, aber es ist das, was ich gerade brauche. Ich will dir nah sein, ohne mich selbst zu verlieren. Und solange ich nicht weiß, was Nähe ohne Sex ist, und vor allem, solange es nicht tief, tief, tief in mich eingesunken ist, dass es beim Sex eine Rolle spielt, wer *ich* bin, kann ich nicht mit dir schlafen.« So, da ist es. »Und jetzt kannst du dir ja überlegen, ob du dir lieber jemand anderen suchst.« Aber ich hoffe so sehr, dass er das nicht tut.

Philip sieht mich an. Dann blickt er langsam auf die Tischplatte zwischen uns. Er schluckt. »Willst du, dass ich mir jemand anderen suche? Setzt es dich unter Druck, dass ich da bin?« Er spricht ganz leise.

Ich schüttle den Kopf. »Nein, gar nicht.«

»Wenn du Zeit brauchst ohne mich … Wenn ich dir im Weg bin, sag es ehrlich.«

»Noch nie war mir jemand weniger im Weg als du, Philip. Noch nie. Ich brauche Zeit, ja, aber nicht ohne dich. Nur … mit meinem Körper.«

»Okay«, sagt Philip, aber ich bin mir nicht sicher, ob er verstanden hat, was das bedeutet. Ob das das Okay ist, auf das ich gehofft habe.

»Also, ich kann erst mal keinen Sex haben. Nicht, bevor ich nicht ganz genau herausgefunden habe, was Nähe ist.« So. Ich habe es gesagt. Ich habe mich und mein Bedürfnis an erste Stelle gesetzt. Und jetzt habe ich Angst.

»Wenn ich darf … also … ich wäre gern dabei.«

»Bei was?«

»Beim Zeitlassen. Beim Herausfinden. Ohne jeden Druck.«

Nun bin ich diejenige, die schluckt. Einmal. Und noch mal. Weil ich damit nicht gerechnet habe. Das ist so viel mehr als ein Okay. So viel mehr als alles, was ich erwartet hatte.

»Es wäre schön, wenn du dabei wärst.«

Ein Lächeln zeichnet sich auf seinem Gesicht ab. Ein schönes, gutes, nettes Lächeln. Nie war »nett« ein schöneres Wort. Nie hatte es mehr Bedeutung. Ich liebe es nett.

»Alles, was du möchtest. Und wenn du bereit bist, können wir ja auch zusammen rausfinden, was dir gefällt. Also noch nicht sofort. Kein Druck. Du hast alle Zeit der Welt. Ich will es nur angeboten haben.« Sein Lächeln wird breiter, und ich merke, wie meine Mundwinkel sich ebenfalls heben.

»Eins weiß ich.« Ich beiße mir auf die Unterlippe. »Ich möchte Berührung. Und ich möchte Gefühle.« Fucking Amy mit ihrer fucking Liste, ey.

»Selbstverständlich. Das gehört dazu«, sagt er. Und wenn er das sagt, habe ich tatsächlich den Eindruck, dass es selbstverständlich ist. Wie verrückt!

»Okay, gut. Denn das klingt jetzt vielleicht komisch, aber das sind so Sachen, von denen ich irgendwie zu wenig hatte, glaube ich. Manchmal denke ich, dass ich da ein Konto wieder aufladen muss.«

Er greift über den Tisch, um meine Hand zu nehmen. Doch dann zuckt er wieder zurück, weil er mir Raum geben will. Aber so viel Raum muss es gar nicht sein. Also nehme ich seine Hand und halte sie fest. Wir verweben unsere Finger miteinander.

»Wäre es okay, wenn ich mich noch mal auf deinen Schoß setzen würde? Einfach so? Für ein bisschen Nähe?«, frage ich, obwohl ich mich wieder mal richtig dämlich dabei fühle.

»Es wäre mir eine Ehre«, sagt er mit einem vorsichtigen Lächeln.

 *Philip*

**30**  Die wenige Freizeit, die mir bleibt, verbringe ich ausschließlich mit Sophia. Es ist schwierig, den Anwalt auf Knopfdruck auszuschalten, aber sie soll wissen, dass ich zwar nicht zu hundert Prozent der Zeit für sie da sein kann, aber dass sie während der Zeit, die wir miteinander haben, hundert Prozent von mir bekommt.

Wann immer es möglich ist, hole ich sie nach Feierabend von der Arbeit oder von der Abendschule ab, dann bringe ich sie nach Hause. Manchmal machen wir einen kleinen Umweg, um noch länger Zeit miteinander zu haben. Dann spazieren wir durch die nächtlichen Straßen Pearleys. Durch das Univiertel mit seinen Backsteingebäuden, das im Stadtzentrum durch den verkehrsberuhigten Bereich inklusive Ausgehmeile begrenzt wird. Hier ist auch unter der Woche abends genug los, um die Ernsthaftigkeit des Lebens für einen Moment zu vergessen.

Ich zeige Sophia das *Vertigo* (von außen), denn wir wollen unsere Zweisamkeit nicht von betrunkenen Studierenden stören lassen. Meinen liebsten Italiener, dessen Küche erst um elf schließt, sodass ich mir nach der Arbeit ab und zu noch eine ziemlich unfettige Pizza mit nach Hause nehme. Und oft machen wir halt an der veganen Eisdiele.

»Lass mich raten«, sagt sie. »Pistazie?«

Ich nicke. »Sorry, dass ich nicht spannender bin.«

»Du musst gar nicht spannend sein, solange Pistazie der

Geschmack ist, den du wirklich willst«, erwidert sie. »Keine Mitleids-Specials unter meiner Aufsicht.« Sie lacht, und ich weiß genau, worauf sie abzielt.

»Oder weißt du, was? Vielleicht probiere ich heute mal etwas anderes«, sage ich gerade, doch da bestellt Sophia bereits Pistazie für mich und irgendwas Abgefahrenes für sich selbst. Ich will meinen Geldbeutel zücken, aber da sehe ich, dass Sophia bezahlt. »Du musst wirklich nicht ...« Schließlich bin ich derjenige mit dem absurd guten Gehalt.

»Ich fühle mich saublöd, wenn du mich immer einlädst«, erklärt sie und reicht mir meinen Eisbecher.

»Aber warum?«

»Weil ich so einfach nicht bin.«

»Wie bist du nicht?«

»Ich bin niemand für Etikette. Für dieses ganze Oberschicht-Trara. Für Gabel-Gate. Für Autotüren-Aufhalten, für Jacke-Abnehmen ... Mir ist das zu viel. Ich will, dass wir in einem absoluten Gleichgewicht sind. Zumindest in den Bereichen, in denen wir es in der Hand haben. Und deswegen habe ich mir überlegt, dass wir noch mal auf ein Date gehen sollten. Aber diesmal führe ich dich aus.«

»Okay?«

»Warum klingst du skeptisch?«

»Ich ...« Wir setzen unseren Weg zwischen den Flanierenden fort. »In meiner Welt gibt es ziemlich klare Regeln für Dates.« Ich zucke mit den Schultern.

»Und die wären?«

»Genau das, was du nicht magst.« Ich grinse.

»Befolgst du die Regeln, weil du sie gut findest oder weil du es nicht anders kennst?«

Ich denke kurz nach. »Vermutlich Letzteres. Und Pearl würde mich dafür bis ans Ende unserer Tage aufziehen.«

»Soll ich das übernehmen?«

»Lieber nicht.«

»Philip?«

»Hm?«

»Gehst du mit mir auf *mein* Date?«

Ich bleibe stehen und sehe sie ernst an. »Sophia, ich gehe mit dir überallhin. Überall, wo du hinwillst.«

»Okay, gut. Denn es wird ziemlich fettig.« Sie stellt sich auf die Zehenspitzen und küsst mich auf den Mund.

Die Nähe zwischen uns wird immer tiefer. Immer schöner. Auch wenn es nicht mehr dieser körperliche Rausch ist, der uns bis zu unserem ersten Mal überkommen hat. Es ist vorsichtiger. Aber durch diese Vorsicht werden wir sicherer. Und vor allem Sophia, die mich anlächelt. So lange hat sie schützende Mauern um sich errichtet. Doch für mich schafft sie eine Tür in der Mauer und lässt mich hinein. Es ist so, wie ich es bei Rhys und Tamsin beobachtet habe.

Auf einmal zuckt ihr Kopf zur Seite.

»Hey!«, ruft sie. »Was machst du da?«

Ich drehe mich um und sehe einen jungen Typen mit Kamera.

»Hast du gerade ein Bild von uns geschossen? Hast du den Arsch offen?« Sophia geht mit schnellen Schritten auf ihn zu.

»Äh ...« Er wirkt überrumpelt.

»Sophia, warte.« Ich schließe zu ihr auf.

»Der hat ein Foto gemacht.«

»Aber doch sicher nicht von uns, oder?«, frage ich und lächle den jungen Kerl an.

»Ich wollte das alte Kino fotografieren«, erwidert er und nickt Richtung *Electric*. »Für ein Projekt über Art nouveau. Sorry, ich kann euch gern zeigen ...«

»Das ist nicht nötig«, sage ich. »Schon gut.«

»Doch, zeig mal«, sagt Sophia, die die Arme im Selbstschutzluchs-Modus verschränkt hat.

Der Kerl öffnet die Galerie seiner Spiegelreflexkamera. Dann hält er sie uns hin. Und tatsächlich, er hat Fotos vom *Electric* geschossen.

»Zufrieden?«, fragt er, sein Ton nun nicht mehr freundlich.

»Vielleicht wartest du beim nächsten Mal einfach, bis die Leute weitergegangen sind«, sagt Sophia, der das Missverständnis überhaupt nicht peinlich zu sein scheint. Mir dafür umso mehr.

»Vielleicht knutscht ihr beim nächsten Mal einfach nicht mehr auf der Straße rum«, gibt er zurück, dreht sich um und geht.

»Pisser«, sagt Sophia.

»Ist doch nichts passiert.«

»Er war weird, und ich mag es nicht, wenn weirde Leute mich anstarren.«

»Verständlich«, sage ich und wende den Blick ab.

»Nicht du. Du *sollst* mich anstarren.« Sie grinst. »Wollen wir woanders knutschen? Bei dir?«

Und weil meine Wohnung um die Ecke ist und weil sie das Tempo vorgibt und weil ich jedes bisschen Sophia in meinem Leben will, nicke ich.

# Sophia ∞

**31** Das hier könnte kaum weiter entfernt sein von meinen Erfahrungen als Teenie auf den siffigen Sofas im Gras-Dunst. Philips Couch ist sauber. Die Wohnung riecht nach frischer Wäsche. So wie das T-Shirt, das Philip mir am ersten Abend bei den Englanders gegeben hat. Und er sitzt neben mir, und seine Augen sind klar. Nicht rot. Und er ist aufmerksam. Nicht stoned. Und er genießt meine Anwesenheit. Nicht nur meinen Körper. Oder – und dieser Gedanke erschreckt mich – ein fucking Loch in meinem Körper.

Ich rutsche ein Stück von ihm weg. Nicht weil er etwas falsch gemacht hat, sondern weil es Erkenntnisse gibt, die man erst einmal mit sich selbst ausmachen muss.

»Sorry, dass ich so ausgeflippt bin vorhin«, sage ich, um zu überspielen, dass mir die Situation gerade eklig nahegeht. »Ich dachte wirklich, er hätte ein Foto von uns geschossen.«

»Macht nichts«, erwidert Philip. Aber ich weiß, dass es ihm peinlich war. Eine Freundin, die eine Szene macht, ist genau das Gegenteil von dem, was Philip mag.

»Du hast dich unwohl gefühlt«, sage ich deswegen. »Das tut mir leid.«

»Du hättest dich unwohl gefühlt, wenn du den ganzen Abend gedacht hättest, dass da ein seltsamer Kerl ein Bild von unserem Kuss gemacht hat«, gibt er zurück, und das macht, dass ich wieder ein bisschen näher rutsche.

»Ich glaub, manchmal schieße ich übers Ziel hinaus, wenn ich … keine Ahnung … nicht nachdenke, sondern einfach nur handle. So wie früher, weißt du? Das ist irgendwie instinktiv. Ich hab das Gefühl, da passiert was, und dann flippe ich einfach aus.«

»Das ist ein Schutzmechanismus«, sagt Philip und klingt so verständnisvoll, dass ich ihn küssen will. Aber würde ich ihn küssen, weil ich denke, dass ich ihn für sein Verständnis belohnen sollte? Oder weil ich es will? Ich weiß es nicht. Und deswegen lasse ich es. »Bei dir ist er ziemlich ausgeprägt. Bei mir dafür so gut wie gar nicht.«

»Wie meinst du das?«

»Du passt auf dich auf. Und ich passe auf, dass andere sich nicht von mir vor den Kopf gestoßen fühlen. Das ist ein großer Unterschied.«

»Wenn du willst, passe ich ab jetzt auf dich mit auf«, schlage ich vor. Und Philips Blick macht, dass ich ein bisschen schmelze.

»Es gibt glücklicherweise nicht sonderlich viel zu tun auf diesem Gebiet.« Er lächelt. Und das Schmelzen wird zu einer Sehnsucht.

»Aber falls doch, bin ich da und werfe mich vor dich«, sage ich und werfe mich in einer etwas übertheatralischen Geste halb auf ihn, um zu demonstrieren, wie ich es anstellen würde.

Wir sind uns jetzt ganz nah. Doch Philip macht keine Anstalten, mich zu berühren. Dabei wünsche ich es mir. Hier, in diesem Moment der Zweisamkeit auf seiner bescheuert sauberen Strebercouch in seiner duftenden Wohnung, will ich berührt werden.

»Fass mich an«, sage ich, meine Stimme rau. Rauer als sonst.

Philip atmet geräuschvoll aus. »Äh …« Er hebt eine Hand. »Wo?«

Ich weiß nicht, wo. Also schließe ich die Augen. Werde ganz flattrig innerlich. »Streich mir über die Haare«, sage ich leise, und im nächsten Augenblick streicht Philip mir über die Haare. »Und die Wange.« Seine Finger wandern über meine Wange.

Meine Augen sind nach wie vor geschlossen, wodurch ich die Berührung viel stärker wahrnehme.

»Ich will Berührung, die nicht zu Sex führt«, sage ich. »Ich will mich sicher fühlen, ohne dass etwas von mir erwartet wird.« Da ist ein Kloß in meiner Kehle, denn auszusprechen, was man sich wünscht, ist scheußlich schwierig.

»Da ist keine Erwartung«, sagt Philip. »Ich will genau das, okay? Ich will dich berühren.«

»Dann mach«, sage ich und lasse mich zurücksinken. Ich gebe ihn frei, lege mich auf den Rücken in Erwartung dessen, was kommt.

Ich spüre, wie Philip auf den Boden rutscht. Er kniet sich neben mich, fährt mit seinen Händen über mein Haar. Über mein Gesicht. Er presst einen Kuss auf meine Stirn. Verschränkt unsere Hände miteinander. Küsst meine Handrücken. Erst rechts, dann links. Ganz sanft lässt er meine Hände sinken, damit seine Finger nun leise kitzelnd erst meinen Hals, dann mein Schlüsselbein entlangwandern können. Wir sind komplett bekleidet, aber ich fühle mich nackter denn je. Auf eine geborgene Weise. Auf eine fucking sichere Weise.

Sein Finger wandert über meinen Brustkorb. Genau dort, wo meine Narbe ist. Zwischen meinen Brüsten entlang. Er macht keine Anstalten, sich ihnen zu nähern. Er fährt einfach in der Mitte bis zu meinem Bauchnabel.

»Kannst du meine Narbe berühren?«, frage ich auf einmal, ohne dass ich wüsste, woher das nun kommt.

»Ja, natürlich.«

Ich richte mich kurz auf, öffne die Augen. Sehe Philip, der mich betrachtet, als hätte er noch nie etwas Schöneres gesehen. Als hätte er noch nie etwas Schöneres erlebt. Er sieht nicht lüstern aus. Nicht, als würde er auf mehr warten. Und in einer Bewegung ziehe ich mir das T-Shirt über den Kopf.

Philip küsst mich auf den Mund, und für einen kurzen Augenblick öffne ich meine Lippen, damit sich unsere Zungen anstupsen können. Ein leises Stöhnen entfährt mir. Eins, das ich nicht spiele. Sondern eins, das einfach tief aus mir kommt. Wie automatisch. Mein Instinkt kann offenbar mehr, als nur auf mich aufpassen.

Ich lasse mich zurück auf das weiche Polster sinken. Das nicht nach Zigaretten stinkt. Nicht nach alten Jogginghosen. In dem Moment, da Philips Finger auf meine nackte Haut treffen, schließe ich meine Augen wieder. Das Narbengewebe spürt anders als der Rest von meiner Haut. Es ist dicker irgendwie. Weniger empfänglich. Aber das Bewusstsein, dass Philip dort ist, dass er meine Narbe berührt auf eine zärtliche Art, fuckt mich auf die beste Weise ab. Und dann küsst er sie. Er küsst sie einfach entlang. Da ist kein Zögern. Kein Nachdenken. Da ist nur Nähe. Schönste Nähe.

»Stört sie dich?«, frage ich, obwohl ich die Antwort kenne. Aber ich will es nicht nur fühlen. Es ist, als wäre mein Inneres auch voller Narbengewebe. Man muss sich anstrengen, damit die Botschaften dort ankommen. Sonst spüre ich sie nicht.

»Sie stört mich kein bisschen.« Er hält kurz in der Bewegung inne. »Stört sie dich?«

Ich zucke mit den Schultern, dann verberge ich mein Gesicht in meinen Händen, weil Erkenntnis ein verflucht schwerer Prozess ist. Oder vielleicht nicht die Erkenntnis selbst, aber das Zulassen.

»Normalerweise sehe ich sie kaum«, sage ich. »Ich bin so an sie gewöhnt. Aber ...«

Philip sagt nichts. Fragt nichts. Küsst meine Narbe einfach noch mal.

»... es gab Leute, die fanden sie hässlich.«

»Oh«, sagt er, und es klingt nach aufrichtigem Bedauern.

»Und das hat dazu geführt, dass ich sie auch hässlich fand. Beschädigte Ware eben.«

»Sag das nicht mehr, bitte«, flüstert Philip.

»Aber ist doch so.«

»Ich sehe es nicht so.«

»Wie siehst du es?« Ich halte die Luft an.

»Als einen Teil von dir. Völlig ohne Wertung. Wie deinen Fingernagel.« Er streicht über meine Finger. »Oder deine Augenbrauen.« Mit dem Daumen fährt er meine Augenbraue entlang. »Oder das Muttermal auf deinem Arm.« Ich spüre, wie er den Finger auf den kleinen braunen Punkt legt. Und dann spüre ich, wie er seinen Finger noch einmal über meine Narbe wandern lässt. »Für sich genommen, ist sie weder schön noch hässlich. Aber weil das alles zu dir gehört, ist es schön. In Kombination ist es das Schönste.«

»Okay, fuck«, sage ich und richte mich auf. »Du bist so ein verfluchter Streber.«

Meine Stimme zittert, und ich nehme Philips Kopf in die Hände und drücke meine Lippen auf seine.

»So ...«

*Kuss.*

»Ein ...«

*Kuss.*

»Verfluchter …«

*Kuss.*

»Streber …«

*Kuss.*

…*pardel,* denke ich.

»Und du bist verflucht schön«, gibt er zurück.

»Und Malik ist ein verflucht guter Koch.«

 *Philip*

**32**  In der Nähe der Kanzlei gibt es einen mexikanischen Foodtruck, bei dem ich mir mehrmals die Woche in der Mittagspause etwas zu essen hole. Ein paar Holztische stehen davor, und heute sehe ich, wie sich Rose und Mitch an einem der Tische angeregt unterhalten. Abgesehen von einem Bier nach Feierabend in unserem Konferenzraum, nachdem es mal wieder deutlich länger geworden war, und Small Talk beim Wasserspender, habe ich mit beiden außerhalb unserer offiziellen Meetings noch nicht viel zu tun gehabt. Was vor allem daran liegt, dass ich mit Rhys' Fall alle Hände voll zu tun habe.

»Grilled Cheese für Philip?«, fragt Emilio, der Besitzer des Foodtrucks, und ich nehme den in Alufolie eingewickelten Burrito – das Tagesspecial – entgegen und bahne mir meinen Weg durch die anderen Wartenden.

»Hi«, sage ich, als ich am Tisch von Rose und Mitch angekommen bin. »Was dagegen, wenn ich …«

»Setz dich zu uns«, sagt Rose und rutscht ein Stück zur Seite. Dann wirft sie Mitch einen Blick zu, der kneift die Lippen zusammen.

»Äh«, sagt er. »Auch auf die Gefahr hin, dass es dir deine Mittagspause versaut, aber hast du … das hier schon gesehen?« Er zeigt mit dem Finger auf einen Artikel im *Pearley Chronicle*.

»Was ist das?«

»Lies selbst.« Mitch wischt mit der Serviette über seine Krawatte, auf die er offensichtlich Guacamole getropft hat.

Ich ziehe die Zeitung zu mir und drehe sie um, sodass ich sowohl die Bilder als auch die Caption erkennen kann. Und für einen Augenblick bleibt mir die Luft weg.

*Gangster-Love* lautet die Überschrift unter einem riesigen Foto von Sophia und mir mit Eiswaffeln in der Hand, während sie sich auf die Zehenspitzen stellt und mich küsst. *Von Fred Wrench.* Nein. Das kann nicht wahr sein.

Eine schnelle Abfolge von Bildern flackert vor meinem inneren Auge auf. Fred Wrench im *Sequoia*. Wrench und Pence im Gespräch bei Grans Party. Elijah, der über Pence spricht. Legale Grauzonen. Der Typ mit der Kamera vor dem *Electric*. Ich zähle eins und eins zusammen.

»Wie bitte?« Ungläubig lasse ich die Zeitung sinken und blicke auf.

»Lies weiter.« Rose verdreht die Augen und nickt mir auffordernd zu.

Ich überfliege die ersten Zeilen. *Seine Liebe zu Kriminellen stellt Anwalts-Youngster Philip Englander nicht nur im laufenden Prozess eines ehemaligen Drogendealers gegen den Staat Kalifornien unter Beweis. Auch in seiner Freizeit umgibt er sich mit zweifelhafter Gesellschaft wie hier mit seiner Freundin Sophia Marin, die ebenfalls eine Vergangenheit im Pearley Juvenile Prison vorzuweisen hat. Zwar ist sie seit einigen Monaten wieder auf freiem Fuß, doch von Läuterung kann hier wohl keine Rede sein. Denn erst vor ein paar Wochen wurde Marin dabei gefilmt, wie sie auf einem Parkplatz ein Auto aufbrach.*

Ein unscharfes Bild, offenbar von einer Überwachungskamera, zeigt Sophia in ihrem Ballkleid neben Pearls Auto, und ich schnappe nach Luft.

»Das ist … Das können die nicht … Es ist nicht …«

»Wer ist diese Sophia?«, fragt Rose.

»Sie ist …« Ich schlucke. Mein Herz rast. »Sie ist meine Freundin. Aber …«

»Und was da über sie steht?«

»Sophia ist …« Fuck! »Sophia war im Gefängnis, das stimmt. Aber dieses Bild« – ich stoße meinen Finger darauf – »das ist nicht so gewesen. Es war …« In meinem Kopf überschlagen sich die Gedanken. »Es ist das Auto meiner Schwester. Sie hatte uns um Hilfe gebeten. Sie …«

»Das sieht echt übel aus, Englander«, sagt Mitch neben mir und hilft damit genau niemandem.

»Das war Pence«, sage ich und balle die Hände zu Fäusten.

»Aber …«

»Nein, Rose. Ich weiß es. Er …« Ich will sagen, dass er uns gesehen hat, aber das stimmt nicht einmal. Es war sein verfluchter Kumpel Wrench. Wrench, der vermutlich sauer ist, weil ich an Grans Feier nicht mit ihm über den Fall gesprochen habe. Wrench, der diesen Jungen auf uns gehetzt hat. Sophia hatte *recht*. Er *hat* ein Foto von uns geschossen.

Sophia. Kriegt sie jetzt Ärger? Hat sie etwas zu befürchten? Ich muss mit meinem Dad sprechen. Ich muss … ich erhebe mich. »Kann ich die mitnehmen?«, frage ich, warte die Antwort jedoch nicht mehr ab, sondern schnappe mir die Zeitung und renne los.

Fünf Minuten später bin ich völlig außer Atem zurück im Büro und lege Reggy und meinem Dad die Zeitung vor.

»Ich habe es auch gesehen«, sagt Reggy. »Ein Prozess dieses Ausmaßes bringt immer Schmutzkampagnen und Lügen mit sich. So funktioniert die Boulevardpresse. Und Pence und sein Team wissen das zu nutzen. So wenig überraschend es auch ist, so unangenehm kann es werden.« Er schiebt die Zeitung angewidert von sich.

»Aber was bedeutet das?«, frage ich. »Für den Prozess? Und was bedeutet es für Sophia?«

»Es ist Pearls Auto. Pearl wird ja offensichtlich keine Anzeige erstatten. Sophia hat nichts zu befürchten«, sagt mein Dad. Und das ist immerhin ein kleiner Trost. Aber ich sehe, dass er enttäuscht ist. Enttäuscht von seinem Golden Boy. Und Reggy ebenso. Reggy, der mich noch gewarnt hatte. Verdammt, wie konnte mir das nur passieren?

»Wir müssen deine Glaubwürdigkeit wiederherstellen«, sagt Reggy, und die Tatsache, dass er sofort lösungsorientiert denkt, beruhigt mich. Also sieht er eine Chance. Für mich. Für Rhys.

»Eine Gegendarstellung?«, fragt mein Dad. »Ein Interview?« Er sieht mich nicht an.

»Ich kann auch von dem Fall zurücktreten«, murmle ich.

»Das sieht aus wie ein Schuldeingeständnis. Nein.« Reggy gibt uns keinen Diskussionsspielraum. »Ich schlage vor, wir klären das im Gerichtssaal. Wir lassen uns nicht auf Pence' Niveau herab. Wir haben uns nichts vorzuwerfen. Mit wem du eine Beziehung hast, tut nichts zur Sache.«

Mein Dad nickt. »Wir ziehen das jetzt durch«, sagt er. »Besser gesagt: Du ziehst das durch, Philip. Es ist ein Dämpfer, einer, der vor allem dir und deiner Glaubwürdigkeit schadet, aber ich habe keinen Zweifel, dass du weißt, was zu tun ist. Wir berufen ein Notfall-Strategie-Meeting ein. Für heute Abend.« Dann erhebt er sich und verlässt den Raum, ohne mich noch einmal anzusehen. Und ich fühle mich so beschissen wie noch nie in meinem Leben.

# Sophia ∞

**33**  Ich erreiche ihn nicht. Seit Stunden. Kein einziger Anruf kommt durch, keine Nachricht wird zugestellt. Er hat sein Handy ausgeschaltet, und langsam ertrage ich diese Warterei nicht mehr. Es ist dunkel. Nach neun. Geht er mir aus dem Weg? Macht er mich für dieses Desaster verantwortlich? Ist es meine Schuld? Kriege ich Ärger? Ich weiß es nicht. Ich weiß nur, ich hatte recht. Ich hatte recht mit meiner Abneigung gegen diesen widerlichen Journalisten. Ich hatte recht mit dem jungen Typen und seiner verfickten Kamera. Aber es hilft nichts. Der Schaden ist angerichtet.

»Ich gehe zu ihm«, sage ich in den Flur hinein. Malik wollte mir Gesellschaft leisten, aber sein betroffenes Gesicht machte alles nur noch schlimmer, weswegen ich ihn zusammen mit dieser beschissenen Zeitung, die Zelda mitgebracht hat, aus meinem Zimmer geschickt habe.

»Tu das«, sagt er aus der Küche. »Willst du Auflauf mitnehmen?«

»Äh …« Ich balanciere gerade auf einem Bein, weil ich mir meine Schnürstiefel anziehe. Für Maliks Auflauf habe ich wirklich keine Kapazitäten.

»Na komm. Auflauf macht alles besser.«

Ich beobachte, wie er dampfenden Auflauf in ein Plastikgefäß schaufelt. Und auch wenn ich mir ziemlich sicher bin, dass es Situationen gibt, die nicht einmal durch Auflauf besser werden, weiß ich die Geste dennoch zu schätzen.

Im vierten Stock des Wohnhauses, in dem sich Philips und Pearls Wohnung befindet, brennt kein Licht. Dennoch betätige ich die Klingel. Doch niemand öffnet. Ich klingle wieder und wieder. Aber es ist niemand zu Hause. Oder zumindest niemand, der um Viertel vor zehn Besuch haben will.

In der Straße ist es ziemlich ruhig, obwohl wir mitten in der Stadt sind. Ab und zu kommen Passanten auf dem Weg ins Ausgehviertel vorbei, aber ansonsten bin ich allein. Für einen kurzen Moment weiß ich nicht, was ich tun soll. Es ist keine Option, wieder nach Hause zu gehen. Denn dort halte ich es keine Sekunde aus. Also setze ich mich auf die Stufe vor dem Eingang und warte.

Maliks Auflauf wärmt meine Beine, und obwohl es auch ansonsten ein sehr lauer Abend ist, fröstelt es mich beim Gedanken an das, was passiert ist. Je länger es dauert, bis ich von Philip höre, desto sicherer werde ich mir, dass all das Konsequenzen haben wird. Hat er sich deswegen dagegen gewehrt, mit mir zusammen zu sein? Wusste er, dass so etwas passieren würde? Auf einmal werde ich ungeheuer wütend. Auf alles. Auf den verblödeten Journalisten, auf mich, auf den Typen mit der Kamera, auf Philip. Ja, auch auf ihn. Denn obwohl er vielleicht das Recht hat, durch den Wind zu sein, hat er definitiv nicht das Recht, einfach zu verschwinden. Ich hänge da schließlich auch mit drin.

»Sophia?«, höre ich auf einmal eine Stimme. Ich hebe den Kopf und sehe Pearls Gesicht vor mir. »Was machst du denn hier?« Sie grinst.

»Ich ... äh ... ich warte auf Philip.«

»Ist er noch nicht da?«, fragt sie, und die Tatsache, dass selbst Pearl das ungewöhnlich findet, macht, dass sich etwas in mir verknotet. Etwas, das schon verknotet war, aber der Knoten wird fester.

Ich schüttle den Kopf.

»Hast du es auf dem Handy versucht?« Pearl tritt an mir vorbei und gibt einen Code ein, um die Tür zu öffnen. »Magst du reinkommen?«

»Äh, okay?«

»Ist alles in Ordnung bei dir?« Wir nehmen nicht den Aufzug, sondern laufen die Treppe nach oben.

»Ja, schon. Also bei mir.«

»Aber?«

»Es ist was passiert«, sage ich, als wir oben angekommen sind. »Und ich weiß nicht, wo Philip ist.«

»Was ist mit ihm?« Pearl dreht sich kurz zu mir um, dann sperrt sie die Tür auf und bedeutet mir, ihr in die Wohnung zu folgen.

Es fühlt sich komisch an, hier zu sein ohne Philip. Es riecht nach ihm. Nach sauberer Wäsche. Ich sehe seine Schuhe, die ordentlich nebeneinanderstehen. Schiele in sein Zimmer.

»Willst du was trinken?«, fragt Pearl. Sie hat ihre Schuhe von den Füßen gekickt, sodass sie nun in der Mitte des Flurs liegen. Ich stelle meine Stiefel neben Philips Schuhe.

»Hier.« Pearl wirft mir eine Wasserflasche zu. »Lass uns ins Wohnzimmer gehen.« Sie schaltet die Deckenlampe ein und lässt sich im Schneidersitz auf dem Sofa nieder. Ich setze mich zögerlich auf einen der Sessel.

»Dann erzähl mal. Habt ihr euch gefetzt?«

»Nein.« Ich schüttle den Kopf, spiele am Etikett meiner Flasche herum. »Aber ...«

»Jetzt sag schon.«

»Also ... da gibt's diesen Journalisten ...« Und dann schlucke ich und erzähle Pearl, was passiert ist. Von dem Artikel. Von den Fotos. Von der Überwachungskamera auf dem Parkplatz, die wenigstens nur *mein* Gesicht aufgenommen hat.

»Fuck«, sagt Pearl, als ich geendet habe. Und dann noch mal: »Fuck.« Und weil ihr das immer noch nicht zu reichen scheint, wiederholt sie es ein drittes Mal: »Fuck.«

Dass sie die Sache so ernst nimmt, hilft nicht die Bohne. Es wäre mir lieber, sie würde sagen: Ach was, das ist schon oft passiert, mach dir keinen Stress. Aber Pearl wirkt alarmiert. Und deswegen beiße ich mir auf die Unterlippe, um dieses ekelhafte Gefühl in meinem Inneren durch etwas anderes zu ersetzen.

»Es tut mir so leid, Sophia. Ich hatte keine Ahnung, dass das passieren würde. Philip hat recht. Wenn man handelt, ohne nachzudenken, müssen andere die eigene Scheiße ausbügeln, und dann … Armer Philip. Das ist sein absoluter Albtraum.«

Ich nicke. »Ich weiß.« Meine Stimme klingt ganz dünn. Denn Philip wird das Richtige tun. Er wird sich von mir trennen, weil es einfach zu riskant ist, wenn er weiter mit mir gesehen wird. Und dieser Gedanke ist einfach unerträglich.

»Dad?« Ich habe gar nicht mitgekriegt, dass Pearl ihr Handy gezückt hat. Aber anscheinend hat sie ihren Dad angerufen. »Ist Phip bei dir? … Okay. … Okay. … Ja. … Sophia hat ihn gesucht. … Ja. … Ich glaub nicht. … Danke.«

Ich habe keine Ahnung, was das alles bedeutet. Fragend blicke ich Pearl an.

»Sie hatten ein Notfallmeeting in der Kanzlei. Philip ist auf dem Weg nach Hause.«

»Ist er … sauer?«

»Dad?« Sie lacht. »Nein. Ich glaube nicht, dass er jemals in seinem Leben wirklich sauer war. Vielleicht war so ein

Super-GAU nicht die charmanteste Art, ihm zu erzählen, dass ihr zusammen seid … wobei es vermutlich immer noch besser war als bei einem Abendessen mit Gran. Denn ihre Reaktion wäre ziemlich sicher noch epischer gewesen als dieser Schlamassel.« Sie grinst, und das macht, dass es mir ein bisschen besser geht.

»Ich meinte eher Philip«, sage ich.

»Oh. Ach so. Äh … keine Ahnung, aber …« Man hört einen Schlüssel im Schloss. »Das kann er dir jetzt selbst sagen.«

Sie steht auf und drückt beim Hinausgehen einmal meine Schulter. »Wird schon«, flüstert sie. Dann: »Hi!«

»Heute nicht mehr, Pearl.« Philip klingt müde. So müde. Und seine Stimme macht, dass ich aufspringen will, um ihn zu umarmen. Aber gleichzeitig sitze ich hier wie festgewachsen.

»Ich hab mit Dad gesprochen«, sagt Pearl.

»Dann weißt du ja, was los ist.«

»Es tut mir so leid, Phip.«

»Lass gut sein.«

»Es tut mir so, so, so leid. Du hattest recht. Und ich werde dich in Zukunft aus allem raushalten, das verspreche ich. Bist du sauer auf mich?«, fragt sie. Und ich wünschte, sie würde auch gleich fragen, ob Philip sauer auf mich ist.

»Nein.«

»Du klingst sauer. Es tut mir soooo leid!«

»Ich hab gesagt ›Lass gut sein‹.«

»Also bist du sauer.«

»Ich bin fix und alle. Und ich möchte gern meine Ruhe haben.«

Okay, also ist es falsch, dass ich hier bin. Auf einmal bin ich beinahe erleichtert darüber, dass ich mich bislang nicht

bemerkbar gemacht habe. So kann ich mich einfach raus-
stehlen, sobald Philip in seinem Zimmer ist. Aber verfickte
Hölle noch mal, mir ist echt nach Heulen zumute.

»Verstehe ich«, sagt Pearl. »Aber …«

»Offensichtlich verstehst du gar nichts, Pearl.« Selbst
wenn Philip bis jetzt nicht sauer war, so ist er es in diesem
Moment. »Du mit deinem ›Wo die Liebe hinfällt‹. Du mit
deinem ›Nach mir die Sintflut‹. Du mit deinem ›Was macht
dich glücklich?‹.« Er redet sich richtig in Rage. »Das habe
ich jetzt davon, dass ich dir helfe. Und dass ich auf dich
höre. Eine absolute Vollkatastrophe ist das. Und nicht nur
für mich. Oder für Dad. Oder für Reggy. Sondern für Rhys.
Das passiert nämlich, wenn man nicht an die Konsequenzen denkt, Pearl.«

»Aber du denkst immer an alles«, sagt Pearl leise. »Du
hast nichts falsch gemacht.«

»Ich hätte mich nie darauf einlassen dürfen. Ich hätte …«

»Worauf denn?«

»Auf …«

Mein Herz schlägt so schnell, dass ich meine Hände auf
die Brust pressen muss, weil ich Angst habe, dass es sonst
einfach aus mir herausspringt. Ich weiß, was jetzt kommt.

»… Sophia.«

Mir entfährt ein leises Stöhnen, weil es so verflucht wehtut, ihn das sagen zu hören. Also macht er mich tatsächlich verantwortlich. Und wahrscheinlich zu Recht. Meine
fucking Vergangenheit ist eben doch nicht einfach nur das.
Sie lässt sich nicht verstecken. Und sie macht Dinge kaputt.

»Das meinst du nicht ernst.«

»Was soll ich sagen, Pearl? Was willst du hören? Dass ich
nicht nach links und rechts schaue und mir egal ist, wer den
Mist ausbadet, den ich baue?«

»Gesünder wär's«, sagt Pearl.

Philip schnaubt.

»Ja, okay, falscher Moment. Ich meine ja nicht immer. Aber ich glaube, du siehst gerade nicht sonderlich klar.«

»Ich glaube, ich sehe zum ersten Mal seit ein paar Monaten klar«, erwidert er. »Und du machst dir keine Vorstellungen, wie beschissen das alles ist.« Seine Stimme bricht.

Es ist beschissen, ja. Es ist alles so verfickt beschissen. Aber ich kann nicht länger hier sitzen und mir das anhören. Diesen Artikel zu lesen, war, ehrlich gesagt, schon demütigend genug. Aber das hier? Das ist ein ganz neues Level von Demütigung. Das ertrage ich nicht. Also stehe ich auf. Meine Beine zittern.

»Ich geh dann mal«, sage ich leise, als ich aus dem Wohnzimmer trete.

Mein Blick fällt auf Philip, der auf dem Boden sitzt, das Gesicht in seinen Händen. Pearl steht mit verschränkten Armen neben ihm.

»Sophia!« Es ist mehr ein Flüstern. »Was …«

»Was sie hier macht?« Pearl übernimmt für mich, und dafür bin ich ihr dankbar. Denn meine Kehle ist wie zugeschnürt. »Sie wartet auf dich. Weil sie sich Sorgen macht, du grenzenloser Vollidiot.«

»Fuck«, sagt Philip und will aufstehen.

»Sorry, ich … hab nur gedacht … Aber ich gehe jetzt.«

Philip schüttelt den Kopf. »Nein. Nein, geh nicht. Bitte, bleib hier.«

Ich sehe ihn an. Hat er sich eben selbst gehört? Will er mich verarschen? Er hätte sich nie auf mich einlassen dürfen, aber bleiben und seine Hand halten soll ich gefälligst? Ich habe ihn gewarnt. Ich habe gesagt, es gibt keinen Rückzieher. Und er ist nach vorne geprescht. Ohne Rücksicht.

Wo keine Rücksicht, da kein Rückzieher. Aber offenbar hat er die verfluchte Rücksicht wiederentdeckt. Und damit auch den beschissenen Rückzieher.

»Du hast gesagt …« Ich bringe die Worte beinahe nicht über meine Lippen. »… dass du dich nie auf mich hättest einlassen dürfen. Dass das alles beschissen ist.« Ich ertrage es nicht.

»Weil er ein grenzenloser Idiot ist, der spricht, bevor er nachdenkt«, sagt Pearl.

»Nein«, sagt Philip erneut, und jetzt habe ich endgültig keine Lust mehr, mir mein beschissenes Herz zerquetschen zu lassen. »Nein, das stimmt alles. Ich hätte mich tatsächlich nicht auf die Sache mit uns einlassen dürfen. Nicht ohne meinen Dad oder Reggy um Rat zu fragen. Aber … nur weil das *Wie* und das *Wann* ein Fehler war, bedeutet es nicht, dass die Sache an sich auch ein Fehler ist.«

Hä? Ich will zwar immer noch verschwinden, aber gleichzeitig will ich auch verstehen, was Philip meint.

»Kannst du das so sagen, dass es auch Nicht-Anwälte kapieren?«, fragt Pearl.

»Also bist du nicht sauer auf mich?«, frage ich, bin mir aber auch nicht sicher, ob ich ihn richtig gehört habe.

»Auf dich?« Er sieht mich verständnislos an. »Den ganzen Tag überlege ich schon, wie ich es wiedergutmachen kann. Bei dir.«

»Bei mir?« Was redet er? Macht er sich über mich lustig?

»Dass du mit in diese Sache hineingezogen wurdest … Das ist so ungeheuerlich, Sophia. Und es tut mir so leid.« Ihm tut es leid? Ich bin so überrascht, dass der Drang, auf der Stelle zu verschwinden, vollständig verpufft ist.

»Schon okay«, sage ich zögerlich. Passiert das hier wirklich?

»Wrench und Pence hätten das nie tun dürfen. Da sind wir uns alle einig. Aber sie haben es getan, und der Schaden ist angerichtet.«

»Und jetzt?«, fragt Pearl.

Philip zuckt mit den Schultern. »Ich muss diese Sache zu Ende bringen. Ich muss das wieder geradebiegen. Ich weiß noch nicht, wie, aber ich *muss*.«

»Und das wirst du«, sagt Pearl und setzt sich neben ihn. »Das wirst du, weil du klug bist.«

Ich stehe immer noch in der Tür, wage es kaum, mich zu rühren. Philip ist nicht sauer auf mich. Und die Sache mit uns ist nicht vorbei? Er entschuldigt sich bei mir? Das ist doch verrückt.

»Gibt es schon Ideen?«, fragt Pearl. »Wie ihr weitermacht?«

»Donald Bolton ist unsere letzte Chance«, sagt Philip. »Wir müssen zeigen, was er für ein Mensch ist. Dass er kein belastbarer Zeuge gegen Rhys ist. Dass man ihm nicht trauen kann. Damals wie heute. Und daran arbeiten wir.«

Zögerlich gehe ich auf Pearl und Philip zu. Ich beiße mir auf die Unterlippe. Doch dann sieht Philip auf. Und sein Blick trifft mich. Geht mir durch Mark und Bein. Geht in mein fucking Herz. Direkt rein. Seine Augen sind vor Müdigkeit ganz rot und dunkel umrandet. Aber sein Blick … sein Blick ist so unfassbar – so unbegreiflich – zärtlich, dass es mich umhaut. Er streckt seine Hand nach mir aus, und ich nehme sie. Lasse mich von ihm ebenfalls auf den Boden ziehen. Er hält meine Hand, Pearl hält seine Hand.

»Und dann, schätze ich, muss ich mit Dad sprechen. Und ihm sagen, dass das mein erster und letzter Fall sein wird. Ich bin für diese Art von Druck und Stress und Verantwortung nicht gemacht.«

Er schließt die Augen. So sitzen wir eine Weile schweigend im Flur, bis ich schon meine, dass Philip eingeschlafen ist. Einfach hier auf der Stelle.

Doch dann sagt er: »Du warst vermutlich nicht einkaufen, Pearl, oder?«

»Sorry, hab ich nicht geschafft.«

»Ich hab seit heute Morgen nichts gegessen …« Seine Lider sind nach wie vor geschlossen, als hätte er keine Kraft mehr, die Welt um ihn herum zu sehen.

Sofort bin ich auf den Beinen und an der Garderobe. »Ich hab Auflauf dabei!«, sage ich triumphierend. »Von Malik!«

»Und dass Malik ein guter Koch ist, wissen wir ja«, erwidert Philip, öffnet langsam die Augen und lächelt mich müde, aber dankbar und trotz allem verflucht verliebt an.

 *Philip*

**34** Seit ungefähr zehn Minuten lehne ich meinen Kopf gegen den Spiegel in den Toiletten im zweiten Stock. Versuche, ruhig zu atmen. Die Verhöre werden anstrengender. Die Jury ist nicht mehr überzeugt von uns. Von mir. Das ist heute mehr als deutlich geworden.

Dieser Fall steht und fällt mit Rhys' Glaubwürdigkeit, und die hängt nun mal von meiner Glaubwürdigkeit ab. Aber ich werde das wieder hinbiegen. Doch ich bin mir ja nicht einmal selbst sicher, ob ich mir glaube. Ob ich mir meine Rolle als Anwalt abnehme. Wie soll ich dann eine Jury überzeugen?

Aber ich muss, wenn Rhys eine Chance haben soll. Ich muss. Ich muss. Ich muss. Rhys vertraut mir. Ich habe der Kanzlei diesen Fall aufgeschwatzt. Alle verlassen sich auf mich. Und ich habe das Gefühl, zu ersticken.

»Englander!«, ruft eine Stimme hinter mir, als ich zurück auf den Gang trete.

Ich bleibe stehen, drehe mich jedoch nicht um. Es ist Pence' Stimme. Und er ist definitiv der letzte Mensch, den ich sehen will.

»Englander, warte.«

Sein jovialer Ton macht mich beinahe noch wütender als alles andere.

»Du bist nicht beleidigt, oder?«

Beleidigt? Das, was ich bin, geht so weit über »beleidigt«

hinaus, dass Pence' Vorstellungsvermögen dafür mit Sicherheit nicht ausreicht.

»Du hast es ja selbst gesehen. Die Jury hat dir aus der Hand gefressen. Es war vielleicht nicht unbedingt nach dem Lehrbuch, aber jetzt ist die Sache wieder ein bisschen spannender, meinst du nicht?«

Spannender? Ich schüttle voller Unverständnis meinen Kopf.

»Nichts für ungut. Gehen wir mittagessen?«

Gehen wir … Was? »Entschuldigen Sie«, sage ich und gebe mir keine Mühe, meine Irritation zu verbergen. »Aber kann es sein, dass Sie unter Amnesie leiden?«

Er macht Anstalten, mir auf die Schulter zu klopfen, und lacht. Doch ich trete einen Schritt zurück. Einen Schritt Richtung Treppe. »Na, na, wer wird denn gleich so verschnupft sein?«

»Sie haben mein Privatleben in diese Sache mit hineingezogen. Sie haben eine unbeteiligte junge Frau bloßgestellt. Und Sie wissen, dass Rhys Bolton unschuldig ist.«

»Ach, Englander, Ihr Idealismus in allen Ehren, aber geht es wirklich darum?«

Ich schnaube. »*Mir* geht es darum«, bringe ich durch zusammengebissene Zähne hervor. »*Mir* geht es um Gerechtigkeit.«

»Sie sind ein heller Kopf, was man so hört. Ich gebe Ihnen noch ein paar Monate. Dann werden auch Sie begriffen haben, dass man das Spiel spielen muss, wenn man Erfolg haben will.«

Aber genau das kann ich nicht. Ich kann kein Spiel spielen. Ich will meinen Job machen, weil ich an etwas glaube. Etwas, das über den eigenen Profit und die eigene Eitelkeit hinausgeht.

»Von der Tatsache, dass Sie keinerlei Rückgrat besitzen, sollten Sie nicht auf andere schließen, Pence«, erwidere ich.

»Wenn ich die Wahl habe zwischen einem Rückgrat und einer weißen Weste, dann wähle ich die weiße Weste. Die überdeckt jeden Makel, den Menschen wie Sie darunter vermuten könnten.« Er zieht ein Taschentuch hervor und wischt sich feine Schweißtropfen von der Stirn.

»Und Menschen wie ich würden eher nackt gehen, als Ihre Methoden zu rechtfertigen. Also gehen Sie mir aus der Sonne.«

Begleitet vom scheußlichen Geräusch, das Pence' falsches Lachen verursacht, laufe ich die Treppe hinunter. Ich nehme immer zwei Stufen auf einmal, weil ich nicht schnell genug hier herauskommen kann.


»Reggy, Seymour« – ich nenne meinen Dad beim Vornamen, obwohl nur er und Reggy anwesend sind. Aber für dieses Gespräch brauche ich professionellen Abstand.

Wir befinden uns im Besprechungsraum, wo wir gestern bis nach neun an einer Strategie gefeilt haben, mit der wir diesen Frontalzusammenstoß von Zeitungsartikel kompensieren können. Mein Dad und Reggy sitzen mir gegenüber, darauf habe ich bestanden. Doch ich selbst habe nicht Platz genommen. Für das, was ich zu sagen habe, muss ich stehen.

»Ich bin euch unendlich dankbar für die Möglichkeiten, die ihr mir hier eingeräumt habt. Ich weiß, dass ich einen Vertrauensvorschuss von euch erhalten habe, als ihr mich beinahe direkt von der Universität eingestellt habt.«

»Na, na«, macht Reggy. »Es ist ja nicht so, als hättest du uns nicht mit einem makellosen Abschluss überzeugt.«

»Bitte, Reggy, lass mich ausreden«, sage ich, denn das hier fällt mir schwer genug, auch ohne dass Reggy und mein

Dad mir erzählen, wie toll sie mich finden. Aber gleichzeitig fällt es mir leicht. Weil ich weiß, dass ich das Richtige tue. Weil ich weiß, dass ich etwas für mich tue. »Ich habe eine Entscheidung getroffen. Ich werde die Kanzlei verlassen.«

»Das ist doch Quatsch«, sagt Reggy.

»Aufgrund dieses einen Artikels?« Dad sieht erschrocken aus.

»Nein, nicht aufgrund des Artikels. Der Artikel hat mir nur den letzten Schubs gegeben. Ich bin nicht glücklich.«

»Aber …«, beginnt Dad.

»Keine Sorge, ich werde auf jeden Fall bis Monatsende bleiben und vor allem Rhys' Prozess, verdammt noch mal, gewinnen. Das bin ich euch schuldig, das bin ich ihm schuldig, und das bin ich auch mir schuldig.«

»Lass dich doch nicht gleich entmutigen«, sagt Reggy.

»Nein, nein, du verstehst nicht. Ich lasse mich nicht entmutigen. Ich *bin* mutig. Indem ich hier vor euch stehe und euch sage, was ich will. Und so großartig die Arbeit hier ist, so großartig das Team, ich bin kein Anwalt. Ich möchte kein Anwalt sein.«

»Philip …«, beginnt Dad, doch er weiß nicht, was er sagen soll.

»Ich weiß, es sieht aus wie eine Niederlage. Aber das ist es nicht. Und auch deswegen will ich diesen Prozess gewinnen. Damit es auch auf dem Papier keine Niederlage ist. Doch für mich …« Ich schlucke. »… fühlt es sich auch jetzt schon an wie ein Sieg. Ich bin hierfür nicht gemacht.«

»Ich denke, da irrst du dich gewaltig«, sagt Reggy. »Du bist ein großartiger Anwalt.«

»Das mag sein. Aber die Tatsache, dass jeder Fehler, den ich mache, die Gefahr nach sich zieht, ganze Leben zu ruinieren …«

Reggy unterbricht mich: »Das ist unser Job. Risiken einzugehen, um Gerechtigkeit zu erwirken.«

»Genau.« Ich nicke. »Genau das ist unser Job. Du, Reggy, du, Dad« – nun bin ich doch wieder beim »Dad« – »ihr könnt das. Ihr könnt mit diesem Risiko umgehen. Doch ich ... ich kann es nicht.«

»Das ist Unsinn, Philip«, sagt mein Dad.

Reggy stimmt ihm zu. »Das hier ist dein erster Fall. Und als solcher noch ein ziemlich großer. Da ist es vollkommen normal, dass man zweifelt.«

»Darum geht es nicht. Es sind nicht die Zweifel.« Wieder schlucke ich. Ich hasse es, Menschen zu enttäuschen. Ich hasse es, nicht den Anforderungen zu entsprechen. »Seit meinem allerersten Tag hier habe ich das Gefühl, keine Luft zu bekommen. Nicht weil ich mich der Verantwortung nicht stellen will, sondern weil ich Angst davor habe, was passiert, wenn ich der Verantwortung nicht gerecht werde. Ich habe das Gefühl, mein Leben lang den Erwartungen, die andere an mich haben, hinterherzuhecheln. Und ich bin mitgekommen. Bis jetzt.«

Ich sehe in die betroffenen Gesichter meiner Chefs, meines Dads.

»Ich kann kein Anwalt sein. Sosehr ich es auch möchte. Aber das Problem ist, dass ich es nicht möchte, weil ich es mir selbst und für mich selbst wünsche. Sondern ich möchte es, weil ich euch nicht enttäuschen will. Aber es macht mich kaputt. Jetzt schon. Und es wird mich kaputter machen, je länger ich versuche, es zu versuchen. Deswegen muss ich die Notbremse ziehen. Ich kündige.« Geräuschvoll atme ich aus. Es ist raus. Ich habe es gesagt. Offen und ehrlich. Zum ersten Mal seit langer Zeit spüre ich so etwas wie Erleichterung. Mein Mund verzieht sich zu einem vorsichtigen Lächeln, das dieser Situation seltsam unangemessen scheint, aber es ist wohl die automatische Reaktion auf meine Kündigung. Jetzt kann ich nur hoffen, dass Reggy und mein Dad mir verzeihen, dass sie ihre Zeit mit mir verschwendet haben.

»Hm«, macht Reggy. Er rutscht auf seinem Stuhl hin und her, faltet seine Hände und legt sie vor sich auf den Tisch. »Ich müsste lügen, wenn ich sagen würde, dass ich das erwartet habe. Oder mir gewünscht habe.«

»Du bist dir sicher?«, fragt mein Dad mich.

Ich nicke. »Ich bin mir sicher, Dad. Wäre ich nicht sicher, wäre ich nicht hier. Denn für mich ist das hier so ungefähr das Schwerste, was ich mir vorstellen kann.« Einen tadellosen Abschluss hinlegen? Easy. Einer der jüngsten Anwälte im Staat Kaliforniens werden? Peanuts. Zu meinen eigenen Bedürfnissen stehen? MAJOR!

»Schade. Wirklich schade.« Aus Reggys Blick spricht aufrichtiges Bedauern. »Und es hat nichts mit gestern zu tun?«

»Es hat nichts und alles mit gestern zu tun«, sage ich seufzend. Trotz der Erleichterung macht mich dieses Gespräch traurig. Dem Bild, das andere von einem haben – und das man selbst bis vor Kurzem noch von sich hatte –, nicht zu entsprechen oder nicht zu genügen, tut weh. Und dann sehe ich ins Gesicht meines Dads. Er sieht erschrocken aus. Und ich weiß nicht, was ich tun kann.

»Philip.« Mein Dad erhebt sich nun, sodass wir auf Augenhöhe sind. Na klar, er will nicht zu mir aufsehen, so sehr, wie ich ihn enttäuscht habe. »Du weißt, wie stolz ich auf dich war.« Da ist es. Vergangenheit. Schon gestern war ihm die Enttäuschung anzumerken. Doch das hier trifft mich dennoch unvorbereitet. »Und es hat mir geschmeichelt, dass du in meine Fußstapfen treten wolltest. Väterliche Eitelkeit ist ein nicht zu unterschätzendes Phänomen.« Auf einmal ist da ein Lächeln auf seinen Lippen, das ich nicht erwartet habe. »Und ich kann nicht behaupten, dass ich mich über deine Entscheidung freue. Aber ich kann sagen, dass ich in diesem Moment noch ein bisschen stolzer auf dich bin. Zu erkennen, wo die eigenen Grenzen liegen, ist wahrscheinlich eine größere Errungenschaft als all die Erfolge, die wir mit dir bereits gefeiert haben.«

Ich bin wie vom Donner gerührt. Mein Dad ist nicht wütend? Nicht enttäuscht? »Danke«, sage ich völlig perplex.

»Wir müssen nur überlegen, wie wir es deiner Großmutter beibringen«, sagt er und lächelt. Dann kommt er auf mich zu, zieht mich an sich und klopft mir auf den Rücken. »Aber das kriegen wir schon hin.«

Nachdem wir die Formalia geklärt haben, besteht mein Dad darauf, mich zum Mittagessen einzuladen. Wir gehen zu dem Burritostand, bestellen beide das Tagesspecial und setzen uns an einen der Tische.

»Ich dachte, du wärst sauer auf mich«, sage ich und befreie meinen Burrito aus der Alufolie.

»Sauer?«

»Weil ich Mist gebaut habe. Gestern wirktest du so enttäuscht von mir.«

Mein Dad lacht. »Ich war auch enttäuscht. Aber nicht wegen des Artikels, sondern weil mein Sohn eine Freundin hat, die ihn offensichtlich glücklich macht – zumindest sah das auf dem Foto so aus –, und er mir nichts davon erzählt hat.«

»Oh«, mache ich. Ich kann nicht glauben, dass das der Grund war.

»Habe ich Druck ausgeübt?«, fragt er dann und sieht auf einmal richtig besorgt aus.

»Du? Nein. Ich …« Ich stammle. Denn das Letzte, was ich will, ist, dass mein Dad sich für den Schlamassel verantwortlich fühlt. »Du und Mom, ihr habt Pearl und mir immer das Gefühl gegeben, dass es für euch keine Rolle spielt, welchen Weg wir einschlagen.«

»Aber warum …«

»Warum ich dachte, Anwalt werden zu müssen? So ganz kann ich es nicht sagen. Es hat mit Sicherheit etwas damit zu tun, dass ihr alle unfassbar glücklich wart, dass wenigstens ein Englander-Spross einen linearen Weg geht. Besonders Gran natürlich. Ich hatte das Gefühl, wenn ich diesem vorgegebenen Pfad folge, halte ich Pearl den Rücken frei. Oder vielleicht eher: Wenn sie es schon nicht tut, sollte wenigstens ich mich dem Familienkodex anpassen. Auch wenn Mom und du das nie eingefordert habt.«

»Aber Gran.«

»Du weißt, wie sie ist.«

»Ich wusste nicht, dass sie einen so starken Einfluss auf euch hat.«

»Auf *mich*«, präzisiere ich. »Pearl lässt sich von nichts beeindrucken. Ich dachte, ich gehe den Weg des geringsten Widerstands, weil sie bei Gran auf maximalen Widerstand gestoßen ist. Aber es stellte sich heraus, der minimale Widerstand wächst. Und dann hat man den Salat.«

»Dann hat man den Salat«, bestätigt mein Dad.

»Pearl war immer ein abschreckendes Beispiel, während ich sie unbewusst für ihre Haltung bewundert habe. Richtig begriffen habe ich es erst, als ich Sophia traf.«

»Sophia«, wiederholt mein Dad mit einem leichten Schmunzeln.

»Meine Reaktion darauf, dass Gran sie ... wie soll ich sagen ... zu einer Puppe gemacht hat, war nicht unbedingt rational. Und weil ich ansonsten ein ziemlich rationaler Mensch bin, musste irgendwas Tieferliegendes schuld sein.« Als Präzisierung schiebe ich hinterher: »Das war, bevor wir angefangen haben, miteinander auszugehen.«

Dad nickt. »Ich würde sie gern kennenlernen, deine Sophia.«

»Du kennst sie doch.«

»Ich kenne sie als Grans zweifelhaftes Projekt. Aber ich gehe davon aus, dass deutlich mehr in ihr steckt.«

»Das kann man wohl sagen.« Ich lache. Erleichtert. Losgelöst. Befreit. Es ist noch längst nicht alles vorbei. Der Druck hält an. Aber zu wissen, dass Dad – und mit Sicherheit auch Mom – auf meiner Seite sind, beflügelt mich. »Sie ist großartig. Sie ist ein bisschen wie Pearl, nur potenziert. Sie ist ihr eigener Mensch. Durch und durch. Und ich will das auch für mich.«

»Hast du einen Plan?«, fragt Dad.

»Ich habe in Europa ein Praktikum bei einer Brauerei gemacht.«

»Hast du?«

»Ich habe euch nie davon erzählt, weil klar war, dass ich diesen Traum nicht verfolgen würde. Aber jetzt ...«

»Wie stellst du dir das vor?«

»Ich kenne einen Brauer, der hier um die Ecke fantastisches Bier braut. Er steht noch ziemlich am Anfang, aber die Branche boomt, die Bestellungen wachsen ihm mittlerweile schon über den Kopf. Er kann sich vor Anfragen kaum retten. Das Einzige, was ihm jetzt noch fehlt, ist Kapital und jemand, mit dem er sich die Last teilen kann. Als ich aus Europa zurückkam, hatte ich kurz die Idee, mit dem Geld aus meinem Treuhandfonds bei ihm einzusteigen. Als Partner.«

»Aber ist das nicht auch ein Risiko?«, fragt mein Dad.

»Es *ist* ein Risiko, ja. Aber eins, bei dem es nur um mich geht. Und ich glaube, ich würde es gern versuchen.«

»Dann müssen wir zusehen, dass wir es deiner Großmutter schonend beibringen. Nicht dass sie dich enterbt, bevor du an das Geld kommst.«

»Wie Pearl meinst du?«

Dad lacht. »Immerhin gibst du es nicht für gerupfte Hühner und Kautionen aus.«

»Das wird ein kleiner Trost für Gran sein.« Aber vermutlich auch nur das.

## Sophia

**35** Wir sitzen zu dritt in Philips Lexus vor dem Haus der Englanders. Keiner von uns macht Anstalten, auch nur den Anschnallgurt zu lösen. Philips Hände umfassen sogar noch das Lenkrad, als würde er überlegen, einfach wieder zu fahren. Aber natürlich ist das keine Option.

»Na, immerhin geht's heute mal nicht um mich«, sagt Pearl glucksend von hinten.

»Sehr hilfreich«, erwidert Philip. Aus dem Augenwinkel sehe ich, dass sein Kiefer mahlt.

»Hey. Du bist ihr Golden Boy, schon vergessen?«

»Ich glaube, der Titel ist an Bedingungen geknüpft«, sagt Philip. Und diese Bedingung ist, dass er erfolgreicher Anwalt ist, nehme ich an. Und eine Kündigung gehört wohl nicht zu einer Karriere als erfolgreicher Anwalt – selbst wenn er sie selbst ausgesprochen hat.

»Ich glaube, dann sollte es dir einfach egal sein.«

Philip dreht sich zu seiner Schwester. »Wenn es mir egal wäre, wären wir gar nicht in dieser Situation, Pearl. Schon vergessen?«

»Ich bin ja schon still.« Sie hebt abwehrend die Hände.

»Sorry«, sagt Philip. »Ich bin einfach angespannt.«

»Vielleicht sollten wir es hinter uns bringen?«, schlage ich vor, denn Philips Unruhe überträgt sich auf mich. Und diese Abendessen sind für mich ohnehin nicht gerade ein Quell der Freude und Entspannung. Jetzt auch noch als seine Freundin hier zu sein – die Liste der Dinge, die ich lieber täte, ist endlos. Mir den Milchschäumer in die Nase stecken. Meinen Finger in die Kaffeemühle halten. Huhn-Sophias nackte Stellen mit fucking Lotion einreiben.

»Ja, vielleicht.« Philip gibt sich einen Ruck.

»Vielleicht wird es ja wirklich nicht so schlimm«, schlage ich vor. Ich hoffe, dass Pearl oder Philip mir recht geben, auch, um mich selbst zu beruhigen.

»Ja, vielleicht«, sagt Philip noch einmal, aber es klingt wenig überzeugend.

»Ich glaube, es wird episch«, flüstert Pearl, als wir hinter Philip auf die Eingangstür zulaufen. »Aber nicht auf eine positive Art.«

Ich schlucke. Denn ja, das glaube ich auch.

Im Salon herrscht eisiges Schweigen. Eudora hat den Blick abgewendet und sieht konzentriert aus dem Fenster. Emma hat ihre Hand auf Seymours Knie gelegt und schenkt uns ein vorsichtiges Lächeln. Seymour nickt Philip zu, dann hebt er die Hand, um mich zu begrüßen.

*Das Mädchen* – mir schaudert immer noch bei der Bezeichnung – verteilt Drinks, ich kriege ein Soda. Eudora blickt nicht einmal auf. Nur ihre Finger krampfen sich noch etwas fester um den Gehstock.

»Ich hab mir diese App geholt«, sagt Emma, um die Stille zu durchbrechen. »Habe gleich alle meine Produkte gescannt. Und du hattest völlig recht, man hat keine Ahnung, was man sich da ins Gesicht schmiert.«

Pearl lächelt und nickt. Philip räuspert sich, so leise und unauffällig wie nur irgend möglich. Nicht weil er etwas sagen will, das ist offensichtlich. Er hat nur diesen Kloß im Hals, den er loswerden muss. Da bin ich mir sicher.

»Geht's dir gut, Sophia?«, fragt Emma nun. »Wir haben dich ja lange nicht gesehen.«

Eudora schnaubt leise.

»Äh, ja«, sage ich. Dann erinnere ich mich an Eudoras Lektionen und schiebe hinterher: »Danke der Nachfrage. Und Ihnen?«

»Wir können wirklich nicht klagen.« Mit der Hand, die bislang unbeweglich auf Seymours Knie lag, tätschelt sie es nun.

»Bitte entschuldigt mich.« Eudoras Stimme durchschneidet den Raum. Sie erhebt sich mühsam, und Seymour will ihr schon helfen, doch sie wedelt verächtlich in seine Richtung. »Untersteh dich«, sagt sie. Dann schreitet sie, wie die stolze Dame, die sie ist, Richtung Tür.

»Wow«, sagt Pearl leise, als Eudora außer Hörweite ist. »Dabei hat man Philip nicht mal Handschellen angelegt!«

»Pearl.« In Emmas Stimme liegt ein Flehen.

»Ich meine ja nur. Die Familienehre mit Füßen zu treten, scheint ein weites Feld zu sein.« Sie zuckt mit den Schultern.

»Es ist für uns alle eine Umgewöhnung.« Was meint sie denn damit? Meint sie mich? Dass Philip und ich jetzt ein Paar sind?

»Wird schon werden«, sagt Seymour versöhnlich, und neben mir atmet Philip laut ein.

Eudora taucht nicht mehr auf, bis wir zum Essen gerufen werden. Wir finden uns auf unseren angestammten Plätzen ein. Ich sitze neben Emma und gegenüber von Philip. Der Platz am Kopfende zu meiner Linken ist leer.

»Wir sollten auf Eudora warten«, sagt Emma zu dem Mädchen, das gerade goldverzierte kleine Teller mit Salat verteilen wollte. Die junge Frau nickt und verlässt unverrichteter Dinge wieder das Esszimmer.

»Wo ist sie?«, fragt Pearl.

»Ich sehe nach.« Philip erhebt sich. Er wirft mir einen Blick zu, den ich nicht lesen kann. Vielleicht wollte er mich einfach nur noch mal ansehen.

»Geiler Abend«, sagt Pearl und nimmt einen Schluck Wein.

»Pearl.« Erneut weist Emma sie auf diese fast hilflose Weise zurecht.

»Jetzt mal im Ernst, das ist doch Kindergarten. Warum kann Philip nicht machen, was er will? Warum geht das irgendjemanden etwas an, abgesehen von ihm? Und vielleicht Sophia?«

Mir schießt Röte ins Gesicht. Emma seufzt. Und das macht, dass ich mich schon wieder frage, ob sie vielleicht gegen mich sein könnte. Also nicht gegen mich als Mensch. Aber gegen mich als Mensch an Philips Seite. So hätte ich sie nicht eingeschätzt, aber irgendetwas ist im Busch.

»Es ist nicht so leicht, Pearl«, sagt sie. »Du weißt genau, wie es ist.«

»Ich weiß, wie Gran es sich wünscht. Aber das hat nichts damit zu tun, wie es ist. Oder sein sollte. Oder …«

»… es mich dir wenigstens erklären«, hört man auf einmal Philips Stimme aus der Eingangshalle, dicht gefolgt von einem Schnauben, das von Eudora stammen muss.

»Mir was erklären?«, fragt sie. Es klingt nicht, als hätte sie gesteigertes Interesse an irgendeiner Art der Interaktion mit ihrem Enkelsohn. Dennoch nähern sich Schritte. Philips, Eudoras, dazwischen das Klacken ihres Gehstocks.

»Meine Entscheidung.«

»Ha!« Sie lacht auf. »Du bist ein verwöhnter Bengel, der das Handtuch wirft, sobald es anfängt, kompliziert zu werden.« Sie müssen nun direkt vor dem Esszimmer sein, doch ich wage es nicht, mich zu rühren.

»Das ist ungerecht, Gran«, sagt Philip leise. »Lass uns zusammen essen und darüber sprechen. Bitte.«

»Ich *werde* essen. Dies ist schließlich mein Haus. Mein Tisch. Mein Essen. Aber ich werde nicht hier herumsitzen und so tun, als wäre alles in Ordnung, während diese Familie vor die Hunde geht.«

Sie stolziert ins Esszimmer und lässt sich auf den Stuhl am Kopfende sinken. Philip kommt hinter ihr her. Schon jetzt sieht er aus wie ein begossener Pudel. Ein begossener Pardel. Und es macht mich wütend, dass Eudora diese Wirkung auf ihn hat. Pearl kann das wegstecken. Ich kann das wegstecken. Aber zu Philip hat man gefälligst nett zu sein.

»Wo bleibt der Salat?«, keift sie, und sofort kommt das Mädchen zurück und platziert einen Teller vor ihr.

»Gran …« Philip legt sich die Serviette auf den Schoß. »Ich weiß, dass du enttäuscht bist. Von mir. Ich weiß, dass du dir gewünscht hast, jemand würde die Familientradition weiterführen. Und es tut mir aufrichtig leid, dass ich es nicht kann.«

»Dass du es nicht kannst!« Eudora spuckt die Worte beinahe aus.

»Es tut mir nicht gut. Es macht mich kaputt. Es …«

»Das ist das Problem mit deiner Generation. Niemand beißt sich mehr durch. Niemand behauptet sich mehr. Ihr wollt euch beim Yoga selbst finden. Euch verwirklichen, indem ihr alles und nichts ausprobiert. Hauptsache, keine Entscheidungen treffen. Verweichlicht seid ihr alle miteinander. Und so wurdet ihr in dieser Familie nicht erzogen.«

»Es ist schade, dass du das so siehst«, sagt Philip. »Es

ist schade, dass dir mein Berufsstand wichtiger ist als mein Glück.«

»Glück!« Ein kaltes Lachen kommt aus Eudoras Mund. »Was soll das denn schon wieder sein! Glück hat mit dem echten Leben nichts zu tun.«

»Mutter«, mischt sich nun Seymour ein, »die Zeiten haben sich geändert. Die Kinder haben es heute leichter als du und Dad damals. Oder als ich und Emma.«

»Und das haben wir Leuten wie dir zu verdanken«, sagt Philip an Eudora gewandt.

»Was weißt du denn schon von Dankbarkeit! Mit Füßen trittst du, wofür wir so hart gearbeitet haben. Wirfst deine Ausbildung weg, spuckst auf unseren Namen. Um was zu tun? Seymour?«

Seymour wirft Philip einen entschuldigenden Blick zu. »Er will in eine Brauerei investieren.«

»Und ich würde gern meinen Treuhandfonds dafür verwenden«, sagt Philip. Ich weiß, dass dieser Satz eigentlich selbstbewusst hätte klingen sollen. Aber er klingt unsicher. Beinahe schüchtern. »Ich werde dir natürlich einen Businessplan erstellen, wenn du daran zweifeln solltest. Ich …«

Nun bricht Eudora in schallendes Gelächter aus. Aber nicht, weil sie es sonderlich komisch fände, so viel steht fest. »Nur über meine Leiche«, sagt sie dann derart ernst und kalt, dass ich eine Gänsehaut kriege. »Wenn du dich ruinieren willst, dann ohne mein Zutun.«

»Ich werde mich nicht ruinieren. Ich bin immer noch ich. Ich bin …«

»In der Gosse wirst du landen. Aber dort treibst du dich ja ohnehin schon herum.« Eudoras Blick flackert für den Bruchteil einer Sekunde zu mir. »Eins verspreche ich dir, Philip. Ich werde dir nicht dabei zusehen, wie du dein Leben wegwirfst. Und damit alles, wofür andere so hart gearbeitet haben. Menschen wie wir sind zu Größerem bestimmt. Wir tragen eine Verantwortung. Und du bist dem offensichtlich nicht gewachsen. In meinem ganzen Leben war ich noch nicht so enttäuscht, das kann ich dir sagen. Und ich verlange von dir, dass du augenblicklich mein Haus verlässt, sonst vergesse ich mich.«

Philip steht auf und wirft seine Serviette auf den Tisch. »Mom, Dad, verzeiht«, sagt er, und seine Stimme bricht. »Pearl, du wirst dir ein Taxi nehmen müssen. Sophia?«

Ich nicke und erhebe mich ebenfalls. Denn dass Eudora mich beleidigt, ist eine Sache. Aber dass sie so zu Philip ist, ertrage ich nicht.

In der Eingangshalle sehe ich, dass Tränen in seinen Augen stehen. Und das macht etwas mit mir. »Geh schon mal vor, ich hab meine Tasche vergessen«, sage ich, als seine Hand bereits auf dem Türknauf liegt.

Er nickt, zu geknickt, um zu widersprechen.

Mit wütenden Schritten gehe ich zurück ins Esszimmer. Ich bin mir bewusst, dass alle Blicke auf mich gerichtet sind, und das sollen sie auch.

»Verfickte Hölle!«, sage ich laut. »Was läuft bei dir eigentlich falsch?« Meine Hände habe ich in die Seiten gestemmt. Ich achte nicht einmal darauf, welche Worte ich verwende oder ob ich vielleicht unhöflich sein könnte. Es ist egal. Es muss einfach raus, weil ich innerlich koche! »Philip ist der verflucht großartigste Mensch, den ich kenne. Und ich kann mir kaum vorstellen, dass unter deinen ach so feinen Freunden auch nur ein einziger ist, der ihm ansatzweise das Wasser reicht. Du kannst scheiße zu mir sein, so viel du willst. Ich stecke das weg, dass Leute wie du auf mich herabschauen, nur weil ihnen das Geld aus dem Arsch wächst.«

Leute wie du. Leute wie ich. Es kam automatisch, dabei will ich so gar nicht denken. Nicht in diesem Moment, aber auch sonst nicht. Das ist doch Eudoras Weltbild. Wann habe ich das übernommen?

Doch ich habe keine Zeit, darüber nachzudenken, und nehme meine Tirade wieder auf. »Aber hier geht es nicht um mich, sondern um Philip. Dein eigener verfickter Enkelsohn ist unglücklich, und du hast nichts Besseres zu tun, als ihm auch noch Vorwürfe zu machen? Das kann ja wohl nicht dein verschissener Ernst sein. Einmal im Leben trifft er eine Entscheidung für sich. Und ich meine nicht, dass er mit mir zusammen ist. Sondern dass er etwas gefunden hat, was ihm Freude macht. Du sagst, er tritt die Familie mit Füßen? Überleg dir mal, was du gerade mit seinem Leben gemacht hast. Dass eine Person wie du, die alles hat, so eine bittere, grauslige alte Kuh geworden ist, ist echt mal krass, Eudora. Echt krass! Und wenn du sagst ›Nur über meine Leiche‹, weißt du, was? Na, dann warten wir eben einfach noch einen Moment. Aber das ist dann leider ein Moment, in dem du ziemlich einsam sein wirst. Denn glaub mir, selbst der netteste, verflucht zauberhafteste Mensch der Welt hat irgendwann genug von deiner Scheiße.«

Ich mache eine kurze Pause, um Luft zu holen. Emmas Augen sind weit aufgerissen, Seymour starrt mich völlig perplex an. Pearls Mundwinkel zuckt. Und Eudora? Ihre Miene ist vollkommen versteinert.

»Und noch was«, sage ich, bevor ich mich wieder zum Gehen wende. Denn jetzt ist ein für alle Mal Schluss. »Dieser Müll mit ›Menschen wie wir‹ und ›Menschen wie ihr‹, den kannst du dir sonst wohin stecken. Und wenn Menschen wie ich ›sonst wohin‹ sagen, meinen wir ›in deinen Arsch‹.« Ihr Augenlid zuckt, und es erfüllt mich mit einer enormen

Genugtuung. »Okay.« Mit Nachdruck sage ich diese vier Buchstaben, die nur der Pöbel benutzt, und schiebe noch ein sarkastisches »Mrs Englander« nach.

Dann verlasse ich das Haus.

»Wo ist deine Tasche?«, fragt Philip, als ich mich auf den Beifahrersitz setze. Er klingt erschöpft. So erschöpft, dass ich seinen Kopf an meine Brust drücken will, bis es ihm besser geht.

»Hatte vergessen, dass ich gar keine dabeihabe.«

Er sieht mich mit nach oben gezogenen Augenbrauen an.

»Ja, hab meinen Kopf nach der Sache wohl auch nicht mehr so beisammen.« Das scheint er zu akzeptieren, denn er lässt den Motor an und lenkt den Wagen aus der Einfahrt.

»Es tut mir leid, dass das so schiefgegangen ist«, sage ich.

Doch Philip zuckt nur mit den Schultern. Es ist nicht einmal ein richtiges Zucken. Eher ein plötzliches Noch-weiter-sinken-Lassen. »Kann man nichts machen. Dann muss ich mir eben einen Plan B überlegen.«

»Oder eher Plan C«, sage ich.

»Nein«, erwidert er. »Plan C war das, was ich die letzten Jahre gemacht habe.«

Dass Eudora das nicht sieht, macht mich so wütend! Oder vielleicht sieht sie es sogar, aber es ist ihr egal. Und das ist beinahe noch schlimmer. Ich hätte ihr noch viel mehr entgegenschleudern sollen.

»Sag mal«, fragt er nach einer Weile, »darf ich dich um etwas bitten?« Sein Blick flackert kurz zu mir. Aber wirklich nur ganz kurz. Philip würde nie länger als den Bruchteil einer Sekunde nicht auf die Straße schauen, während er fährt. Und das macht, dass ich seinen Kopf noch fester an mich drücken will. Bei ihm ist man so sicher. Bei ihm bin ich sicher. Und ich will, dass er sich auch so fühlt.

»Immer.«

»Ich weiß, du brauchst Zeit. Und wir würden nichts tun, außer zusammen zu sein. Aber ich glaube, ich kann heute nicht allein sein.«

»Soll ich mit zu dir?«

»Oder ich zu dir?«, schlägt er vor. »Ich brauche ein bisschen Abstand.«

»So, so gerne, Philip«, sage ich, und so beschissen diese Situation ist, so schön finde ich es, dass es in seiner Traurigkeit meine Gesellschaft ist, die er sich wünscht.

Er schluckt. »Sicher?«

»Ganz sicher.«


Ich habe nur ein Einzelbett, also wird das ziemlich kuschlig heute Nacht. Aber das ist uns egal. Und vor allem ist es ideal für die Art von Nähe, die ich Philip geben will.

Er entledigt sich seiner Hose und seines Hemds und schlüpft dann unter meine Decke. Kurz ertappe ich mich bei dem Gedanken, dass ich ihn gerne noch ein bisschen länger angesehen hätte. Er ist nicht durchtrainiert wie Rhys oder Malik. Er ist nicht besonders athletisch gebaut. Aber sein Körper hat eine drahtige Stärke, die ich unglaublich gern mag. Weil sie Stabilität und Sicherheit ausstrahlt.

Aus irgendeinem Grund wende ich mich ab, als ich mir mein oversized Schlafshirt überziehe, doch als ich mich umdrehe, sehe ich, dass Philip angestrengt an die Wand blickt, um mir Privatsphäre zu geben. Wie ernst er mich nimmt. Mich und meine Bedürfnisse. Es erfüllt mich mit einer Wärme, die alles Böse, alles Blöde, was heute war, verdrängt.

Ich schlüpfe zu ihm unter die Decke, wo sich seine Körperwärme bereits verteilt hat. Wärme innen, Wärme außen. Wärme, die ich an Philip weitergeben will. Zurückgeben will. Wärme, die zwischen uns entsteht und wachsen soll.

»Willst du … in meinen Arm?«, frage ich ein bisschen zögerlich, weil normalerweise er wohl derjenige wäre, der mich in den Arm nimmt. Aber es ist egal. Weil wir keine Leute sind, die die Dinge normal machen. Leute wie er, Leute wie ich … Leute wie die. Diese Kategorien existieren nicht mehr. Wir sind wir. Und als Wir lege ich meine Arme um ihn und ziehe seinen Kopf auf meine Brust, wie ich es mir ausgemalt habe. Ich streichle seine Haare, bis er regelmäßig atmet. Die rotblonden Locken, deren Farbe ich auch in der Dunkelheit noch genau erkenne und die so gut duften. Nach Philips Kopf. Nach seiner Klugheit. Und seiner Nettigkeit. Und der Sicherheit und der Wärme. Klugheit und Nettigkeit und Sicherheit und Wärme, die ich so sehr mag, dass ich eine alte Frau anschreie. Bei dem Gedanken daran muss ich fast kichern, doch weil Philips Kopf genau da liegt, wo das Kichern herkommt, unterdrücke ich es. Klugheit und Nettigkeit und Sicherheit und Wärme, die machen, dass ich über mich hinauswachse, wenn es nötig ist. Klugheit und Nettigkeit und Sicherheit und Wärme, die ich will. Komplett.

 *Philip*

**36**  Rhys ist blasser – noch blasser – als die Tage zuvor. Seine Augen sind dunkel umrandet. Und obwohl Tamsin heute als moralische Stütze mit im Gerichtssaal sitzt, sieht er aus, als würde er sich jeden Moment übergeben.

»Mach dir keine Sorgen«, sage ich, aber natürlich ist das nur eine hohle Phrase. Ich kann nicht einmal im Ansatz nachempfinden, wie es ihm kurz vor dem Wiedersehen mit seinem Stiefvater, der sein Leben zerstört hat, geht. Bis zu diesem Punkt. Ich erschauere bei dem Gedanken.

Bislang kenne ich Donald Bolton nur von Bildern. Von seiner Verhaftung. Von seinem Freispruch. Doch als der groß gewachsene Mann Mitte fünfzig den Zeugenstand betritt, kann ich dennoch nichts gegen den Ekel, der mich überkommt, tun. Er ist riesig. Bullig beinahe. Er ist unrasiert, sodass man die weiß-grauen Stoppeln auf seinen Wangen und seinem Kinn erkennen kann. Seine Augen sind klein und zu Schlitzen verengt, als würde er den Raum abscannen. Die fettigen, grauen Haare hat er zu einem dünnen Pferdeschwanz zusammengebunden. Donald Bolton, man kann es nicht anders sagen, ist eine grausige Gestalt. Er ist jemand, dem man nicht im Dunkeln begegnen will. Und wo wir gerade dabei sind, im Hellen auch nicht.

Rhys gibt ein Geräusch von sich, das klingt wie eine Mischung aus unterdrücktem Stöhnen und Würgen.

»Ich bin da«, flüstere ich und drücke Rhys' Schulter. »Ich

bin da.« Ich höre ihn atmen. Gehetzt. Stoßweise. Und in Gedanken gehe ich noch einmal die Strategie durch, die wir uns zurechtgelegt haben. *Lass ihn reden. Lass ihn so viel sagen wie irgend möglich. Lass Donald Bolton die Arbeit übernehmen. Provozier ihn nicht. Wieg ihn in Sicherheit. Er ist selbst die größte Schwachstelle. Mit ein klein wenig Dirigieren wird er sich selbst als unglaubwürdigen Zeugen entlarven.*

Doch zunächst ist Pence dran mit seinem Verhör. Er erhebt sich, begrüßt Bolton. »Vielen Dank, dass Sie die Zeit gefunden haben, heute hier auszusagen. Sie sind einer der wichtigsten Zeugen in diesem Fall, da Sie zur Zeit der Festnahme in einem Haushalt mit Mr Rhys Bolton lebten. Ist das korrekt?«

»Ja, Sir«, sagt Bolton mit einer tiefen, beinahe bellenden Stimme, sodass es klingt wie »Jassir«.

»In welchem Verhältnis stehen Sie zu Rhys Bolton?«

»Bin sein Stiefvater. Hab's aber öfter als einmal bereut, das können Sie wissen.«

Rhys zuckt neben mir zusammen.

»Erklären Sie.«

»Ist ein undankbarer, verdorbener kleiner Scheißer gewesen. Hat die Familie kaputt gemacht. Hat seine Mutter unter die Erde gebracht.«

»Einspruch«, rufe ich, während Rhys auf seinem Stuhl immer mehr in sich zusammensinkt. Den Blick hat er auf seine zitternden Hände gerichtet. »Mein Mandant hat nichts dergleichen getan.«

»Stattgegeben«, sagt Richterin Ruiz. »Mr Bolton, wir bleiben hier bei den Fakten.«

»Ist'n Fakt«, sagt er, doch Richterin Ruiz hebt mahnend den Zeigefinger. »Rhys hat Schande über die Familie gebracht. Und dann ist seine Ma krank geworden und gestorben. Die Reihenfolge stimmt. Ob das nun ein Zufall war oder nicht, können Sie sich ja selbst überlegen.« Doch es ist offensichtlich, dass niemand in diesem Saal ihm glaubt – abgesehen von Bolton selbst und Pence vielleicht.

»Erzählen Sie von Ihrem Familienleben«, fordert Pence ihn auf.

Und Bolton erzählt. Von seiner Bilderbuchfamilie. Von seiner wunderbaren Frau, von seiner Tochter. Und von dem missratenen Spross seiner Frau aus erster Ehe. Rhys hat inzwischen seine Hände zu Fäusten geballt. Ich wette, es verlangt ihm alles ab, nicht auf seinen Stiefvater loszugehen. Und so berechtigt das vielleicht wäre, so wenig würde es uns nützen.

Pence lässt Donald Bolton vom Tag der Verhaftung erzählen. »War ein Schock für uns. Wir hatten schon länger den Verdacht, dass da was im Busch ist, wissen Sie? Aber man versucht ja immer, das Beste in seinen Kindern zu sehen.«

Er führt die Schilderung weiter aus. Die Verzweiflung von Rhys' Mutter, seine Enttäuschung. Wie sie als Familie versuchten, weiterzumachen. Wie sie aber vor Gericht auch nicht lügen wollten. Wie sie es, nur ein paar Wochen nachdem Rhys schuldig gesprochen worden war, nicht mehr in ihrem Haus aushielten und wegzogen. Nach Arden, um einen Neuanfang zu wagen.

Ich mache mir Notizen, denn vieles von dem, was er erzählt, spielt mir genau in die Karten.

»Wissen Sie«, sagt Bolton noch, »wenn ich den Jungen heute so sehe, denke ich, er ist sicher kein ganz schlechter. Und ich freu mich, dass er die Kurve gekriegt hat. Aber das, was er uns angetan hat, kann man nicht vergeben.« Er lässt kurz den Blick sinken, spielt den Betroffenen. »Fast hätten sie mich auch noch verknackt wegen dem Mist, den er gebaut hat.«

Ich sehe in die Gesichter der Jury. Ein junger Mann an der Seite schüttelt den Kopf. Bolton ist alles andere als seriös. Sie glauben ihm nicht. Und innerlich juble ich.

»Keine weiteren Fragen«, sagt Pence, setzt sich und tupft sich den Schweiß von der Stirn. Sein feixendes Grinsen ignoriere ich. Offenbar hat er nicht mitbekommen, dass Boltons Lügen bei niemandem einen großen Eindruck hinterlassen haben.

»Los geht's«, sage ich sowohl zu mir als auch zu Rhys. Das ist meine Chance. Meine Chance für Rhys. Ich werde uns beide befreien.

Ich erhebe mich, trete vor, nicke erst der Jury, dann Richterin Ruiz zu. Am liebsten würde ich ihm hinknallen, dass ich weiß, dass er derjenige ist, der all diese Verbrechen begangen hat. Beweise hin oder her. Aber ich muss Bolton als Zeugen sehen, nicht als Täter. Deswegen befrage ich ihn als Erstes zu seiner Aussage vor Gericht. Damals belastete er Rhys schwer, kommt aber heute gleich am Anfang ins Schwimmen. Zwar liegt der Prozess nun bereits einige Jahre zurück, jedoch gab es damals schon kleine Widersprüchlichkeiten zu der Aussage von Rhys' Mutter. Und jetzt redet er sich mehr als einmal damit raus, dass es eine schwere Zeit war. Das könnte man ihm vielleicht glauben, doch seine Körpersprache, seine fahrigen Bewegungen, die Tatsache, dass er beginnt zu schwitzen, tun ihm keinen Gefallen.

Ich hole zum nächsten Schlag aus. »Mr Bolton, wessen Idee war es, Pearley so kurz nach Rhys' Prozess zu verlassen?«

»Das war Avas Idee. Sie hat es nicht mehr ausgehalten. Dort zu sein, wo ihr Sohn sie hintergangen hat.«

»Also wollte sie mit Rhys nichts mehr zu tun haben?«

»Wir hatten die Wahl. Entweder wir machen uns los davon, oder wir gehen vor die Hunde. Die Leute waren auch nicht gerade nett zu uns, wissen Sie? Wenn man einen verurteilten Straftäter in der Familie hat … Da war ein Neuanfang genau das Richtige.«

»Und Sie sagen, es war der Wunsch Ihrer Frau?«

»Jep. Mir war es egal, ehrlich gesagt. Ich hatte mit dem Knaben abgeschlossen, in dem Moment, als sie ihn verknackt haben. Aber klar, für eine Mutter ist das härter. Auch wenn ich versucht habe, es ihr auszureden.«

»Mr Bolton, waren Sie je gewalttätig Ihrer Frau gegenüber?«

Er zögert. Das ist gut. Denn laut Rhys' Aussage war er gewalttätig. Ihm gegenüber, aber auch Ava Bolton gegenüber.

»Bin nicht stolz drauf, aber ja, mir ist in dieser schwierigen Zeit wohl mal die Hand ausgerutscht.«

»Weil Sie Pearley nicht verlassen wollten?«

»Weil …« Er schluckt. Und spricht nicht weiter.

»Oder weil Ihre Frau nicht weggehen wollte? Weil sie in der Nähe ihres Sohnes bleiben wollte, gegen den sie ausgesagt hatte, obwohl er unschuldig war?«

»Hä?«, macht Bolton. »Das ergibt gar keinen Sinn. Warum hätte sie das tun sollen?«

»Vielleicht hatte sie Angst?«, schlage ich vor.

»Einspruch!«, kräht Pence. »Eine Tote kann schlecht aussagen.«

»Abgelehnt«, sagt Richterin Ruiz, die Donald Bolton mit einer Mischung aus Spannung und Ekel betrachtet, seit das Thema häusliche Gewalt auf dem Tisch ist.

»Die häusliche Gewalt, die uns Ihr Stiefsohn schilderte, klang nach etwas mehr als nur einer Hand, die ein paarmal ausrutschte. Vor allem begann das alles lange vor seiner Festnahme. Erinnern Sie sich?«

»Er lügt«, sagt Bolton. »Wenn er den Mund aufmacht, lügt er.«

»Ich habe den Makler ausfindig gemacht, der damals Ihr Haus in Pearley für Sie verkauft hat, Mr Bolton. Und wissen Sie, was er mir erzählt hat? Dass Sie nur eine Woche nach Rhys' Verhaftung Ihr Haus für lediglich zwei Drittel des Marktwerts verkauft haben. Warum?«

»Kennen Sie die Gegend? Da wird man nich' reich von.«

»Zwei Drittel des durchschnittlichen Verkaufspreises in dieser Gegend«, präzisiere ich. »Eine Familie wie Ihre, die in einem Problembezirk in Pearley lebt – einer Stadt, in der die Gentrifizierung schnell voranschreitet und schon damals die Ausläufer von Poorley, wie es genannt wird, erreicht hat, hat auf einen hohen fünfstelligen Betrag verzichtet, weil ...« Ich stelle mich absichtlich dumm, und Bolton grunzt etwas Unverständliches. »Wenn Sie mich fragen, Mr Bolton, wirkt es wie eine Flucht.«

»Einspruch«, kräht Pence erneut. »Das ist reine Spekulation.«

»Stattgegeben«, erwidert Ruiz, doch das Wort »Flucht« ist bei der Jury angekommen.

»Wovor hatten Sie Angst, Mr Bolton?«

Er wischt sich mit der Hand über die Stirn. »Ich hatte keine Angst.«

»Hatten Sie Angst, dass Ihre Frau ihr Gewissen wiederfindet und ihre Aussage widerruft?«

»Warum hätte sie das tun sollen?«

»Weil sie nach dem ersten Schock vielleicht begonnen hätte, Ihnen etwas entgegenzusetzen?«

Bolton presst die Lippen aufeinander, schweigt.

»Schweigen Sie, weil ich recht habe?«, frage ich.

Weiterhin sagt er nichts.

»Oder schweigen Sie, weil Sie sich selbst nicht belasten wollen?«

Nichts.

»Warum sonst sollten Sie Ihre Frau und Ihre damals fünfjährige Tochter aus ihrem Zuhause reißen und auf so viel Geld verzichten?«

Bis zu diesem Moment läuft alles nach Plan. Bolton diskreditiert sich durch jede Antwort. Noch unglaubwürdiger wird er nur, wenn er nicht auf meine Fragen antwortet. Doch in dieser Sekunde verändert sich etwas in seinem Gesicht. Sein Mund verzieht sich zu einem hässlichen Grinsen, und ich bekomme beinahe Angst.

»Irgendwie witzig, dass Sie das sagen.« Sein Grinsen wird noch breiter. Hat er jetzt völlig den Verstand verloren?

»Dass ich was sage?«

»Dass Sie Jean erwähnen.«

»Fürs Protokoll«, sage ich, »Jean Bolton ist Ihre leibliche Tochter und Rhys' Halbschwester.«

»Jep.«

»Können Sie mir sagen, wo Jean ist?«

Man sieht nun sein Zahnfleisch, so breit grinst er. »Bei einer Pflegefamilie.«

»Warum?«, frage ich. Ich verstehe nicht, warum seine Stimmung auf einmal umschwenkt. Er muss doch wissen, dass die Tatsache, dass ihm seine leibliche Tochter weggenommen wurde, nicht für ihn spricht.

»Ich sag Ihnen, warum. Aber Sie werden's kaum glauben.«

»Versuchen Sie es.«

»Rhys hat sie entführt.«

Er sagt es so, als wäre nichts dabei. Als wäre das eine normale Anschuldigung. Und mir entfährt ein Lachen.

»Ich hab ja gesagt, Sie glauben mir nicht. Weil Leute wie

Sie mit Ihren Anzügen und teuren Schuhen 'nem armen Schlucker wie mir nie glauben. Aber es ist, wie ich's sage.«

Ich schüttle den Kopf, sehe zur Jury, die ihm nicht glaubt. Dann bleibt mein Blick an Rhys hängen, der ... Was? Rhys' Augen sind vor Entsetzen weit aufgerissen. Er klammert sich mit den Händen an der Tischplatte fest. Was wird hier gespielt?

»Wie kommen Sie darauf?«, frage ich, nach wie vor überzeugt, dass er bereit ist, jede noch so abstruse Lüge zu erzählen, um sein Gesicht zu wahren.

»Rhys kommt aus dem Knast, schreibt im Internet alle möglichen Leute an, um zu erfahren, wo Jean ist, und ein paar Monate später ist sie weg und wird das Pflegekind von Rhys' Sozialarbeiterin. Zufall? Glaub ich nicht.«

Mir wird heiß und kalt. Was zur Hölle ...? Rhys hat Jeannie gesucht? Wieder sehe ich zu ihm. Er starrt auf die Tischplatte. Dann hebt er den Kopf, und unsere Blicke treffen sich. Und in seinem lese ich ... Schuld?

Fuck.

Fuck.

Fuck.

Was hat das zu bedeuten? Was hat Rhys getan? Warum hat er mir nichts davon erzählt?

Aus der Jury dringt Gemurmel an mein Ohr. Pence macht ein schnalzendes Geräusch. Und ich habe das Gefühl, dass sich der gesamte Saal dreht. Ich wünschte, ich könnte mich festhalten. Wünschte, ich könnte auf *Pause* drücken. Wünschte, ich hätte Zeit, irgendwas zu tun. Was soll ich sagen? Was kann ich sagen?

»Mr Englander?«, fragt die Richterin.

Und ich presse die einzig möglichen Worte in dieser Situation heraus. »Keine weiteren Fragen.«

»Was hast du getan«, würge ich hervor, nachdem Rhys und ich in eine Seitenstraße abgebogen sind, wo wir vor neugierigen Blicken geschützt sind.

Er sieht absolut beschissen aus. Seine Schultern hängen herab, seine gesamte Körperhaltung suggeriert Schuld und Niederlage.

»Rhys, Mann, du musst mit mir reden!« Ich bin sauer. Das hier ist eine grobe Verletzung unseres Vertrauensverhältnisses. Und das braucht es zwischen Mandant und Anwalt. Unbedingt. Ich habe diesen Fall angenommen, weil ich Rhys glaube. Geglaubt habe.

»Scheiße«, sagt Rhys. Und ja, ich gebe ihm recht. Aber das reicht nicht. Jetzt muss alles auf den Tisch.

»Erzähl es mir«, sage ich durch zusammengebissene Zähne. »Hast du deine Schwester entführt?« Obwohl alles an Rhys nach Eingeständnis aussieht, klingt es absolut unfassbar, wenn ich es ausspreche.

»Ichhabesiedarausgeholt«, murmelt er.

»Wie bitte? Sprich lauter, Herrgott noch mal!«

»Ich habe sie da rausgeholt«, wiederholt er deutlicher.

»Und?«

»Ich hab sie gesucht. Ja. Und dann bin ich zu ihr. Hab sie gesehen und wusste, ich muss ihr helfen. Du hättest sie sehen sollen. Sie war ganz … dünn.« Seine Stimme wird ebenfalls dünn. »Sie war wie ein Geistermädchen. Sie war so … hilflos.«

»Und dann hast du gedacht, du schnappst sie dir und bringst sie einfach irgendwohin? Hast du mal drüber nachgedacht, was das für dich bedeutet?«

»In dem Moment hab ich gar nicht gedacht. Ich hab sie einfach umarmt.« Obwohl er nun wieder leise spricht, verstehe ich jedes Wort. »Und glaub mir, ich weiß, dass es scheiße aussieht. Und ich weiß, dass ich vermutlich anders hätte handeln sollen. Aber ich konnte nicht.«

»Und Amy?«

»Sie hat mir geholfen.«

»Alter«, sage ich, obwohl das normalerweise nicht zu meinem Vokabular gehört. Aber ich bin so perplex, dass der Streber für einen Moment verschwunden ist.

»Komme ich jetzt ...«

»Ob du wieder in den Knast kommst?« Ich reibe mir übers Gesicht.

Rhys nickt.

»Nein«, sage ich. Nicht, wenn kein Verfahren eingeleitet wird. Und Donald wirkt nicht, als hätte er daran gesteigertes Interesse.

»Er war froh, sie los zu sein. Er hat kein einziges Mal nach ihr gesucht. Er hat das nur gesagt, um mir zu schaden.«

»Selbstverständlich hat er das«, sage ich. »Aber leider hatte er damit Erfolg. Die Stimmung ist gekippt. Die Jury zweifelt.«

»Tut mir leid.« Er kickt mit dem Schuh gegen den abblätternden Putz an der Hauswand. »Ich hätte es dir sagen müssen. Aber ich hätte nicht gedacht, dass es eine Rolle spielt.«

»Alles spielt eine Rolle«, erwidere ich seufzend. »Deine Google-Historie, mein Liebesleben ...«

»Ist es vorbei?«, fragt er und klingt dabei so gebrochen, dass es mir durch Mark und Bein geht.

»Es ist vorbei, wenn die Jury entscheidet.« Ich balle die Hände zu Fäusten. Mein erster Fall. Mein einziger Fall. Wir können nicht verlieren.

## *Sophia* ∞

**37** Philip klingt absolut beschissen. Seine Stimme ist brüchig und leise. Irgendwas ist schiefgegangen. Doch ich verstehe nur die Hälfte. Verstehe nur, dass Donald Boltons Aussage Rhys belastet. Dass er behauptet hat, Rhys hätte Jeannie entführt. Was für ein Blödsinn. Aber so sind die Menschen. Erzählen Lügen.

»… weiß nicht, was ich tun soll, wenn es nicht reicht, Sophia. Wie soll man mit so etwas fertigwerden? Wie soll Rhys damit fertigwerden?«

»Rhys ist schon mit ganz anderen Dingen fertiggeworden.«

Aber es hat keinen Sinn, mit Philip am Telefon zu diskutieren.

»Sorry, Sophia, du solltest dich nach Feierabend nicht mit meinen Problemen herumschlagen«, sagt er, was absoluter Quatsch ist.

»Doch, doch, das will ich. Magst du vielleicht einfach vorbeikommen? Du könntest bei mir schlafen …« In meiner Stimme liegt keine Verheißung, es ist lediglich ein Vorschlag. Denn ich bin noch nicht so weit, auch wenn ich auf einem guten Weg bin. Die Nähe zu Philip wird von Berührung zu Berührung natürlicher, selbstverständlicher. Ich fühle mich tiefenentspannt in seiner Gegenwart. Ganz ohne den Druck, mir diese Sicherheit erst verdienen zu müssen. Der Gedanke ist absolut mindblowing, und ich nehme mir vor, Amy bei Gelegenheit davon zu erzählen. Denn das ist genau der Scheiß, den sie liebt. Und in diesem Moment liebe ich ihn auch.

»Nichts würde ich lieber tun«, sagt Philip, und ein Gefühl überkommt mich, das eine Mischung aus Wärme und Vorfreude in einem ist. *Wärme und Vorfreude.* »Aber das geht nicht. Ich muss mich mit Amy treffen. Sie muss aussagen. Sie muss die Zweifel ausräumen. Und dann werde ich mir mit Allison und meinem Dad die Nacht um die Ohren schlagen. Das Schlussplädoyer üben bis zum Umfallen. An mir zweifeln, mir ins Hemd machen. All so was.«

Für den Bruchteil eines Augenblicks bin ich enttäuscht. Und dann ist es mehr als Enttäuschung, auch wenn das bescheuert ist, weil es hier um Rhys geht. Nicht um mich. Trotzdem ist da diese nagende Frage. Ein Was-wäre-Wenn. Würde er kommen, wenn wir Sex hätten? Aber im nächsten Moment schäme ich mich beinahe für meinen beschissenen Egoismus. Philip ist nicht so.

»Ich rufe dich nachher noch mal an, um Gute Nacht zu sagen, okay?«

Philip ist nicht so. Ich schließe die Augen und atme aus. Ein Lächeln schleicht sich auf meine Lippen. Wenn ich ihm nur helfen könnte! Wenn ich nur jemanden hätte, der damals dabei war. Aber abgesehen von Rhys' Mom, die schon tot ist, gibt es niemanden.

»Und wenn dieser ganze Mist vorbei ist, planen wir unser Leben.« Neben der Müdigkeit ist da nun auch Sanftheit in seiner Stimme.

»Oder wir leben es einfach.« Wir zusammen.

»Oder wir leben es einfach«, wiederholt er, und ich nehme mir fest vor, für eine Weile jeden einzelnen Plan sofort im Keim zu ersticken. Erst mal wird einfach gelebt. Ohne

Druck. Ohne Sorge. Ohne Krawatten und ohne Abendessen bei den Englanders. Bei meinem nächsten Quartalsgespräch werde ich Amy sagen müssen, dass ich das bescheuerte Patenprogramm verlasse.

»Kann ich Jeannie hierlassen?«, fragt Amy am nächsten Morgen. Eine sehr aufgelöste Amy.

Es ist kurz vor neun, ich füttere gerade die Hühner im Innenhof, während Celia drinnen die Stellung hält.

»Klaro, ähm … bis wann?«

»Ich sollte am frühen Nachmittag wieder zurück sein.«

»Amy geht ins Gericht«, sagt Jeannie, verschränkt die Arme und sieht ganz allgemein wenig erfreut aus.

»Oh«, mache ich.

»Ich werde für Rhys aussagen.« Die Sorge ist ihr anzusehen. Amy kümmert es wirklich, was aus uns wird. Und die Tatsache, dass Rhys vielleicht zum zweiten Mal vor Gericht als der unschuldige Schuldige inszeniert wird, macht ihr zu schaffen. Genau wie Philip. Genau wie Tamsin. Genau wie uns allen. Aber im Gegensatz zu uns kann Amy vielleicht wirklich noch etwas ausrichten.

»Und warum bist du nicht in der Schule?«, frage ich, als Amy gegangen ist und ich Jeannie mit einem Nicken dazu auffordere, ebenfalls in den Eimer mit Hühnerfutter zu greifen, um ihnen eine Handvoll in den Stall zu werfen.

»Wegen der Läuse.«

»Läuse?« Wie automatisch gehe ich einen Schritt zurück.

»Ich hab keine, aber in meiner Klasse fast alle. Deswegen dürfen wir diese Woche zu Hause bleiben. Ich liebe Läuse.« Ihr Gesicht hellt sich etwas auf.

»Mit der Meinung stehst du wohl ziemlich allein da«, sage ich.

»Wie mit allen meinen Meinungen, wie es scheint.« Jeannie seufzt theatralisch, was bei einem so kleinen Mädchen ziemlich witzig wirkt.

»Was meinst du damit?«

»Ich will auch zum Gericht. Aber ich werde nicht gefragt.«

»Weil du elf Jahre alt bist«, sage ich und muss beinahe lachen.

»Das sagt Amy auch. Dabei bin ich fast zwölf«, korrigiert Jeannie.

»Amy will dich nur schützen«, sage ich, weil ich verstehen kann, dass man eine Elfjährige, egal, wie kurz sie vor der Zwölf steht, dieser Art Stress nicht aussetzen will. Ich bin fast unbeteiligt und erwachsen – zumindest halbwegs –, und meine Nerven sind schon bis zum Anschlag gespannt.

»Ich find's einfach ungerecht. Rhys ist mein Bruder.«

»Und was sagt Rhys dazu?«

»Dass ich ohnehin nichts ausrichten kann, weil ich zu klein bin. Dass er mich da nicht mit reinziehen will.« Sie verdreht die Augen. »Seit Wochen sind alle scheiße drauf. Niemand redet mit mir. Sie haben Geheimnisse und flüstern, und sobald ich ins Zimmer komme, werden alle still und schauen traurig. Alle wollen mich nur *schützen*.« Beim letzten Wort verzieht sie das Gesicht zu einer genervten Grimasse.

»Das ist doch nett ...«

»Das ist gar nicht nett. Das ist sogar richtig blöd. Ich hab doch sowieso schon so viel verpasst. Wieso kann ich nicht wenigstens diesmal dabei sein?«

Ich nicke. »Ich verstehe dich.« Das tue ich wirklich. Sie fühlt sich ausgeschlossen. Und wenn Leute wie Jeannie und ich, die so lange für sich allein kämpfen mussten, irgendwo dazugehören, ist es umso beschissener, wenn man außen vor ist.

»Ich weiß, was mit Rhys passiert ist«, sagt sie und sieht mich an, als würde sie sich vorsichtig an ein Thema herantasten, über das sie nicht sprechen sollte.

»Ja?« Ich habe keine Ahnung, wie ich reagieren soll. Vielleicht könnte ich das Thema hin zu einem ersten Aufklärungsgespräch wechseln. Denn das kann eigentlich nicht unangenehmer sein.

»Er war im Gefängnis. Aber er hat das nicht gemacht. Und deswegen versucht er jetzt, recht zu bekommen.«

»Woher weißt du das?«

»Theo hat's gesagt.«

»Theo?«

»Maliks Bruder.«

»Woher weiß denn Theo …«

»Malik hat es erzählt, als er da war. Und Theo hört alles. Er ist so still, dass die Leute vergessen, dass er da ist. Aber er sitzt auf dem Sofa und hört einfach zu, und dann hat er es mir gesagt.«

»Okay?«

»Und Dad war gestern auch vor Gericht. Und er hat behauptet, dass Rhys mich entführt hat. Der alte Lügner. Aber das darf ich natürlich auch nicht wissen. Weil das für mich alles zu schwierig ist.«

Ich weiß nicht, ob das ihre Meinung ist oder die gängige Meinung von Rhys, Amy und Malik.

»Dabei ist es so doch auch schwierig. Und es war ja auch früher schon schwierig. Und dann war es kurz mal gut. Bis alle aufgehört haben, mit mir zu sprechen.«

Ich schließe den Hühnerstall, kaue auf meiner Unterlippe. »Was meinst du damit, dass es früher schwierig war?«

»Für mich war's doch auch blöd, dass Rhys nicht da war. Und dass ich allein war. Und dass das Dads Schuld war.«

»Dass das Dads ...« Was meint sie?

»Als wüsstest du das nicht. Er war im Gefängnis, aber dann haben sie ihn wieder rausgelassen, weil es keine Beweise gab.«

Ich kaue weiter auf meiner Unterlippe herum. Gestern Abend noch habe ich darüber nachgedacht, wie beschissen es ist, dass es niemanden gibt, der Donald als den Menschen entlarven kann, der er ist. Dass es niemanden gibt, der ihn erlebt hat. Dabei steht sie hier direkt vor mir. Ein Mädchen zwar, aber sie kennt ihn.

»Ich dachte, wenigstens *du* würdest nicht so tun, als wär das alles nicht wahr.«

»Jeannie«, sage ich vorsichtig, »ich werd ehrlich zu dir sein, das verspreche ich. Wenn du's auch bist. Okay?«

Sie stößt ein erleichtertes Seufzen aus. »Endlich.« Dann fragt sie: »Kannst du mir sagen, was genau passiert?«

»Du weißt, dass Rhys im Gefängnis war, ja?«

»Ja.«

»Aber er hat die Dinge, die man ihm vorwirft, nicht gemacht. Und deswegen ist er zu Philip gegangen. Der Typ, der aussieht wie ein Streber und sich auch so benimmt. Der mit den Locken und der Brille.« Der, der macht, dass mein verdammtes Herz hüpft. »Weil Philip Anwalt ist.«

Jeannie nickt. »Ja, das weiß ich.«

»Sein Job ist es, dafür zu sorgen, dass Menschen, die richtig Scheiße gebaut haben, ihre Strafe bekommen.«

»So wie du?«, fragt Jeannie, und ich lache leise.

»Ja, so wie ich. Damit man dann keine Scheiße mehr baut. Aber sein Job ist auch, dass die Menschen, die ...« Ich will sagen *die hart gefickt wurden,* habe aber das Gefühl, dass ich vor einer Elfjährigen vielleicht eine andere Formulierung verwenden sollte. Aber mir fällt nichts ein, also bin ich eben weiterhin ehrlich. »… die hart gefickt wurden, entschädigt werden.«

Jeannie nickt wieder. »Das ist gut. Dass er das macht.«

»In diesem Fall ist Rhys der, der hart gefickt wurde, weil er unschuldig sechs Jahre lang im Gefängnis war, während der, der die Scheiße eigentlich gebaut hatte, keine Strafe gekriegt hat. Und deswegen sind Rhys und Philip vor Gericht gegangen. Damit Rhys eine Entschädigung für das Unrecht kriegt, das er erlebt hat. Das Problem ist nur, dass die Leute, die ihn damals verurteilt haben, nicht zugeben wollen, dass sie einen Fehler gemacht haben. Es gibt keine Beweise, und es gibt auch niemanden, der bezeugen kann, dass Rhys das alles nicht gemacht hat. Und deswegen sind alle angespannt, weil heute die Jury entscheidet, ob Rhys recht hat oder der ekelhafte Staatsanwalt mit der Glatze.«

»Und Dad?«, fragt Jeannie.

»Na ja …« Ich kaue auf meiner Unterlippe, weil es richtig scheiße ist, einem Mädchen zu sagen, dass ihr Dad ein abgrundtief ekelhaftes Arschloch ist. »Er ist schuld, dass die Jury an Rhys' Unschuld zweifelt, weil er gesagt hat, dass Rhys dich entführt hat. Dafür gibt's zwar keine Beweise, also Rhys wird nichts passieren, aber es sieht nicht gut aus.«

Jeannie schüttelt betrübt den Kopf. »Dabei war ich so froh, als er mich gefunden hat.« Sie denkt einen Moment nach. »Aber warum fragen die denn nicht mich?«

»Weil sie dich schützen wollen. Weil die ganze Situation für dich eh schon richtig bekackt ist. Und da wollten sie wohl versuchen, dich nicht damit zu belasten. Denn das ist kein Spaß.« Ich schlucke, als ich an meine Erfahrungen denke. »Anwälte stellen einem Fragen. Philip, aber eben auch der Glatzkopf, der auf der anderen Seite steht. Man muss die alle beantworten. Und lügen ist verboten.«

»Wie in der Schule.«

»Ja, wie in der Schule, nur noch ein bisschen verbotener.«

Sie nickt, sodass ihre Haare wippen. »Ich will das.«

Ich schlucke. Verfickte Hölle. Ein elfjähriges Mädchen. »Aber das ist nicht so leicht. Denn wenn du was sagst, was Rhys hilft, dann schadet das gleichzeitig deinem Dad.« Es ist zu krass. Es ist einfach viel zu krass. Und ich verstehe Rhys und Amy. Ich verstehe, warum sie so dagegen waren, Jeannie mit reinzuziehen. Kein elfjähriges Mädchen sollte sich zwischen seinem Bruder und seinem Vater entscheiden müssen. Auch wenn der Vater ein Wichser ist.

»Aber vielleicht *will* ich das?«

Vielleicht *will* sie das. Aber kann sie es entscheiden?

»Kann ich jetzt noch hin?«

»Amy hat gesagt …«

»Amy bestimmt nicht.«

Genau genommen tut sie das eben doch. »Ich weiß nicht …«

»Was weißt du nicht?« Celia ist nach draußen getreten und streckt sich.

»Findest du, man muss die Wahrheit sagen, Celia?«, fragt Jeannie.

»Ja.«

»Und findest du, wenn jemand sagt, dass man nicht die Wahrheit sagen soll, weil man zu jung ist, dass man das dann trotzdem machen muss?«

»Ja.«

»Und findest du, wenn Amy uns bittet, auf Jeannie aufzupassen, dann sollten wir das tun?«, schiebe ich dazwischen.

»Ja.«

Aber gleichzeitig … Verdammt noch mal, wenn es darauf ankommt? Was, wenn Jeannies Aussage vor Gericht den Ausgang entscheidend beeinflusst? Was, wenn …

Jeannie sieht mich entschlossen an. Fast wütend. Weil sie nicht begreifen kann, dass sie ausgeschlossen wird. Weil sie der Schlüssel ist. Und dann fällt mein Blick auf den Hühnerstall. Auf den Maschendrahtzaun, den Rhys bezahlt hat. Das hier ist ein Moment, in dem ich mich bei ihm revanchieren kann. Auch wenn er das nicht weiß. Auch wenn er das nicht will. Aber Jeannie ist wie ich. Und ich bin tough. Und Jeannie schafft das.

»Celia, wir schließen das Café«, sage ich.

»Yessss!«, macht Jeannie und stößt eine Siegerfaust in die Luft.

»Aber das dürfen wir nicht.« Celia sieht mich erschrocken an. »Wir können doch nicht einfach …«

»Manchmal muss man was riskieren«, sage ich. »Wir gehen jetzt zum Gericht.«

Jeannie beginnt auf- und abzuspringen, Celias Kopf wiegt sich hin und her, als würde sie überlegen, ob sie das mit ihrem Gewissen vereinbaren kann.

»Für die Wahrheit, Celia«, sage ich. »Und dafür verspreche ich, dass ich in den nächsten Wochen nicht mehr fluche, okay?«

Das scheint sie zu überzeugen, denn sie nickt langsam. »Aber wenn's Ärger gibt, bist du schuld.«

»Wenn's Ärger gibt, sage ich, dass ich dich gezwungen habe.«

»Das wäre dann aber eine Lüge.«

»Dann sage ich, dass ich dich überredet habe.« Und jetzt ist Celia endlich zufrieden.

**38**   Die letzte Zeugenaussage. Amy. Sie betritt den Zeugenstand, zupft an ihren förmlichen Klamotten. Sie fühlt sich unwohl, aber glücklicherweise musste ich sie nicht lange überreden, für Rhys auszusagen.

»Ms Davies«, beginne ich, »erzählen Sie uns, wie es kommt, dass Sie sowohl Mr Boltons Sozialarbeiterin als auch die Pflegemutter seiner Halbschwester Jean Bolton sind.«

»Das ist kein Zufall«, sagt sie und lächelt. Man sieht die kleine Zahnlücke zwischen ihren Vorderzähnen, was sie sofort sympathisch macht. »Rhys war vom ersten Tag in Freiheit besorgt um seine Schwester und hat versucht, sie ausfindig zu machen.«

»Wussten Sie davon?«, frage ich.

»Zu Beginn nicht.« Wieder dieses einnehmende Lächeln. »Meine Schützlinge haben durchaus Privatsphäre. Aber es ist nichts Ungewöhnliches, dass ehemalige Häftlinge Kontakt zu ihren Familien suchen, wenn Sie das meinen. Im Gegenteil. Und ich unterstütze diesen Wunsch in den meisten Fällen.«

»Was ist passiert, als Rhys seine Schwester gefunden hatte?«, frage ich.

»Wir haben einen Weg gesucht, sie aus dem Haushalt, in dem sie sich hochgradiger Vernachlässigung ausgesetzt sah, rauszuholen. Sie war unterernährt und hinkte sozial hinterher. Das Jugendgericht zweifelte nicht daran, dass es das Beste für Jeannie wäre, in der Nähe der Menschen zu sein, denen sie vertraut. Und das waren Rhys und nach sehr kurzer Zeit ich.«

»Also hat Rhys seine Schwester nicht entführt?«, frage ich.

»Rhys hat seine Schwester gerettet«, sagt Amy, und damit ist hoffentlich alles gesagt.

Pence löchert Amy noch eine Weile. Ab welchem Moment war sie involviert? Warum nahm sie einfach so ein fremdes Mädchen bei sich auf? Versuchte sie, Kontakt zu Donald Bolton herzustellen?

Amy beantwortet alle Fragen mit einer Engelsgeduld. Erzählt, dass es für sie außer Frage steht, zu helfen, wenn sie helfen kann. Dass Kontaktaufnahmen mit Donald Bolton über Child Welfare alle ins Leere liefen. Dass Rhys sie früher hätte ins Boot holen müssen. Sie entlastet ihn nicht vollständig, weil sie die Wahrheit sagt. Aber die Wahrheit ist eben auch, dass es Grauzonen gibt, in denen es – anders als in den legalen Grauzonen von Pence – kein Richtig und Falsch gibt. Oder in denen das Falsch der Handlung durch das Richtig des Ausgangs überlagert wird. Lange habe ich das nicht gesehen, aber jetzt weiß ich es. Sehe es ganz deutlich. Ich kann nicht einschätzen, inwieweit die Jury mir zustimmen würde und ob Amy uns geholfen hat. Aber einen Versuch war es wert.

Nachdem Amy den Zeugenstand verlassen hat, kann ich nicht fassen, dass es das nun gewesen sein soll. Dass Rhys' Schicksal an meinem Schlussplädoyer und einmal mehr an einer Jury hängt, die sich vielleicht von Donald Bolton hat täuschen lassen. Ein paar Mitglieder der Jury tuscheln miteinander, und ich drücke Rhys' Schulter. Er weiß, dass die Entscheidung an einem seidenen Faden hängt. Dass er selbst nicht unschuldig ist an dem Schlamassel, auch wenn er ansonsten unschuldig ist. Meine Kehle ist eng. Für Rhys. Mein Herz rast. Und gerade als Richterin Ruiz um Ruhe bittet, wird die Tür zum Gerichtssaal aufgestoßen, und drei Personen stolpern atemlos in den Raum. Ich traue meinen Augen nicht. Es sind Sophia, ihre Kollegin Celia und – Jeannie.

»Philip«, keucht Sophia und winkt mich zu sich. Was denkt sie sich? Soll ich mitten in dieser Verhandlung einfach aufstehen und gehen?

Rhys hat sich ebenfalls umgewandt. Ungläubig blickt er von den dreien zu mir und wieder zurück.

»Dies ist eine Gerichtsverhandlung«, sagt Richterin Ruiz. »Setzen Sie sich oder gehen Sie.«

»Wir müssen mit Philip … mit Mr Englander sprechen«, sagt Sophia.

»Mr Englander?« Richterin Ruiz sieht mich streng an.

»Ich habe damit nichts zu tun«, sage ich, was völlig sinnlos ist. Denn erstens bin ich auf keiner Anklagebank, und zweitens spielt es keine Rolle. Die Störung fällt auf uns zurück.

»Wir unterbrechen für fünf Minuten. Klären Sie Ihre privaten Probleme.«

Ich nicke der Richterin reumütig zu und erhebe mich. Was um Himmels willen soll das?

»Seid ihr verrückt geworden?«, frage ich, als ich auf den Gang trete. Jeannie hüpft nervös von einem Fuß auf den anderen, Sophia kaut auf ihrer Unterlippe herum, und Celia vergräbt das Gesicht in ihren Händen, als hätte sie ein schlechtes Gewissen.

»Was macht ihr hier?« Amy hat sich zu uns gesellt. »Wer

ist im Café? Und warum ist Jeannie hier? Habe ich nicht gesagt ...«

»Sorry, Amy. Sorry, Philip. Aber das hier ist ein Notfall.«

»Was denn für ein Notfall?« Ich kann nichts dagegen tun, dass ich kalt klinge. Sie gefährden den Ausgang des Prozesses!

»Jeannie will aussagen.«

»Was?«, frage ich.

»Was?«, fragt Amy.

»Jeannie will aussagen«, wiederholt nun Jeannie selbst.

»Und das fällt euch jetzt ein?« Ich fasse das alles nicht!

»Ich wurde vorher ja nicht gefragt.« Vorwurfsvoll sieht Jeannie Amy an.

»Aus gutem Grund«, sagt Amy, und ich nicke. Ich erinnere mich an das Gespräch mit ihr und Rhys. Ein elfjähriges Mädchen in so einen Prozess reinzuziehen ist ein enormes Risiko. Sowohl für den Prozess als auch für sie.

»Aber jetzt bin ich hier.«

»Was willst du denn sagen?«, frage ich, weil es keinen Zweck hat, weiter über das Für und Wider ihrer Anwesenheit zu diskutieren.

»Alles.«

»Sie hat alles gesehen. Hat alles mitbekommen«, sagt Sophia gehetzt. »Sie ist eine wichtige Zeugin, die Rhys entlasten kann.«

Dass eine Elfjährige nicht unbedingt die glaubwürdigste Zeugin ist, erwähne ich nicht. Ich denke nach, reibe mir über das Gesicht. Es ist nicht meine alleinige Entscheidung, so viel steht fest, aber wenn es die Chance gibt, dass Sophia recht hat, sollten wir es vielleicht versuchen?

»Amy?«, frage ich. »Du hast das letzte Wort.«

»Was meinst du?« Ich sehe, dass sie unsicher ist. Natürlich ist sie das. Niemand bereitet einen auf eine derartige Entscheidung vor. Niemand kann uns sagen, was das Richtige ist. Als Erziehungsberechtigte, als Anwalt …

»Philip?« Ich drehe mich um. Mein Dad steht hinter mir. »Was ist hier los?«

Ich wusste nicht einmal, dass er heute hier ist. Er muss sich erst später in den Saal geschlichen haben, als die Befragung von Amy bereits in vollem Gange war.

»Was machst du hier?«

»Ich lasse mir doch deinen letzten Tag als Anwalt nicht entgehen.«

»Jeannie will aussagen«, erkläre ich. »Jean Bolton. Rhys' Schwester.« Ich zeige auf das kleine, dünne Mädchen und sehe meinen Dad dann fragend an. Er ist der Erfahrene von uns beiden. Er ist derjenige, der weiß, was zu tun ist.

»Okay«, sagt mein Dad und ist sofort im Anwalt-Modus. »Sind Sie der gesetzliche Vormund?«, fragt er an Amy gewandt, die nickt. »Und wären Sie einverstanden?« Amys Nicken wird zögerlicher, aber es ist dennoch ein Nicken. »Gut.« Er klatscht in die Hände. Dann geht er vor Jeannie in die Hocke. »Ich bin Seymour.«

»Ich bin Jeannie.«

»Freut mich sehr, Jeannie.«

»Mich auch.« Jeannie genießt es sichtlich, im Zentrum der Aufmerksamkeit zu stehen.

»Wenn du da gleich rausgehst und deine Aussage machst, gibt es ein paar Dinge, auf die du achten musst.« Er zählt an seinen Händen ab. »Du musst die Wahrheit sagen, egal, wer dir eine Frage stellt. Wenn die Wahrheit etwas ist, was deinen Bruder belastet, musst du darauf nicht antworten. Wenn es dir zu viel ist, sagst du das.«

Jeannie nickt bei jedem Wort, mein Dad steht wieder auf.

»Was haben wir schon zu verlieren?«, sagt er und klopft mir väterlich auf die Schulter.

Einen verdammten Prozess, will ich sagen, aber wir haben eben auch einen verdammten Prozess zu gewinnen.

Alle sind wieder an ihrem Platz. Im Gerichtssaal ist es mucksmäuschenstill.

»Nun, Mr Englander? Haben Sie ihre Beziehungsprobleme gelöst?«, fragt Richterin Ruiz, und ein paar Jurymitglieder lachen.

»Ich würde gerne noch eine letzte Zeugin aufrufen«, sage ich, ohne auf ihren schlechten Witz einzugehen. Mein Blick flackert zu Pence, dessen Lächeln gefriert. »Miss Jean Bolton. Rhys' Schwester.«

»Soso«, sagt Richterin Ruiz. Sie sieht kurz auf ihre Armbanduhr, und für einen Moment habe ich Sorge, sie könnte sich dagegen aussprechen, einfach nur, weil sie Angst um ihre Mittagspause hat. Doch dann: »Miss Jean Bolton?«

Jeannie läuft leicht hopsend nach vorn und klettert in den Zeugenstand. Sie sieht unfassbar jung aus. Ein paar Leute aus der Jury geben leise »Aaaaaawws« von sich. Sie finden sie niedlich. Natürlich!

»Miss Jean Bolton, Sie wissen, dass Sie vor Gericht die Wahrheit sagen müssen, die reine Wahrheit und nichts als die Wahrheit?«

»Ja, aber du kannst Jeannie zu mir sagen.«

Ein vorsichtiges Lachen geht durch den Gerichtssaal.

Mit einem Lächeln im Gesicht sagt Richterin Ruiz: »Ihre Zeugin, Mr Englander.«

Ich räuspere mich, stehe auf, gehe auf Jeannie zu. Ich konnte mich hierauf nicht vorbereiten. Ich muss alles improvisieren. Aber ich kann das. Ich straffe die Schultern und beginne. »Du bist Rhys' Schwester. Stimmt das?«, frage ich.

»Jep.«

»Und wie alt bist du?«

»Elf. Aber fast zwölf.«

»Das bedeutet, als Rhys ins Gefängnis kam, warst du ...«

»Fünf«, sagt sie sofort.

»Wie hast du das so schnell ausgerechnet?«

»Na ja, also erstens ist das keine schwere Rechnung, wenn man minus kann. Und zweitens war ich fünf und kein Baby mehr. Und wenn so was passiert, dann erinnert man sich eben ziemlich gut.«

»Das klingt logisch.« Ich nicke. »Erzählst du uns von dem Tag, als die Polizei Rhys abgeholt hat?«

Und Jeannie erzählt. Davon, wie ihr Dad sie in ihrem Zimmer eingesperrt hat. Wie sie ihre Mutter weinen gehört hat. Ihren Dad brüllen. Rhys schweigen. Ich frage, wie sich das Leben verändert hat, nachdem Rhys weg war.

Sie zuckt mit den Schultern. »Es war ganz anders, aber dann auch wieder nicht. Es war, als hätte ich keinen Bruder.«

»Was meinst du damit?«

»Wir haben nicht mehr über ihn gesprochen. Nur manchmal habe ich wegen ihm geweint.«

»Und dein Dad?«

»Ich glaube, dem war das egal. Ich glaube ...« Sie zögert kurz. »Ich glaube nicht, dass er Rhys mag. Ich glaube, er war froh, als er weg war.«

Wir sprechen noch eine Weile über das Leben nach Rhys' Verhaftung, dann möchte ich mehr über Donald wissen. Ich frage sie nach dem Umzug in eine neue Stadt, nach der Krankheit ihrer Mom. Ein junges Mädchen über diese schwierige Zeit sprechen zu hören, ist noch einmal deutlich heftiger. Ich spüre es im gesamten Saal. Die Anteilnahme, das Mitleid.

»Wie war es, mit deinem Dad allein zu sein?«, frage ich.

»Ich war nicht wirklich mit meinem Dad allein. Ich war allein allein.«

»Allein allein?«

»Er war ja kaum da.«

»Oh«, mache ich. »Wer hat sich um dich gekümmert?«

»Na, ich«, sagt sie, als wäre es das Selbstverständlichste auf der Welt. Und jetzt fällt es mir wie Schuppen von den Augen. Die Strategie, die ich mit Jeannie verfolgen muss. Donald diskreditieren. Seine Glaubwürdigkeit in Zweifel ziehen. Seine Lügen aufdecken. Damit die einzige Zeugenaussage, die Rhys wirklich belastet hat, nichts mehr wert ist.

»Wie war das Leben mit deinem Dad allgemein?«, frage ich.

»Nicht so schön.«

»Warum?«, will ich wissen.

»Also man soll ja die Wahrheit sagen, ne?« Jeannie sieht zu Richterin Ruiz, die nickt. »Mein Dad ist leider kein so netter Mensch.« Und dann erzählt sie von Donald Bolton. Davon, dass er sie in ihrem Zimmer einsperrte, wenn er Besuch bekam. Davon, dass er oft tagelang verschwand. Davon, dass sie allein war. Und davon, wie glücklich sie war, als ihr Bruder sie fand. Wie sie bei ihm sein wollte und wie Amy ihnen geholfen hat. Wie sie jetzt ein Zuhause hat und einen Bruder.

»Danke, Jeannie, ich habe keine weiteren Fragen mehr«, sage ich mit einem Kloß im Hals und überlasse Pence das Feld in einem Moment, in dem alle im Saal gerührt sind.

»Ich wünschte, sie wäre nicht hier«, flüstert Rhys, als ich mich wieder neben ihn setze.

»Ich weiß. Aber sie macht das toll. Und sie ist aus freien Stücken gekommen.«

Er nickt.

»Du hast gesagt, du bist elf Jahre alt«, sagt Pence nun.

»Ja.«

»Bist du da nicht ein bisschen jung, um vor Gericht auszusagen?« Pence will Jeannies Glaubwürdigkeit untergraben. Das war klar. Für einen Augenblick bin ich besorgt. Doch dann …

»Wenn man was zu sagen hat, spielt es keine Rolle, wie alt man ist«, gibt sie zurück. Sie ist großartig!

Pence lacht peinlich berührt, tupft sich mit einem frischen Taschentuch Schweißperlen von der Stirn. »Ja, das stimmt wohl. Aber es gibt dennoch Dinge, die überlässt man besser den Erwachsenen, meinst du nicht?«

»Warum?«, fragt sie, und innerlich applaudiere ich ihr. Den lächelnden Gesichtern der Jury nach zu urteilen, gewinnt sie dort auch jede Menge Sympathiepunkte.

»Weil man sich vielleicht der Tragweite der Dinge nicht bewusst ist.«

Jeannie überlegt einen Moment. »Man kann sich aber auch *der Tragweite*« – sie zieht die Vokale übertrieben in die Länge – »bewusst sein, und am Ende steht man trotzdem auf der falschen Seite. So wie du.« Ich verschlucke mich beinahe an meinem eigenen Atem, die Jury lacht.

»Wieso findest du, ich stehe auf der falschen Seite?« Pence versucht, geduldig zu klingen, doch nun rinnt ihm unaufhörlich der Schweiß über die Stirn, und sein Tonfall wirkt sehr gezwungen.

»Du tust so, als wäre mein Bruder ein Verbrecher, dabei

ist er es nicht.« Sie zuckt mit den Schultern. »Ist doch ganz leicht.«

»Ich tue gar nichts. Ich will lediglich …« Pence versucht verzweifelt, die Contenance zu wahren. Es gefällt ihm ganz und gar nicht, von einem kleinen Mädchen vorgeführt zu werden, aber vor der Jury muss er sein Gesicht wahren.

Doch Jeannie fällt ihm ins Wort: »Doch. Du versuchst zu zeigen, dass er es verdient hatte, dass er im Gefängnis war. Und du versuchst zu zeigen, dass ich zu jung bin, um hier zu sein. Dabei warst du gar nicht dabei. Aber ich schon. Also glaube ich, dass ich vielleicht mehr weiß als du.«

Pence wischt sich wieder die Stirn. »Um mich geht es hier aber gar nicht.«

»Na ja, schon, oder? Wenn du die Leute davon überzeugst, dass jemand was falsch gemacht hat, obwohl das nicht stimmt, dann geht's eben schon um dich.«

Wieder lachen einige Jurymitglieder. Pence' Lächeln gefriert zu einer gequälten Grimasse.

»Keine weiteren Fragen«, sagt er.

»Cool«, erwidert Jeannie und rutscht von ihrem Stuhl runter.

# Sophia

**39** Jeannie setzt sich zwischen Celia und mich.

»War ich gut?«, fragt sie.

»Du warst verflucht noch mal brillant«, erwidere ich.

»Du hast gesagt, du fluchst nicht mehr«, sagt Celia, und ich will mich gerade entschuldigen, da bittet die Richterin Pence um sein Schlussplädoyer.

»Verehrtes Gericht, liebe Jury.« Er erhebt sich. Seine Gesichtsfarbe hat sich wieder einigermaßen normalisiert. Während er mit Jeannie gesprochen hat, sah er ein bisschen ungesund aus. »Dieser Prozess war eine einzige Zeitverschwendung, und ich entschuldige mich dafür, dass Sie über mehrere Wochen immer wieder anwesend sein mussten, statt die Zeit mit Ihren Liebsten zu verbringen. Wir haben keine nennenswerten neuen Erkenntnisse oder Einblicke erhalten, die eine Revidierung des Urteils gegen Rhys Bolton begründen würden. Wir haben viel über die prekäre Situation einer Familie gehört, die vielleicht vor sieben Jahren nicht genug berücksichtigt wurde. Jedoch lässt sich mitnichten sagen, dass Rhys Bolton zu Unrecht schuldig gesprochen wurde. Niemand bezweifelt, dass Rhys Bolton ein aufgeweckter Junge war, der vielleicht allem voran unser Mitleid verdient. Aber Mitleid ist etwas anderes als ein Freispruch. Und soziales Elend ist etwas anderes als Unschuld. Unser Rechtssystem ist vielleicht nicht ohne Fehl und Tadel – denn nichts, was von Menschen gemacht ist, ist perfekt. Jedoch verdient dieser Staat nicht, verspottet zu werden. Wenn Sie Rhys Bolton heute recht geben, tun Sie ebendies. Sie verspotten all die Menschen, die ihren Job gemacht haben. Ehrenwerte, hart arbeitende Bürger wie Sie und ich. Einige dieser Menschen haben wir hier gehört. Sie erzählten uns von den Zuständen im Süden Pearleys. Von der Notwendigkeit, zu handeln. Und keiner von ihnen handelte leichtsinnig. Deswegen, verehrte Jury, ist und bleibt Rhys Bolton schuldig. Vielen Dank.«

Dieser Wichser. Mein Herz rast. Und ich will mir gar nicht ausmalen, wie es Jeannie in diesem Moment geht. Oder Rhys, der vorne neben Philip sitzt. Doch viel Zeit habe ich nicht, um mich darüber aufzuregen, denn nun steht Philip auf. Mein Philip. Der netteste, klügste, beste Mensch, den ich kenne. Und er sieht beeindruckend ernst aus in seinem dunkelgrauen Anzug. Im Gespräch mit Jeannie bemühte er sich, nahbar zu wirken. Doch jetzt ist er ganz Anwalt. Und ich bin beinahe erstarrt vor Ehrfurcht.

»Verehrtes Gericht, liebe Jury. In den letzten Tagen und Wochen durften wir vielen Menschen zuhören, etwas, das ich als die größte Bereicherung in meinem Job ansehe. So viele verschiedene Menschen, die alle das Richtige tun wollen. Da haben Sie, Mr Pence, absolut recht. Ebenso wie Sie, liebe Jury. Sie wollen auch das Richtige tun. Für mich ist die Sachlage klar – allerdings war sie das auch schon vor diesem Prozess. Rhys Bolton war ein Bauernopfer, das man gebracht hat, weil man an die eigentlichen Schuldigen nicht herankam. Es war niemandes persönlicher Fehler, jedoch gab es auch niemanden, der die Lawine aufhielt, nachdem sie einmal ins Rollen gebracht war. Wir haben von Polizisten gehört, die unter enormem Druck standen. Von Rhys selbst, der glaubhaft und nachvollziehbar geschildert hat, dass ein fünfzehnjähriger Junge nicht in der Lage wäre, die

Verbrechen zu begehen, die ihm zur Last gelegt wurden. Wir haben seine kleine Schwester gehört, die ihn entlastet. Und wir haben eine einzige Person gehört, die Rhys belasten konnte. Seinen Stiefvater Donald Bolton, der sich als absolut unglaubwürdiger Zeuge herausstellte, wie seine eigene Tochter bestätigte. Ebenjener Donald Bolton, der auch hier wieder versuchte, Rhys als Täter darzustellen. Ihn als Unmenschen zu inszenieren, damit sich die Geschichte wiederholt und Rhys erneut unrecht getan wird. Dass man Rhys verhaftete, war ein kollektiver Fehler, der nicht nur das Leben einer Mutter und einer Tochter, sondern vor allem das Leben eines Jungen zerstört hat. Ein kollektiver Fehler, der nicht wiedergutzumachen ist, jedoch *besser* gemacht werden kann. Wir können nicht in der Zeit zurückreisen und verhindern, dass diese klaffende Wunde in die Familie Bolton gerissen wird. Aber wir können versuchen, wenigstens ein Pflaster daraufzukleben. Ein Pflaster in Gestalt eines nachträglichen Freispruchs und in Gestalt einer angemessenen finanziellen Entschädigung. Nicht weil Geld Probleme löst, sondern weil Rhys Bolton Zeit, Freiheit und Sorglosigkeit braucht, um die Erfahrungen, die er wegen eines kollektiven Fehlers nicht machen konnte, nachzuholen. Um weiter zu heilen. Ich bitte Sie, sich vor Augen zu führen, dass Sie heute die Macht haben, ein Unrecht kein zweites Mal zu wiederholen, sondern stattdessen Rhys Bolton Gerechtigkeit widerfahren zu lassen. Vielen Dank.«

Wir applaudieren. Und ich merke, dass ich bei Philips letzten Worten aufgehört habe, zu atmen. Ich war so gebannt, dass ich es einfach vergessen habe.

»Ruhe«, mahnt die Richterin, und der Lärm ebbt ab. »Das letzte Wort haben Sie, Mr Bolton. Wollen Sie noch etwas sagen?«

Rhys erhebt sich. Selbst von hier hinten sehe ich, dass er zittert.

»Ich ...« Seine Stimme bricht. Und ich kann gar nicht so schnell schalten, wie Jeannie aus der Sitzreihe hinauswitscht und zu ihm rennt. Sie stellt sich neben ihren großen Bruder und nimmt seine Hand. »Hi«, flüstert er, doch weil es so still ist, hört man es trotzdem. Sein leises, vorsichtiges Lachen wird zu einem Schluchzen.

»Hi«, sagt Jeannie.

Rhys atmet tief ein. »Ehrlich gesagt, will ich gerade einfach nur, dass es vorbei ist. Als schuldig galt ich praktisch mein halbes Leben lang. Es ändert sich also nicht viel, wenn das hier schiefgeht. Aber es muss schön sein, wenn das, was man ist, und das, als was man gesehen wird, übereinstimmen.« Und während Jeannie ihre Arme um ihren Bruder schlingt, sinkt er wieder auf seinen Stuhl.

»Die Jury wird sich nun zurückziehen, um zu einer Entscheidung zu gelangen«, sagt die Richterin, und damit ist die Verhandlung vorbei.

Vor dem Gebäude raucht Rhys eine Zigarette. Und dann noch eine. Tamsin gibt ihm den Raum, den er braucht, Amy telefoniert. Celia und Jeannie sitzen auf den Stufen. Keiner spricht. Philip ist nicht mit uns nach draußen gekommen. Ich hätte ihm gern gesagt, wie verflucht beeindruckt ich von ihm bin. Denn egal, wie es ausgeht, er hat alles gegeben.

Und dann, nach viel zu kurzer Zeit, werden wir wieder nach drinnen geholt. Ist das ein gutes Zeichen? Ich wage nicht einmal zu fragen.

»Erheben Sie sich«, sagt der Gerichtsdiener, und jeder Einzelne im Saal steht auf.

Die Richterin betritt den Raum, blickt in die Menge.

»Sie dürfen sich setzen.« Nachdem alle Platz genommen haben, fragt sie an die Jury gewandt: »Sind Sie zu einer Entscheidung gekommen?«

»Ja, das sind wir.« Eine Frau aus der Jury steht auf und reicht dem Gerichtsdiener einen Zettel. Die Stimmung flirrt. In diesem Moment ist alles möglich. Meine Handflächen sind schweißnass, dennoch greife ich nach Jeannies Hand.

Pence, Philip und Rhys stehen wieder auf – in Erwartung des Urteils. Selbst aus der Entfernung kann ich sehen, dass Rhys zittert. Er muss sich auf dem Tisch aufstützen, um nicht zusammenzubrechen.

Die Richterin faltet den Zettel auf. Ich halte die Luft an. Der Saal hält die Luft an.

»Wir, die Jury, erklären Rhys Bolton im Prozess gegen den Staat Kalifornien ...«

Das gesamte Gericht ist wie erstarrt. Die einzigen Bewegungen sind die der Richterin und Rhys' stärker werdendes Zittern. Sie lässt den Blick über ihre Brillengläser einmal durch den Raum schweifen. Dann sieht sie zurück auf den Zettel.

»... für nicht schuldig und das Urteil gegen ihn für ungültig«, liest die Richterin, und in dieser Sekunde gibt es kein Halten mehr. Wir springen und jubeln. Wir fallen uns in die Arme. Mein Blick trifft Philips, der mich an all den Menschen vorbei ansieht. Er ist erleichtert, das weiß ich. Erleichtert und stolz. Und ich bin es ebenso. Und dann sehe ich Rhys. Wie er auf seinen Stuhl sackt, als könne sein Körper ihn nicht mehr halten. Wie sein Kopf auf seine Arme fällt und sein Rücken beginnt, vollkommen unkontrolliert zu zucken. Er weint. Bitterlich.

Philip legt eine Hand auf seine Schulter und drückt sie leicht. Doch auch er weiß, dass keine Geste, keine Worte, nichts in diesem Moment zu ihm durchdringt. Nicht Jeannie, die zu ihm rennt und neben ihm auf- und abhüpft, nicht Tamsin, die nun neben ihm in die Hocke geht und über seinen Kopf streichelt. In diesem Augenblick gibt es nur ihn. Und alles, was sich über die letzten Jahre angestaut hat.

»Ruhe!«, ruft die Richterin nach einer Weile, denn das hier ist wohl immer noch ein Gerichtssaal und keine ausgelassene Party, auch wenn man es in den letzten Minuten kaum voneinander unterscheiden konnte. »Mr Bolton, bitte fassen Sie sich«, sagt sie, als wieder einigermaßen Ruhe eingekehrt ist und nun tatsächlich Rhys' Schluchzen durch den gesamten Gerichtssaal zu hören ist.

Er hebt den Kopf, wischt sich mit den Händen über die Augen, schluchzt und lacht und schluchzt erneut. »Entschuldigung«, bringt er unter größter Anstrengung hervor.

»Fassen Sie sich, denn das hier wollen Sie hören.« Sie lächelt. »Rhys Bolton, Sie sind unschuldig. Über die Höhe Ihrer Entschädigung wird von der Verwaltung im Nachgang entschieden werden, dafür müssen Sie nicht anwesend sein, keine Sorge. Ich kann mir vorstellen, dass Sie fürs Erste genug von Gerichtssälen haben, habe ich recht?«

Rhys nickt, lach-schluchzt, wischt sich wieder über die Augen.

»Wo sind denn Ihre Manieren? Geben Sie dem Mann ein Taschentuch, Pence. Sie haben doch immer reichlich«, sagt sie dann, und der Staatsanwalt zieht mit Todesverachtung eine Packung Taschentücher aus seiner Aktentasche und reicht sie Philip, der sie vor Rhys legt.

»Danke.« Rhys schnäuzt sich.

»Und jetzt, Mr Bolton, machen Sie etwas aus Ihrem Leben. Und blicken Sie nicht zu oft zurück. Ihnen gehört die Zukunft. Ihnen und Ihrer bezaubernden Schwester.«

 *Philip*

**40** Ich schlafe achtzehn Stunden am Stück in Sophias Bett. Nachdem Rhys sich einigermaßen gefangen und sich bei mir bedankt hatte, ließ ich mich auf die Stufen vor dem Gerichtsgebäude sinken und schloss die Augen. Nur für ein paar Sekunden. Aber aus den Sekunden wurden Minuten, bis Sophia mich antippte und vorschlug, ich solle mich hinlegen.

Als ich nun erwache, fühle ich mich wie einmal durch den Fleischwolf gedreht. Mein gesamter Körper schmerzt, in meinem Kopf wummert es. Es fühlt sich an, als hätte ich eine Nacht durchgesoffen und zu wenig fettige Pizza gegessen. Aber ich habe nichts dergleichen getan. Ich habe einfach nur einen Prozess geführt. Und gewonnen.

So wie das Sonnenlicht durch Sophias Fenster rieselt die Erinnerung langsam in meinen Kopf zurück, und ich muss die Augen wieder schließen, weil der hämmernde Kopfschmerz schlimmer wird.

Ich döse noch eine Weile vor mich hin, dann stehe ich auf, um etwas zu trinken und eine Schmerztablette zu nehmen. Auf meinem Handy habe ich einige Anrufe in Abwesenheit, unter anderem von meinem Dad.

Während der nächsten Stunden komme ich langsam wieder in dieser Welt an, werde wieder zu einem halbwegs funktionierenden Menschen.

Mein Dad möchte eine Abschiedsfeier in der Kanzlei für

mich ausrichten und schlägt vor, seine und meine Assistentin mit der Planung zu beauftragen. Ende der Woche ist mein letzter Tag. Und als auch diese Erkenntnis vollends bei mir angekommen ist, beschließe ich, einen Plan zu machen. Denn so anstrengend die letzten Monate waren, ich bin niemand, der in den Tag hinein lebt. Ich brauche einen Plan, auch wenn Sophia das vielleicht anders sieht. Aber genau deswegen sind wir so gut zusammen. Weil wir uns in unseren Marotten bremsen und in allem anderen anfeuern. Wir holen das Beste aus einander raus.

Ich schreibe ihr eine Nachricht, dass ich zu mir nach Hause gehe und mich freue, sie bald zu sehen, dann packe ich meine Sachen und verlasse ihre Wohnung.

Die Sonne kitzelt meine immer noch müden Lider, und um einigermaßen klarzukommen, zwinge ich mich, den Weg zu Fuß zurückzulegen. Meinen Kopf während des fast einstündigen Spaziergangs ein bisschen mit frischer Luft zu versorgen.

Pearl ist nicht zu Hause, und so setze ich mich mit meinem Laptop ins Wohnzimmer, esse Reste vom Lieferservice aus Pappschachteln, die ich in unserem wenig überraschend ansonsten leeren Kühlschrank finde, und nicke dann noch mal ein.

Erst als es schon wieder dunkel ist, erwache ich von Pearls Schlüssel in der Tür.

Während der nächsten Tage stelle ich Kalkulationen auf und merke schnell, dass ich es drei Monate ohne Einkommen schaffe. Doch dann brauche ich einen Job. Und dieser Job wird nicht in Ches Brauerei sein, denn die wirft ja kaum genug für ihn ab. Nicht umsonst sucht er Investoren. Nicht umsonst wollte ich diesen bescheuerten Treuhandfonds für etwas Sinnvolles und Schönes einsetzen. Ich werde in mich gehen müssen, um herauszufinden, was ich tun kann, ohne mich vollkommen verloren und überfordert zu fühlen. Aber ich vertage das In-mich-Gehen, denn heute Nachmittag findet mein Abschied in der Kanzlei statt, und am Abend feiern wir im *Imogen's* Rhys' Erfolg. Rhys' und *meinen,* wie er mehrfach betont hat, dabei habe ich einfach nur meinen Job gemacht. Doch Rhys sieht das anders. Rhys und Amy und Sophia und Pearl und mein Dad und meine Mom und vielleicht sogar Gran, allerdings habe ich mit ihr seit dem desaströsen Abendessen neulich nicht mehr gesprochen. Einer der vielen Schritte, um mich von dem Druck zu emanzipieren, der auf mir lastete. Ich spüre ihn immer noch, doch er wird weniger. Mit jedem Tag, den ich frei atme.

»Vielen Dank für deine Hilfe, Allison.« Ich räume ein paar Sektgläser zusammen. »Ich wüsste wirklich nicht, wie ich all das ohne dich geschafft hätte.« Und damit meine ich nicht die kleine Feier heute Nachmittag, sondern einfach alles.

»Du hast die Arbeit ganz allein gemacht«, erwidert sie. Das Verhältnis zwischen uns ist jetzt ein anderes. Nun, da ich nicht mehr ihr Chef bin. Wir sind beinahe vertraut, und ich hoffe sehr, dass wir uns nicht aus den Augen verlieren. »Und bitte lass die Gläser stehen, da kümmere ich mich drum.«

Ich grinse, nehme das Tablett und trage es in die Küche.

»Englander, das war ein kurzes Vergnügen.« Reggy klopft mir auf die Schulter. »Aber ein Vergnügen allemal. Ich wünsche dir alles Gute, mein Junge.«

»Danke.«

Und dann gehe ich in mein Büro. Ein letztes Mal. Ich räume meine spärlichen persönlichen Gegenstände in eine

Pappkiste, die Allison mir hingestellt hat. Viel hat sich nicht angesammelt in den paar Monaten, die ich hier war. Und obwohl das nun tatsächlich der Abschied ist, ein Abschied von einem Job, von Menschen, die mir ans Herz gewachsen sind, werde ich nicht wehmütig. Denn es ist auch ein Abschied von einem Teil von mir, der nie gepasst hat. Ihn zurückzulassen hebt das letzte der Gewichte von meinen Schultern. Und als ich in ein Uber steige, das mich zum *Imogen's* bringt, fühle ich mich ganz leicht.

Ich gehe durch das menschenleere Café. Aus dem Hinterhof hört man Stimmen und Musik, und ein Lächeln stiehlt sich auf meine Lippen. So unsicher meine Zukunft im Moment auch ist, es gibt Dinge, deren ich mir absolut sicher sein kann. Dazu gehören meine Freunde. Dieser Ort. Meine Freundin. Und das macht mich glücklich.

Die Abendsonne scheint auf den Hühnerstall und die Gemüsebeete. Die Leute unterhalten sich, lachen. Zelda tanzt mit Jeannie. Doch als sich die Köpfe drehen, um zu sehen, wer der Neuankömmling ist, verstummen alle.

Ich hebe die Hand, auf den Lippen immer noch das Lächeln, das nun durch die geballte Aufmerksamkeit etwas unsicher wird. »Hi«, sage ich. Und dann beginnen sie zu klatschen.

Ich merke, wie ich rot werde, fange an zu lachen. Ein bisschen peinlich berührt zwar, aber peinlich *gerührt* gleichermaßen.

Rhys kommt auf mich zu und umarmt mich. Ich habe ihn, abgesehen von Tamsin, noch nie jemanden umarmen sehen, und diese Geste überwältigt mich.

»Danke, Mann«, sagt er.

Weitere Leute kommen auf mich zu, umarmen mich,

schütteln mir die Hand, als wäre ich ein Held. Dabei bin ich einfach nur ich. Jemand, der so viel Pflichtgefühl in sich vereint, dass er gar keine andere Möglichkeit hatte, als zu handeln, wie er nun mal handelte. Dass es dann auch noch gut ausgegangen ist, fühlt sich an wie verdammtes Glück.

»Kleiner Bruder«, sagt Pearl und kneift mich in die Wange. »Ich bin abgefahren stolz auf dich.«

Ich will abwinken, aber Pearl hält meine Hand fest. »Mh mh«, macht sie. »Heute musst du da durch.«

»*Wish You Were Beer* ist jedenfalls bereit für dich, wann immer wir es uns leisten können«, sagt Che, dem ich schon vor ein paar Tagen erklärt habe, dass es finanziell wohl erst einmal nichts wird mit mir und dem Craft Beer. »Oh, hallo«, entfährt es ihm dann, als sein Blick auf Pearl fällt.

»Ja, sicher«, sagt Pearl sarkastisch und wendet sich lachend ab.

Sophia sitzt mit Malik, Tamsin und Amys Freund Sam an einem Tisch. Sie sprechen über Maliks Pläne, denn in einer Woche verlässt er Amys Programm. Er hat eine kleine Wohnung in der Nähe seines Elternhauses gefunden, wird aber ansonsten dem *Imogen's* als Koch erhalten bleiben.

Sophia verzieht das Gesicht und sagt: »Du bist mir ein bisschen zu begeistert über diese ganze Sache. Von wegen, wir haben es schön und so.«

»Sei lieber froh, dass ich überhaupt so lange bleiben durfte«, sagt Malik.

»Du hättest wenigstens nach einer Zweizimmerwohnung suchen können, damit ich nachkommen kann.« Sophia ist nicht wirklich sauer, aber ich kann verstehen, dass ihr die Veränderung, die Maliks Auszug mit sich bringt, aufs Gemüt schlägt. Erst jetzt sehe ich, dass die Hühner offenbar heute Freigang haben, denn Huhn-Sophia sitzt auf ihrem Schoß.

Sie blickt auf, und sofort verändert sich ihr Gesichtsausdruck zu einem breiten Lächeln. Entschuldigend deutet sie auf den schlafenden Vogel. »Ich würde ja aufstehen, um dich zu begrüßen, aber ...«

Doch Sophia muss nicht aufstehen. Nicht für mich. Sie muss für mich gar nichts, außer sie selbst sein. Und so beuge ich mich zu ihr und gebe ihr einen innigen Kuss. Einen befreiten, glücklichen Kuss.

Langsam legt sich die Dunkelheit über den Innenhof. Die Party ist in vollem Gange, und ich habe mich etwas abseits an einen Tisch gesetzt, um die Stimmung einfach auf mich wirken zu lassen. Nach den letzten Wochen und der Feier in der Kanzlei bin ich froh, einen Augenblick mit niemandem sprechen zu müssen und einfach nur Zuschauer zu sein.

Huhn-Sophia ist aufgewacht und geht von Tisch zu Tisch, legt den Kopf schief und hofft, etwas zu essen zu bekommen. Bei einem alten Mann namens Mal, dem ehemaligen Besitzer des Cafés, hat sie Erfolg und bleibt fürs Erste in seiner Nähe.

Aus dem Augenwinkel sehe ich, wie sich Amy am Nebentisch zu Sophia setzt.

»Nicht heute, Amy«, sagt sie mit ihrer rauen Stimme und seufzt gespielt genervt.

»Ich wollte nur Small Talk machen. Bis zum Quartalsgespräch halte ich es gerade noch aus.« Sie lächelt.

»Oh, okay. Na dann. Wie geht's dir, Amy?«

Amy lacht. »Sehr gut.«

»Was meinst du mit ›sehr gut‹?«, fragt Sophia weiter, und man hört ein Glucksen in ihrer Stimme.

»Ja, das habe ich wohl verdient«, erwidert Amy, drückt Sophias Schulter und lässt sie wieder allein.

»Mir geht's auch sehr gut«, sagt Sophia noch, und das macht mich verrückt glücklich. Wie alles an diesem Tag. Deswegen verlasse ich meinen einsamen Tisch und setze mich auf den freien Platz ihr gegenüber. Um ihr nah zu sein.

Ein paar Meter weiter lehnt Pearl an der Mauer, belagert von Che, der gerade sagt: »Pearl aus Pearley also. Soso.«

Sie verdreht die Augen, doch sie kann sich eines Grinsens nicht erwehren. »Wenn ich jedes Mal einen Nickel bekommen hätte, wenn jemand diese originelle Verbindung anmerkt, könnte *ich* heute in deine Brauerei investieren, Che.« Sie schiebt ihn beiseite und wendet sich jemand anderem zu. Che sieht ihr nach, ebenfalls ein breites Strahlen im Gesicht. Wenn er wirklich vorhat, Pearl von sich zu überzeugen, braucht er eine Menge Glück.

»... ich werde erst einmal zwei Semester aussetzen«, erzählt Tamsin am Nebentisch Ollie, Celia und Maliks Schwester Jasmine. »Mit der Entschädigung, die Rhys zugesprochen wurde« – er hat mir vorhin erzählt, dass er sechshunderttausend Dollar bekommen soll, und die erneuten Dankesworte, die er an mich richten wollte, kamen ihm kaum über die Lippen, so bewegt war er – »werden wir erst einmal reisen. Er soll die Welt sehen. Und ich bin ja, ehrlich gesagt, auch noch nicht so weit herumgekommen, wie ich gerne würde. Wir haben noch keine genaue Route geplant, aber es soll eine richtige Weltreise werden.«

Auf einmal verstummen die Gespräche wieder. Abgesehen vom nervösen Flattern von Thelma oder Louise, ist nur ein leises *Tock, tock, tock* zu hören. Sophia reißt die Augen auf, und ich wende mich um. Alle Blicke sind auf die Person gerichtet, die soeben den Hinterhof betreten hat. Dort steht Eudora Englander, meine Großmutter, in einem dunklen Kostüm und blickt sich kritisch um.

»Was macht sie hier?«, fragt Sophia leise, doch ich zucke nur mit den Schultern.

Pearl ist die Erste, die schaltet. »Gran?«, fragt sie. »Hi. Willst du dich setzen? Was trinken? Was essen?«

Grans Blick folgt Pearls Gesten zum Büfett, doch sie schürzt die Lippen und schüttelt den Kopf. »Ich denke nicht.«

»Was ... was machst du hier?« Ich stehe auf und biete ihr wie der höfliche Enkel, der ich nun mal bin, meinen Platz an.

»Ich bin gekommen, um dich zu sehen.«

Langsam werden die Gespräche wieder aufgenommen. Jedoch tuschelnderweise.

»Hier bin ich.« Meine Stimme ist nicht unbedingt voller Zuneigung, aber ich möchte doch wissen, was sie von mir will.

»Das sehe ich.« Sie tritt noch einen Schritt in den Hof hinein, begleitet von einem weiteren *Tock* ihres Stocks. »Wo ist deine Freundin?«

Ich sehe mich nach Sophia um. Sie hebt die Hand. »Hier, Mrs Englander.« Sophia erhebt sich, macht jedoch keine Anstalten, zu uns zu kommen. Sicherheitsabstand ist vermutlich eine gute Idee.

»Was auch immer du zu besprechen hast, lass Sophia da raus«, sage ich.

»Das ist leider nicht möglich«, erwidert Gran. »Denn deine Sophia hat ein paar Dinge gesagt, die ...« Sie denkt nach. Was denn für Dinge? Wann hat Sophia mit Gran gesprochen? Was um Himmels willen hat sie gesagt? »... mich zum Nachdenken gebracht haben. Ich hätte mir vermutlich gewünscht, dass sie in einem anderen Ton und mit etwas anderem Vokabular geäußert worden wären, aber es ist nun mal, wie es ist.«

»Sorry, aber Sie hätten mir sonst wohl kaum zugehört«, höre ich Sophias raue Stimme.

»Vielleicht«, gibt Gran zu. »Dennoch kann ich dir versichern, dass mir entgegen deiner Annahme das Geld nicht aus dem ... ›Arsch‹ wächst. Und mein ›verfickter Enkelsohn‹ hat mich mit seiner Entscheidung vielleicht etwas überrollt.« Sie verzieht den Mund in sichtlichem Missfallen, und Celia keucht bei ihren Worten auf. Und ich ebenso. Das hat Sophia gesagt? Zu meiner Großmutter? Dann entfährt mir ein unkontrolliertes Lachen, und auch Gran zwingt sich zu einem – wenn auch leicht spöttischen – Lächeln. »Aber in deiner Schimpftirade fand sich auch einiges, womit du recht hattest, und ich habe es schon einmal gesagt: Ich habe kein Problem damit, zuzugeben, wenn ich einen Fehler gemacht habe. Und deswegen ist die – wie hast du es ausgedrückt? – ›bittere, grauslige alte Kuh‹ heute Abend hier. Weil es ihr« – erneut schürzt sie die Lippen, erneut keucht Celia – »›verschissener Ernst‹ ist. Philip ...« Sie wendet sich nun wieder mir zu. »... mir ist es das Wichtigste, dass du glücklich bist. Ich bin nicht immer gut darin, das zu zeigen. Aber wenn du mich von diesem ... Bier« – sie klingt, als handle es sich dabei um Hühnerexkremente – »überzeugst, werde ich höchstpersönlich in deine Brauerei investieren.«

»Mylady«, sagt Che und tritt vor. Er hakt sich bei ihr unter, und obwohl Gran aussieht, als würde sie ihn bei der nächsten Gelegenheit mit ihrem Gehstock verdreschen, lässt sie sich von Che mitziehen, Huhn-Sophia, die ahnt, dass es Richtung Gerste geht, dicht auf ihren Fersen.

»Er scheint eine Schwäche für Englander-Frauen zu haben«, sage ich zu Pearl, die einigermaßen perplex neben mir steht.

»Wenn er Gran dazu bringt, Bier zu trinken, küsse ich

ihn«, sagt sie, und ich bin mir fast sicher, dass das auch ihr »verschissener Ernst« ist.

Und tatsächlich, in den frühen Morgenstunden, als sich der Hof ziemlich geleert hat, ist sie diejenige, die Che an die Mauer drängt. Und kurz darauf knutschen sie wild.

Zelda, Sophia und ich sind gerade dabei, aufzuräumen, und überlegen, was unser liebster Moment heute Abend war. Als Gran zugeben musste, dass sie Bier unterschätzt hat. Als Huhn-Sophia auf ihrem Schoß landete und Gran feststellte, dass sie Huhn-Sophia noch weniger mag als Mensch-Sophia. Als Mensch-Sophia und Gran Frieden schlossen und Celia überglücklich war, dass Sophia auch ihr versprach, nicht mehr zu fluchen.

Doch mein liebster Moment ist definitiv dieser hier. Die Ruhe. Die Ruhe, die bleiben wird. Die ich mir erhalten will. Und dann Sophia, die ihren Kopf schief legt, mich frech ansieht und sagt: »Ich wär dann bereit für ein richtig offizielles zweites Date nach meinen Regeln. Aber ohne das ganze Drama drum herum.«

# Sophia ∞

**41** Ich bin ich. Und Philip ist Philip. Und zusammen sind wir wir. Nicht »Menschen wie er«. Nicht »Menschen wie ich«. Wir haben unsere eigene Schublade. Deswegen bin ich nicht nervös. Nicht nervös vor unserem richtig offiziellen dramafreien zweiten Date. Nicht nervös, dass ich mit ihm schlafen will. Nicht nervös, weil Nähe zu Philip nicht gleich Belohnung für Sex ist. Sondern weil Sex Nähe zu Philip sein wird. Davor wird Nähe sein. Danach wird Nähe sein. Aber währenddessen wird die Nähe ultimativ sein.

Das erste Date lief nach seinen Vorstellungen ab. Jetzt bin ich an der Reihe. Und zu diesem Zweck habe ich mir Maliks zerbeulten roten Ford ausgeliehen, bei dem man für jeden Meter, den er noch zurücklegt, dankbar sein muss. Er klappert und ächzt und stöhnt, und es ist genau der richtige fahrbare Untersatz für heute. Denn weiter entfernt kann ein Auto von Philips schickem Lexus nicht sein.

Ich biege in seine Straße ein, und statt auszusteigen und zu klingeln, hupe ich zwei Mal kurz, wie wir es vereinbart haben. Heute machen wir alles anders. Heute wird locker. Unverkrampft. Heute wird unsere Schublade.

*Ich komme,* schreibt er und schickt ein breit lächelndes Emoji hinterher. Zwei Minuten später steigt er ein und strahlt mich an. Ich will mich gerade zu ihm lehnen, damit wir uns zur Begrüßung küssen können, da fällt mein Blick auf sein Hemd.

»Was ist das?«, frage ich mit gerunzelter Stirn und wedle mit der Hand vor seiner Brust herum.

»Gefällt's dir nicht?«, fragt er.

»Mir gefällt alles, was du trägst. Aber das ist gegen unsere Abmachung.« Die Ansage war, dass wir uns nicht schick machen.

»Es ist nur ein Hemd.« Philip verzieht seinen Mund zu einem Schmunzeln.

»Es ist nicht der Dresscode«, gebe ich zurück, denn das ist schließlich die Sprache, die er verstehen muss.

»Sophia, wir gehen auf ein Date, da wollte ich mich wenigstens ...«

Ich öffne die Autotür und steige aus. »Komm«, sage ich.

»Und unsere Reservierung?«

»Welche Reservierung?« Ich gehe um das Auto herum und öffne ihm die Tür, damit er weiß, dass ich es ernst meine.

Philip schüttelt den Kopf und lacht.

Er lacht außerdem, als ich kurz darauf in seinem begehbaren Kleiderschrank stehe und nicht glauben kann, wie viele Anzüge hier hängen.

»Ist ein Hugo-Boss-Laster in deiner Straße umgefallen, oder was ist hier los?«, frage ich.

»Arbeitskleidung«, sagt er.

»Und was trägst du, wenn du nicht arbeitest?«

»Das hier.« Er zeigt an sich herunter. Hemd und teuer aussehende Jeans.

»Ja, aber mit diesem steifen Zeug ist jetzt Schluss. Zumindest für heute.«

Ich zupfe an einem T-Shirt, lege den Kopf schief. Daneben liegen säuberlich gefaltet ein paar Jogginghosen. Na also.

»Das sind meine Sportklamotten«, sagt Philip, aber ich werfe ihm dennoch eine graue Jogginghose und ein einfaches weißes T-Shirt zu. Genau das Modell, das Philip mir bei unserer ersten Begegnung geliehen hat, als er den Rotwein auf mich gekippt hatte.

»Heute nicht. Heute sind das deine Date-Klamotten.«

»Du hast auch eine normale Hose an.«

»Mit Rissen an den Knien.« Wie zum Beweis strecke ich mein Bein aus.

Philip seufzt. »Aber das wird nicht zur Gewohnheit.«

»Das werden wir sehen«, sage ich und beobachte ihn höchst zufrieden dabei, wie er sich seiner steifen Klamotten entledigt. »Hast du so was wie einen Hoodie?«

»Irgendwo müsste ein Berkeley-Hoodie sein, ja.«

»Sogar dein Hoodie ist ein Streber?«, frage ich, gehe aber zurück in seinen Schrank und wühle in den Pullovern.

»Du bringst alles durcheinander«, schimpft Philip, aber er ist selbst schuld, wenn er seine bequeme Kleidung unter fucking Pullundern und Kaschmir-Pullovern versteckt.

»Verrätst du mir jetzt, wo es hingeht?«, fragt Philip, als wir wieder nebeneinander im Auto sitzen.

»Wir gehen essen«, sage ich. »Eine Empfehlung von Ollie.«

Der Weg führt uns durch die Innenstadt von Pearley in den Norden. Kurz vor der Stadtgrenze gibt es ein Diner, das laut Ollie die fettigste Pizza im gesamten Bundesstaat serviert. Ich lenke den Wagen auf den Parkplatz des *24/7 Grub 'N Stuff Diner,* das auf großen Tafeln Sonderangebote ankündigt und verspricht, man müsse nicht länger als sieben Minuten auf sein Essen warten.

Ich halte Philip die Tür auf, und sofort schlägt uns der Duft von Frittiertem entgegen.

»Siehst du, du bist dem Anlass angemessen angezogen«,

sage ich, während er sich in dem holzvertäfelten Raum umsieht. An den Wänden hängen verblichene Bilder, die irgendwelche Sportgrößen oder Lokalpolitiker aus den Achtzigern beim Essen im *Grub 'N Stuff* zeigen. Und bei genauem Hinsehen fällt mir auf, dass sich seitdem nichts am Style des Diners geändert hat.

»Herzlich willkommen im *Grub 'N Stuff*«, sagt eine alte Dame mit silberblauen Locken und einer Brille, die ihre Augen vergrößert. Sie trägt eine rosa Schürze, auf die das Logo des Diners gestickt ist. Mehrere Brandflecken zieren den Stoff. »Ihr könnt euch setzen, wohin ihr wollt. Ist sonst nicht viel los.«

Das ist eine Untertreibung, denn abgesehen von zwei Truckern an der Bar, ist der Laden komplett leer.

Wir setzen uns in eine Sitznische. Die mintgrünen Polster haben schon bessere Tage erlebt, und an einer Stelle scheinen Gäste einiges von dem Futter herausgepult zu haben. Gelangweilte Kinder vielleicht.

Die alte Frau, deren Namensschild uns verrät, dass sie Edna heißt, legt überdimensionale laminierte Speisekarten vor uns und stellt einen großen Plastik-Pitcher mit Leitungswasser auf den Tisch, in dem Eiswürfel klappern.

»Ich habe gehört, dass die Pizza hier extra fettig ist«, sage ich, als Edna zu ihren Truckern zurückgekehrt ist. »Oh, und ich lade dich übrigens ein. Also keine falsche Bescheidenheit beim Belag.«

»Du musst nicht …«, sagt Philip, aber ich hebe die Hand, um ihn zum Schweigen zu bringen.

»Ich weiß das. Ich weiß, dass ich nichts muss. Aber erstens bin ich diejenige von uns beiden mit einem Job« – ich halte kurz inne, um sein leises Lachen zu genießen – »und zweitens möchte ich es, Philip. Ich möchte, dass wir heute alles anders machen. Nicht weil wir nie Hemden tragen und schick essen gehen können, sondern weil wir zusammen eben beides können. Deine Welt und meine Welt. Wir machen uns unsere eigene Welt.«

Philips Augen beginnen, ein klein wenig zu leuchten. »Wir machen uns unsere eigene Welt. Das gefällt mir.«

»Es gibt keine Menschen wie dich mehr. Oder Menschen wie mich. Das spielt keine Rolle. In unserer Welt ist das alles durchlässig. Was wir sind oder werden. Das entscheiden wir selbst. Und für dich ist es vielleicht schwieriger, in Jogginghose fettige Pizza zu essen und Craft Beer zu brauen, und für mich ist es schwieriger, auf feinen Empfängen keine Blicke auf mich zu ziehen, aber …« Ich nehme seine Hand.

»… aber ich mag es, dass du die Blicke auf dich ziehst. Dann fällt es nicht so auf, dass ich immer nur dich anstarren kann.«

Ich lache. »Wirkt weniger creepy, wenn es alle machen, meinst du?«

Er zuckt grinsend mit den Schultern.

»Du hast hiermit die offizielle Erlaubnis, mich immer anzustarren. Ob creepy oder nicht. Mir egal.«

»Und du hast die offizielle Erlaubnis, mich mit fettiger Pizza zu mästen.« Sein Lächeln ist so ehrlich und unverkrampft, dass ich ganz und gar darin aufgehen will.

»Und mit Milkshakes. Was meinst du, teilen wir uns einen?«

»Pistazie?«, fragt er, und so entzückend, wie er ist, bin ich fast versucht, ihm den Gefallen zu tun. Aber das ist nicht Sinn der Sache.

»Wir hätten gerne einen großen Milkshake mit zwei Strohhalmen«, sage ich zu Edna, als sie das nächste Mal an unseren Tisch kommt.

»Welche Sorte?«

»Können wir eine Mischung aus allem haben?«, frage ich, und Edna nickt und strahlt.

»Wollt ihr auch was essen?«, fragt sie.

»Ich nehme eine Pizza mit Salami und Peperoni«, sage ich. Edna notiert es auf ihrem kleinen Notizblock. Dann blickt sie zu Philip.

»Für mich eine Margherita mit extra Käse.«

»Sehr gern«, sagt Edna. »Oh, ich habe ganz vergessen, dass wir heute ein Special haben. Pizza Tex Mex. Mit Bohnen, Mais und Meatballs.«

»Oh, das klingt toll«, erwidert Philip mit seinem netten, höflichen Lächeln. »Dann nehme ich, glaube ich, die.«

Edna nickt, korrigiert Philips Bestellung und verlässt den Tisch.

»Philip?«, frage ich. »Willst du lieber Margherita mit extra Käse oder die Pizza Tex Mex?«

»Pizza Tex Mex klingt super.«

Ich sehe ihn streng an. »Du sagst das nur, weil du denkst, Edna ist sonst enttäuscht.«

»Aber ist doch auch egal. Hauptsache Pizza, oder?«

»Nein, nicht Hauptsache Pizza. Du sollst das bestellen, was du wirklich willst. Nicht das, was Edna am glücklichsten macht. Vor allem, weil es Edna ohnehin egal ist. Also? Was magst du lieber?«

»Wahrscheinlich die Margherita mit extra Käse«, gibt er zu. »Aber …«

»Kein Aber! Geh zu ihr und bestell das, was du willst!«

»Ernsthaft, Sophia.«

»Okay, dann mach ich es«, sage ich und drehe mich nach Edna um.

»Sophia, lass das, bitte.«

»Entschuldigung?«, frage ich, und Edna kommt sofort an unseren Tisch zurück. »Ich hab mich noch mal umentschieden«, sage ich. »Ich würde gern die Margherita mit extra Käse bestellen.«

»Gern, Kindchen. Also einmal Tex Mex und einmal Margherita mit extra Käse?«

»Genau.« Ich nicke. An Philip gewandt, sage ich: »Und dann tauschen wir. Du musst dich nicht schlecht fühlen, und ich hab die beste Pizza.«

Er schüttelt amüsiert den Kopf. »Du bist unglaublich«, sagt er.

»Das hier gilt noch als Schonfrist, weil es Neuland für dich ist. Beim nächsten Mal hast du allerdings absolutes Special-Verbot. Und wenn die Bedienung sich die Specials extra für dich live auf den Körper tätowiert.«

»Abgemacht«, sagt Philip.

Die Pizza ist tatsächlich großartig fettig. Der Boden ist dick und der Käse noch dicker. Der Milkshake ist so süß, dass sich alles zusammenzieht. Wie wenn man Philip ansieht.

Und Philip wirkt so entspannt. So gelöst. So er, dass ich ihn immer ansehen will.

 *Philip*

**42** »Und wie stellst du dir den Ausklang unseres zweiten Dates vor?«, frage ich, weil ich hoffe, dass der Abend noch nicht vorbei ist. Dabei geht es mir nicht um Sex, sondern ganz allein darum, bei ihr zu sein.

»Ich will, dass wir ganz frei sind. Komplett frei. Und dabei so nah wie irgend möglich«, sagt sie. Ihre Wangen verfärben sich leicht rosa.

»Und wie stellen wir das an?«

»Die ersten Schritte sind schon gemacht.«

Ich sehe sie fragend an.

»Na ja. Du hast gekündigt und dich von deinen familiären Verpflichtungen befreit. Und ich … na ja.« Ich muss zwar noch mit Amy sprechen, aber trotzdem. »Ich hab ein Leben. Und mich. Und dich. Und zusammen stecken wir in keinen einengenden Schubladen mehr. Deswegen dachte ich, statt zu dir oder zu mir zu fahren, könnten wir einfach weitermachen mit der Freiheit und draußen bleiben.«

»Zu dir oder zu mir?« Bedeutet es das, was ich denke?

»Das ist doch Code für Sex, oder?«

»Manchmal.«

»Diesmal.«

»Bist du sicher? Wir können warten. Ich kann warten.«

»Ich aber nicht.«

Ich sehe sie an, ihre strubbeligen Haare, durch die meine Finger streichen, ihre Augen, die so dunkel sind, beinahe schwarz. Ihre Lippen, aus denen all diese fulminant schönen Worte kommen. Aus denen so viel Klugheit kommt, von der sie nicht einmal weiß, dass sie sie hat. Eigentlich ist sie die Streberin von uns beiden. Sich selbst gegenüber. Während ich noch etwas hinterherhinke, was das Begreifen unserer Freiheit anbelangt. Es ist noch nicht lange her, da hatte ich das Gefühl zu ersticken. Vor Druck und Verantwortung und Sorge, dass es nicht reichen würde. Den Prozess zu gewinnen war eine Sache. Aber mein Büro zu räumen ... sich zu verabschieden. Von Alison, Reggy, Seymour, der ab jetzt wieder einfach nur Dad ist. Es war eine Befreiung. Die Versöhnung mit Gran, die Tatsache, dass sie auf meiner Seite – auf unserer Seite ist, obwohl es ihr alles abverlangt haben musste, meine Entscheidung zu akzeptieren ... Dass sie in die Brauerei investieren will, sodass ich nicht meinen gesamten Treuhandfonds hineinstecken muss. Es ist unwirklich. Und unbegreiflich.

Sophia parkt den alten Ford vor dem *Imogen's,* wo wir all die Erfolge gefeiert haben. Es ist unser Ort. Es ist so passend, dass wir den Abend hier ausklingen lassen, auch wenn ich es mit Sophias Worten von vorhin nicht zusammenbringe. Müssen wir den Hühnern die Augen zuhalten?

»Komm«, sagt Sophia, als wir ausgestiegen sind. Doch sie geht nicht aufs Café zu, sondern überquert die Straße. »Hier lang.«

»Äh«, sage ich, weil sie Anstalten macht, in ein leer stehendes Gebäude auf der anderen Straßenseite einzudringen. »Dürfen wir das?«

»Wir sind frei, schon vergessen?« Sie wackelt mit den Augenbrauen.

»Ja, aber nicht mehr lange, wenn wir Hausfriedensbruch begehen.«

»Weißt du, dass es mich ziemlich anmacht, wenn du das Richtige tun willst?«, fragt sie, dreht sich zu mir um und küsst mich. Sie küsst mich ganz langsam und innig. »Aber das ändert nichts daran, dass wir jetzt hier reingehen.«

Ich sehe nach links und rechts, ob uns jemand beobachtet. Aber die Straße ist wie ausgestorben. Also folge ich Sophia. Mit einem Seufzen zwar, aber ich folge.

»Weißt du, dass es mich ein bisschen anmacht, wenn du mich dazu bringst, nicht das Richtige zu tun?«, frage ich, doch Sophia ist schon ein paar Stufen hochgesprintet, sodass ich mich beeile, zu ihr aufzuschließen.

»Ehrlich gesagt, ja«, gibt sie frech zurück.

»Oh«, mache ich ein bisschen überrascht.

»Na ja, du hättest mal deine Blicke sehen sollen, als ich Pearls Auto aufgebrochen habe. Oder als du erfahren hast, dass ich unhöflich zu Eudora war. Oder als Pearl uns im Hühnerstall eingesperrt hat und du mich küssen musstest, obwohl du das eigentlich nicht wolltest.«

»Ich wollte es, glaub mir.«

»Ja, schon. Aber der Anwaltstreberpardel in dir wollte es nicht.«

»Der hat sich zumindest ein bisschen länger gewehrt.« Aber gegen den Selbstschutzluchs hatte er nie eine Chance.

Wir steigen eine Treppe nach der anderen nach oben. Unsere Schritte hallen im dunklen Treppenhaus wider, das nur von Sophias Handytaschenlampe beleuchtet wird.

»Was ist das für ein Ort?«, frage ich, als wir ungefähr auf halbem Weg nach oben sind.

»Hat Rhys mir gezeigt. Er hatte hier mit Tamsin so was wie ein Date.«

»In einem leeren Büro?«, frage ich, weil ich mir nicht vorstellen kann, dass ein verlassenes Gebäude wie dieses hier sonderlich romantisch ist.

»Wart's ab.«

Nach fünf weiteren Stockwerken sind wir ziemlich aus der Puste, aber Sophia stemmt sich gegen eine Tür, und im nächsten Moment stehen wir auf dem Dach. Und ja, ich schätze, das ist wohl romantischer als ein leeres Büro.

»Hier kann man atmen, finde ich«, sagt Sophia und dreht sich zu mir um.

Ein paar Palettenmöbel stehen herum, und aus einer Kiste holt Sophia Polster und Wolldecken, die wir gemeinsam verteilen.

»Früher gab es hier auch mal Lichterketten, aber die hat Malik geklaut, und jetzt findet er sie nicht mehr.«

Aber wir brauchen gar keine Lichterketten. Der Sternenhimmel über Pearley reicht vollkommen.

Wir sitzen nebeneinander. Sophia zieht die Beine an die Brust.

»Verfickte Hölle, ist das schön, oder?«, sagt sie.

»Lass das nicht Gran hören. Oder Celia.«

»Nee, ich lass es nur dich hören. Sonst geht mein Inneres niemanden etwas an.« Und ich kann nicht anders, als sie zu küssen.

Unsere Zungen treffen sich, und Sophia wird schnell forscher. Fordernder. Aber nicht auf diese Art wie bei unserem ersten Date. Nicht auf eine Art, die darauf abzielt, mir zu gefallen. Sondern auf eine Art, die uns beide gleichermaßen einbezieht. Ernst nimmt. Es fühlt sich an wie auf Augenhöhe. Es ist gleichberechtigte Leidenschaft.

»Ich will dich ansehen«, sagt Sophia, und das darf sie. Das soll sie. Ich entledige mich meiner schlabbrigen Klamotten, die sie für mich ausgewählt hat, bis ich komplett nackt vor ihr stehe. Es ist ein seltsames Gefühl, hier draußen, völlig ungeschützt, aber gleichzeitig völlig frei. Und da es hier oben dunkel ist und keins der Häuser im Umkreis auch nur annähernd so hoch ist wie dieses, mache ich mir keine Sorgen darüber, dass wir Zuschauer haben könnten.

»Und?«, frage ich ein bisschen heiser, weil die Stimmung so aufgeladen ist. »Magst du, was du siehst?«

»Ja«, sagt sie und kommt wieder einen Schritt auf mich zu. »Das wusste ich schon vorher, aber ich wollte mir Zeit lassen. Mir Zeit nehmen.« Sie streicht mit der Hand über meine Brust. »Und ich wollte, dass ich diejenige bin, die dich betrachtet. Nicht, dass ich betrachtet werde.«

Ich schlucke. Sie soll mich gerne betrachten. Sie soll alles tun, alles haben, was sie möchte. Ich werde es ihr geben, so wie sie mir alles gegeben hat. Mich. Mich, der es wagt, er selbst zu sein. Und wenn ich es bin, den sie will, gebe ich ihr … mich.

Sie fasst mich an. Lässt ihre Hände über mich gleiten. Sie geht um mich herum, die Fingerspitzen auf meiner Haut. Sie betrachtet mein Gesicht, meinen Oberkörper.

Ein lauer Wind weht über uns, und ich bekomme eine leichte Gänsehaut. Jedoch nicht, weil mir kalt ist, sondern weil mir Sophia ist. Immer länger sieht sie mich an. Immer tiefer lässt sie ihre Hände wandern. Mir entfährt ein leises Keuchen, weil ich sie auch berühren will.

»Darf ich dich ausziehen?«, frage ich, denn auch wenn ich mir kaum etwas Aufregenderes als die Kombination aus meiner Nacktheit und ihren Blicken vorstellen kann, die zu einer erregenden Verletzlichkeit wird, will ich sie ebenfalls ansehen. Anfassen.

»Ja«, sagt sie, und gemeinsam schieben wir ihr das T-Shirt über den Kopf.

Ich löse den BH, dann zieht sie ihre Hose und ihren Slip aus. Und jetzt stehen wir uns beide nackt gegenüber. Nackt unter Pearleys nächtlichem Himmel. In absoluter Freiheit.

»Ich will, dass du mir alles gibst«, sagt sie. »Was auch immer das bedeutet.« Sie lacht ein bisschen unsicher. »Aber ich will alles von dir.«

Und ich gebe ihr alles. Wir sinken auf die Polster, küssen uns. Berühren uns. Wir lernen alles an uns kennen. Unsere Finger machen keinen Halt. Unsere Körper kennen keine Grenzen. Wir reiben uns aneinander, berühren uns überall mit allem, was wir haben. Sophias Augen sind geschlossen, als würde sie noch mehr fühlen wollen. Doch ich bringe es nicht über mich, sie nicht anzusehen. Es ist die absolute Hingabe, ohne zu denken. Es ist das pure Gefühl und die pure Nähe. Ich küsse sie überall, und sie küsst mich überall. Wir schmecken alles, riechen alles, fühlen alles. Ich versinke zwischen ihren Beinen, küsse sie dort, während sie leise seufzt. Küsse sie erst zärtlich und dann wilder. Sauge an ihr, lausche ihrem leisen Stöhnen. Es geht nur um sie, und sie lässt es zu. Mehr noch, sie genießt es. So, wie ich es genießen werde, wenn es in meinem Leben mal nur um mich geht. Ich gebe ihr Nähe, sie gibt mir ein Leben. Und während ich mit meiner Zunge ihre Beine zum Zittern bringe, weiß ich, dass das hier Liebe ist.

»Ich will es langsam«, sagt Sophia wenig später. »Ich will alles auskosten.«

Und ich weiß, was sie meint. Sie will das genaue Gegenteil von der schnellen Rein-raus-Nummer, die sie kennt. Sie will alles von mir, wie sie gesagt hat. Statt zu geben und dafür Nähe zu bekommen, will sie die Nähe sofort und währenddessen. Und weil ich das auch will, schlafen wir ganz vorsichtig, ganz behutsam, ganz wach miteinander. Wir sehen uns dabei an. Und ich berühre sie weiterhin. Streichle sie weiterhin. Küsse sie weiterhin. Ich gebe ihr das Gefühl, dass es nur um sie geht.

Wir stöhnen leise, unsere Münder direkt nebeneinander. Wir werden eins. Wir halten inne, ändern die Position, damit ich sie noch enger halten kann. Wir liegen nun Rücken an Bauch, meine Arme fest um sie geschlungen. Ich flüstere ihr ins Ohr, wie wunderbar ich sie finde. Wie wunderbar sie sich anfühlt. Dass ich nirgendwo lieber wäre als hier mit ihr in ihr. Und sie sagt: »Halt die Klappe, Streberpardel, sonst muss ich vielleicht flennen.« Und dann: »Okay, du darfst reden, aber wunder dich gefälligst nicht.«

Ich höre nicht auf. Ich sage ihr, dass sie die Erfüllung von allem ist, was ich mir je erträumt habe. Und dann sehen wir uns wieder an. Ich spreche weiter, während ihr Tränen über die Wangen laufen und ihr Mund zum schönsten Lächeln verzogen ist, das ich je in meinem Leben gesehen habe.

Ich wische ihr mit den Fingern über die Wangen, doch sie hält meine Hand fest. Führt sie stattdessen dorthin, wo sie sie haben will. Sie lächelt und weint, und die Worte aus meinem Mund werden abgehackter.

»Du ... bist ... das Wunderbarste ... du ... bist ... Sophia ...« Es spielt keine Rolle, dass ich keine ganzen Sätze mehr von mir gebe. Und dass es eine verdammt offensichtliche Wahrheit ist, dass sie sie ist. Als Nächstes könnte ich ihr erzählen, dass ich Philip bin. Was für eine Neuigkeit. Wobei ... das ist vielleicht tatsächlich eine Neuigkeit.

Danach halte ich sie, wie ich sie immer halten will. Und ich weiß, während sie immer sie war, kompromisslos und schön, war ich jemand anders. Erst durch sie bin ich ich. Ich bin ich. Und sie hat mich. Und ich sie. Und wir sind zusammen wir. In unserer eigenen Schublade.

# Drittes Quartalsgespräch

»Das letzte offizielle Quartalsgespräch«, sagt Amy, als ich mich an diesem Nachmittag in ihrem Büro einfinde.

Ich nicke. Seltsamerweise bin ich heute nicht mehr die Bohne nervös.

»Wie geht's dir?«

»Ganz gut.«

»Und?« Sie will mehr. Und okay, das kann sie haben.

Ich erzähle ihr vom *Imogen's,* von Celia und Ollie. Von Malik, mit dem das Zusammenleben so wunderbar einfach war und der jetzt auszieht, aber das ist schon in Ordnung, weil wir Freunde sind. Beste Freunde. Definitiv-Freunde. Irgendwie sind da heute keine Probleme.

»Was machen die Gefühle?«

»Sind fucking überall.«

»Überall?« Jetzt lacht sie. »Kannst du das erklären?«

»Ich gehe jetzt mit jemandem aus.« Da, ich habe es ausgesprochen. Und es fühlt sich nicht seltsam an. Oder falsch. Es fühlt sich richtig an. »Mit Philip.«

Amy lächelt wissend. »Ist das vielleicht was für deine Gefühlsliste?«

»Nee, das ist was für mich.«

»War die Gefühlsliste nicht auch für dich?«, fragt Amy und grinst immer noch.

»Na ja, schon. Aber … bei Philip war es anders. Ist es anders«, korrigiere ich schnell.

»Was meinst du damit, dass es anders ist?«

»Also … das ist rausgewachsen aus der Liste. Es geht schon längst nicht mehr darum.«

»Worum geht es denn dann?«

»Um … ihn.«

»Um ihn?«

»Und … um mich.«

»Um ihn und dich?«

Ich nicke. Ist sie heute ein bisschen langsam?

»Erzählst du mir davon?«

Mir bleibt ja ohnehin nichts anderes übrig. Also atme ich tief ein und erzähle. »Zwischen Philip und mir, da ist was gewachsen. Gefühle.« O Gott, wie bescheuert das klingt. Nach Streber. Er färbt auf mich ab. Aber ich färbe wohl auch auf ihn ab, also ist das schon in Ordnung. »Am Anfang war es komisch, und wir haben ein bisschen gebraucht, bis wir gecheckt haben, *wie* wir zusammen funktionieren. Und auch *dass* wir funktionieren.« Ich denke an unseren ersten Fast-Kuss. An Philips Blick, als er zum ersten Mal begriff, wer ich in Wirklichkeit bin. Ich denke an den Hühnerstall und die Nähe zwischen uns. Denke an meinen Ausbruch, an meine Tränen. Und dann an unseren ersten Definitiv-Kuss.

»Wie habt ihr das gemacht?«, fragt Amy.

»Na ja, wir haben geredet, schätze ich. Und ausprobiert. Und wenn was nicht funktioniert hat, haben wir auf Pause gedrückt.« Nicht auf *Zurückspulen,* wie ich es zuerst wollte. »Wir haben Grenzen gesetzt. Und dann, wenn wir bereit waren, sind wir zusammen über die Grenze rüber.«

»Für sich selbst einstehen und die eigenen Grenzen artikulieren ist ein wichtiger Schritt. Manche Menschen schaffen das ihr ganzes Leben nicht. Du kannst wirklich stolz auf dich sein.«

Philip und ich. Wir können stolz sein. Weil wir beide unsere Grenzen artikuliert haben. Wobei, das Wort fühlt sich immer noch ein bisschen zu groß an. Zu gewichtig. Keine Ahnung, ob es das trifft. »Weißt du, ich dachte eigentlich, ich sei schon immer meine eigene Herrin gewesen. Ich bin keine Kompromisse eingegangen und habe mich an erste Stelle gestellt. Aber manche dieser Bedürfnisse waren gar nicht wirklich meine eigenen. Die hatte ich mir nur zurechtgelegt. Keine Ahnung, warum.« Und manche Kompromisse fühlen sich inzwischen mehr nach mir an als die Kompromisslosigkeit. Ein Geben und Nehmen statt ein Nehmen und ... Genommenwerden?

»Um dich zu schützen, vielleicht?«, schlägt Amy vor.

»Das kann sein, ja. Oder um nicht aufzufallen. Oder gerade *um aufzufallen*.«

»Manchmal ist die Flucht nach vorn die einzige Möglichkeit, die man sieht.«

Ich denke an mein allererstes Abendessen bei den Englanders. An Gabel-Gate. Und glaube zu wissen, was sie meint. »Aber irgendwie bin ich aufgetaut.«

»Aufgetaut?«

»Ich hab viel mehr Gutes zugelassen. Ich fand die Idee mit dieser Gefühlsliste so bescheuert ...«

»Ich weiß.« Amy grinst.

»Aber dadurch habe ich irgendwie gemerkt, dass die Liste länger wird, wenn ich mehr von mir nach außen lasse.«

»Mehr als die Sophia, die Angst hat«, sagt Amy.

»Angst?«, frage ich, weil das ja nun lächerlich ist. »Ich hatte doch keine Angst.«

»Angst bedeutet nicht unbedingt Angst vor Gefahr.« Sie sieht meine gerunzelte Stirn und fährt fort: »Man kann auch Angst davor haben, in der Abendschule zu versagen.

Oder sich in eine neue Familie einzufügen. Auch wenn die neue Familie vielleicht keine herkömmliche Familie ist, sondern ein Team aus bunten Leuten in einem Café. Man kann Angst haben, sich verwundbar zu machen.«

Ich nicke. Vielleicht hat sie doch recht. Und sogar ganz bestimmt, denn Amy hat nervigerweise eigentlich immer recht. Was es noch schwieriger macht, diese Patenschaftssache jetzt anzusprechen. Aber ich kann nicht einmal im Monat mit der Großmutter von meinem Definitiv-Freund zu Abend essen. Schon gar nicht, wenn der Definitiv-Freund versucht, ein bisschen auf Abstand mit seiner Familie zu gehen. Ich straffe die Schultern, setze an, etwas zu sagen.

Doch da kommt Amy mir zuvor. »Eudora hat übrigens ihre Patenschaft zurückgezogen.«

Was? »Oh«, mache ich. Das hätte ich mir nach meinem Ausbruch denken können. Das passiert, wenn man handelt, ohne nachzudenken. Dann zieht man andere mit in seine Konflikte. »Es tut mir leid, Amy. Ich hab mich danebenbenommen. Das war scheiße von mir. Aber ich wollte heute sowieso …«

Sie lässt mich nicht weitersprechen. »Ich habe nie erwartet, dass du dich für Eudora verbiegst, Sophia. Du hast es versucht, dafür bin ich dir sehr dankbar. Und außerdem« – ein Lächeln wandert auf ihre Lippen und entblößt ihre Zahnlücke – »hat Eudora uns den restlichen Betrag als einmalige Spende zukommen lassen. Dafür gehe ich demnächst mal mit ihr auf irgendeinen Empfang, wo sie mich herumzeigen will, um dem Projekt Aufmerksamkeit zu verschaffen.«

»Oh-oh«, sage ich.

»Ja, das wird wohl ein eher zweifelhaftes Vergnügen. Aber was tut man nicht alles für den guten Zweck …«

Ich nicke. Und so übel ist Eudora ja nun auch wieder nicht. Sie ist weit davon entfernt, jemand zu sein, mit dem ich jemals freiwillig Zeit verbringen würde. Verglichen mit dem Bild, das sie von sich selbst hat, ist sie außerdem unglaublich unhöflich. Absolut Furcht einflößend und gleichzeitig der Inbegriff der Langeweile. Aber eben auch nicht *so* übel. Zumindest sieht sie, wenn sie einen Fehler gemacht hat. Und das können die wenigsten Leute von sich behaupten.

Am Ende unseres Gesprächs sagt Amy mir noch, dass sie sich um mich keine Sorgen mehr macht. Im ersten Moment sehe ich sie verwirrt an. Aber als sie mir dann für diesen ganz kurzen Moment ihre Hand auf die Schulter legt, fühle ich es schließlich doch. Das, was Amy gesagt hat. Ich fühle mich stolz. *Stolz,* setze ich auf meine Liste.

ENDE

# Danksagung

In den letzten Stunden habe ich meiner wunderbaren Redakteurin Michelle, mit der ich gerade parallel an diesem Manuskript arbeite, etliche Nachrichten geschrieben.

*Noch 30 Seiten!*

*Noch 20 Seiten!*

*Noch 10 Seiten!*

*Ich gewinne, Michelle!*

Doch dann: *Shiiiiit! Ich muss ja noch eine Danksagung schreiben!*

Also, ich schätze, das ist jetzt deine Chance, aufzuholen, Michelle, denn so eine Danksagung kann schon mal etwas dauern.

Als Allererstes muss ich mich bei der großartigen Ayla Dade bedanken. Sie war während des Schreibens dieses Buchs meine Go-to-Juristin und hat mir mit Fachwissen, mit Engelsgeduld, mit verschiedenen Szenarien, wie dieser vermaledeite Prozess funktionieren kann, geholfen. Ich hoffe, ich kann mich demnächst mal mit irgendwelchem (vermutlich unnützen) Wissen revanchieren. Wie man Nacktnasenwombats von Haarnasenwombats unterscheidet oder so. Spoiler: Es sind unter anderem die Haare auf der Nase.

Mein Dank gilt außerdem all den anderen wunderbaren Menschen, die mit mir an diesem Buch gearbeitet haben. Greta, dein Anruf vor fast einem Jahr, dass wir dieses Buch nun ENDLICH DOCH machen, gehört immer noch zu den Top 3 der verrücktesten Momente meines Autorinnenlebens. Danke, dass du die Reihe genauso liebst wie ich. Niclas, du bist der beste, tollste, schönste (werd nicht rot) Wunder-Agent, den man sich vorstellen kann. Michelle, you're the Inej to my Kaz. Und ich werde gewinnen. Liebster Piper Verlag, ich wusste nicht, dass mir zu meinem Glück noch ein Kolibri[1] auf einem Buchrücken gefehlt hat, aber jetzt habe ich ihn und liebe alles daran.

Meine Testleserinnen: Sabine, Ina, Becca, Laura, Ramona und meine Mama. Danke für euer Feedback, Danke für eure Begeisterung, Danke, Danke, Danke.

Kyra und Julia, ihr seid die schlimmste und gleichzeitig schönste Ablenkung, aber vor allem die beste Motivation, der beste Arschtritt, das beste »wird schon«. Sehr wahrscheinlich seid ihr einfach die Besten.

Kira, Sophie[2], I love you to bits. Leo, Caro, Anya, Carina, Kim, Julia, Lea, Danke für den großartigen Austausch. Danke an meine emotionale Kugelmensch-Hälfte Helena.

Danke an Maxi, der auch immer das Special bestellt,[3] für *fucking alles*.

---

[1]  Es gibt über 300 Arten von Kolibris, liebe Ayla, falls du dieses Wissen irgendwann mal brauchst. Unter anderem die Schwarzschnabel-Jamaikasylphe, den Kalkstein-Degenflügel, verschiedene Amazilien (meine favourites: Zimtbauch, Veilchenscheitel, Kupferbürzel), den Luziferstern-Kolibri oder den Fahlschenkel-Höschenkolibri. I kid you not. Und während ich das alles herausgefunden habe, hat Michelle auf jeden Fall ein paar Seiten aufgeholt. Also weiter jetzt!

[2]  Funfact: Am Anfang dieses Buchs konnte ich nicht »Sophia« schreiben. Meine Finger haben immer »Sophie« daraus gemacht. Gerade haben sie wie automatisch »Sophia« geschrieben. Muss mich jetzt wieder umgewöhnen, scheint mir.

[3]  Wir arbeiten dran.

And last but not least, Danke an euch, ihr tollen, tollen Menschen, die ihr meine Bücher lest. Ich werde mich mit weiteren Büchern revanchieren. I promise!

Ich: *Fertig. Hab ich gewonnen?*
Michelle: *So was von.*
Puh. Und yay!